イアン・アービナ
黒木章人＝訳

アウトロー・オーシャン

海の「無法地帯」をゆく

下

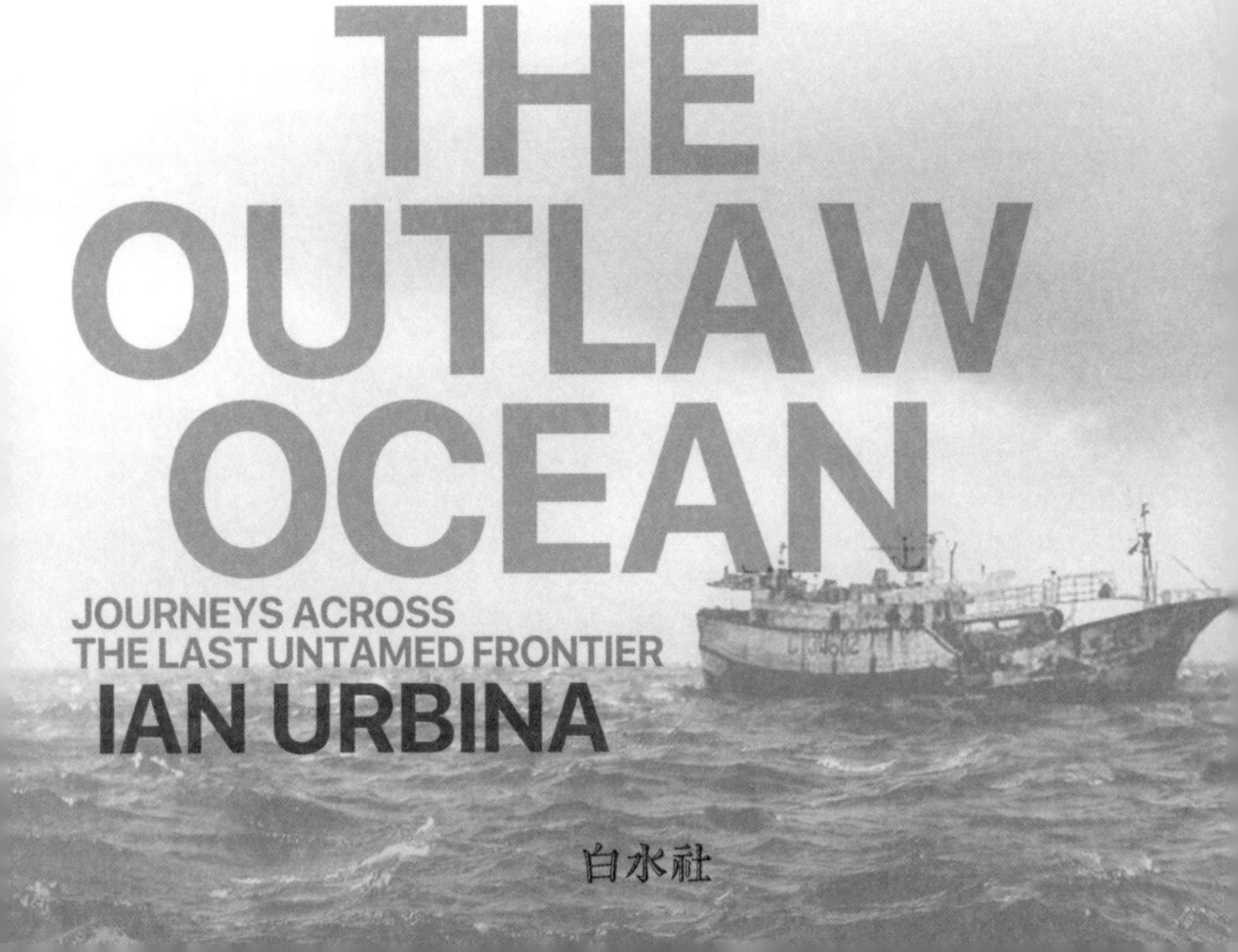

白水社

アウトロー・オーシャン——海の「無法地帯」をゆく（下）

エイダンへ

きみとの日々は大騒ぎだらけでへとへとになるけど、
それでもきみと同じチームにいることほど心躍る経験も誇らしいプロジェクトもない。

アウトロー・オーシャン 下 目次

アウトロー・オーシャン 上

目次

THE OUTLAW OCEAN

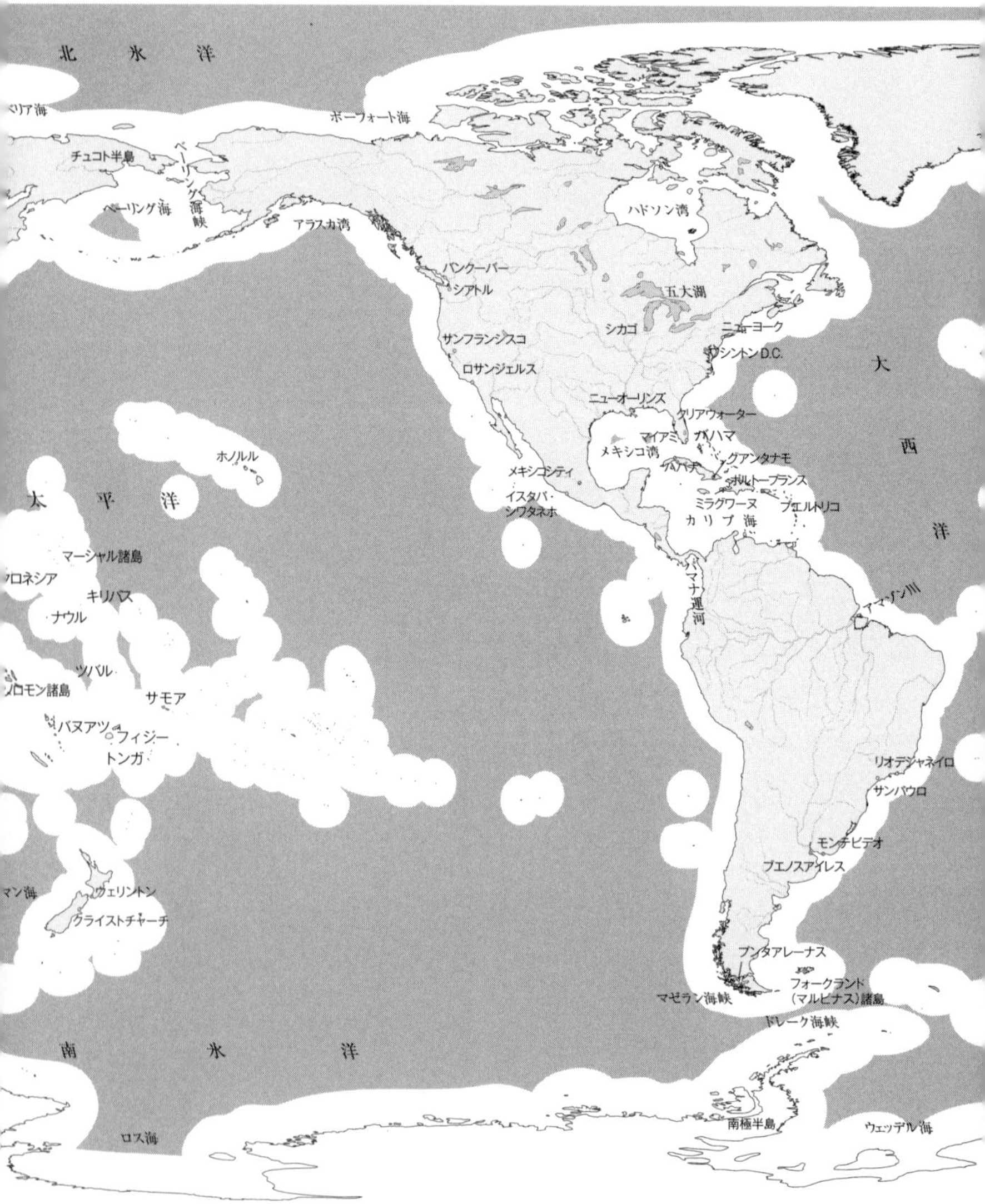
北　氷　洋
リア海
ボーフォート海
チュコト半島
ベーリング海峡
ベーリング海
アラスカ湾
ハドソン湾
バンクーバー
シアトル
五大湖
シカゴ
ニューヨーク
ワシントンD.C.
サンフランシスコ
ロサンジェルス
大
西
洋
ニューオーリンズ
クリアウォーター
マイアミ
バハマ
メキシコ湾
グアンタナモ
ハバナ
ポルトープランス
メキシコシティ
イスタパ・シワタネホ
ミラグワーヌ
プエルトリコ
カリブ海
太　平　洋
ホノルル
マーシャル諸島
ロネシア
キリバス
ナウル
パナマ運河
アマゾン川
ツバル
ロモン諸島
サモア
バヌアツ
フィジー
トンガ
リオデジャネイロ
サンパウロ
モンテビデオ
ブエノスアイレス
マン海
ウェリントン
クライストチャーチ
プンタアレーナス
フォークランド
（マルビナス）諸島
マゼラン海峡
ドレーク海峡
南　氷　洋
ロス海
南極半島
ウェッデル海

※　は公海。

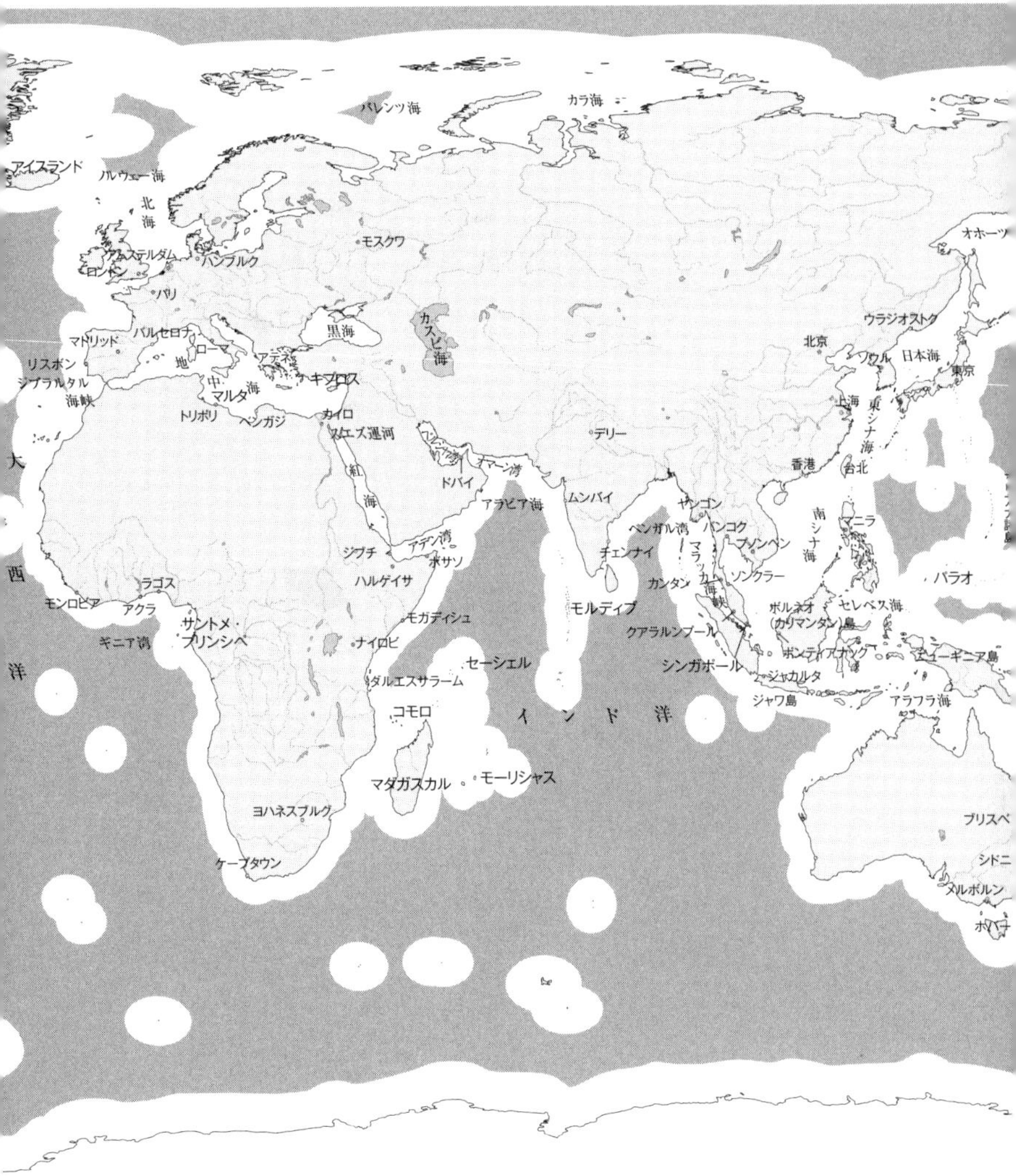

バレンツ海
カラ海
アイスランド
ノルウェー海
北海
モスクワ
オホーツ
アムステルダム
ハンブルク
ロンドン
パリ
カスピ海
ウラジオストク
マドリッド
バルセロナ
黒海
ローマ
北京
ソウル
日本海
リスボン
アテネ
東京
ジブラルタル海峡
地中海
マルタ
キプロス
上海
東シナ海
トリポリ
ベンガジ
カイロ
スエズ運河
デリー
大西洋
香港
台北
紅海
ドバイ
オマーン湾
アラビア海
ムンバイ
ヤンゴン
南シナ海
マニラ
ベンガル湾
バンコク
アデン湾
ジブチ
チェンナイ
マラッカ海峡
プノンペン
ボサソ
ハルゲイサ
ラゴス
カンタン
ソンクラー
パラオ
モンロビア
アクラ
モルディブ
ボルネオ（カリマンタン）島
セレベス海
サントメ・プリンシペ
モガディシュ
クアラルンプール
ギニア湾
ナイロビ
ポンティアナック
ニューギニア島
セーシェル
シンガポール
ダルエスサラーム
ジャカルタ
ジャワ島
アラフラ海
コモロ
インド洋
マダガスカル
モーリシャス
ヨハネスブルグ
ブリスベ
ケープタウン
シドニ
メルボルン
ホバート

凡例

・原著者による注は、章ごとに(1)(2)と番号を振り、「原注」として各巻末にまとめた。
・訳者による注は、本文中の〔　〕内に割注で記した。
・「参考文献」は白水社のホームページ(www.hakusuisha.co.jp)に掲載した。

9 新たなるフロンティア

暗い海に向かってわたしは尋ねた。漁師たちはどこに向かうのか、と
——静寂のなか、海は沈黙でわたしに答えた。
サラ・ティーズデール「アマルフィの夜曲（*Night Song at Amalfi*）」

ブラジル本土から二四〇キロほど離れた南大西洋上。二人乗りのちっぽけな潜水艇に乗り込みながら、わたしは胸の内にこうつぶやいた——ぼくはとんでもない間違いをやらかしてるんじゃなかろうか？　赤道直下の灼熱の太陽のもと、汗が首筋と胸を伝い落ちていく。真っ赤な潜水艇の窮屈なコックピットはトグルスイッチとボタンに囲まれ、そしてさまざまな雑音に満ちていた。

グリーンピースの船の乗組員たちが、わたしの頭上の分厚いガラスドームを閉じた。空気を吸い出す大きな音とシューッという与圧音とともに、コックピットは密閉された。左側にいる操縦士のジョン・ホセヴァーも同様に封じ込められた。わたしたちは並んだ金魚鉢のようなガラスドームの中にいた。ホセヴァーが親指を上げてみせる。わたしは弱々しい笑みで返した。

クレーンに吊り上げられると、潜水艇は一〇メートルほどの高さを舞って海の上に出て、濃い緑色の船体に沿って海面に降りていった。波間に解き放たれると、潜水艇は水深一〇〇メートル以上の海底に向かって潜航していった。無数の気泡がドームに沿って次々と上がっていく。

ブラジルにやってきたのは、ある対決を観戦するためだ。対戦者は、三つの石油企業とブラジルの研究者チーム。石油企業側は、莫大な金額を払ってこの海域の石油採掘権を獲得していた。かたや研究者たちは、掘削は全長一〇〇〇キロにも及ぶサンゴ礁を脅かすとして油田開発を止めようとしている。

戦況は企業側が優勢だ。財力で圧倒的に勝る企業側は、弁護士団を雇ってこの海域に立ち入る権利を主張し、水中ドローンや超音波装置を使って海底下の埋蔵資源を探った。ブラジル政府は企業側につき、二〇一三年に採掘権を与えた。この不利な状況を五分にするべく、グリーンピースは所有する船団のなかで最大の〈エスペランサ〉（スペイン語で「希望」を意味する）を派遣し、戦いの場である海底に研究者チームを連れていくために潜水艇をレンタルした。この海域が自然の宝庫であることを証明する映像の撮影がその目的だ。

石油企業側が勝つ――心の中では、わたしはそう読んでいる。こうした戦いでは、常に企業側が勝ちを収めている。が、それは彼らが底なしに儲けているからというだけではない。結局のところ、法律は企業側に有利なようにできているからでもある。たいていの国と同様に、ブラジル政府は自国の領海および排他的経済水域（ＥＥＺ）での海底資源の採掘や掘削には環境影響評価（ＥＩＡ）の提出を事前に求めている。しかしながらＥＩＡの環境保護に対する効力はあまりない。ことにブラジルのような国ではそれが顕著だ。その理由は、ＥＩＡの信憑性を評価することは個人や組織には難しいところにある。海底資源を採掘もしくは掘削する海域の環境調査は膨大な費用を要するのだ。畢竟《ひっきょう》、世間はＥＩＡを額面どおりに受け取るしかない。

このブラジルの海での対決は、海底は膨大な天然資源と未知の生物多様性が存在する、無秩序で謎に包まれた地球最後のフロンティアだということをあらためて思い起こさせる出来事だ。地球で法の力からいちばん遠いところにある海の底は、そこに立ち入る権利と支配権をめぐって科学者と環境保護活動

ブラジル沖の大西洋で、ヘリパッドからクレーンで吊り上げられて洋上に降ろされる潜水艇。この海域では石油の掘削が計画されていた。同海域の海底に1000キロにもわたって存在するサンゴ礁を油田開発から守るべく、ブラジルの研究者チームは20017年1月にサンゴ礁の調査に乗り出した。

家たち、そして産業界と各国政府が絶えず争いを繰り広げている領域でもある。(1) なのに深海の地図は、星座図と比べたらまだまだ整備されていない。公海の海面では無法者どもがのさばっているのかもしれないが、海面下は実際的な意味においても法的な意味においてもまったくの虚無の空間だ。この真空地帯に実際に足を踏み入れてみたかったわたしにとって、南大西洋のサンゴ礁をめぐる戦いはその格好のチャンスだった。

海面下が真空地帯になっている一因は、そこで何が起こっているのかほとんどわかっていないというところにある。それはブラジルに限った話ではない。二〇一〇年にブリティッシュ・ペトロリアム（BP）社の石油掘削施設ディープウォーター・ホライズンが引き起こしたメキシコ湾原油流出事故で、アメリカ当局が悪戦苦闘したのは原油流出の食い止めだけではなかった。こうした海上災害に対処する権限はどこが有するのかという判断もなかなかつかなかったのだ。海洋当局のさる人物によれば、アメリカ政府は一一六六万平方キロメートルもの面積の海域を管轄下に置いているが、その広大な生態系については包括的な調査研究はおろか地図化も完全にはなされていないという。

長きにわたって知性の光が届かない未知の世界であり続けた海については、何世紀ものあいだに実に面白いさまざまな説や迷信が信じられてきた。そのなかのわたしのいちばんのお気に入りは、海水は深くなればなるほど密度が濃くなり、ある程度の深度に至ると粘度の高い層ができていて、そこから下に物は沈んでいかないというヴィクトリア朝時代の珍説だ。したがって沈没した船は海底に行き着くことはなく、一定の深度をずっと漂い続けると信じられていた。船と運命をともにした人間は、その胴体の大きさと着衣の重さによって沈んでいく深度が決まる。その人間が生前に犯しながらも悔悛していない罪の多さで沈む深度は変わるという説もあった。つまり罪深いことこの上ない人間は海の底まで沈み、真正直だとは言えない人間は永遠に海中を漂い続ける、ということだ。科学と宗教と迷信がごちゃ混ぜになった結果、海はあらゆる意味で、人間界にある煉獄とされていた。

もちろんそうした珍妙な迷信は、時代が進んで科学が発達するにつれて正されていった。が、それでもほとんどの国々は、自分たちが管轄する海のことをほとんどわかっていない。二〇〇九年に大統領に就任したバラク・オバマは、合衆国の支配下にある海の広大な海床の地図化を含めた、統合的な海洋政策を策定せよという大統領令を発した。

大半の人びとは、国の「縄張り」は海岸線までだと考えているみたいだが、国際法では一般的に沿岸国の行政・司法権は海岸線から一二海里（二二キロ）以内の領海まで、主権的権利と管轄権は二〇〇海里（三七〇キロ）以内のEEZまで及ぶとされている。たとえばアメリカの国土面積は九六三万平方キロなのに対し、EEZは世界最大の七六二万平方キロもある。大陸国であるアメリカにそれほどの広大な海域に管轄権があるのは、ハワイ州と、グアムなどのマリアナ諸島やサモア準州やプエルトリコ、そして米領ヴァージン諸島といった自治連邦区や海外領土の島々にもEEZが設定されているからだ。

にもかかわらず、「海の領土」とも言える広大なEEZについての指針を立て、どのように管理するかを決定する政府機関がアメリカにはない。この状況を是正しようというオバマ政権の動きは水産業界と海洋掘削業界にとって脅威だった。EEZへの支配力の強化を以前から図ってきた連邦政府を、両業界は積極的なロビー活動を展開して封じ込めてきた。政権が推し進める海床の地図化は「海の領土」の区画化に向けた動きであり、自分たちの「縄張り」をさらに狭めようという企みだ。彼らはそう見なした。二〇一七年四月、ドナルド・トランプ大統領はこのオバマの大統領令を取り消した。(2)

＊

ブラジル政府の環境政策は、昔からアメリカ政府のそれと比べて規制が緩い。イギリスのBP社とフランスのトタル社、そしてブラジルのケイロイス・ガウバオ・エスプロラッサオ・エ・プロドッサオ（QGEP）社という三つの石油企業からなる多国籍共同企業体は、二〇一三年にアマゾン川河口付近の大西洋での原油掘削権を一億一〇〇〇万ドルを超える金額で購入した。しかし彼らが政府に提出した石油採掘を申請する書類には、海域にあるサンゴ礁についてはその存在を知っていたにもかかわらず記述はほぼ皆無だった。

そのサンゴ礁を実際に眼にした科学者はいなかったが、付近で操業する漁師たちのあいだでは「海の生き物たちのアトランティス大陸」のようなものとして以前から知られていた。二〇一六年、ブラジルの研究者チームがアメリカの科学雑誌『サイエンス・アドバンシス』で驚天動地の論文を発表した。(3) その論文には、のちに「アマゾン礁」と呼ばれることになるサンゴ礁の規模と位置を含めた重要な情報が詳細に記されていた。石油企業連合が原油掘削の許可を得てから三年後に世に出たこの論文は、網で海底から引き揚げた貝や魚などに基づいたもので、サンゴ礁の存在を肉眼で確認したわけではなかった。そんなことは不可能だと、研究者たちは考えていた。

ところがだ。そのサンゴ礁を撮影したビデオが存在するという噂がブラジルの科学者たちのあいだに広まった。わたしとともに〈エスペランサ〉に乗っていたある科学者は調査を開始し、石油企業側で働く科学者たちと内密に話をした。そしてしばらくすると、石油企業は原油採掘の許可を得る以前に遠隔操作探査機（ROV）を使って広大で色彩豊かなアマゾン礁を撮影していたことが判明した。しかし企業側はビデオの公開を拒んだ。「彼らはサンゴ礁に見て見ぬふりを決め込んで掘削許可を願い出たんだ」〈エスペランサ〉に乗船していた科学者の一人のロナルド・バストス・フランシーニ＝フィリョはそう言った。

かくして二〇一七年にグリーンピースが介入してきた。加勢を得た科学者たちは、アマゾン礁を自分たちの眼で確認し、撮影してその存在を世に知らしめることにした。新種もしくは危機に瀕している生物が見つかれば、おそらくブラジル政府は石油企業側に新たな採掘申請を出し直させるだろう。そうなれば原油採掘計画は遅れて費用がかさみ、結果として中止という事態もあり得る。科学者たちはそれをねらった。

わたしがアメリカを発つ前に、グリーンピース側は取材に厳しい条件を付けてきた。(4) ブラジル人科学者たちの身の安全を鑑みて、彼らを撮影することは許されなかった。ブラジルに到着してアマゾン川河口のマカパに停泊している〈エスペランサ〉に乗船するまでは、取材のことを関係者以外に話してはならなかった。〈エスペランサ〉の乗組員たちのなかには、船に無事乗り込むまではグリーンピースのロゴが付いた衣類を着ないように言われていた者もいた。

グリーンピースがそこまで警戒するのにはそれなりの理由があった。ブラジルでは、二〇一六年だけで四九人の環境保護活動家が殺害されていた。翌一七年は七月の時点でさらに四五人の命が奪われた。そうした残忍で傲慢な犯罪を犯した人間が訴追されることはほとんどなかった。ある環境保護活動家は両耳を削がれ、その耳は家族に送りつけられた[5]。アマゾンのジャングルの伐採に反対していた尼僧は白昼公然と撃ち殺された[6]。過去一〇年のうちに、全世界で発生した環境保護活動家の殺害事件の約半分はブラジルで起こっていた。

グリーンピースが所有し、世界中の海で活躍する三隻の船のなかで、全長七〇メートルの〈エスペランサ〉は最も大きかった。一九八四年にポーランドのグダンスクで消防船として建造されたこの船には四〇人が乗り込み、最大船速は一六ノット（時速約三〇キロ）で、船籍はオランダに置かれている。〈エスペランサ〉が今回の作戦に選ばれたのは、潮の流れが速いアマゾン川河口海域でも安定して活動できるからだが、潜水艇を搭載して発着させることができるだけの広いヘリパッドと強力なクレーンを備えていることも理由の一つだ。

ブラジルには時間に余裕をもって到着した。〈エスペランサ〉に乗り込む前にグリーンピースに誘われたので、わたしは彼らが所有する水上飛行機に乗り、アマゾン川の河口を空から一望してみた。グリーンピースの活動家たちは、自分たちは海でも熱帯樹林でも同じように戦うと語った。どちらの戦いも、海底に眠る石油やジャングルの樹木という公共の資源を喰いものにして荒稼ぎする産業からのおこぼれの誘惑に負け、彼らの暴挙を放置しようとする政府の目を覚まさせることが目的だと彼らは言った。

早朝に飛び立ったわたしたちは、ブラジルで最も人口が少なく最も森林が多いアマパ州の上空を縦断した。アマゾンの熱帯樹林は地球の酸素の二〇パーセントほどを生み出している。海岸線に向かって飛ぶわたしたちの眼下には緑と、その緑がすっぽりと四角く切り取られた茶色が織りなすパッチワークが広がっていた。

アマゾンでは、毎年二万平方キロほどの森林が失われている。一分ごとにサッカーフィールド六面分の広さのジャングルが消えていると言ったほうがわかりやすいだろうか。この急激な森林破壊は悪循環を生み出している。通常であれば、森林の上空の水分の半分は樹木から放出されている。しかしその樹木がきれいさっぱり切り倒されてしまうと大気中の水分は減り、降水量が減って旱魃《かんばつ》が起こる。切り取られたあとに残る切り株は腐敗するか燃やされ、二酸化炭素が大気中に放出される。通常、植物は光合成で二酸化炭素を吸収して酸素を吐き出す。つまり森林破壊はアマゾンを傷つけるだけにとどまらず、さまざまな場所を二酸化炭素の吸収源から排出源へと変えていくのだ。(7)

失われたジャングルは、ブラジルでは陸《おか》と海の両方で多種多様な生物の生息地を守る戦いが展開されていることを如実に示すものだった。森林破壊についてはさまざまな話を聞いてきたつもりだったが、まさかジャングルをジグザグに切り刻む焼け跡を見せられるとは思っていなかった。壮健な肉食獣が追い詰めていく手負いの獲物の悲惨な結末を見せられているような、不吉な胸のざわつきを覚えた。ハッピーエンドで終わるようなことじゃないな、これは。わたしはそう思った。

海岸線に到着すると、今度は全長二〇〇キロという世界最大級のマングローブ林を空から眺めた。繊細なクモの脚のように根を広げているマングローブの生える沼地は、波と潮の流れによる浸食やハリケーンなどの嵐や津波から沿岸部を守っている。人の手がほとんど入っていない、豊富に過ぎる生物多様性を抱えているマングローブ林は、この世のものとは思えない肥沃な楽園だ。陸でもなければ海でもない、淡水と海水が入り交じった沼には、さまざまな種類の魚やカニやエビ、カメ、そして貝が生息し、その沼を覆う樹冠にも鳥類や哺乳類がひしめいている。アマゾン川河口海域の新たな原油採掘地で原油流出事故が発生すれば、世界中が石油に取り憑かれるはるか以前から存在してきたマングローブ林がその代償を支払わされることになる。

翌日、わたしが〈エスペランサ〉の船室に身を落ち着けたあとで、ブラジル連邦議会上院のアマパ州選出の議員で持続可能性ネットワーク（ＲＥＤＥ）党所属のハンドルフィ・ホドリゲス氏が、二〇人ほどのジャーナリストと地元の環境保護団体を引き連れて船を訪れた。訪問の目的は、〈エスペランサ〉が出航する前に船内を見学し、科学者たちから原油流出の危険性について説明を受けることにあった。石油企業側は、原油が流出してもアマゾン川から流入する川水の流れで押し戻され、海岸とサンゴ礁に害を及ぼすことはないと主張していた。しかし〈エスペランサ〉の科学者たちは、ブラジル沖の潮流は海底の深さによって流れる方向がさまざまに変化すると語った。「海は薄っぺらい二次元の世界ではないことを忘れないでください」科学者の一人はそう言い添えた。「海は三次元で多方向の空間なんです」

船上の説明会が終わって賓客が〈エスペランサ〉から去ると、わたしはフランシーニ゠フィリョにこんな質問をぶつけてみた。ひとたび原油流出事故が起こったら、海底の生き物たちはその存在を知られることもなく死滅しまうのだろうか――これは個々の生物の話じゃないと彼は答えた。「何十万種もの生物の生息域の話だ。言ってみれば、わたしたちは一つの惑星だけではなく太陽系全体を守ろうとしているんだ」

＊

出港の前日、わたしは早起きして執筆作業を済ませると、ルームメイトを起こさないようにそっと部屋を抜け出した。船というものは、たとえ港に停泊していても二四時間動き続けている。しかしその時間に活動していたのは機関室と調理室だけだった。甲板はまだ暗く、静寂に包まれていた。朝食は七時、朝のミーティングは八時、そして作業開始は八時半になっていた。

調査報道記者というものは、得てして伝えられそうにもないほど大量の情報を集めてしまい、過剰に報道してしまいがちなものだ。わたしもかつてそう釘を刺されたことがある。おまけに世界中を飛び回ることに膨大な時間を取られ、執筆に割ける時間は少ない。そうした過ちを避けるべく、最初のうちは洋上にあっても毎日少しでもいいから執筆を続けることにしていた。毎朝四時半に起床して七時か八時まで書く。これを日課にした。この時間帯に起きていると、そのうち睡魔と仲良くなる。しかし陽が高くなっていくと、決まって頭の中で論争が生じ、いくつもの声があぁでもないこうでもない、あぁしておけばよかったこうしておけばよかったと言い争う。それにつられて、わたしも行き当たりばったりの脱線を繰り返してしまう。しかし夜明け前後の時間帯なら、聞こえてくる声はたった一つだ。その声に叩き起こされてベッドから抜け出し、ほかの声がまだすやすやと眠っているうちに静かに穏やかに、そして明晰な対話をする。すると、あくびを噛み殺しながらでも中枢神経刺激薬《アデロール》を飲んだかのような集中力を発揮できるのだ。

強く吹きつける風にあたれば暑さも和らぐだろうと思い、わたしは甲板に出て左舷側に置いてある椅子に足を向けた。角を曲がったところで、手にしていたコーヒーを危うくこぼしそうになった——手のひらほどにも大きなゴキブリのような生き物が、足の近くを這っていたからだ。数メートルほど前方の甲板上にもう一匹いた。さらにもう一匹が手すりをよじ登っていた。四匹目は三メートル前方で行く手を阻んでいた。この船に乗り込んだのは昨日の夜のことだったので、明け方に出てくるこの生き物には出くわさなかった。

あとで知ったのだが、その生き物はアマゾンオオタガメという水生昆虫だった。アメリカでも最南部《ディープサウス》にいて、「ワニのダニ」と呼ばれている。主に水中にいる無脊椎動物を捕食している肉食昆虫なのだが、水ヘビや小さなカメを襲って食べることもある獰猛な虫だ。くちばしのような吻《ふん》を獲物に刺して溶解性の強い唾液を注入して、ものの数分で内臓を溶かして殺し、ドロドロに溶かした内部を吸い取る。人間が刺されても死ぬようなことがないが、その痛みはどんな虫に咬まれたときよりも痛いという話だ。(8)

わたしはばかでかい虫を避けてじりじりと足を進めた。その途中で一匹が翅《はね》を広げて飛んでいった。淡い曙光の中を飛ぶその姿はスズメのように見えた。ようやく椅子にたどり着いて腰を下ろすと、気を静めてあたりを見回した。湿気をはらんだ空気のせいでノートパソコンのモニターが結露していた。船の上空は朝のラッシュアワーを迎えていて、鳥たちがピーチクパーチクキーキーとさえずっている。船の脇を走るパイプをアリの軍隊が一列縦隊で下ってきて、もやい綱を越えて甲板を進軍している。水面に眼を落とすと、二メートルほどの長さの流木のようなものが漂っていて、それをめがけて一羽の鳥がダイブしてくると、流木はヘビのようにするすると逃げていった。生命の躍動感に溢れたエキゾチックな光景を眺めていると、まるでよその人の家の庭にこっそり忍び込んでいるような気分になり、謙虚な驚きと素朴な静けさが感じられた。

その日に出港すると、〈エスペランサ〉内には緊張感とも言っていい重い空気がたちまちのうちに満ちた。数週間前、同船はアマパ州とブラジル連邦の環境当局から潜水艇でアマゾン礁に潜る許可を得ていた。ブラジルのみが管轄権を有しているEEZにあるアマゾン礁への潜航は、「海洋法に関する国際連合条約」に照らし合わせれば許可は不要だった。それでもグリーンピースは、今回の調査でブラジル政府の反感を買った場合にブラジル人スタッフと科学者たちに害が及ぶことがないよう、特別な予防措置としてわざわざ許可を申請していた。ところが出航から二日目にして、早くも船長はブラジル海軍からあからさまな警告を受けた――この海域での潜航は許可を必要としないが、それでも潜水艇を海に降ろしたら即座に拿捕《だほ》する。(9)

公海を跋扈《ばっこ》するほぼすべての人間は、公海上では法や規則を無視するくせに、その法や規則をしょっちゅう手前勝手にこしらえている。その事実を、法的に見て何ら落ち度のない科学調査に対するブラジル海軍による干渉はまざまざと見せつけてくれた。わたしが観戦するこの戦いは、石油企業側だけでなくブラジル政府にとっても大きな賭けだった。アマゾン川河口海域の海底の地下には、推算で一五〇億から二〇〇億バレルの原油が眠っているとされている。これはアラスカの沿岸平野にあるとされている未開発の石油資源の埋蔵量の二倍だ。石油企業連合はブラジル政府から原油の試掘権を買い取ったが、その免許はあと二年ほどで失効する。新しい環境影響評価（ＥＩＡ）が出れば、環境保護活動家たちが世論の反感をかき立てたり裁判を起こすなどして、油田開発計画に遅れが生じかねない。そうなれば計画の命運は絶たれてしまう。

それでなくてもブラジルの沿岸地域の海上油田では、ここ数年のうちに重大事故がいくつか起こっていて、国民は油田開発の安全性を危惧していた。二〇一五年にペトロブラス社の油田で起きた事故では九人の労働者が死亡した。北カンポス沖合のシェブロン社のフラージ油田では、二〇一一年に三〇〇〇バレル以上の原油が流出し、リオデジャネイロの海岸線を一八キロにわたって油まみれにした。〈エスペランサ〉は自動船舶識別装置（ＡＩＳ）をオンにしてアマゾン礁に向かっていたので、ブラジル当局はこっちの位置を把握していた。行く手には何かしらの法執行機関の船舶が待ち構えているかもしれなかった。それよりもブラジルの港に戻ったら、海軍は命令を無視していないか確認するためだけであっても〈エスペランサ〉を勾留するはずだ。

船長の居室で会議が開かれたが、わたしは閉め出された。たぶん緊迫した模様を見られたくなかったのだろう。わたしは、中で身内が手術を受けているかのように部屋の前を落ち着きなく行きつ戻りつしていた。会議が終わった。グリーンピースとしては、作戦の続行を望むとのことだった。そもそも許可は必要ないのだから、海軍の警告なんか気にしないでアマゾン礁に潜るべきだと彼らは主張した。たとえブラジルのＥＥＺ内であっても、サンゴ礁の生物を採取せずに観察するだけだったら、潜水調査は法的に可能だとグリーンピース側は主張した。

「きみたちはうちの国の海軍のやり口を知らないだろ」白熱した議論のなかで、調査続行派の科学者の一人がそう言った。「あいつらの目的は逮捕じゃない」その科学者はそう言うと、こう付け加えた――権力を振りかざしたいだけだ。

しかし潜水艇のリース元のニュイコ・リサーチ社は、ブラジル海軍が調査に口を挟んできたと知るや、作戦の続行に難色を示した。同社のＣＥＯは、一八〇万ドルもする潜水艇をブラジル当局に没収されるリスクは冒したくないと衛星電話越しに訴えた。

一日を費した議論ののちに、グリーンピースと科学者チームは新たな作戦プランを策定した。それは、針路を北西に変えて二〇〇海里（三七〇キロ）以上先のフランス領ギアナのＥＥＺに入り、アマゾン礁のギアナ側で潜水艇を海に降ろすというものだった。ブラジルのＥＥＺのすぐ外側ならブラジル海軍は手を出せない。ギアナ側には潜航に反対する理由は皆無だった。彼らはその海域での掘削を許可していないので、石油企業がもたらす何億ドルもの利益には関心がなかった。さらに言うと、ギアナ側はブラジルの油田開発計画を疑いの眼で見ていた。原油が流出すれば、潮流に乗ってギアナ沿岸に漂着する可能性があるからだ。ギアナは海上警察力に欠けているところも〈エスペランサ〉には利がある。よしんばギアナ側が潜航調査を阻止しようとしても、その海軍力はブラジルに比べたら微力だ。

ところがギアナのＥＥＺをめざすという作戦プランを取ったことで、わたしたちは時間との闘いも強いられることになった。新たな調査地点に向かうとなると二日余計にかかり、そうなると潜水艇を次の仕事場であるノースバンクーバーまで一〇日で運ばなければならない。おまけに〈エスペランサ〉は真水が足りなくなり、船長は洗濯室を封鎖していた。気温三五度の日が続き、誰もが汗まみれになった。女性はカットオフしたオーバーオールにスポーツブラという姿で、男性は上半身裸で過ごした。わたしを含めた乗組員たちの体臭はきつくなっていった。船室内がにおわないようにするため、脱いだ靴は部屋の外に置くようになった。じきにシャツやジーンズや靴下も部屋の外に吊すようになった。通路は残念なにおいが漂う、ハイスクールの部活のロッカールームの様相を呈していた。

おまけに、大きな嵐が急速に接近しつつあった。重量三トンの潜水艇を潜航させることなど到底できそうにもない、強力な嵐だった。陸《おか》ではグリーンピースの弁護士チームが奮闘していた。フランス領ギアナのチームは当局に接触し、〈エスペランサ〉がギアナのEEZの海床を調査する許可を求めた。ブラジルでは科学者チームの同志たちが、方針転換を政府に促してくれるようホドリゲス上院議員に陳情していた。

〈エスペランサ〉内に重苦しい空気が垂れ込めた。二階のラウンジで毎夜催されていた、ビール片手のダーツ大会は中止になった。棘《とげ》のある沈黙を打ち消そうとしたのか、誰かが『オール・ユー・ニード・イズ・キル』を上映した。（グリーンピースと同じように）同じ戦いを何度も何度も繰り返すことを運命づけられた兵士をトム・クルーズが演じるSF映画だ。ところが映画が中盤に差しかかったところで、ラウンジのドアがバタンと開いた。戸口から射し込む明かりを逆光にして、喜色満面の科学者が立っていた。「やったぞ！」科学者はそう叫ぶと、こぼれんばかりの笑みを浮かべた。ブラジル政府が考えを改め、潜水調査を許可したのだ。わたしはこの心変わりの理由をあちこちに訊いてみたが、はっきりとしたことは一切わからなかった。最も考えられるのは、違法でも何でもない調査を止めると世間から反発を買うと判断したから、といったところだろうか。

＊

グリーンピースが海床の保護をめぐって戦うのはこれが初めてではない。もう何年も前から底引き網漁と戦ってきたのだ。「海の露天掘り」と呼ばれることも多い底引き網漁とは、錘《おもり》を付けた巨大な網を海底に沈めて引きずり、そこに生きる生物をまさしく一網打尽にする漁法だ。

底引き網漁は海の生物を効率的かつ無差別に獲ってしまう、きわめて破壊的な漁法だ。たとえば何千年もかけて成長したサンゴ礁を、底引き網はものの数分で根こそぎにし、あとには生物のいない平らな海底しか残さない。この海の無差別大量殺戮行為を陸《おか》に置き換えればこういうことになる――リスを捕まえるために、巨大でハイパワーの二台のオフロードカーのあいだに全長一キロの網を差し渡してアフリカの原野を疾走させる。そして網にかかって無駄に殺された、リス以外の圧倒的大多数の動物たちは放っておかれて朽ち果てていく。(10) そんなことをすれば世間は激怒するだろう。底引き網漁でも、目当ての獲物以外の混獲は小さ過ぎたり潰れていたりして商品価値がないので全部捨てられてしまう。しかし陸《おか》と大きく違うのは、誰の眼にもつかない海に捨てられるので世間から批判を受けないというところだ。

グリーンピースは北海で底引き網漁との戦いを展開した。ドイツでは、ズィルト島の周辺に一〇〇以上の巨石を要所要所に沈めるという作戦を敢行した。この海域にあるサンゴ礁を、ドイツの漁師たちは頻繁に痛めつけていた。巨石はどうしようもなく目立つので、港の誰もがグリーンピースが何をしようとしているのかわかっていた。しかし海ではよくあることなのだが、彼らの行為が法に反するものなのかどうかはっきりしなかった。したがって誰も妨害することも止めることもできなかった。

グリーンピースが沈めた巨石はどれも冷蔵庫ほどの大きさで、三トン少々の重量があった。底引き網が引っかかれば、網を破ってしまうだけの大きさと重さだった。彼らはクレーンを使い、巨石を一つずつ指定の位置の海底に落としていった。作戦の目的は漁師たちの虎の子の網を台無しにすることではなく底引き網漁をやめさせることにあったので、グリーンピースは巨石を沈めるたびに、その位置を記した最新の海図を地元当局と漁船の船長たちに提供した。彼らは二〇一一年にも同じ作戦をスウェーデン沖で展開した。[11]

底引き網漁をできなくしてしまう巨石に、いくつかの国の政府は色をなした。漁師たちにしてみれば、自分たちの職場に爆弾を落とされたようなものだ。オランダの漁業を管轄する農業・自然・食品安全省のヘルダ・フェルブルフ大臣は、巨石の海底投下に使用されていた〈ノールトラント〉という船の拿捕を表明した。オランダの漁師たちは、ビニールで丁寧に梱包した魚とブロックをグリーンピースの本部に何千個も送りつけて抗議した。漁師たちは訴訟も起こし、巨石は漁船の乗組員たちの命を奪いかねない海洋投棄物だと主張した。ドイツとスウェーデンとオランダの裁判所はこの訴えを棄却した。

海底をめぐる長年の戦いにおけるグリーンピースの最大の敵は、やはり何と言っても石油および天然ガス業界だ。二〇一〇年には、アメリカ史上最悪の原油流出事故をメキシコ湾で引き起こした石油掘削施設ディープウォーター・ホライゾンの所有主であるＢＰ社に喧嘩を吹っかけた。同施設の爆発から数カ月間、ＢＰ社は採掘口の封鎖と、その周辺に吐き出された原油の処理に悪戦苦闘していた。その後ＢＰ社は、流出した原油は化学分散剤を使ってすべて除去したと発表した。グリーンピースといくつかの大学の研究者たちはこの発表内容を疑問視し、潜水艇を使って調査した。するとペンシルヴェニア州立大学の研究チームが衝撃の映像をとらえた――ほんの数カ月前までは万華鏡のような光景が展開されていた海底が、アスファルト敷きの駐車場に変わり果てていたのだ。化学分散剤は原油を消散させたのではなく、実際には海の底に沈めて付着させていたのだ。当時この原油流出事故を追っていたわたしは、

BP社の科学者たちがこの問題を論じた内部文書と公判記録を読んだ覚えがある。化学分散剤の問題点はあまりにも専門的で、それほど重要ではないと考えていた。しかしそれは、現場の海底の事故以前と事故後の映像を眼にするまでのことだった。

この種の原油流出事故は、手つかずのフロンティアにエネルギー企業が進出することを多くの環境保護活動家たちが懸念する理由の一つだ。その手つかずのフロンティアとは、分厚い氷が流出した原油の処理を困難なものにする北氷洋だ。

掘削技術の進歩により、かつては手が出せなかった石油資源が開発可能になった北氷洋では、さまざまな国による採掘権争いが繰り広げられている。この地での原油採掘は、今や陸《おか》から遠く離れた洋上で行われている。深度があり過ぎるので、油田施設は海底に固定されていない。代わりに、バスほどの大きさがある巨大なスクリューで位置を保ち続けている。陸《おか》から遠く離れた洋上にあるということは、油田のある海域をEEZとする国の法律は完全に適用されないということにほかならない。

二〇一七年、わたしはグリーンピースの〈アークティック・サンライズ〉という船に乗り、ロシアとノルウェーの北方にあるバレンツ海に向かった。この海のコルプフィエル油田には、ノルウェーのエネルギー企業スタトイル社（現在はエクイノールに社名変更）の石油採掘プラットフォーム〈ソンガ・イネイブラー〉が停泊していた。ノルウェー本土から二二四海里（四一五キロ）離れたところにある、この世界最北の油田は、アマゾン川河口海域の油田開発計画と同様に、石油産業がリスクを厭わない姿勢をさらに強く打ち出していることを象徴している。(12)

公海での原油採掘を含むさまざまな活動を対象とする法律は、領海を統《す》べる法律以上に複雑だ。そのおかげでスタトイル社はかなり自由に掘削を行うことができる。それはつまり、掘削に抗議するグリーンピース側もかなり自由に行動できるということだ。さらに、〈ソンガ・イネイブラー〉はノルウェーのEEZの外側にあるものの、同国の「延長大陸棚」の上にあることも問題をさらにややこしくしている。国際法では、沿岸国には自国のEEZ内のあらゆる天然資源を自由に調査し、利用することが認められている。たとえばアマゾン礁はブラジルのEEZ内にある。EEZの範囲を超えた「延長大陸棚」でもそうした権利は「侵害される」ことはないが、同時にその海域内の「航行およびその他の権利と活動の自由」も「不当に干渉」されない。その他の権利のなかには抗議する権利も含まれる。この延長大陸棚で原油を採掘する場合、石油プラットフォームの外縁部から半径五〇〇メートルの立ち入り禁止水域を設定することを、石油企業は義務づけられている。同時に、「天然資源および自然エネルギーに関する主権的権利の行使に対する妨害行為」にならない範囲においては、企業側はある程度の「迷惑行為」を許容しなければならない。解釈の余地がかなりあるルールだと言える(13)。

グリーンピースの当初のもくろみは、スタトイル社の石油プラットフォームに先んじて極北の掘削地点に到着して投錨し、そこからてこでも動かないというものだった。彼らの目的は、油田開発工事を妨害し、願わくば掘削地点の権利をめぐる長くて金のかかる法廷闘争に石油企業を引きずり込むことだった。ところが物資の補給に手こずって〈アークティック・サンライズ〉の出航は遅れ、スタトイル社の石油プラットフォームのほうが先に現場に着いてしまった。そこでグリーンピースは次善策を講じることにした——現場に到着後、立ち入り禁止水域に侵入して石油プラットフォームに可能な限り接近して撮影し、延長大陸棚での原油掘削の危険性を訴える宣伝キャンペーンに使うことにしたのだ(14)。地震波探査で何百万バレルもの原油が眠っている可能性が高いことがわかっているコルプフィエル油田の開発は、ノルウェー政府にとってもスタトイル社にとっても命運を賭けた一大事業だった。ノルウェーは厳格な環境保護政策を敷いていることでつとに有名だが、実はその輸出収入の約四割を原油と天然ガスに頼っている。そのかなりの部分を、どこぞの口うるさい環境保護団体をなだめるために捨ててしまうわ

ロシアとノルウェーの北方にあるバレンツ海の公海上に浮かぶ、世界最北の石油プラットフォーム「ソンガ・イネイブラー」。

けにはいかなかった。
〈アークティック・サンライズ〉が現場に到着すると、ノルウェー沿岸警備隊の全長一〇五メートルの巡視船〈ノールカップ〉が、グリーンピースが法に触れることをしようものなら直ちに介入すべく、手ぐすね引いて待ち構えていた。三日後、グリーンピースは法に触れる行為に出た。四艇のカヤックに乗った活動家たちが立ち入り禁止水域に侵入し、抗議のプラカードを掲げた。別のチームは高速硬式ゴムボート《ゾディアック》で侵入した。ゾディアックは、危機にある地球を象徴する金属製の地球儀を載せたブイを引っ張っていた。その八時間後、ノルウェー沿岸警備隊は〈アークティック・サンライズ〉を臨検し、乗組員全員を逮捕した。〈ノールカップ〉は〈アークティック・サンライズ〉をワイヤで牽引し、二日かけてノルウェー北部の中心都市トロムソに戻った。グリーンピースの五人のメンバーは、合計で二万ドル近くの罰金が科せられたうえで釈放された。それから数カ月のあいだに、ノルウェー当局はグリーンピースのボートを数隻拿捕した。グリーンピースのメンバーの逮捕とボートの拿捕の合法性を

2017年7月、〈アークティック・サンライズ〉でバレンツ海にやってきたグリーンピースの活動家たちが、ノルウェーの石油プラットフォーム「ソンガ・イネイブラー」に対する「直接行動」の準備をしている。

めぐる長い裁判が続いた。

この法廷闘争でグリーンピースが長い月日と数万ドルを費やして押収された船やボートなどを取り戻そうと奮闘しているあいだに、スタトイル社の油田開発計画はほぼ滞りなく進んでいった。北氷洋での作戦に同乗取材していたわたしは、二つの重みのある事実のあいだで揺れていた。一つ目は、グリーンピースが圧倒的な不利な状況にあるということだった。二つ目は、彼ら自身も一つ目の事実を十分承知したうえで、本当の闘争ではなく演出された見世物を演じることもままあるという事実だった。

*

ブラジルの海での戦いは、グリーンピースにとっては本当の闘争なのか、それとも演出された見世物なのだろうか。そして、原油掘削計画の阻止を願うブラジルの科学者たちに勝機はあるのだろうか。どちらもまだわからない。いずれにせよ、アマゾン川河口海域とその広大な海底を覆っているとされている、いまだ謎に包まれたサンゴ礁を守るためには、グリーンピースはその存在を証明しなければならない。

このブラジルでの作戦の中核はサンゴにある。なので〈エスペランサ〉の小さな図書室はサンゴに関する書籍や文献が山積みになっている。乗っている科学者たちにしても、当然サンゴのことを本気で気にかけている。そこでグリーンピースの潜水艇の操縦士のジョン・ホセヴァーはわたしをからかうことにした。ある日の昼下がりのことだ。わたしはラウンジでノートパソコンを相手に静かに仕事をしていた。ラウンジでは、科学者と乗組員たちもノートパソコンのキーボードを叩いていた。そこにホセヴァーがやってきて、何かを発表するかのように咳払いをした。全員が顔を上げ、彼が話を始めるのを待った。「諸君」ホセヴァーは、ローマ教皇の回勅でも読み上げるかのようにおごそかに語った。「そこにおわすイアン殿は、サンゴのことを面白くもおかしくもないものだと考えていらっしゃる」全員が蔑みにも似た不信の眼でわたしを見た。わたしはあらん限りを尽くして〝マジで死ね〟という顔をつくってホセヴァーをにらみつけた。「諸君らにお知らせしておいたほうがよろしいかと思った次第だ」彼はそう言うと、何食わぬ顔をつくろってわたしに笑みを返した。

ホセヴァーの言ったことはあながち嘘ではなかった。たしかにわたしは、サンゴのことをごてごてと飾り立てられた岩にしかすぎないと思っていたこともあった。その時点でホセヴァーとはもう五年の付き合いだったが、その年月のなかでわたしたちは、サンゴ礁のことを何度も気軽に語り合っていた。彼のほうは、まるで史上最高のアクション映画について論じるかのように、口角泡を飛ばしつつサンゴ礁の魅力を語った。サンゴのこんな話を書いたらどうかだとか、あんなことを記事にすればいいじゃないかとわたしに何度も持ちかけてきて、そのたびに断っても懲りもせずに言い続けていた。人間誰しも「教養の盲点」というものを一つは抱えているものだが、海のことに関して言えば、わたしにとってはサンゴ礁がそれにあたった。多種多様な生物が棲《す》み処《か》とする、世界中のダイバーたちを惹きつけてやまない極彩色の世界だということはわかってはいたのだが、興味が一切わかなかったのだ。

ホセヴァーは「海の守り人」となるべく生まれついた男だ。コネティカット州で生まれ育った彼は、将来は森林局に入り、山火事の只中にパラシュート降下する仕事に就くことを夢見ていた。ところが長じると海の住人たちと恋に落ち、一九九三年にフロリダのノヴァ・サウスイースタン大学で海洋生物学の修士号を得た。サンゴと海の生き物たちのことを熱く語るホセヴァーを見ていると、マーク・トウェインの有名なあの言葉が頭に浮かんでくる――人生でいちばん大事な日は二つある。それは自分が生まれた日と、自分が生まれた意味を理解した日だ。

そんなホセヴァーの身の丈一九〇センチ超で体重八六キロという痩身のあちこちにはタトゥーが彫り込まれている。右腕には、海綿が咲き誇りギンガエイが乱舞し、トロール漁船を引きずり込む巨大ダコがいるベーリング海の海底峡谷が描かれている。左の肩甲骨には、グリーンピースとその使命の本質を見事に象徴していると見る向きもある、ピカソによるドン・キホーテ像がある。

ホセヴァーの〝サンゴオタク熱〟は無関心という免疫力を打ち負かし、とうとうわたしを感染させてしまった。アマゾン川河口海域での作戦に加わる前に、わたしはサンゴ礁のどこがいいのか学んでみることにしたのだ。優秀な人びとがこぞってサンゴ礁に魅せられ、重要視し、さらには心を躍らせるのはなぜだろう。その理由を探ることにした。生息地としてのサンゴ礁にはあまり心を動かされなかった。なので、そこの住人たちのことを学び、その棲み処のことを考えてみることにした。潜航スポットに向かうまでのあいだ、〈エスペランサ〉の小さいがサンゴ礁に特化した図書室の本や雑誌の記事を読み漁った。[15] 科学者たちを質問攻めにして、即席の講義を開いてもらった。

自分がどれほどサンゴ礁のことを誤解していたのか、すぐに思い知らされた。サンゴは文句なしに地球一腕の立つ大工だが、その仕事のペースは恐ろしく遅い。どんなに早くても、一年かけて数センチ建てるのがせいぜいだ。たとえばオーストラリアのグレートバリアリーフは宇宙からでも鮮明に見える世界最大のサンゴ礁で、その面積はペンシルヴェニア州の三倍近くの三四万平方キロもある。そこまで大きくなるまで六〇万年もかかっているのだが、それでもサンゴ礁としては築浅のほうなのだ。

サンゴは腕のいい漁師だということも学んだ。彼らは微細な毒針やネバネバの網を使って獲物のプランクトンを麻痺させて食べる。サンゴ礁は無数の生き物がひしめくミクロコスモスで、八〇〇〇平方メートルのなかに生息する海洋生物の数は、北米大陸のすべての鳥類の総数よりも多いということも学んだ。そしてそのミクロコスモスには並外れて効率のいいエコシステムが成り立っていて、無駄なものはほぼゼロだ。ある生物の排泄物は必ず別の生物の餌になっているからだ。荒涼として栄養分に乏しい海の大部分を「水の砂漠」だとすれば、そんな海にある活気に満ちて生物多様性が保たれているサンゴ礁は、言ってみればサハラ砂漠のど真ん中にアマゾンのジャングルがあるようなものだ。サンゴの学習にどっぷりと浸かっていたある日、ふと顔を上げて時計を見ると、四時間も本を読みふけっていたことに気づいた。危うく夕食を食べ損ねるところだった。

わたしたちが探し求めているアマゾン礁は、どうやらこれまでのサンゴ礁についての常識を打ち砕く、実に興味深い存在らしい。サンゴは植物ではないが、日光が当たらなければ生きていけないとされている。実際に日光を必要としているのはサンゴの内部に生息している褐虫藻《かっちゅうそう》であって、この単細胞藻類がサンゴの餌の大半を占めている。サンゴ礁の大半が水の澄んだ浅瀬に形成されている理由はそこにある。ところがアマゾン礁は、淡水と海水が入り交じる濁った水の深いところにあるのだ。時期によってはアマゾン川から流れ込む泥水に遮られ、日光がまったく届かないこともある。なのでアマゾン礁のサンゴたちは光合成ではなく、もっぱら日光を必要としない化学合成に頼っていて、二酸化炭素や水、そしてアンモニアや鉄分や窒素や硫黄といった無機物から有機物を生成しているのだと、科学者たちは考えている。地球で最初に誕生したのは化学合成を行う生物で、現在の生物はその遠い子孫だという説を科学者たちは唱えている。

「悲しい事実も知っておくべきだな」科学者のフランシーニ＝フィリョはそう言い、わたしのサンゴに対する明るいイメージを台無しにするようなことを教えてくれた。地球温暖化によって海水温が上昇した結果、海の生態系に変化が生じつつある。それが世界中のサンゴに危機をもたらしているのだと彼は語る。サンゴが繁殖するためにはアルカリ性の水質でなければならないが、化石燃料を燃やすと排出される二酸化炭素は海水の酸性度を上昇させる。二酸化炭素は気候変動を起こすだけでなく海の水質も悪化させてしまうのだ。全世界で排出される二酸化炭素の約四分の一を吸収する海の水質は眼に見えて酸性に傾いていき、サンゴの骨格の石灰化を困難にしてしまう。

海水温が上昇すると、サンゴの鮮やかな色彩を生み出している褐虫藻は酸素を過剰に生成するようになり、サンゴの個体であるポリプは褐虫藻を排出してしまう。すると「白化」という現象が起き、サンゴの彩りは失われて白くなり、ついには死んでしまう。現在、人類史上最も深刻なサンゴの白化現象が全世界の海で進行している。アメリカ地球物理学連合の専門誌『ジオフィジカル・リサーチ・レターズ』に発表された論文によれば、二酸化炭素の排出がこのまま数十年続けば、サンゴ礁は全部「成長を止め、溶解していく」という。それは数百万種の生物の絶滅を意味する。

ホセヴァーがわたしの決まりの悪い秘密を暴露したとき、ラウンジにいたほぼ全員が唖然としたのもむべなるかなだ。学べば学ぶほど、ブラジルの科学者たちがアマゾン川河口海域の海底を何としてでも調査したいと思っている理由がますますわかってきた。この海域での原油の掘削がもたらす脅威は、流出事故でアマゾン礁に壊滅的打撃を与えるだけにとどまらない。ここで採れる石油は、結局のところ世界中のサンゴを死滅させている気候変動の元凶である二酸化炭素をさらに生み出すのだ。この地球規模の戦いの一部であるアマゾン礁をめぐる争いの只中に、わたしはまさしく飛び込もうとしていた。

より高い視点から見れば、アマゾン礁を守る作戦の目的は、海に対する考え方にパラダイムシフトをもたらすことにある。ブラジルの科学者たちとグリーンピースの活動家たちにとって、海は資源を採取したりごみを捨てたりする場所ではない。人間が手出しするべきではない広大な聖域であり、できれば保護して繁栄させるべき生き物たちの楽園なのだ。海とは、わたしたちの懐と腹を満たすものではない。他者への思いやりを広げ、生物多様性を育《はぐく》み、人間には自分たち以外の地球の住人たちと調和して生きる力があることを証明する場でもある。

＊

四日後、〈エスペランサ〉は減速し、停船した。過去の航海日誌や漁船の漁獲記録から、この下にサンゴ礁がある可能性が高いと科学者たちは判断したのだ。乗組員たちは、出航以来ヘリパッドにしっかりと固定されていた真っ赤な〈デュアル・ディープ・ワーカー２０００〉の潜航準備を開始した。空はどんよりと曇っていて、髪をなびかせるほどの風は吹いていたが、息苦しいほどの暑さにわたしたちは圧《お》し潰されていた。

二〇〇四年に建造された〈デュアル・ディープ・ワーカー２０００〉は、ミニクーパーほどの大きさの、ピクサー映画に出てきそうなキュートな複座潜水艇だ。操縦席と同乗席は別個に密閉されていて、双方と船とのやり取りは無線を介して行われる。潜水深度が深くなって水温が下がっても、艇内の温度はＴシャツ短パン姿でいられるぐらい快適に保たれる。出力一馬力の扇風機のような六基のスラスターで出せる最高速度は二ノット（時速三・七キロ）で、最大潜航深度は六〇〇メートルだ。胴体の片方の側面に刻まれている深い傷は、二年前のサンタバーバラ海峡での作業中に激しい潮流にあおられて石油プラットフォームにぶつかったときにできたものだ。

潜航の前日、わたしは潜水艇の整備士からコックピットの与圧方法と〈エスペランサ〉との交信方法、そして火災や動力喪失や流れてきた漁網に引っかかってしまうといった緊急事態の対処法を習った。そうした訓練にもかかわらず、わたしは素人がやるミスをやらかして潜航を遅らせてしまった。座席に座ってガラスドームを密閉した直後に、わたしは何かに肘をぶつけた。するとポンという小さな音がして、それからシューッという音に変わった。わたしはヘッドセット越しに声をかけた。すると整備士がヘリパッドを駆けてきて、ガラスドーム越しに計器を確認した。計器を見つめる顔に、わたしは不安を感じた。

「今すぐ開けて彼を出そう！」整備士は同僚にそう言った。どうやらわたしは、あるノブを教わったとおりにしっかりとひねっていなかったらしい。そのせいで純酸素が室内に充満しつつあった。純酸素は大量に吸うと酸素中毒を起こして死に至ることもあり、しかもちょっとした火花で爆発する。三〇秒後、わたしとホセヴァーは潜水艇から出て、整備士たちが設定を修正するまで待った。自分は海ではまだまだよそ者なんだとひしひしと感じた。陸《おか》ではそんなにそそっかしい人間ではないのに、船長のノートパソコンにコーヒーをこぼすわ漁船で感電しそうになるわの数々のどじを踏み、今度は今度で潜水艇を危うく吹っ飛ばしてしまうところだった。

そんな大失敗から立ち直ると、科学者たちにこの海域での原油掘削計画が何度も頓挫している理由を尋ねてみた。調べてみたらわかったのだが、ここでは過去数十年のうちに少なくとも九五回ほども石油と天然ガスの試掘が行われているが、ことごとく失敗に終わり、三分の一近くの企業が撤退していた。ブラジル政府の資料では、ほぼすべての失敗の理由は「機械的なトラブル」という曖昧な言葉で片づけられている。それにもかかわらず、石油掘削業界がこの海域での試掘を懲りもせずに繰り返している一因は、水圧破砕法《フラッキング》や、沖合での掘削を可能するより高度な技術を手に入れたことにあるのかもしれない――そんな月並みな答えが返ってくるものと、てっきりわたしは思っていた。それは間違いだった。

科学者たちは、キャンプファイアを囲んで怪談話に興じる子どもたちのように、はしゃぎ気味に互いに目配せした。そして、ここは採掘が難しい海域として有名だと言い、その理由を教えてくれた。アマゾン川河口の川水はチョコレートミルクのような色の泥水で、流れも速い。アマゾン川から吐き出される川水は、世界中の海に注ぐ淡水の総量の約二〇パーセントを占める。比重の異なる淡水と海水が入り交じるアマゾン川河口海域の海中には、ケーキのようにいくつもの層ができている。海床にしても、場所によっては泥だらけになっていたり砂が広がっていたりするので、潮の流れがさらに複雑になっている。

アマゾン川が吐き出す堆積物のせいで、大西洋に「アマゾン川プルーム」と呼ばれる不透明で栄養豊富な海域が形成される。海中の砂嵐とも言うべき「アマゾン川プルーム」は海流や潮流に乗り、何の前触れもなく河口から何百キロも先まで広がることもある。〈エスペランサ〉の科学者で、サンパウロ大学の海洋学者のエドゥアルド・シーグレは、プルームで運ばれた堆積物が何十万年にわたって海底でふたたび積み重なり、急峻な棚斜面ができ上がっていると説明する。斜面の前縁の水深は一五〇メートル程度だが、そこから先は一気に三〇〇〇メートル以上の深さにまで落ち込んでいる。

パラ連邦大学の海洋学者のニウス・アスピは、ほかの海域よりも数百メートルも厚く堆積した、不安定な沈泥《シルト》を掘削することもとてつもない難事業だと教えてくれた。プルームが襲ってきたら、遠隔操作探査機（ROV）はものの数分で呑み込まれてしまうと科学者たちは言う。そして原油がその下に眠っている可能性がいちばん高い棚斜面の前縁部では、大規模な地崩れがしょっちゅう起こっていて、そんなところに油井を掘れば倒壊してしまう。

甲板上での講座はまだまだ終わりそうになかったが、潜水艇の整備士がやってきたので打ち切られた。整備士に言われて、わたしは潜水艇にふたたび乗り込み、ガラスドームを閉じて加圧し、科学者たちが語ってくれた、おっかない海の底へと降りていった。ガラスドームが閉じられるとき、フランシー二＝フィリョはいわくありげな笑みを浮かべ、わたしにこう言った。「グッドラック」

＊

潜水艇は潜航を開始した。ガラスドームの上に迫ってくる波に、わたしは閉所恐怖症的なパニックを起こしそうになった。これまでの数年間、わたしは船に乗って七つの海を巡ってきたが、潜水艇に乗るのはこれが初めてだった。空気は十分にあるだろうか？　またどこかを触ってしまって、船から離れたところで純酸素が充満してしまったらどうしよう？

ホセヴァーがスラスターを始動させると、潜水艇は海底に向かって降りていく。突如として水中の空間が広く感じられ、重度の閉所恐怖症は広場恐怖症に変わった。広大でよどんだ、そして異質な世界の中で、自分が無防備でちっぽけな存在のように感じられた。徐々にではあるが、恐怖は畏怖に変わっていった。ガラスドームを見上げると、陽の光を受けて輝く海面は、チラチラと瞬く青いガラスのように見える。潜水艇を動かすスラスターのモーターと、空気から二酸化炭素を除去する空気清浄機の音で、艇内は意外と騒々しい。わたしは腕時計に眼を落とした。潜航開始から二分ほど経過していた。艇内は涼しく快適で、首筋の汗も乾きつつあった。高解像度の水中カメラが装着されたマニピュレーターアームが眼の前に突き出ている。潜水艇の両側に付けられたライトで暗い海を突き刺しながら、わたしたちはゆっくりと潜航していった。

潜水艇は一五分ほどかけて水深九六メートルの海底に到達した。その途中で、眼の前を幅が一メート

潜水艇に乗って大西洋の海底へと向かう、グリーンピースの海洋作戦ディレクター、ジョン・ホセヴァー。

ルを超える大きなエイが通り過ぎ、蛍光色の魚たちが行きつ戻りつを繰り返していた。「アマゾン川プルーム」の中にいるわけではなかったが、それでも視界は、まるで雲の中を突っ切って飛ぶ飛行機に乗っているかのように、何も見えなくなったと思ったらぱっと明るくなるといった具合に次々と劇的に変化する。

潜水艇のことをクジラかサメとでも思ったのか、コバンザメの群れが突っ込んできてへばりつこうとする。海底に空いた穴から、体長一五センチほどの白っぽい魚が出たり入ったりを繰り返している。ホセヴァーが無線で教えてくれたのだが、そのベラの一種の魚は網や漁師の手からするりと逃れてしまうことから「ぬるぬるちんぽ《スリッパリーディック》」と呼ばれているという。しばらくすると、遠くにごつごつした岩礁のようなものが見えてきた。ところが近づいてみると、わたしはわれ知らず身を乗り出して見とれてしまった——青とオレンジと黄色のネオンが瞬く、活気と色彩に溢れた極小生物たちの大都会《メトロポリス》だ。

こっちを見ろと言わんばかりにホセヴァーが指さ

す先には、サンゴモ球（ロドリス）というごつごつとした岩のようなものの山が見える。紅藻類の一種が長い年月をかけて形成するロドリスが積み重なったそれは、毛虫のような小さな生き物がひしめく高層アパートメントだ。その一部は、訪れる魚の寄生虫を駆除する「洗車場」になっている。その洗車場の「掃除屋」は色鮮やかで大胆な模様で客引きをしている。そうした掃除屋たちのなかでも商売熱心なものたちは、触手を振ったり体をくねらせて客にアピールしている。

「食欲旺盛な肉食生物だって大歓迎なんだ」ホセヴァーが無線越しにそう言う。そうした大食漢たちの口の中に、掃除屋たちは泳いだり這ったりして入り込んで寄生虫や壊死した皮膚を食べる。次の客の掃除を待ち構えている、ペパーミント色のガラス細工のような小エビやムギワラエビの群れもいる。掃除屋のなかには偽物もいて、掃除をするふりをして客の体の柔らかい部分をついばむ輩《やから》もいるとホセヴァーは教えてくれた。肉食生物のほうだって騙すやつがいる。仕事に励んでいる掃除屋たちを呑み込んでしまうこともよくあるのだそうだ。「まさしくジャングルだよ、あそこは」ホセヴァーはそう言うと、ガラスドーム越しにわたしに笑みを向けた。

じきにホセヴァーはサンゴ礁を泳ぎ回るチョウチョウウオと、色鮮やかなベラを見つけた。あとで科学者たちに見てもらったり研究書の写真と見比べてみてわかったのだが、わたしたちが見た魚たちのなかには未確認の種類がいた。それから数日をかけた潜航調査で、科学者たちはブラジルで絶滅危惧種に指定されているミナミバラフエダイとユキホシハタの映像も撮った。そうした記録こそ、ブラジルの科学者たちが求めていた政府への説得材料だ。

アマゾン礁はどこまでも広がっていた。ロドリスは互いにくっつき合って大きくなり、サンゴ礁そのものの骨格になっていく。数回の潜航調査で、グリーンピースはサンゴ礁の地図を作成し、その輪郭を解明し、アマゾン川河口からフランス領ギアナまで九五〇キロも続くサンゴ礁の多くを撮影した。潜水艇は海底の隆起に沿って旋回と上昇を続け、そのたびにライトはまったく未知の生物多様性が存在することを見せてくれる。陽の光が届くこともあり、海底がぼんやりと照らし出されている。もう二度とサンゴのことを「ごてごてと飾り立てられた岩」だなんて言うもんか――前後左右に広がる生の輝きと営みに満ちた世界を見ているうちに、わたしはそう心に決めた。

わたしとホセヴァーの海底の物見遊山に一時間後、無線という邪魔が入った。

「〈ディープ・ワーカー〉へ、こちら〈エスペランサ〉」無線の声はそう言った。

ホセヴァーはしかとを決め込み、そのまま遊覧を続けた。

三分後、また無線が入った。「〈ディープ・ワーカー〉、応答しろ」

「どうした」ホセヴァーはようやく返事をした。

「浮上して海上に戻ってくれ」

「了解」ホセヴァーはそう言った。

わたしたちは浮上を開始した。近づきつつあるステンドグラス張りの海面を、わたしはガラスドーム越しに見上げた。一般の感覚では動物とも植物とも鉱物ともつかない生物が生息する、脆弱な未知の世界を訪れたばかりのわたしは、確かな心の高ぶりを覚えていた。そして、見たこともないものを守りたいという気持ちはなかなかわき起こってこないだろうとも思った。月の裏側に比べたら、海の底のことなんてまだ全然知られていないとホセヴァーは言う。ほとんど知られていないということは、それはつまり世間の監視の眼が行き届かないということだ。そして世間の監視の眼が行き届かないとグリーンピースのような環境保護団体もなかなか動くことができないので、結果として「知られていないこと」は一部の企業にとっては好都合なのだ。「実際、『無知は罪なり』という残念な格言もあるからな」ホセヴァーはそんなことを言った。

海面まで上がってくると、わたしとホセヴァーは〈エスペランサ〉のクレーンで引き揚げられるのを待つフィッシングルアーよろしく、静かに波間を漂った。水上飛行機でアマゾンの熱帯樹林の上空を飛んだときは、気候変動がもたらす地球的危機の全体像を見せつけられた。一方、潜水艇はその脅威の最前線にわたしを連れていってくれた。BP社がメキシコ湾で起こした原油流出事故後の海底の様子をとらえた映像を思い出してみた。生物が死に絶えた黒い世界は、色彩の爆発とも言える活気にみなぎるロドリスの山と海の洗車場の対極にあった。

陸《おか》に戻ってから半年後、〈エスペランサ〉に乗っていた科学者の一人からメールが送られてきた。そのメールにはこう記されていた――潜航調査の結果をまとめた報告書を受け取ったブラジル連邦環境省は、それに応えて石油企業連合にさらなる情報の提出を求めた。企業側は拒んだ。その結果、政府は一時的ではあるがアマゾン礁付近での掘削許可を取り消した。

これは、今すぐにでも開発事業に着手できる海域で、国家が主導権を発揮した稀有な例だ。アマゾン礁をめぐる戦いでは、たしかにブラジルの科学者たちとグリーンピースが勝利を収めた。それでもわたしは、この局地戦の勝利に浮かれる気にはなれない。逆にむしろ、世界規模の戦いの行方については悲観的なままだ。わたしのような一般消費者の暗黙の支持がある限り、資金力で圧倒的に勝る企業による石油探しは今後もどんどん続くことがわかっているからだ。

10 海の奴隷たち

その冥《くら》き奥底に怪物が潜んでいない海とはどのようなものだろうか？　それは夢のない眠りだ。
ヴェルナー・ヘルツォーク『混乱のための手引書――ポール・クローニンとの対話（*A Guide for the Perplexed: Conversations with Paul Cronin*）』

強制労働は世界中のどこにでも存在する。それでも、南シナ海ほど蔓延している場所はほかにない。とりわけこの海で操業するタイの漁船は最悪だ。なぜタイの漁船なのか？　その一因は人手不足にある。二〇一四年の国連報告によれば、タイの水産業界は年間で五万人の漁船乗組員が不足しているという。そしてこの慢性的な人手不足を、カンボジアとミャンマーからの何万人もの出稼ぎ労働者で補っているのが現状だ。その結果、彼らをまるで家畜のように売買する質《たち》の悪い漁船の船長が出てくる。

燃料価格の高騰と沿岸漁獲量の減少を受けて、さらに多くの漁船が遠洋操業に乗り出し、そのせいで出稼ぎ労働者に対する不当な扱いが増加している。海事労働の専門家たちはそう見ている。遠洋漁業の労働環境は過酷だ。過当競争に陥って効率が悪くなり、利益もほとんど上がらなくなったタイの水産業界では、漁船の船長たちは言われたときに言われたとおりにやる乗組員を求めるようになる。長時間働かされても食事の量が少なくても雀《すずめ》の涙ほどの賃金でも不平不満を言わずに働く、つまり「海の奴隷」に頼らなければタイの遠洋漁業は立ち行かないのだ。

「人間の命の値段は、海では安いんです」国際的な人権NGOヒューマン・ライツ・ウォッチのアジア担当副局長のフィル・ロバートソン氏はそう語る。海事労働に関する法律はあるにはあるが規制が緩く、乱獲で資源量は激減しているにもかかわらず、水産物に対する世界需要はとどまるところを知らず、状況は悪化の一途をたどっていると氏は述べる。

海上での強制労働についていては秀逸な報道を見聞きしていたので、海には奴隷制度がいまだにあることはなんとなくわかっていた[1]。しかし自分自身で実際に取材してみると、その腐敗ぶりは想像を絶するものだった。自ら目の当たりにした絶望的なまでに残酷な現場と、奴隷にされた出稼ぎ労働者たちのいつまで経っても消えない心の傷は、取材終了後もずっとわたしを苛《さいな》んでいる。無法の大洋《アウトロー・オーシャン》は多くの人びとを呑み込み、餌食にしている。そんな場所で働き、わたしたちの食卓を豊かにしてくれている人びとが酷使されている現状は衝撃的だった。陸《おか》では、労働者への虐待や人権侵害はスマートフォンを使えば取り締まることができると考える向きが増えている。そうした現場を目撃したら、スマホで撮影してそのままユーチューブにアップすればいいということだ。ところが奴隷の使用が常態化している遠洋漁業の現場では、そんなことは望むべくもない。

＊

「あんなもの、見なけりゃよかった」陸《おか》から何百キロも離れた大海原で目撃したものについて、今は警備員のソム・ナンはそう言う。二〇一三年の末、ソム・ナンは遠洋漁船への補給船に初めて乗って南シナ海に向かった。出航から四日後、ソム・ナンが乗る船はタイの国旗を掲げる老朽トロール漁船の側舷に近づいた。

そのトロール漁船の船首に、半裸姿の痩せ衰えた男がうずくまっていた。その男の傷だらけの首には

南シナ海のタイの漁船

金属製の首枷が付けられ、一メートルほどの鎖で甲板の柱につながれていた。その男は脱走しようとしたことがあるから、よその船が近づいてきたら毎回首枷を付けて逃げられないようにしているのだと、あとでトロール漁船の船長は説明した。

首枷を付けられていた男の名前はラン・ロンといった。タイの漁船で働かされている何千人もの男たちと同じように、ラン・ロンも人買いの餌食になってタイに連れてこられたカンボジア人だった。ラン・ロンは漁船で働くつもりなどまったくなかった。首都プノンペンにほど近い村に暮らしていたラン・ロンは、仏教の祭りで出会った男に、タイへの入国を手伝ってやるから、向こうの建設現場で働かないかと誘われた。

男の誘いを、三十歳のラン・ロンは人生をやり直すチャンスだと思った。実家の水田では家族を満足に養うことができず、弟と妹たちはいつも腹をすかせていた。そんな暮らしにうんざりしていたラン・ロンは、トラックの荷台に乗ってでこぼこ道を旅して国境を越え、バンコクの南隣にあるタイランド湾岸の都市サムットプラカーンの港にたどり着いた。そして港の近くにある家で、武装した男たちに監視されて何日も過ごした。ラン・ロンは水牛よりも安い五三〇ドルで、とある漁船の船長に売られた。そして六人の出稼ぎ労働者たちと一緒に、みすぼらしい木造漁船に乗せられた。それから三年にわたる海での過酷な奴隷暮らしが始まった。そのあいだにラン・ロンは二度転売された。

海での強制労働を取材していた二〇一四年九月、わたしはタイ南部のソンクラーでラン・ロンに会った。その七カ月前に、ラン・ロンは「ステラ・マリス」の名で知られている船員司牧（AOS）という組織によって救出されていた。AOSとはカトリック教会に属する世界的な組織、国際キリスト教海事協会の一員で、世界各国の港湾にオフィスを持ち、船員とその家族たちに対する奉仕活動を展開している。そのAOSが漁船の船長に金を払ってラン・ロンを「買い取った」のだ。わたしがソンクラーを訪れたのは、AOSのソーシャルワーカーたちが人身売買の被害者への取材への協力を申し出てくれて、この犯罪の捜査にあたる当局の担当者を紹介してくれることになっていたからだ。

ラン・ロンとの面会を待つあいだに、わたしはAOSのオフィスでケースファイルをたっぷりと時間をかけ、じっくり読んだ。そこに記されていたのは、洋上での暴力や虐待、酷使、拷問、そして殺人といった恐怖のオンパレードだった。病気になったから海に放り捨てた、歯向かったから首を刎《は》ねた、言うことを聞かなかったから悪臭に満ちた真っ暗な魚倉に何日も閉じ込めた――ページをめくるたびに、そうした記述や写真に出くわした。「そんな報告なら毎週毎週上がってきます」AOSのソンクラー支局のスチャト・チャンタラッカナー支局長はそう言った。

こうした「死地」から脱出できるかどうかは、たいていの場合は海の奴隷たちをたまたま目撃した愛他精神に溢れる人間が、AOSなどの組織に通報してくれるかどうかにかかっている。AOS以外にも、海の奴隷をこっそりと逃がしてくれる秘密のネットワークが、マレーシアとインドネシアとカンボジア、そしてタイにでき上がっている。ソム・ナンもそうした「愛他精神に溢れる人間」の一人だった。AOSに紹介された四十一歳のソム・ナンはずんぐりとした体格のいかついカンボジア人で、会うとすぐにベルトに差した護身用の伸縮式特殊警棒を見せびらかした。波止場の近くで働いていた年月のうちに、ソム・ナンは海の奴隷たちの過酷な境遇のことを耳にしてはいた。そんな彼をもってしても、補給船に乗っていたときに目撃した現実については心構えができていなかった。

ソム・ナンが乗っていた補給船は、燃料や食料や予備の漁網や乗組員の交代要員といった、遠洋漁船に必要なありとあらゆるものを運ぶ。全長三〇メートル以上もある鈍重な補給船は、言ってみれば海のスーパーマーケットだ。奴隷にされたラン・ロンを運んだのも、その境遇から救い出したのも補給船だった。

足の遅いトロール漁船が陸《おか》から二四〇〇キロ離れた大洋の只中で操業を続けていられるのは、補給船がいればこそだ。そのおかげでトロール漁船は数カ月どころか一年以上も洋上で漁を続け、獲れた魚は補給船に移されて陸《おか》に運ばれ、短期間のうちに缶詰に加工されてアメリカのスーパーの棚に並ぶ。

補給船はさまざまな海域で操業する何隻ものトロール漁船を巡り、物資を補給して獲れた魚を集めていく。魚は全部だだっ広い冷蔵漁倉に一緒くたに詰め込まれる。畢竟《ひっきょう》、どの魚が法律に則った漁船が獲ったものなのか、それとも首枷を付けられた出稼ぎ労働者たちを使って密漁したものなのか区別することは事実上不可能になる。

港を出てから四日後、ソム・ナンが乗る補給船はタイ船籍のおんぼろトロール漁船に横づけした。八人が乗るその漁船は、インドネシア海域での二週間にわたる違法操業を終えたばかりだった。ソム・ナンが首枷を付けられたラン・ロンを見たのはそのときだ。船長は週に一回、ほかの船が近づいてくるたびにラン・ロンを首枷で鎖につないでいた。ミャンマー人の甲板員とタイ人の幹部船員たちのなかでただ一人のカンボジア人のラン・ロンは、自分と眼を合わせてくる相手には誰彼構わず瞬きひとつせずに見つめ返し、「助けて」とクメール語で小声で話しかけていた。そのときの光景と声はソム・ナンの脳裏に焼きついて消えることはなかった。そのせいで彼は海で働くことをやめてしまった。

ラン・ロンが救助されたのちに、警察は彼が奴隷にされて複数の漁船間で取引された過程を捜査した。「三隻の漁船が補給船を取り囲み、ラン・ロンをめぐって諍いを始めた」捜査報告書にはそう記されている。陸《おか》のはるかかなたで行われる遠洋漁業の現場では、人手不足が常態化している。この諍いの一年後にふたたびラン・ロンが転売されたときも、真夜中に漁船間で争いが起こった。

ＡＯＳの海の奴隷の救出についてのケースファイルを読み終えた頃、わたしはソーシャルワーカーの案内で階下《した》に降りた。そこは救出された海の奴隷たちが寝泊まりする部屋で、簡易ベッドがずらりと並んでいた。その部屋の椅子が並べられている一角でラン・ロンと面会した。彼はすでに数カ月この部屋で待機し、タイ政府の保護施設に移されるのを待っている。保護施設に移されても、政府による捜査が終わるまでそこで暮らすことになっている。ラン・ロンは痩せぎすで背が高く、カフェオレ色の肌はあばただらけだ。異様なほど身じろぎひとつせず、まるで死体が背筋を伸ばして座っているように見えた。鼻だけで息をする様子も、口を開くことを恐れているかのように思える。虚ろなまなざしを絶やさないラン・ロンをひと言で形容するなら、それは「人間の抜け殻」だ。

難しい取材になりそうなことはわかっていた。取材を台無しにされないよう、わたしは通訳にこれからの手順を説明した——最初にぼくが何者なのか、そしてこの取材の目的を簡潔に彼に伝える。それからぼくがラン・ロンの手を握り、あなたから話を聞く前に考えをまとめさせてくれと伝えてくれ。そのあとは一五分から二〇分は何も訊かない。居心地が悪いだろうが、この沈黙は必要だから我慢してくれ。重要なのはプレッシャーをかけることで、うまくいけばラン・ロンのほうから積極的に話してくれ

タイの漁船で「海の奴隷」にされていたラン・ロン。囚われの年月のうちに、彼は首枷を付けられ、漁船のあいだで売買された。

るだろう――通訳はわたしの要求に納得し、うなずいた。

わたしは指示を続けた――しかるべきタイミングになったら、ぼくはチューインガムをポケットから出す。ぼくが一枚口に入れたらきみにも渡すから、きみも噛んでくれ。これで彼ももらえると思うだろう。ぼくはガムを一枚テーブルに置いて、よかったら噛んでくれとやんわりとジェスチャーで伝える。ぼくはただぼんやりと彼を見る。それからノートに何かを記す。そのあとでぼくは部屋を出て、ミネラルウォーターのボトルを何本か持って戻ってくる。きみに一本渡すから飲んでくれ。ぼくも飲む。ああ、たしかにここまでの流れは全部しっかりと考え抜かれた演出だ。狡猾な手だと言ってもいい。でもこれはぼくが編み出した、相手の心を効果的に溶かすやり方なんだ――通訳は納得したような表情を浮かべ、一緒に芝居を打ってくれると言った。

ボトルの水を飲み、チューインガムを噛みながら過ごすこと三〇分近く、そこでようやくわたしはラン・ロンに、海での日々のことをおもむろに尋ねていった——最初のうちこそ錆びた釣り針を使って木の手すりに刻み目をつけ、過ぎ去っていった月日を記録していたというが、結局やめてしまったという。「二度と陸地を眼にすることはできないと思ってた」ラン・ロンは消え入りそうな声でそうつぶやくと、魚なんか二度と食べたくないとも言った。話のやり取りが長くなっていくと、ラン・ロンはわたしの後ろに眼を向けるようになった。さりげなくゆっくりと振り返り、何を見ているのか確認してみた。ラン・ロンの視線の先には真っ白な壁があるばかりだった。

　タイに違法入国するためにかかった費用は、船長が肩代わりしたことになっていた。その借金は働いていくうちに減っていくはずだった。ところがその逆に、時が経つにつれて借金による束縛はきつくなっていくばかりだった。ラン・ロンの海での強制労働は終身刑のようなものになっていった。漁船乗組員としての経験を積めば積むほど奴隷としての価値は高くなり、猫の手も借りたいほど困っている船長たちは、彼を手に入れるためなら喜んで大枚を積むようになった。

　それでも最初のうちはへまばかりしていた。漁の経験がないどころか、そもそも奴隷にされるまで海を見たことがなかったラン・ロンは、網をからませてしまうことが誰よりも多かったという。どの魚も小さくて銀色の同じ魚に見え、選別にも手間取った[2]。船に乗ったばかりのうちは船酔いがひどくて作業も緩慢だったが、のろまな乗組員を船長が袋叩きにしているところを見て手を早めた。

　しかしどんなに頑張っても、ラン・ロンは厳しい折檻を受けた。「彼は木製もしくは金属製の棒で打《ちょう》擲《ちゃく》された」タイの国立人権委員会が作成したラン・ロンのケースファイルにはそう記されている。「一時間しか休めない日もあった」飲料水が底をついてくると、甲板員たちは魚を冷蔵保存するための氷が詰まった樽から氷を盗み、変な味がするのに溶かして飲んだ。漁具をきちんと片づけなかった甲板員には一日食事抜きの罰が与えられた。

いっそのこと、海に飛び込んで逃げてしまおうとしょっちゅう考えていたとラン・ロンは語った。海にいた三年のあいだに、陸《おか》を見たことは一度もなかった。夜になると誰も船の無線機を監視していない時間帯があったが、誰にどうやって助けを求めればいいのかラン・ロンにはわからなかった。漁船にはクメール語を話せる者が一人もいなかったせいで、自分は奴隷なんだという思いと孤独をさらに募らせていった。

ラン・ロンは船長を恐れていたが、それよりも怖かったのは海のほうだった。時化《しけ》のときは、ビルの数階分もの高さのある波が甲板を叩きつけた。ラン・ロンが首枷を付けられたり外されたりするようになってから九カ月ほど経った頃、ソム・ナンの乗る補給船がやってきた。

首枷を付けられた男を見ただけでも衝撃的な体験だったのに、その男を見ても補給船の乗組員たちは誰一人として驚かなかったことにさらにぞっとさせられたとソム・ナンは語った。港に戻ると、ソム・ナンはAOSに自分の見たままを伝えた。するとAOSは、ラン・ロンの自由を買い戻すために必要な二万五〇〇〇バーツのための募金を開始した。その金額を知ったときに覚えた胸の悪さを、わたしは忘れない──換算すると七五〇ドルほどになるラン・ロンの命の値段は、ワシントンDCからバンコクまでの航空券よりも安かった。

ソム・ナンがラン・ロンを見たのはこの一回だけではなかった。その後の数カ月のうちに、ソム・ナンが働く補給船は件《くだん》のトロール漁船に二回補給した。そのたびにラン・ロンは首枷を付けられていた。「何とかして自由にしてやるからな」ソム・ナンはラン・ロンにそう囁《ささや》いたという。

二〇一四年四月、ラン・ロンの奴隷生活は呆気なく終わった。ドラマチックなところもなく、揉め事も一切起こらなかった。バーツ紙幣が詰まった茶封筒をAOSから預かったソム・ナンを乗せ、補給船は南シナ海のど真ん中の次の補給ポイントに一週間近くかけて向かった。ラン・ロンがまだ働いて返さなければならない金は、彼を救う側にとっては身代金であり、船長から見れば「借金の返済」だった。ソム・ナンは船長と二言三言ばかり言葉を交わしたのちに、現金入りの封筒を渡した。ラン・ロンは補給船に乗り移り、陸《おか》へと戻っていった。

陸《おか》に戻る六日間の航海中、ラン・ロンはずっと泣くか寝るかしていた。補給船の乗組員たちはラン・ロンを船内に隠し、ほかの漁船に彼が乗っていることを知られないようにした。漁船の船長たちは、ラン・ロンについての〝労働争議〟に補給会社が関わっていることを知ったら激怒するのではないか。乗組員たちはそれを恐れていた。帰港した直後、ソム・ナンは補給船での仕事を辞め、工場の警備員の仕事に就いた。ソンクラー郊外のブロック造りの家を訪ねると、ソム・ナンは南シナ海で眼にしたことを今でも夢に見てうなされていると言った。「海で起こってることは好きじゃない」ソム・ナンはそうも言った。

＊

ラン・ロンの話は、「無法の大洋《アウトロー・オーシャン》」シリーズの一記事として二〇一五年七月二十七日付の『ニューヨーク・タイムズ』の第一面に掲載された。すると、タイ政府の人身売買対策担当の官僚から連絡が来た。その官僚は、わたしの記事は信用に足る内容だと言い、タイ警察の特別チームがラン・ロンを奴隷扱いしていた船長の逮捕と訴追に動いていると教えてくれた。船長はもう別の漁船に乗っているとのことだった。それから二年にわたって、ラン・ロンは人身売買撲滅運動の象徴のようなものにされ続けた。当時のアメリカ国務長官のジョン・ケリーは、記者会見と外交行事でラン・ロンの話を何度か詳しく語り、労働搾取目的の人身売買の根絶を強く訴えた。(3)

ある日の午後のことだ。わたしはピサン・マナワパット駐米タイ大使から昼食に誘われた。(4) わたしと大使とそのスタッフ二人は、ワシントンDCのセレブな街ジョージタウンのレストランで会った。最初のうちは月並みで差し障りのない話ばかりが続いた——寸分の狂いもなく運行するバンコクの都市交通、観光客数がうなぎ上りのプーケット、そしてロースクールに通う、前途洋々な大使の娘。

そんな四方山話をひとしきりこなすと、わたしたちは本題に入った。「ご存じかとは思いますが、われわれはこの件をきわめて重く受け止めています」マナワパット大使はそう言い、洋上での強制労働問題について切り出し、政府が取っているさまざまな措置を三〇分かけて説明した。大使は労働者虐待に関する捜査と訴追の件数を述べ、人身売買の被害者たちの保護施設を国内数カ所で建設中だと語った。出入国管理局は不法就労者の実数調査に乗り出し、彼らに身分証明書を給付していると説明した。

昼食が終わると、マナワパット大使は個人用携帯電話の番号を教えてくれた。「とにかく、対話のチャンネルは閉ざさないようにしておきましょう」この大使の言葉に、わたしの脳裏にある思いがよぎった——ラン・ロンについての記事が載るまで、あなたの国の政府は取材にほとんど協力してくれなかったじゃないか。メールを送っても無視されたし、電話をかけても出てくれなかったじゃないか。それでもわたしはそうした思いを口には出さずに呑み込んだ。これでタイ政府からしかとを決め込まれなくて済む。それでよしとした。

数週間後、わたしはアメリカ国際開発庁に招かれて講演を行った。講演が終わると国務省の女性が近づいてきて、最近ラン・ロンと連絡をとったかと尋ねてきた。いいやと答えると、その女性は「彼は消えました」と言った。「どうやら政府に連行されたみたいです」バンコクの大使館領事部で人身売買対策に取り組んでいる彼女の同僚は、ラン・ロンの身の安全を憂慮しているという。わたしは彼女に礼を言うと、すぐさまマナワパット大使に電話をかけた。ジョージタウンのレストランで約束していただいたのだから、すぐさまバンコクと連絡をとってラン・ロンの所在を確かめていただけますよね。彼が拘束されていないものと信じています。丁寧だが断固とした口調で、わたしは大使にそんな感じのことを伝えた。あの記事のせいでラン・ロンは連行されたんだ。わたしはそう考えていた。ラン・ロンの所在を突き止め、可能な限り彼の安全を確保することはジャーナリストとしてのわたしの責務だ。

翌日、ラン・ロンは政府の施設にいることがわかった。そこで出入国管理局の担当者による精神面の検査を受け、カンボジアへ帰国するのか、このままタイにとどまるのかを話し合うことになっていた。ラン・ロンは以前からその施設にいたのか、それともわたしが大使に電話をかけたあとで慌てて移されたのかどうかは調べようがなかった。ラン・ロンは故郷のカオーサウサン村に戻って、仏教寺院の掃除をする仕事に戻りたいと言ったという。

それから二年後、わたしはふたたびタイを訪れた。ラン・ロンはまだタイにいて、ソンクラー近郊の政府の保護施設で暮らしていた。タイ警察はラン・ロンに首枷を付けて働かせていたトロール漁船を、写真による確認で〈N・プーガーン8〉だと特定した。同時にラン・ロンとソム・ナンによる写真面割りで、この漁船の船長はスワン・ソークマックと同定した。警察はソンクラーにいる船長の愛人の家をひと月監視し、とうとう陸《おか》に戻ってきたところを逮捕した。〈N・プーガーン8〉の船主のマナス・プーカムとスリスダ・プーカムもラン・ロンを奴隷として売ったとして逮捕されたが、のちに証拠不十分で釈放された。

わたしはソンクラーの保護施設で一日かけてラン・ロンを見守った。わたしとしてはラン・ロンにまた取材をし、今後のこととこの件についての政府の対応についての意見を聞き出すつもりだった。しかしラン・ロンの心があまりにも脆くて内に引きこもっていることがわかり、彼の様子を見るだけにとどめた。彼の傷ついた精神と感情は、おそらく修復不可能だろう。ラン・ロンは、自分と同じ人身売買の四人の被害者たちと一緒にセラピーを受けていた。ラン・ロンはクレヨンで絵物語を描くセッションを何とか頑張っていた。四人は線でできた人物像と、木立や草ぶき屋根の家の絵を描いていたが、ラン・ロンの描いた絵は線と丸だけだった。保護施設のソーシャルワーカーたちの話では、ラン・ロンは故郷《くに》に戻りたいとしょっちゅう言っているという。[5] しかし彼らは、まだラン・ロンは自立して暮らせないだろうし、仕事も服薬も続けることはできないだろうと言った。

ラン・ロンの悪夢が始まってからほぼ六年が経った二〇一七年八月、タイの裁判所は船長のソークマックに人身売買の罪で懲役四年の判決を下し、四五万バーツ（約一万三五〇〇ドル）の損害賠償をラン・ロンに支払うよう命令した。その年の十二月、ラン・ロンはソンクラーの保護施設を出てカンボジアに戻った。[6]

わたしは今でも数カ月に一度はタイ政府の人身売買対策の担当者とメールのやり取りをしている。数年の付き合いのうちに、その女性はわたしが頼りにする情報源の一人になっていた。ラン・ロンがカンボジアに戻ってからしばらく経つが、それでも彼女はまだラン・ロンのことを気にかけていて、遠く離れたところにいる彼の無事を、いろいろと手を尽くして確認している。彼女もわたしも今後の見通しに明るさを見出していない。人買いたちにとって、ラン・ロンはいまだに格好のカモなのだ。彼が別の人身売買ルートに乗せられてどこかに送られたことがわかっても、わたしたちには手の打ちようがない。

*

ラン・ロンのケースは極端な例だ。たいていの場合は、借金で縛りつけておいて陸《おか》から遠く離れた大海原に連れ出せば、首枷なんか使わなくても奴隷のようにこき使うことができる。タイの漁船のなかでも最低最悪の労働環境で悪名高いのは、何カ月どころか何年も洋上で操業する、もっぱら出稼ぎ労働者頼みの遠洋漁船だ。

この略奪と搾取の現場を自分の眼で確認することは、ジャーナリストとして重要だと思えた。タイの遠洋漁船の現状は、すでに人権活動家やジャーナリストが報告していた。しかしその内容は、逃亡して陸《おか》に生還した甲板員の証言に基づくものがほとんどだ。そこでわたしは、イギリス人カメラマンのアダム・ディーンとタイ人の若い女性通訳を引き連れて現場に乗り込むことにした。じきに野心的な取材だとわかった。

借金による束縛は、国連の諸条約や世界各国の人権保護法で禁止が明記されている。にもかかわらず、タイの海軍と法執行機関は外洋での不法行為を積極的に取り締まろうとはしていなかった。そのただでさえ少ない取り締まりをさらに難しくしているのは、水産業界での強制労働に加担している、取り締まる側の人間たちの存在だ。人身売買で連れてこられる人びとを、賄賂を受け取ってノーチェックで国境を通過させる役人もいるのだ。ある人買いの手から救い出した出稼ぎ労働者を、その救い出した警察が別の人買いに売るという事例は、以前から国連や人権団体にいくつも寄せられている。

わたしは何年も前から、こんな問い合わせのメールを『ニューヨーク・タイムズ』の読者から頻繁に受け取っている――思い出したくもない過去や経験といった、あまり人に知られたくないことを率直に告白してもらうテクニックを教えてくれませんか。わたしとしては何と答えたらいいのかわからない。しかし一つだけ言えるとすれば、この仕事をしていると、人間というものは自分の話をしたがるという事実にしょっちゅう驚かされているということだ。記者としての経験からすると、相手を値踏みして信用できると判断したら、だいたいいろいろと話してくれるようになるものだ。

愛想を振りまいたら話してくれるようになることもあれば、逆にこっちがすべてをさらけ出さなければならないときもある。ところがわたしは決して人好きのするタイプではない。しかも「眼は口ほどに物を言う」ということわざを地で行く人間でもある。なので、港とか人で込み合う市場ややばい界隈といった緊張感をはらんだ状況下で、どうしても顔に出てしまう好奇心や困惑や不安を隠したいときは、サングラスをかけることにしている。それでもたいていの場合はあけっぴろげに接したり、もしくは事前に下調べをしておいて、相手の考え方や立場を多少は理解していることを見せつけたりして口説き落としている。この作戦がどんぴしゃりとはまるタイプの人間がいる。それは鋭い鑑識眼を持ち合わせ、曖昧な言葉や態度には我慢がならない人間揃いの漁船の船長たちだ。

それでも、遠洋漁船への同乗取材の交渉は簡単ではなかった。わたしとディーンはタイ最大級の漁港であるソンクラーに拠点を置き、毎夜のように遠洋漁船の船長たちと食事をともにして酒を酌《く》み交わし、船に乗せてくれるよう説得した。が、ことごとく断られた。外国人を乗せて海に出るところを見られたくないと、船長たちは口を揃えて言った。それでなくともタイの遠洋漁業界の評判は地に堕《お》ちていたからだ。

わたしたちに先立つこと一年、イギリスの『ガーディアン』紙と国際NGO環境正義財団（EJF）が共同で大々的な調査報道を行い、タイの遠洋漁業にはびこる暴力と人身売買を白日の下にさらした。この報道を受け、アメリカ国務省の人身取引監視対策部はタイを監視対象にし、水産加工業界も食品販売業界も自分たちのサプライチェーンの洋上強制労働との関与の度合いについて調査を開始していた。

わたしとディーンは、遠洋漁業に従事する男たちの仕事をじかに眼にして、洋上での暮らしぶりを記録したいだけだと言って、船長たちを口説き落とそうとした。そう説得しても彼らは戸惑っていた。遠洋漁船は危険で不潔なところだということは誰でも知っているはずなのに、それでも乗りたがることがどうにも解せないみたいだった。それでも、途中までなら乗せてもいいと言ってくれる船長がようやく見つかった。が、わたしたちを乗せるところを誰にも見られたくないから港では乗せないと言われた。

わたしたちは言われたとおりにボートを雇い、港から一〇キロ以上離れた沖合でその船長の船と落ち合い、乗り込んだ。それから一〇時間近く移動したところで別の船に乗り換え、それからまた一〇時間ほど海を進み、ようやく目当てのタイ船籍の巻き網漁船を発見した。その巻き網漁船には四〇人のカンボジア人が乗っていて、なかには十五歳にも満たないような子どもも何人かいた。かなりくたびれた、どこもかしこも錆とひびだらけで、もう何年も港に戻っていないような漁船だった。願ってもない取材対象だった。

このときの取材はジェスチャーゲームのようなものになってしまった。船長にしても乗組員たちにしても英語を解する者はほとんどいなかったうえに、わたしたちの通訳はひどい船酔いにかかってしまっていたからだ。彼女は起きるたびに吐き気を催し、謝罪の言葉と省略だらけの不明瞭な通訳しかできなかった。

この取材に女性の通訳を連れていくことを、最初は不安視していた。船酔いしやすいかもしれないと思ったからではない。もう何カ月も女を見ていない男たちがどんな反応をするのかわかったものではないからだ。それでも彼女はタフで恐れ知らずな女性で、タイとミャンマーの国境の山岳地帯にあるロヒンギャ人の難民キャンプといった、危険な状況下での仕事を何度もしたことがあるという話だった。たしかにその評判どおりの女性だった。ひどい船酔いでも陸《おか》に戻ることを拒み、仕事を続けた。

その巻き網漁船に乗り込むべく交渉しているうちに、わたしの心に迷いが生じてきた。こんな錆びついたバケツのような船に乗ることにしたのは、どこからどう見ても無謀な判断ミスじゃないか？　取材中のこうした局面では、頭の中はアドレナリンと恐怖と不安でパンパンになる。きわめて少ない情報に基づいて、瞬時にリスクを判断するしかない。乗組員たちは女性通訳をどんな眼で見るだろうか？　船長たちはいわくありげな目配せを交わしていないだろうか？　そもそもこのポンコツは、まともに航海できるんだろうか？

未知とも言っていい状況下では、まったくの当て推量でさまざまな情報を読み解かなければならない。いきおい直感に頼ることが多くなるのだが、その勘もまさしくこのときのように疲労で大いに鈍ってしまうことも珍しくない。『ニューヨーク・タイムズ』の南アジア支局長で、二〇一二年にピュリツァー賞を受賞したジェフリー・ゲトルマンは、記者たるもの「信頼の連鎖」を常に意識していなければならないと言っている。信頼の連鎖とは、自分が誰かを信頼すれば、その誰かが信頼する誰かにつないでくれて、またその誰かが信頼する誰かにつないでくれるというものだ。信頼のつながりが長くなればなるほど、一つひとつの結びつきはより確かなものになっていく。

わたしたちを乗せた漁船の船長がこちら側の条件を提示すると、巻き網漁船の船長はうさんくさそうな眼でわたしたちをじろじろと見た。その様子に、これはいけそうだと思った。理由はわからない。ただ、どうやらわたしが船長を不安げに見ている以上に、彼のほうがわたしを恐れているといった感じだった。案の定、数分後に船長は二つの条件さえ守れば二日だけ乗せてくれると言った。二つの条件とは、船と船長の名前は絶対に明かさないことと、乗組員たちの仕事の邪魔はしないというものだった。船長は、この船はもうじき九カ月以上にわたる操業を終えて、二〇〇キロ近く離れた港に戻るところだと言った。わたしたちは最後の漁の現場に立ち会い、そのまま乗り続けて陸《おか》に戻ることになった。

巻き網漁船にそそくさと乗り込むと、わたしはそれまで乗っていた漁船の船長にさっさと行ってくれと手で合図した。われらが新しい船長が、まだチャンスがあるうちに心変わりしてほしくなかった。カンボジア人乗組員たちは怪訝《けげん》な眼でわたしたちを見ていた。数分後、船長は仕事に戻れとスピーカー越しにがなり立てた。夜が近づき、網を引き揚げるときが来た。太陽が沈んでいくにつれて、海はちらちらと光るアルミホイルからエメラルド色の沼に変わり、やがて真っ黒なタールが広がっていった。

タイの遠洋漁船の大半は、壁のように張った網を引きずる底引きトロール漁船だ。一方、わたしたちが乗った巻き網漁船はそこまで高度なものではなく、水面の近くにいる魚群を網で囲み、その底を巾着のように絞って引き揚げる。直径一五メートルの網の底をちゃんとすぼめるために、男たちは漆黒の海に飛び込んでいく。そのうちの誰かが網に引っかかって海の底に引きずり込まれても、狂乱と暗闇と騒音が支配する漁の現場では誰もすぐには気づかないだろう。

漁船の乗組員たちは、負傷と病気の危険と常に隣り合わせだ。本書の取材中、わたしは医学の専門知識を持っている人間だと甲板員たちからいつも思われていた。毎朝ビタミン剤を飲んでいたので、薬の投与方法をちゃんとわかっていると見なされたのだ。フィリピンで乗った漁船では、ウジ虫がたかっていると言って頭にこしらえた傷を見せた男がいた（わたしには一匹も見えなかったが）。ソマリア沖では、まるで当たり前のように海に血を吐き捨てる男もいた。もう何カ月もこんな調子だと、その男は通訳を介してそう言った。最もよく見られるのは肌のかぶれや発疹だ。インドネシアでは、パンツをはかずにタオルを腰に巻いて働いている男を見た。パンツをはいたら股間がむずむずしてたまらないからだとその男は言った。何とかしてくれないかと言われるたびに、症状がいくらかは和らぎそうな薬や軟膏をよく渡していた。そして取材の旅から戻るたびに、かかりつけの医師に彼らの症状を伝えた。二人で話し合いながら、次の航海で出会うかもしれない男たちのために持っていく薬剤キットの中身を変えたり拡充させたりしていた。

わたしたちが乗った巻き網漁船の衛生状況は最低最悪だった。ありとあらゆるサイズと色の、無数のゴキブリがそこかしこを這い回っていたことからも、そのひどさのほどがわかるというものだ。そんなこともあって、夜通し働き続けた少年たちが一緒に食事をとらないかと手招きで誘ってくれたとき、わたしは躊躇した。漁船の食事は一日に一回、白米にゆでたイカや、その正体は神のみぞ知るものを混ぜたものだった。腹を下すかどうかも神のみぞ知るような代物だったが、食事の誘いは関係を築くまたとない機会だ。しかも常備食のピーナッツバターとドライフルーツをとっくに食べ尽くしていて、腹と背中がくっつきそうなほど空腹だった。

空腹は毎回の洋上取材の旅の道連れだった。海から家に戻ると、だいたいいつも体重が五キロほど落ちていた。取材を続けるうちに、わたしは自分の体を欺く手を身につけるようになった。空っぽの胃は水で満たし、口寂しさはガムで紛らわせ、気合いはコーヒーで入れる。空腹や喉《のど》の渇きや疲れを覚えたときは、自分よりも周りの人たちのほうがよっぽどひどいはずだと自分に言い聞かせ、不満の声を上げる本能を黙らせた。

本書の取材中に遭遇した食事は、わたしにとっては冒険の連続だった――何しろアメリカにいるときはヴェジタリアンで通しているのだから。それでも取材で海外に出ると、出されたものは何でも食べた。供された食事を拒めば、家の中で唾を吐くに等しい行為と見なされていただろう。なので、ヨコエビのスープや生イカを載せた白米、そして強烈なにおいを放つドリアンなどを出されても、ときには眼をつむってぱっと口に放り込み、大量の飲み物と一緒に喉に流した。

ミャンマーとタイの国境近くの道路沿いの料理屋でのことだ。一緒にいた通訳が、山盛りの巨大なエビを蒸したものを頼んだ。わたしの前腕ほどもあるばかでかいエビは眼球も触手もそのまま残っていて、人類滅亡後の世界のゴキブリのように見えた。インドネシアの海で取材したときなどは、船長は網にかかった特大サイズの二枚貝を得意げに食事に出してくれた。殻の全長が四〇センチもあろうかというその貝はまだ生きていて、厨房のカウンターの上に屹立していた。コックが殻をこじ開けようとしても、貝は必死に抗《あらが》い続けた。わたしはこの格闘の模様の動画を撮り、「今夜のメインディッシュ」というタイトルをつけて十四歳の息子のエイダンにメールで送った。すると「やめてってば！」というレスが返ってきた。

タイの巻き網漁船に乗っていたカンボジアの少年たちのなかには、エイダンよりも年下っぽい子が何人かいた。同じローティーンでも暮らしぶりがこれほども違うものかと、わたしはつくづく思い知らされた。イカのようなものが混ぜられた白米が盛られた、湯気の立つ椀を受け取ったわたしを、少年たちはしげしげと見つめた。わたしはためらうそぶりを一切見せないようにし、指を使って白米をかき込んだ。すると少年たちはどっと笑い、わたしの早食いぶりをからかった。「見ろよ、おれたちとおんなじだ」少年の一人がわたしを指さしてそう言った。彼の名前はピアといい、十七歳だった。笑いを取った今が絶好のチャンスだと思い、二分ほど間を置いてピアにここでの暮らしぶりを尋ねた。

「とにかくがむしゃらに働くしかないんだよ」ピアはそう答えた。一年近く海で働いている彼は、故郷《くに》にいるよりもこっちのほうがいいと言う。「あっちじゃ仕事なんかないからね」そう言うと、重労働の賜物である筋肉隆々の二の腕を見せびらかした。

ピアが船長から借りている金の一部は、密輸業者の力を借りて国境を越えて港に来るまでにかかった費用だという。残りの借金は、給料の前借りというかたちで家族に送っていた。ふと気づくと、その場にはわたしとピアしかいなかった。この機を利用して、さらに突っ込んだ質問をそっと投げかけてみた。が、得るものはあまりなかった。訊けばたいていのことには答えてくれそうな感じだったのだが、暴力を受けたことがあるかとか、借金を全部返さなくてもいいから逃げ出したいと思ったことがあるかという問いかけについては、ピアは口をつぐんでうつむいた。

借金による束縛は、開発途上国の建設業と農業と製造業、それと性風俗産業でよく見られる不法行為だ。海上労働ではとくに蔓延していて、さらに言うと悪質でもある。なぜなら、労働者たちは隔絶した環境下に置かれるからだ。タイでは、昔から漁船の船長は雇った甲板員たちに多額の前払い金をはずむことで有名だった。男たちは、その前払い金を故郷《くに》に残してきた家族の生活費に充てる。ところが働き手の多くを不法就労の出稼ぎ労働者たちが占めるようになると、船長は前払い金に充てていた金を、彼らを密入国させた密輸業者たちに手数料として渡すようになった。

ほかの甲板員たちにも話を聞いてみた。すると、海に出た途端に借金の完済が難しくなったと口を揃えて言う。なかなか返せない借金という仕組みは、元をたどれば世界経済と歴史を動かす力に行き着く。一九八九年十一月にタイに甚大な被害をもたらしたサイクロン「ゲイ」で、この国の漁業界は岐路に立たされた。何百隻もの漁船と八〇〇人以上の犠牲を被ったせいで、漁業はたちまちのうちに危険極まりない仕事だという烙印が押されてしまった。タイの若者たち、とくに北東部出身の男たちにとって、昔から漁業はわりと実入りのいい仕事だった。「タン・ケ（漁船）」という流行歌で歌われているように、漁船での出稼ぎは、いわば一つの通過儀礼だった。

タイの海の奴隷の問題は、この国の中間層の勃興とも直結している。経済成長著しいアジアの「タイガー諸国」の一つであるタイでは、GDP（国内総生産）が一九八〇年代後半は平均年率九パーセントで増加し続け、一九八八年には一三パーセントに達した。輸出額も毎年一四パーセントのペースで増え続けた。この好景気を受けて陸《おか》の賃金が上昇し、海の労働人口は減少傾向に入った。二〇一〇年代に入ると、タイの失業率は一パーセント未満という世界最低レベルを維持し続けた(7)。その一方、漁業界は安価な国外労働力に依存するようになり、とくにミャンマーとカンボジアとラオスからの出稼ぎ労働者が多くなった。それでもタイの漁業界は慢性的な人手不足に悩まされ続けている。業界が省力化技術への投資を拒み、巻き網漁のような多くの人手を要する漁法に頼ってきたせいで、人手不足にさらに拍車がかかった。

タイの漁業界にはびこる強制労働と人権侵害は環境問題とも結びついている。漁船が増えるにつれて漁獲量も増え、結果としてタイの水産資源は激減していった。特定の魚種の資源量が豊富かどうかを示す間接的な指標に、漁船一隻当たりの一操業日の漁獲重量を表す「努力量当たり漁獲量（CPUE）」というものがある。タイランド湾とタイ西方のアンダマン海のCPUEは、一九六〇年代中頃から二〇〇〇年代初頭までのあいだに八六パーセント以上も下落した。タイの周辺海域は、世界で最も乱獲のはなはだしい海になってしまったのだ。水産資源が減ってもタイの漁業界の漁獲量が増えている一因は、漁場が遠洋に移っていることにある。こうした大規模な経済面と環境面の力が結託して、借金による束縛がきっちりと織り込まれた南シナ海の漁業現場を作り上げたのだ。

＊

早朝の慌ただしい食事が終わると、巻き網漁船に休息のひとときが訪れた。ほぼすべての乗組員は、船尾にある天井が低くて猛烈に暑い部屋に姿を消した。一二〇センチという天井高は、小柄なカンボジア人からしても低過ぎる。絶え間なく鳴り響く機関の轟音が妙に心地よい。機関が咳き込んで真っ黒な煙を吐き出すたびに木張りの床が震えた。すえた体臭が充満する部屋では、排煙はむしろ一服の清涼剤とも言えた。

わたし自身も臭くなった。ズボンには魚の内臓がこびりつき、靴は腐ったまき餌まみれになった。漁船での取材中にはたまりにたまった汚れを洗い流したくなることもあったが、それでも後部甲板で素っ裸になってバケツで海水を汲んでかぶる気にはなれなかった。漁が集中的に行われる夜間は、後部甲板は人と漁具だらけになる。したがって水浴びができるのは昼日中に限られるのだ。

この時点でのわたしの体臭は、着ているものは陸《おか》に戻ったら全部買い替えなければならないレベルに達していた。どれもこれも、どんなに洗っても絶対に落ちそうにもないほどに臭かった。過去の恥ずかしい体験から、漁船で履いていた靴に染みついたにおいを落とすことはほぼ無理なので、捨ててしまうのがいちばんだとわかっていた。ビニール袋に入れてしっかりと封をしてバッグにしまっておいたのに、取材から帰国する機内でこんな苦情を言われたのだ。「すみませんが、荷物棚に何か腐ったものが入っているんじゃないですか」南京虫だらけだったハイチでの取材を終えて帰宅したときは、妻から玄関ドアじゃなくガレージの裏口から家に入ってくれと言われた。処分しなかった衣類は洗濯したうえで冷凍庫に一週間放り込んで、それからまた洗濯して、付いていたものを全部殺した。

巻き網漁船のカンボジア人の少年たちは、天井から吊された、使い古しの漁網でできたハンモックで二時間交代で寝ていた。床ではなく、わざわざそんな狭苦しいところで寝る理由がわからなかった。何しろ丸二日も寝ていなかったので、わたしたち三人も少し休むことにした。部屋はかなり窮屈で、棺桶に納められた死体のように仰向けになって、ようやくハンモックの下に体をねじ込むことができた。鼻先すれすれのところで、下着まで脱いだ少年の腰のあたりが揺れていた。赤の他人の腰に鼻を近づけて強烈な体臭をかいでいるとしか見えない体勢にいると、何だか頭上の少年のプライバシーを侵害し、ともすればセクハラをはたらいているような気分になった。悪臭には慣れっこになっているわたしをもってしても、この部屋は並外れてきつかった。部屋に漂うむっとするにおいを喩えるとすれば、使い古したアメフトのプロテクターに残っていた汗を搾り取り、そこに尿と魚をすり潰したものを混ぜて煮詰めたにおいだ。

部屋の悪臭はきつかったが、疲労も負けず劣らずきつかった。なので瞬く間に眠りに落ちたが、わずか一〇分でアドレナリンに蹴飛ばされて目が覚めた。何かが脚の上を駆けていったのだ。驚いて半身を起こそうとすると、一〇センチそこそこの頭上の少年にぶつかって頭からヘッドランプが取れた。着け直してランプをつけると、床にいる何十匹ものネズミが見えた。食いさしの椀をなめているネズミもいれば、店を略奪する暴徒のように、少年たちのダッフルバッグの中に入ったり出たりするネズミもいた。

両脇で寝ていた通訳とディーンを叩き起こし、わたしたちは船長室の屋根に移った。少年たちが床すれすれのところに吊した狭いハンモックで寝ている理由がようやくわかった。陸《おか》に戻って大きな市《まち》に行ったら、何よりもまず携帯用ハンモックを買おう。わたしはそう誓った。

＊

取材旅行の合間の帰国中は、大学に招かれてジャーナリズムについての講演をする機会が多い。そうした講演の質疑応答コーナーでは、毎回決まって誰かがジャーナリストという職業に付きまとう危険について訊いてくるのだが、そのたびにわたしは身を引き裂かれる思いで答えている。自分のことを七つの海を駆け巡るアクション映画のヒーローか何かようなものだと考えれば、たしかに自尊心は満たされる。実際に本当に危険な目には何度か遭ったことがある。が、そんなものはわたしが取材している人びとと、現地の情報提供者や通訳やカメラマンやコーディネーターたちが日々さらされている危険と比べたら屁でもない。わたしには帰る国があるが、彼らはそのままそこに居続けるのだ。わたしがいきなりやってくるずっと前から取材を続けてきた現地の記者たちにしても、わたし以上に危険な目に遭ってきている。

タイをはじめとした国々の漁船での取材で直面した危険は、だいたいにおいて状況的なものだ。滑りやすい船べりから落ちたりであるとか、食事で具合が悪くなったりであるとか、ぶんぶんと揺れる機械の前を歩いたりであるとかという、そんな感じだ。わたしとしては、そうした危険と良好な関係を何とかして築いた（危険となんか良好な関係を築けるはずがないという向きもあるだろうが）。自分の置かれた状況が深刻なものであったり危険なものであればあるほど、わたしはどんどん楽観的になり、大丈夫、

窮屈な寝室の天井に吊したハンモックで寝る、タイの巻き網漁船の甲板員たち。ハンモックは漁網を流用したものがほとんどだ。天井が低いのにわざわざハンモックで寝るのは、床にはネズミがうじゃうじゃいるからだ。わたしはそのことを身をもって学んだ。

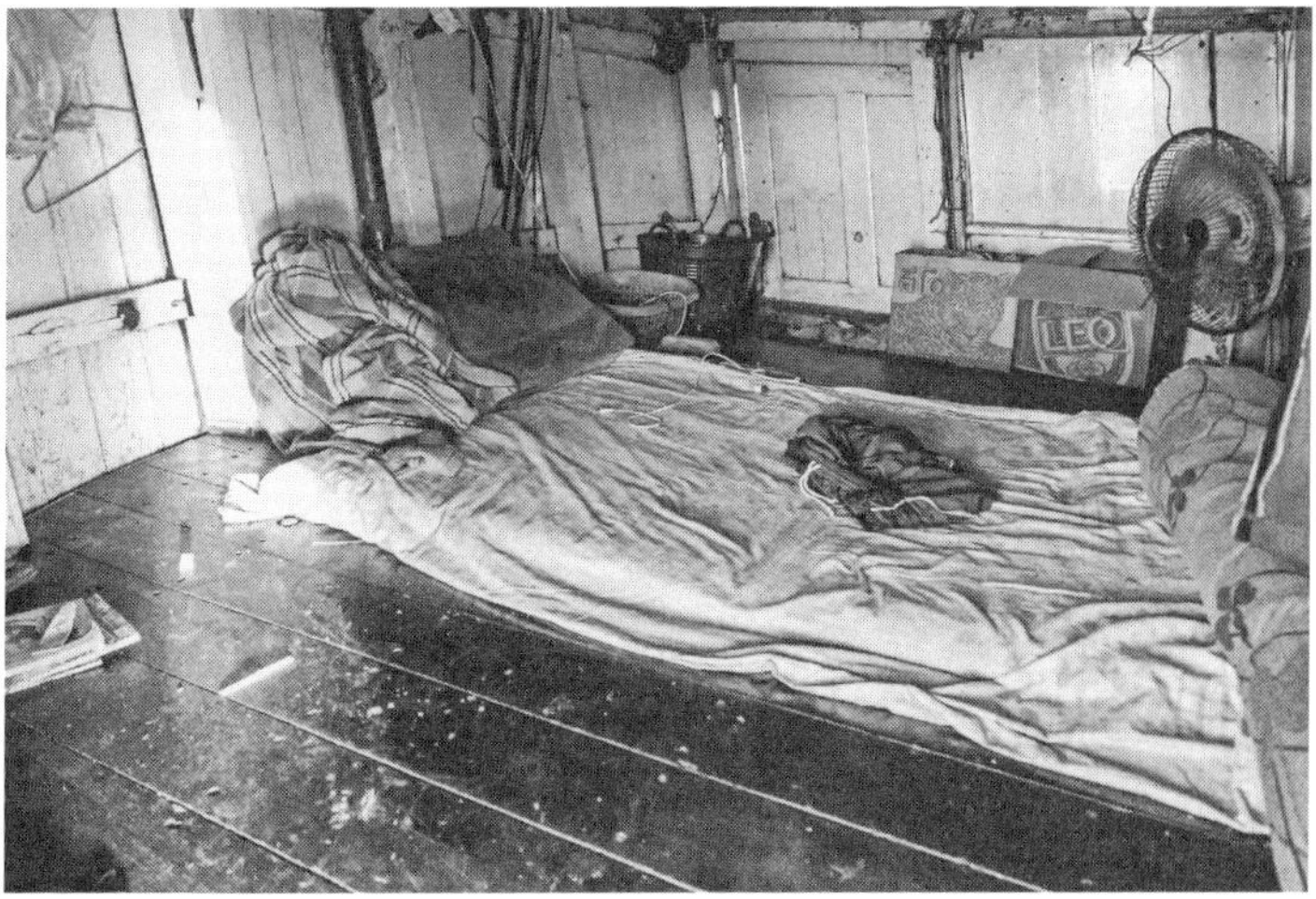

狭くてネズミだらけの甲板員たちの寝室に比べると、船長の寝室はいくらか快適だ。

何とかなると勝手に決め込んだ。この危機を切り抜けなかったら、いったい誰がこの出来事を世に伝えるんだ？　わたしは、自分は世に知らしめるべきことを取材していると考えている。そして幸いなことにその仕事を続けている。

まったく愚にもつかない思い込みだとわれながら思う。それでもこのばかな考えのおかげで、取材旅行中に災難に見舞われるとしたら、ごく普通のことをして気が緩んでいるときのほうがよっぽど危険だと思えるようになったのも事実だ。そのごく普通のこととは、たとえばだがバイクタクシーの後ろに乗ってガーナの首都アクラの道路を猛スピードで縫うように走ったりであるとか、ピックアップトラックの荷台に乗ってボルネオ島の山岳地帯の未舗装の崖道を走ったりであるとか、そういった感じのことだ。理解しがたい理屈だということはわたしも否定しないが、それでも本書の取材ではそれなりに役立ってくれた。

幾度もの取材旅行でマジでやばい状況にそれなりに遭遇したが、正直に言うと、そのうちの何回かはわたし自身のへまが招いたものだ。ソマリアの首都のモガディシュでは、海洋警察のボートからビル四階分の高さがある巨大な家畜運搬船に縄梯子を登って乗り移ろうとしたとき、持ち物が多過ぎたせいで危うく一〇メートル下に落っこちそうになった。アラブ首長国連邦（ＵＡＥ）の港では、二四時間後に乗る船を待っていたあいだに五人の海上警備員たちにつかまってしまい、バーで「オーバン」のシングルモルトウイスキーを三本も空ける羽目になってしまった。三本目で警備員の一人が酔って騒ぎ出し、大きく手を叩いたり、酒をこぼしたり、テレビでやっていたサッカーの試合に歓声を上げたり、椅子から転げ落ちたりした。すると、三つ先のテーブルで飲んでいた別の警備員のグループが――頭数はこっちの倍だった――この騒ぎにうんざりし、〝静かにしてください〟的な言葉をいくつか放ってきた。喧嘩になりそうな空気が流れたが、こっちのなかの比較的まともだった連中が、われらが友人を店の外に連れ出して事なきを得た。

ソマリア内の〝自称〟独立国家ソマリランドの首都であるハルゲイサでは、わたしとカメラマンのファビオ・ナシメントは一〇人ほどの男たちにリンチされそうになった。現地の人びとの嗜好品である、覚醒剤的な作用と弱いながらも中毒性があるカートという木の葉を噛んでいるところを勝手に撮影したことが彼らの逆鱗に触れたのだ。撮影しても大丈夫だとナシメントに言ったのはわたしだった。このときは運転手がアクセルを目いっぱい踏んでくれたおかげで間一髪で助かった。

ナシメントとは、南大西洋のアマゾン礁を調査するグリーンピースの〈エスペランサ〉で出会い、そのあとカメラマンとして雇った。ブラジルの若者の彼は、何年にもわたってアマゾンの熱帯樹林を撮り続けていた。どんな状況下でも仕事をこなせる彼の才能に、わたしは感服した。もちろんスチール写真とビデオの撮影の腕についても言わずもがなだが、とくにドローンを使った撮影は見事だった。そんなナシメントを一年間雇って十数回の取材に同行してもらったが、彼との契約はわたしが下した最も賢明な判断の一つだ。まさしく「全天候型旅の道連れ」であるナシメントに、わたしは危ういところから助けてもらったことが一度ならずあった。たとえばメキシコでタクシーに乗ったときのことだ。ある取材からの帰りに、同じルートを通った行きの三倍の料金を吹っかけられた。わたしは冗談半分で、これじゃ強盗に遭ったようなもんだと、スペイン語で運転手に言った。すると言い合いになって殴り合いになりそうになったが、ナシメントがなだめてまけさせた。

タイでもどこでも、漁船に乗ったときにいちばん怖いのは海に落ちることだ。もし夜中に落ちたら、何時間も誰にも気づいてもらえない可能性が高い。万が一にも海に落ちた場合にどうすればいいのかを、わたしはフロリダ州クリアウォーターのアメリカ沿岸警備隊基地での一週間にわたる密着取材で学んだ。取材中のほとんどの時間は、捜索救助チームのヘリコプター〈シコルスキーMH-60Tジェイホーク〉に乗り、洋上を漂う遭難者を救助バスケットを使って回収する訓練の模様を見守っていた。わたしは自分の海での取材のことを隊員たちに説明し、海に落ちたときにどうすれば助かる見込みが高くなるのか訊いてみた（わたしは泳ぎにはそこそこ自信がある）。すると隊員たちは、啞然とした表情でわたしを見た——手首を切って自殺しようっていうのに、傷の手当ての仕方を教えてくれっていうのか？　そんなことを言いたげな顔だった。「落ちないようにすることがいちばんだよ」操縦士の一人がにべもなくそう言った。

ほかの隊員たちは役立つ知識を授けてくれた——甲板ではヘッドランプをつけて明るい色の服を着ろ。海水温が低かったら顎を食いしばれ。パニックになって喘いで水を飲み込んだら溺れてしまうぞ。膝を抱える姿勢を取って体温の低下を抑えろ。潮の流れに逆らって泳ぐな。履いているものは脱げ。そんなに冷たくなかったら、シャツやズボンを脱いで袖口や裾を結んで空気を入れて、即席の浮き輪にしろ。そんなことを教えてくれた。「溺れないための泳ぎ方」も教わった。これは肺に空気を吸い込んで体を垂直に保ってリラックスさせて、必要最低限の力で顔だけを海面に出しておくという省エネ泳法だ。

わたしが乗った漁船の大半はライフジャケットを常備していなかった。なので、最初のうちは自分で用意して乗り込んでいたが、荷物の中のライフジャケットのせいでインドネシアの空港で拘束されてからは持っていくのをやめた。ライフジャケットを膨らませる小さなガスボンベを爆弾だと疑われたのだ。初めのうちは携帯衛星電話も防水パウチに入れて腰に付けていたのだが、通話料があっという間にかさんでいったので、これもやめた。その代わりに、GPS情報と文字情報を（音声は無理だ）送受信できる「ガーミン・インリーチ」を、取材中はずっとベルトに付けるようになった。何かよからぬことがあったときにボタンを押すと、あらかじめリストアップして設定しておいた人たちに伝えてくれる便利な装置だ。しかし警告を受けた人たちが実際にどんな行動を起こすかについては、わたしに知る由もない。

陽が出ているあいだは携帯型太陽電池を使ってモバイルバッテリーを充電し、夜にガーミン・インリーチなどの電子装置を充電できるようにしておいた。海に落ちたときの頼みの綱であるガーミン・インリーチは、それ以外にも自分の位置情報を教えてくれるし、専用サイトにアクセスすれば、誰でもわたしの現在位置を確認することができる。家族と連絡をとることができる大切な回線でもあった。文字入力は面倒くさいし通信速度も遅いが、それでも妻のシェリーには頻繁に最新情報を伝えていた。たとえその内容が「大丈夫。天候不順で遅れる。五日のうちに戻る」といった感じのぶつ切りで素っ気ないものであっても、必ずスペイン語で「愛してる（Te quiero）」を意味する「TQ」で締めくくった。さらにわたしとシェリーは緊急事態用の暗号も決めておいた。人質になったりとか海賊に襲われたりだとかいった、やばい状況だがそのことをはっきりと伝えられない場合には、メッセージのなかに「ヨレル（Yorel）」という名前を出すことにしておいた（わたしのハイスクール時代のクラスメートのリロイ（Leroy）を逆から読んだものだ）。シェリーには、『ニューヨーク・タイムズ』や法執行機関や国務省のしかるべき人物の電話番号を教えてあるので、この名前が出てきたらすぐに通報することになっている。幸いなことに、ヨレルの名前を持ち出したことは一度もない。

それでもわたしがいちばん恐れていたのは、講演の聴衆が聞きたがるようなものではない。取材中は切実で切迫した現場に何度も遭遇したが、そのたびに自分の筆力ではそのすべてを伝えることはできないかもしれないという不安を募らせていった。どうやったらそれぞれの物語のつながりを見つけることができる？　どの話を残してどの話を捨てるかという難しい判断を、どうやって下せばいい？　情報提供者を守るためにはどうすればいいのだろう？　あそこでもうちょっと粘って取材していたら、もしかしたら超特ダネをものにできたんじゃないのか？　あそこでぐずぐずと取材していなかったら、別の現場にもっと時間をかけることができたんじゃないか？　本当に怖かったのはこうしたことだ。

＊

もっとも、恐ろしい人間には二人遭遇した。そのうちの一人が、カンボジアの少年たちを乗せて南シナ海で操業するタイの巻き網漁船のタンという名の甲板長だ。ネズミたちに叩き起こされたわたしは気が高ぶってしまい、眠りに戻れなくなった。そこで操舵室に上がってみることにした。中には、午前五時までの夜勤に就いていたタンがいた。猫背で太鼓腹で前歯が三本欠けた小男のタンはタイ人だがクメール語が話せて、乗組員への指図はもっぱらこの男がやっていた。

遠洋漁業は気苦労だらけだと、タンは片言の英語で語った。獲れた魚の鮮度はそんなに長くはもたない。温まってくるとタンパク質の質が落ちて価値も落ちる。なので、どんどん溶けていく魚倉の氷との時間の闘いだ。タンはそう説明する。

世界中の漁船がどんどん遠洋に出ていくが、その収支はとんとんといったところだ。遠洋漁船の収入の少なくとも六〇パーセントが燃料費に消えていくからだ。この数字は二〇年前の倍だ。たとえばタイの漁船は、かつては陸《おか》からせいぜい二日ほど航行したところにある漁場で操業していた。ところが二〇〇五年にはバングラディシュやソマリアの海域まで遠征するようになり、そこで一年以上も操業を続けることも珍しくなくなった。借金で縛りつけた出稼ぎ労働者たちと古い漁船を使い続けることで何とかもっている状態なのに、タイの漁業はグローバルプレイヤーになってしまった。

世界中の海にいる遠洋漁船の大半は歩合制で操業している。「ノルマを達成できなきゃ給料は出ない」タンはそう言う。いきおい漁船内の雰囲気はピリピリする。船長は乗組員たちをこき使うが、同時に恐れてもいる。ほとんどのタイの漁船で、乗っているタイ人は船長と機関士と一等航海士の三人だけで、それ以外の乗組員は全員国外からの出稼ぎ労働者だ。言葉と文化の壁がさらなる分断を生む。

わたしはタンに、漁船での懲罰が得てして手荒なものになりがちなのはどうしてなのか尋ねた。するとタンはあからさまに不快げな表情を浮かべ、ある漁船で起こった陰惨な謀反のことを語った――ビルマ人とカンボジア人の乗組員たちが、なまくらな山刀で三人のタイ人幹部船員を切り刻んだのだという。タンは顎をしゃくり、舵輪の横の計器盤の上に置かれた拳銃を示した。「あいつらに示しをつけるには、こっちには銃があるってことを見せつけておかなきゃならないんだ」そんなことを平然と語るタンを見て、わたしは本当に凶暴な人間は体格ではなく顔つきでわかるものだとつくづく実感した。

調べてみたところ、どうやらタイの漁船で謀反が横行しているわけではなさそうだ。ところが過去一五年のうちに世界中の海で起きた海賊事件の四〇パーセントが南シナ海に集中している。わたしはこの数字を見て、タイ当局は謀反を海賊の仕業だということにしてごまかしているのではないかと思った。操舵室のフロントガラスの先を指さし、タンはこう言った。「本当におっかないところだよ」おっかないのは人間のことなのか仕事のことなのか、それともここの海のことなのかはわからなかった。いずれの意味であっても、「おれには逆らうな」という警告も込められているようにも思えた。

まだまだ眠れそうにもなかったので、階段を上がって船長室のドアをノックしてみた。船長はわたしを招き入れてくれた。別の漁場に移動中だったので、船長はいくつかのモニターとにらめっこしていた。あるモニターは天候を、別のモニターは魚群を示していた。船長はタバコを立て続けにふかしながら、その合間にボタンを押したりノブを回したりしていた。静かに仕事をしなければならないのかもしれないと配慮して、わたしはしばらく黙ったまま座り、質問をするタイミングを見計らった。二〇分ほど経ったところで、船長はモニターからわたしに眼を移し、かすかにほほ笑んだ。わたしはその笑みを暗黙の了解と受け取り、タンが話してくれたことを訊き直してみた。

出稼ぎ労働者が無理やり働かされているという話は、額面どおりに受け取ったら駄目だと船長は言った。連中のなかには、自分から進んで契約書にサインしたくせに、海に出た途端にやれ仕事がきついだの、やれこんな遠くで働かされるとは思ってなかっただの言い出して契約を反故にしようとするやつがいる。ひどいのになると、故郷《くに》に戻る旅費をせしめようって腹で虐待されたりこき使われたりしているという話をでっち上げる。船長はそう語った。

この巻き網漁船に乗る数週間前、わたしはソンクラーで数人の漁船の船長たちから話を聞いていたが、その全員が強制労働は蔓延していて、やむを得ないことだと認めていた。それもこれも、この二〇年のあいだに国の景気がどんどんよくなったせいで人手不足になったからだ。おかげで港に戻るたびに、腕の立つ乗組員たちがもっと給料のいい船に逃げてしまうんじゃないかとやきもきする。おまけに捕まえておいた出稼ぎ労働者にしても、このタイミングでしょっちゅう逃げ出して故郷《くに》に戻ろうとする。彼らはそう言った。

人手不足でにっちもさっちもいかなくなった船長たちは、時として窮余の一策に出る。「そんなときはさらってくればいいんだよ」ある船長が、びっくりするほどあけすけにそう語った。つまり眼をつけた男に一服盛って誘拐し、無理やり船に乗せてしまうということだ。この手に出たら、人買いに払う手数料は倍になるとその船長は言った。

＊

巻き網漁船に乗船して二日後、わたしとディーンと通訳は陸《おか》に戻った。遠洋漁船の日常をこの眼で確認するという当初の目的は達成した。が、肝心の虐待については、乗組員たちは口をつぐみ、船長も甲板長のタンも逃げ口上に徹していたので、はっきりとしたことはわからなかった。それでも船から下りようとするわたしに、カンボジア人甲板員の一人がポロリとこう漏らした——おれの借金はみんなより多くて、なかなか抜け出せない。そんなに大きな借金をこさえてしまったのは、船長に売られる前にカラオケバーに何週間も閉じ込められていたからだ。

カラオケバーが人身売買ネットワークの一拠点になっているという話は初耳だった。この話に興味をかき立てられたわたしの次の行き先は、ミャンマーとの国境にある港町のラノーンに決まった。目的は、売春宿と借金地獄という二つの顔を持つカラオケバーの実態を探ることだった。ラノーンは人買いたちが野放しになっていて、出入国管理局も不法入国者を保護するのではなく餌食にしていることで評判の悪い街だった。

ラノーンのカラオケバーは、もっぱら地元の人間を相手にする店ばかりだ。白人系イギリス人のディーンと、ラテン系黒人の父とアイルランド系の母のあいだに生まれたわたしは、言うまでもなく目立つ存在だった。『ニューヨーク・タイムズ』の社内規定では、記者なのかどうか問い質された場合は正直に答えなければならないことになっているが、自ら進んで記者だと名乗る必要はない。わたしは、情報提供者になってくれそうだと見込んだ相手には、最初からこっちの思惑をはっきりさせるようにしている。しかしこの仕事を続けているうちに慎重になり、必要がない限り自分がどこに雇われている人間なのか明かさないようになった。ラノーンでカラオケバー巡りをするわたしとディーンは、お愉しみを求めてやってきたはいいものの、ここでの遊び方がわからない観光客を演じた。

どのカラオケバーも、だいたい同じしつらえだ——店の入り口は色とりどりのネオンで彩られ、手前の部屋は暗く、モニターを上に載せたカラオケマシンがタイ語とビルマ語とクメール語のポップソングをがなり立てている。部屋の奥の戸口にはビーズのすだれがかけられ、その先の廊下に並ぶ部屋で性サ

タイのソンクラーの、売春宿を兼ねるカラオケバー。ここで働く女性や少女たちは、ミャンマー人の男や少年たちを罠にかけるための餌だ。彼女たちも人買いに買われて連れてこられた。

ービスを受けることができる。

あるカラオケバーの入り口には、前腕がわたしの太腿ほどもある男が、黒い木の棍棒を手にして座っていた。その姿は、自分のねぐらを守っている一つ目巨人《キュクロプス》みたいだ。この世の憂さを六本パックのビールだけで晴らそうとしているむさくるしい男たちの一団が、わたしたちをじろじろと見ている。店に入ると、店のオーナーのルーイという男がさっそく売り込みを始めた。ルーイはにやりと笑うと、店の隅に座っている、厚化粧とタイトできらびやかなミニスカートで飾り立てられた、十歳前後の二人の少女を指さした。そして少女たちを撮ったポラロイド写真を得意げにテーブルに並べた。写真の少女たちは一様におびえた表情を浮かべ、動物のぬいぐるみを抱き締めていた。これらの写真は一年前に撮ったものだとルーイは言い、店にいる少女たちを指さした。写真の女の子たちも、自分の手にかかればこんな〝いい女〟に仕上がるんだと自慢したげな感じだった。「この子たちは超売れっ子なんですよ」彼はそう言った。いたいけな少女たちを売り込もうとしているルーイを傍目に、わたしは反吐《へど》を吐きたい思いをぐっと抑えていた。たしかにわたしはジャーナリストであり、その仕事は自分の眼で確かめたものを世に知らしめることだ。それでも本書の取材中には、自分の面前で進行していることについてはただ目撃して記録するだけで、止めようとはしないことに罪悪感を覚えていた。このときもまさしくそんな気分に襲われた。

ラノーンのような港町では人買いとカラオケバーはぐるになっていて、兼業していることも多い。通常、カラオケバーのいちばん奥か上階《うえ》に別の部屋があって、店の女の子たちや、これから漁船に売られる予定の男たちが寝泊まりしている。こうしたカラオケバー兼売春宿で一服盛られて気を失い、気づいたら海の上だったというケースもある。(8) しかし誘拐という手に出ることは少なく、たいていの場合は借金で縛りつければ一丁上がりだ。

ルーイの店のビール一本の値段は換算すると一ドルほどで、女の子の性サービスは一二ドルだ。ミャンマーやカンボジアから仕事を求めて何百キロも歩いてやってきた、着のみ着のままの文無しの出稼ぎ労働者たちがこの店に二日も通えば、その勘定は彼らにとってはとんでもない額になる。食事代も宿代もドラッグの代金も、最初こそ店のおごりということになっているのだが、のちのち渡される請求書には未払いと記されている。その勘定のかたとして、男たちは漁船に売り払われるのだ。そして漁の合間に港に戻ってきたときに船長から渡される給料は、現金ではなくカラオケバーのみで使えるクーポン券のことが多い。

本書の取材では、さまざまな不道徳な行為や人びとに出くわしたが、そのなかでもラノーンのカラオケバーで見聞きしたことは最低最悪の部類に入るだろう。最低最悪なのは、この港町の人買いとカラオケバーのオーナーたちが、買ってきた女性たちを使って出稼ぎ労働者たちを罠にかけてカモにしているからだけではない。性サービスを強いられている女性たちにしても、彼女たちを買ったせいで借金に縛られてしまう男たちにしても、その多くが子どもだからだ。ラノーンを去るとき、わたしはこんな街に二度と来るものかと胸に誓った。

＊

こんな闇の世界にも、一筋の光明をもたらす人びとがいる。漁船から逃れた海の奴隷たちの頼みの綱となっているのが、反人身売買組織の秘密の保護施設と地下ルートだ。そうした組織は彼らをかくまい、こっそりと国境を越えさせる段取りをつけることも多い。脱走する覚悟を決めた海の奴隷たちは、普通は海に飛び込んで陸《おか》に戻ったり補給船に忍び込んだりする。大枚をはたいて彼らを買った船長たちは、脱走を財産の盗難と見なす。なので港にいるあいだは、通常は鍵をかけた部屋に閉じ込めて見張りをつけておく。

海の奴隷たちは、実際にはどのようにして脱走するのだろうか。それを調べるべく、わたしは二〇一四年の十一月にボルネオ島を訪れた。面積が七四万平方キロメートルもあり、グリーンランドとニューギニア島に次いで世界で三番目に大きな島であるボルネオ島は、インドネシアとマレーシアとブルネイの三カ国に分割されている。取材地としてこの島を選んだのは、マレーシア側のサバ州の州都コタキナバルに、脱走の地下ルートに一枚噛んでいる情報提供者がいたからだ。こうした危険を伴う仕事に携わっている人間の常として、その情報提供者も匿名を希望した。

コタキナバルでは、パクという名前の三十一歳のカンボジア人の元甲板員から、漁船での奴隷暮らしの日々のことを聞いた。パクは、「監獄島」と呼ばれていた小島に数週間下ろされたときのことを語ってくれた。南シナ海には何千もの無人の環礁が点在し、漁船の船長たちは船の補修が必要になったときは乗組員たちをその一つに下ろして港に戻り、数週間も置き去りにすることもあるという。通常は飲み水と缶詰と釣り道具や網などの漁具、そして食事を管理し、乗組員たちが別の漁船に逃げないようにする見張りを残す。パクはその環礁の名前を知らなかったが、そこには別の漁船の乗組員たちもいて、漁船間で売買されたり次の漁まで待機していたという。

「みんな船長の持ち物なんだよ」監獄島に送られたあとの海での日々のことを、パクはそう言った。「好きなときに売り飛ばすことができるんだから」ある男が自暴自棄になって海に飛び込み、溺れる様子を目撃したことがあるとパクは言った。そのパクも結局は乗っていたタイのトロール漁船の船べりを乗り越えた。そして一キロ近く泳いで、東ティモールとニューギニアのあいだにあるバンダ海のカイ諸島のどこかと思しき島にたどり着いた。

国連機関の推算では、過去一〇年のうちに漁船から脱走してカイ諸島に泳ぎ着いた出稼ぎ労働者の数は一〇〇〇を超えるという。男が海に飛び込んで溺れていくさまを眼にしたというのに、それからいくらも経たないうちに同じことをしたパクの勇気と、そうするまでに至った絶望感に驚かされた。そんなわたしにパクはこう言った。海に飛び込んだら溺れ死ぬかもしれないけど、そのまま船にいても結局死んじまうからね。

パクから話を聞いた数日後、朝の六時に情報提供者が電話をかけてきた。市《まち》から一六〇キロほど離れたところに、最近脱走してきた甲板員がかくまわれているという。「二〇分後にホテルに迎えに行く」彼はそう言った。わたしたちはトラックの荷台に乗り、森林地帯の奥に分け入った。三時間後に脱走者が隠れているとされる家にたどり着くと、中から身も世もなく泣きじゃくる女性が出てきた。脱走者の身内だというその女性は、昨夜のうちに銃を持った二人の男がやってきて、甲板員を連れ去ったと言った。

「どうすればいいんですか?」その女性はずっとそう言い続けていた。わたしの情報提供者は彼女の傍らに座り、別の救助組織の電話番号を教えて連絡するように言った。わたしたちはトラックに乗り、その場から去った。「船に連れ戻されたか、どこかに閉じ込められているんだろう」彼は言った。「いずれにせよ、かなりまずい事態だ」大枚をはたいて海の奴隷たちを買っている漁船の船長たちが、逃げ出した者たちに罰を与えないはずがない。重苦しい沈黙に圧《お》し潰されそうになりながらの帰り道は、行きよりもずっと長く感じられた。

ボルネオ島訪問に先立って、わたしはタイ中部のムットサーコーンや南部のソンクラーとカンタンといった港町を拠点にしている救助組織の人びとに取材していた。彼らの仕事は、言ってみれば〝生死を賭けたかくれんぼ〟だ。自分がどこにいるのかはわからないが、とにかく船から逃げたいから助けてくれとおびえた小声でかけてくる電話が、週に数本はあるという。脱走者のほとんどは、漁船から逃げ出して、どこだかわからない田畑や玄関ポーチの下や廃屋に隠れていたり、どこかのトイレに閉じこもっていたりする。なかには仲間の甲板員から船員司牧(AOS)のような保護組織の電話番号を教えてもらっている者もいる(9)。

脱走者を何とかして見つけると、まずは街から遠ざけて目立たない場所に隠す。街中を走り回っているバイクタクシーが人買いたちの情報屋を兼ねていることが多いからだ(10)。港から無事抜け出すと森の中に逃げ込み、ほとぼりが冷めるまでずっと隠れている脱走者も多くいる。タイで出稼ぎ労働者支援にあたっている労働者権利促進ネットワーク(LPN)のパティマ・タンプチャヤクル氏は、インドネシアのアンボン島から助け出したタイ人のことを語ってくれた。その男は漁船から逃げて森の中に一年近く隠れていた。そのあいだは、夜中に村に忍び込んで捕まえた犬や猫を食べて生き延びたという。

ボルネオを離れることになっていた日の前日、携帯電話がふたたび鳴った――情報提供者とわたしはまた車上の人となり、山岳地帯を抜けてゴム農園が広がる地域に入った。未舗装路の両脇には、ひょろっと高いゴムの木が延々と連なっていた。農園は整然としていて人もまばらだった。ゴムの樹液採りに従事する労働者の家と思しきものもあったが、どれも掘っ立て小屋同然で人が暮らせるとは思えなかった。通り過ぎざまに見たわずかばかりの労働者たちは汚れたみすぼらしい姿で、くたびれているように見えた。そして見慣れないトラックに乗るわたしたちを、どうしてこんな辺鄙《へんぴ》な場所に来たのだろうという眼で見た。出発して数時間後、ようやく目的地にたどり着いた。トラックから降りると、たちまちのうちに鼻を刺す濃厚なにおいに出迎えられた——ゴムの木から採取した樹液が発酵したにおいだった。

わたしたちは二メートル四方ほどの広さのトタン葺《ぶ》きの小屋に招き入れられた。中は暗く、蚊がぶんぶん飛び回っていた。わたしたちは三十代半ばと思しきカンボジア人甲板員と一緒に土間に腰を下ろした。男の前歯は数本欠け、眼の下には大きなたるみがあった。肌の色は黄色で、何かの病気にかかっているのではないかと思わせる。おびえているせいだろうが、男の声はぼそぼそとして小さかった。

「漁船から逃げてきたのか?」わたしの情報提供者がクメール語でそう尋ねた。「まだ逃げ切っていない」男はそう答えると、それまでさんざん聞かされてきた話をまた繰り返した。つまり、ミャンマーである男から建設現場で働かないかと誘われ、結局タイの漁船で働かされる羽目になった、ということだった。「船長が怒ったら、わめき散らしてぶったり殴ったり蹴ったりして、何日も食い物も水ももらえないこともあった」男は海で受けた扱いをそう語った。そしてとうとう二週間前に夜中に隙を見て海に飛び込み、近くの島まで泳いで逃げた。その島の森に一週間ほど隠れたのちに、親切そうな漁師に出会って助けを求めた。その漁師の漁船に乗せてもらって、彼はボルネオまで逃げてきたのだった。

それでも、どうしてこの男がこのゴム農園に身を潜めているのかまったくわからなかった。三〇分ほど話を聞いたところで、ノックする音がして小屋のドアが開かれた。二人の男が戸口に立っていた。ジーンズをはいて頭にサングラスを載せた男たちは、ここまでの道中で眼にした労働者たちよりも身なりがよく、いいものを食べているみたいだった。若くてカジュアルに過ぎる装いは農園主にも見えなかった。垂らしたTシャツの裾の下に、ホルスターに収められた拳銃がちらりと見えた。男たちは甲板員に一緒に来るように手招きした。

わたしは情報提供者に、これはいったい何なんだと訊いた。すると彼は口に人差し指を当て、ドアに耳を当てて外でのやり取りを聞き取ろうとした。われらが物騒な来客は二分ほどで小屋に戻ってきた。目上と思しき背の高いほうがわたしをじろりと見て言った。「インタビューはこれで終わりだ」ちゃんとしているが訛りのある英語だった。「どういうことだ?」わたしはそう言うと腰を上げ、背の高いほうをにらみ返した。こっちの言い分をどうぶちまけてやろうかと考えていると、男がうすら笑いを浮かべた。わたしが事を荒立てるのを待ち望んでいるかのような笑みだった。

喧嘩よりも、甲板員の男をここに残していくことのほうが心配だった。わたしは情報提供者のほうに向き直り、彼を連れて帰らないわけにはいかないと小声で言った。そして甲板員に向かってさっさとついてこいと手招きしてトラックに戻ろうとすると、男の一人が立ちはだかった。「駄目だ、インタビューは終わりだと言っただろ」男はそう言うと、甲板員を連れてはいけないと言い添えた。「そういうわけにはいかない」わたしは情報提供者に言った。男たちとの険悪なやり取りがさらにいくつか続いたところで、情報提供者はわたしを見て、ここは引くしかないと言った。「今すぐここを出るんだ」彼はそう言った。

あの男たちは漁船の船長に雇われた賞金稼ぎなんだろう。コタキナバルに帰る道すがら、情報提供者はそう言った。わたしが知らず知らずのうちに人買いたちに情報を漏らしていたのだろうか。そう思わずにはいられなかった。わたしがあの男に死刑宣告を下してしまったのだろうか？　自分の行動が原因で、彼を奴隷の身分に逆戻りさせてしまったのだろうか？　どんなに考えても答えが見えてこない問いかけに悩まされた。わたしは情報提供者の判断を信頼していたし、取材対象者たちの安全確保には万全を期していたつもりだ。二回の取材行には、それぞれ別の運転手を吟味したうえで雇った。二回目の取材でホテルに迎えに来たのは、スモークガラスの地元ナンバーの車だった。

海の奴隷たちの救出に一〇年以上も携わっているわたしの情報提供者は、わたしたちのせいでばれたわけじゃないと言った。人買いたちはあの甲板員の居所をとっくに突き止めていて、船に連れ戻すベストタイミングを見計らっていただけなんだろう。この業界は狭いから、噂はすぐに広まるんだ。彼はそう言った。わたしは、警察に届けたほうがいいと言った。すると彼はびっくりした眼で――と言うよりもばかにした眼で――わたしを見てこう言った。「イアン、さっきの二人は警官だったんだぞ」

＊

二〇一七年の夏、洋上での強制労働についてさらに取材するべく東南アジアをふたたび訪れた。[11]　再訪に先立って、わたしはタイ政府に操業中の漁船の抜き打ち検査の様子を見せてほしいと依頼した。政府は、沿岸海域であればパトロールへの同行取材はまったく問題なく、しかも臨検する漁船はわたしが選んでもいいとまで言った。

普通では考えられないほど大盤振る舞いな対応だった。その理由は簡単、タイの海の奴隷の問題は世界の注目を集めていたからだ。タイのメディアとＮＰＯに続いて、『ガーディアン』紙とナショナル・パブリック・ラジオ（ＮＰＲ）、そして環境正義財団（ＥＪＦ）のような国際機関が、かなり早い段階からタイの漁業界に蔓延する労働搾取についての優れた報道をしていた。[12]　二〇一五年には『ニューヨーク・タイムズ』に加えて、ＡＰ通信の勇猛果敢な取材チームが、インドネシアのベンジナ島で暮らす海の奴隷たちについてのエポックメーキング的なルポを世界中に発信した。その島には、脱走したり置き去りにされたりした海の奴隷たちが数十人もいたのだ。なかには水産企業に監禁されていた者もいた。結果的に何千人もの海の奴隷たちの母国への帰還をもたらしたこの報道は、アメリカの報道界で最も権威のあるピュリツァー賞とジョージ・ポルク賞の二冠を達成した。

ところがいざタイを訪れてみると、タイ当局の洋上検査ではまったくの見せかけを取材させられそうなことがわかった。それでも、それなりに意味があるようにも思えた。政府が何事かに必死になって取り組んでいるときに犯す過ちは、実に多くのことを教えてくれるからだ。「検査を望んでいる漁船のリストを送ってください」タイ訪問が近づくにつれて、政府からそんなことを毎日のように言われ続けた。世界中の船舶の位置情報は誰でもネット上で確認できるので、どの漁船が操業中なのかはわかっている。わたしが臨検に立ち会いたいのは、乗組員虐待の前科があるか、やっているという噂のある漁船だ。政府には、自分自身の調査に基づいて検査するべきだと判断した漁船をいくつかリストアップすると伝えておいた。それでも、そちらのほうでも追加のリストを作っておいてほしいと頼んでおいた。しかし出港する日が近づいても、タイ政府は検査対象リストを作成していなかった。

わたしは思い違いをしていたのだ。乗組員への聞き取り調査や港湾検査の記録や違反歴、そして進行中の警察捜査に基づいて、タイ政府は検査すべき水産企業や漁船の優先順位を決めることができると思い込んでいたが、実際にはそうではなかった。こうした情報はそもそも収集されていないか、もしくは問題がありそうな漁船を主眼に置いていなかった。「われわれとしては、あなたのリストが頼りなんです」出港の数日前、ある海軍士官にそう言われた。わたしはすぐさまタイの反人身売買組織の力を借りて、臨検すべき漁船の追加リストをまとめた。彼らは、つい最近脱走してきた甲板員から聞いた話や信用の置ける警察関係者からの情報をもとに、政府が三週間かけても作成できなかったリストを、たった四八時間でまとめ上げた。

この失態は、タイ政府の取り締まり努力はまだまだ足りていないことを如実に物語っている。政府機関間の信頼関係は汚職で損なわれていて、情報漏洩を恐れてどこも機密情報を共有したがらない。人身売買組織のやり口と黒幕の追及、そして新たな人身売買対策の裏をかく手についての情報収集にしても、とにかく人権団体任せだ。独自に情報収集するためには、政府自身が漁船の乗組員たちに聞き取り調査をしなければならないのだが、その調査が依然として不十分なのだ。

この現状は、タイ海軍の取り締まり活動への一週間にわたる密着取材でまざまざと浮かび上がってきた。農業・協同組合省の漁業局と労働省の検査官たちは二隻の艦船に分乗し、数隻の漁船を抜き打ちで臨検した。対象となった漁船のほぼすべてがブルドッグのようにずんぐりとして鈍重な巻き網漁船で、下甲板には、獲った魚を氷漬けにしておくロイヤルブルー色の樽が何十個も積まれていた。それぞれ三〇人ほどが乗り込んでいて、その多くはカンボジア人で、ミャンマー人とタイ人もいた。検査官に先立って抗弾ベストを着装した重装備の兵士たちが漁船に乗り込み、二〇分かけて乗組員全員にボディチェックをして武器を持っていないか確認した。それが終わると、こっちに背を向けて甲板の隅にかたまって座っていろと怒鳴った。安全の確保という観点からすれば妥当な措置だったが、その一方で、検査の主眼は幹部船員たちなのに、自分たちが悪いことをして捕まるんじゃないかと乗組員たちを不安にさせ、ストレスを与える行為でもあった。

ある漁船の臨検で検査官たちが〝ガサ入れ〟をしている最中に、わたしは船長に近づいてみた。船長の服はタバコのにおいがし、吐く息も臭かった。足元にはレッドブルの空き缶がいくつも転がっていた。舵輪の前には人間の頭蓋骨が五つ置かれていた。網にかかっていたのでお守りとして飾っていると

タイ当局の臨検を受ける漁船で、甲板の隅で待機しろと命じられたカンボジア人甲板員たち。

船長は言ったが、にわかには信じることはできなかった。本当は、歯向かったり言うことを聞かなかったらこうなるんだぞという見せしめなんじゃないか。わたしは胸の内にそうつぶやいた。

甲板の三〇人のカンボジア人たちは憔悴していた。意地でも眼を合わせようとしない者もいた。検査官たちは、小さなバインダーに留められた質問票に沿って乗組員たちや船長に質問していく。労働契約書は交わしている？ 交わしている。給料はちゃんともらえている？ もらっている。乗組員名簿は？ ある。漁網のサイズは規格内？ ちゃんと守っている。わたしは船長に、ここで働きたくなくて故郷《くに》に戻りたいと言っている乗組員はいないのか尋ねてみた。「あいつらにはそんなことはできない」船長はそう答え、さらにこうも言った「必要な書類なら全部ちゃんと揃ってる」図らずもこの言葉は、こうした抜き打ち検査が空振りに終わる理由を端的に語っていた。

書類どおりの質問だけをしていたら、まともな検査はできない。たとえば、給料をちゃんともらえていると答えた乗組員ともらえていないと答えた乗組員がいて、それでいて二人とも契約書どおりではないと答えた場合、さらに突っ込んで質問したり「本当のこと」を言いなさいと指導しなければならない。暴行を受けているかどうか尋ねる場合は、受けていると答えたら船から下ろして安全な場所に移すと事前に言っておかなければ、正直に答えてもらえない。

労働省のある検査官は年配の男性で、温厚な物腰で乗組員たちに話しかけ、自分たちは助けるために来たことをあの手この手で説明していた。一緒に甲板に腰を下ろし、笑みを絶やさず、自虐的なジョークを発していた。そしていかにも父親らしい口調で、十分な睡眠と規則正しい生活の重要性を説いた。もちろん善意からそう言っているのだろうが、睡眠も生活も船長に支配されている乗組員たちにとってはピント外れのアドバイスだ。わたしと通訳は腰を上げてその場から距離を取り、やり取りを聞いていた。

検査官は自分の仕事を穏やかに、そして誠実に進めた。が、それでも話を聞くというよりも紋切り型の質問に徹しているように思えた。質問の内容は、たとえば「一二時間働いたら一二時間休みが取れていますか？」であるとか「あなたはこの船での仕事に満足していますか？」といった感じに、イエスかノーかで簡単に答えることができるものだ。そして政府発行の身分証明証を持っていたら、人身売買の被害者ではないと判断しているみたいだ。身分証明証は就労許可を得ているということを示すだけのものであって、そんなものを持っていても借金の束縛を受けていることもあるし、人買いによって船長に売られることもある。本来なら広く訊かなければならないところを、ピンポイントで切り込むことも多かった。「けがをしていませんか？　船内にけがをしている人がいませんか？」と質問していたが、ちゃんとした答えを聞き出したいならこう尋ねるべきだ。「漁船での仕事は困難と危険はつきものですよね。で、この船で最近けがをした人がいますか？　それはいつのことですか？」

本来なら摘発ものの労働条件も見過ごされていた。タイの労働法では、給料は毎月支払わなければならないことになっていて、したがって契約が終わる前に乗組員が逃げ出さないようにするために多くの船長がやっている給料の支払い保留は禁じられている。乗組員たちへの聞き取りのなかで、長い漁のあとは自分の〝つけ〟が「減った」であるとか「帳消しになった」という言葉が出てきても、検査官たちはそこで質問を止めてもっと詳しく問い質そうとはしなかった。何時間にもわたる洋上での検査活動で次々と明らかになっていく問題点を、わたしはがむしゃらになってノートに書き綴っていった。タイ当局の姿勢は以前よりもオープンにはなっているが、さまざまな改革策の多くは期待どおりの効果を見せていない。わたしはそう実感した。

検査チームにはクメール語やビルマ語の通訳が帯同していなかった。なので乗組員たちへの聞き取りは甲板長――前回の取材で乗った巻き網漁船のタンのような男のことだ――を介して行われた。タイの漁船では、タイ語が話せるカンボジア人やミャンマー人が甲板長を務めていることが多い[13]。そうした甲板長はたいていの場合は幹部船員側の人間で、乗組員たちに懲罰を与えている。暴行を受けたことがあるかだとか給料の未払いはなかったかだとか長時間労働をさせられていないかだとか、さらにはいつの間にかいなくなった乗組員はいないかだとかけがをしたことがあるかという質問を乗組員にする場合、甲板長を通訳として使うだなんてとんでもない話だ。むしろ聞き取り中は乗組員たちから隔離しておくべきなのだ。

乗組員全員への聞き取りは何時間もかかりそうだったが、労働省の調査官には選んだ数人にしか話を聞く時間がなかった。異様なほどおびえている者が何人かいた。そのうちの二人はまだほんの十四、五歳と思しき少年だった。三人はちゃんと座れないほど疲労困憊していた。瞼《まぶた》が今にも落ちそうなので、もしかしたらドラッグでラリッているのかもしれない。大半の者たちはどう見てもタイ語を話せそうになく、奥のほうに隠れるようにして縮こまっている。検査官はそうした乗組員たちではなく、前のほうに座って眼を合わせてきて、話をしたくて仕方がないといった感じの者たちばかりを選んだ。それは逆だよ。聞き取り調査の目的はいちばん具合のいい乗組員を見つけることなのか？ 違うだろ、見つけなきゃならないのはいちばんひどいことになっている男たちだ。わたしは口には出さずにそう毒づいた。

抜き打ち検査への密着取材から戻ると、わたしは国際労働機関（ＩＬＯ）タイ支局のプログラムマネージャーのジェイソン・ジャッド氏と連絡をとった。ジャッド氏は労働法の改正と検査体制の改善をタイ政府に働きかけている。わたしたちは二つの大きな法的ハードルについて話し合った。一つ目のハードルは、タイでは出稼ぎ労働者の労働組合への加入が禁じられている点だ。二つ目は、たしかにタイの法律は人身売買を禁じてはいるが、強制労働については何の規制もないという点だ。だから自らの意思で仕事に就いたはいいが、そこで虐待があったり奴隷同然に働かされたりしても、タイでは訴追できる法的根拠はほとんどない。

ジャッド氏は、タイ政府が二年のうちにどれほど大きく進歩したのかについても説明してくれた。一回の出漁期間は三〇日に制限され、物資や獲れた魚の洋上での積み替えも禁止された。すべての商業漁船を登録制にしてナンバープレートのような登録番号を付けて管理し、船の位置を監視できる船舶監視システム（ＶＭＳ）の搭載を義務づける努力も続けられている。

タイ政府は毎年洋上で何百隻もの漁船への抜き打ち検査を実施しているが、陸上でも同様に乗組員たちへの聞き取り調査を行っている。タイ海軍と入出港管理センター（ＰＩＰＯ）の監督のもと、複数の機関が協同して総トン数三〇トン以上のすべての漁船の入出港検査を行っているという。ＰＩＰＯの検査官は、船舶登録や有資格機関士の有無、乗組員名簿や安全および救命装置といった一五項目をチェックしている。

周辺諸国から批判を浴び続けてきたタイ政府にしては、実にすばらしい達成ぶりだ。そうした国の一つのインドネシアなどは、たしかに漁業管理についてはさまざまな環境保護団体から称賛されているが、乗組員の保護も漁船への抜き打ち検査も実施していない。

わたしは、抜き打ち検査への密着取材中に目の当たりにしたいくつかの問題をジャッド氏に説明した。すると氏は、タイ政府の海の奴隷に対する認識は世間一般のそれとは大きくかけ離れていることを、数字を使って示してくれた。二〇一六年に実施した五万人以上の漁船乗組員に対する聞き取り調査の結果、タイ労働省は労働条件や労働時間や賃金や待遇などについての法律違反は一例もなかったと発表した。ところが、ＩＬＯが同時期に実施した調査ではまったく違う結果が出た。半数近くの乗組員が違法とされている賃金の差し引きを経験していて、労働契約書に署名した者は半数に満たなかった。そして一六パーセントは船から逃げられないようにするために身分証明証を取り上げられていた。この隔たりは多くのことを物語っている。

両者の調査結果に大きな開きがあるのは、タイ政府の聞き取り調査では上っ面だけの浅い質問しかしていないからだ。検査すべき漁船と訴追すべき水産企業、そして救出するべき出稼ぎ労働者の選別が適切ではなかった原因はそこにある。政府とは関わりのない、乗組員たちの母語が話せる通訳であれば、乗組員たちも心を開いて正直に答えてくれるだろうとジャッド氏は言う。検査官は聞き取り調査のテクニックを鍛え、赤信号を見落とさないようにしなければならない。聞き取り調査に備えて、船長たちは模範解答を乗組員たちに教え込んでいることが多い。そうした台本どおりの答えができないような質問の仕方も身につける必要があるが、かと言って、もどかしい知恵比べのようなものにしてはいけない。氏はそうも言った。

さらにジャッド氏は、検査官たちの意識の問題も重要だと言う。彼らの職務は労働被害の発見であり、その権限も与えられている。乗組員への聞き取り調査は不法行為を暴くための一手段にしかすぎない。そして検査の成否を発見した不法行為の多寡で判断すべきではない。検査官たちは常にこれらを意識して取り組むべきだと氏は語った。

しかしこうした検査官の意識統一を阻むものがある。それはぶっちゃけて言うと、海の奴隷問題に対するタイ政府内の各機関のあいだの温度差だ。首相と外務大臣は改革に真摯に取り組んでいるようだ。一方、労働省はそれほどではない。農業・協同組合省の漁業局と警察当局の大半は両者の中間あたりといったところだ。こうした問題はタイに限ったことではないが、この国の場合ははるかに深刻だ。

＊

二〇一五年十一月七日、タイ政府は南部の港町カンタンにあるブンラープという水産企業の八人の関係者を人身売買容疑で逮捕した。末端の人買いではなく有名企業の幹部の逮捕はタイ国内でもきわめて大きな注目を集め、この国が抱える海の奴隷問題を広く世界に知らしめた。裁判では、同社の元オーナーのソンポン・ジロートモントリーらが有罪となった。三人の船長と警備主任は無罪だった。[14]

わたしは二〇一七年の五月にミャンマーのヤンゴンを訪れ、人身売買の餌食になってカンタンに売り飛ばされたことがある数人の男性に取材した。彼らの多くはブンラープ社所有のボカ埠頭で働かされていた。話を聞いたミャンマー人たちは、彼らの元雇い主を裁判にかけて有罪にしたタイ政府の努力を口を揃えて称賛した。その一方で、訴追容疑が殺人ではなく人身売買だったことに不満を漏らす者もいた。[15] それはつまり、最悪の犯罪者がまだ野放しになっているということにほかならなかった。

ミャンマー人たちから聞いた話には、リアムという男の名前が頻繁に出てきた。彼らが「悪人」と呼んでいた、気が短くて凶暴なこの男はボカ埠頭の警備主任だった。人身売買容疑では無罪となったリアムだが、一九九〇年代以降一〇人以上殺害したとされていた。環境正義財団（ＥＪＦ）とタイの警察当局によれば、この男は出稼ぎ労働者を銃で撃ち殺したり刃物で刺したり殴り殺したりし、しかも複数の人間の面前で手にかけ、死体をトラン川に投げ捨てたこともあるという。殺人を犯したことは明々白々で証拠も揃っていた。にもかかわらず、リアムを殺人容疑で訴追することはかなわなかった。捜査に関わった当局の人間は、目撃者を証言台に立たせることができなかったからだとわたしに言った。

ミャンマーで取材した男たちのなかにも、リアムが出稼ぎ労働者を殺す現場を目撃した者がいた。そのなかでも最も陰惨な凶行は二〇一三年に起こった。ある二十代のミャンマー人の乗組員が船長にナイフを突きつけたという。するとリアムはその男を後ろ手に縛ったうえでサントールという果樹の大木に縛りつけ、数十人の男たちが固唾を呑んで見守るなか、鉄の棒で殴り殺した。「三〇分殴り続けてた」トゥン・ゲという男はそう言った。

「ささて、おまえは何分もつかな？」リアムはそうわめきながら男を打ち据えていたという。男はこと切れたあとも立った状態で縛りつけられたまま一時間放置され、見せしめにされた。グリーンの短パン一丁姿の亡骸《なきがら》の胸には深い傷がいくつも刻まれ、頭からは血がどくどくと流れ出ていたとトゥン・ゲは語った。

わたしはタイ王国国家警察庁の法務訟務局の局長で警察中将のジャルウァット・ヴァイサラという信頼するに足る人物を知っていた。ヴァイサラ中将はカンタンでの捜査で陣頭指揮を執っていた。わたしはヤンゴンのホテルから中将に電話をかけ、ブンラープ社の人身売買事件の訴追内容に殺人が含まれなかった理由を問い質した。暴力は人間を恐怖に陥れ、服従させる手段になる。つまり殺人は強制労働と人身売買に大きく役立つのだ。

ヴァイサラ中将は、捜査チームは港の近辺を掘り起こして遺体を探したが、一体も見つからなかったと言った。出稼ぎ労働者たちは証言を渋り、彼らから聞き出した情報にしても矛盾が錯綜していたという。今から証言したいと申し出る者がいれば捜査の再開を必ず検討すると中将は言った。

しかしわたしは、殺人容疑で訴追できなかった本当の理由を聞かされた——地元警察が陰で関わっていたからだ。かなり以前から、ボカ埠頭の川下の岸辺には何十体もの死体が流れ着いていて、その多くに拷問を受けたり処刑された形跡が認められていたのだが、カンタンの警察当局は見て見ぬふりを決め込んできた。そうした死体のいくつかを撮った写真から、死体の大半は港の周辺ではなく、カンタンとトラン市をつなぐ幹線道路脇の目立たない墓地に埋められていることがわかっていた。バンコクで活動しているヴァイサラ中将は、この話はオフレコで頼むと言った。

ミャンマーを発つ前に、ボカ埠頭で働かされていた元出稼ぎ労働者たちに、無罪放免になったリアムや船長たちに何か言いたいことがないか尋ねてみた。「おまえらのやったことはみんなが知ってるからな」一人がすぐさまそう言った。「いつか報いを受けるぞ」別の男はそう言った。残念ながら、誰も報いを受けることはないだろう。わたしにできることと言えば、彼らのメッセージを伝えることぐらいだ。次の取材地はカンタンに決まった。このときわたしは、自分は外国人ジャーナリストなんだから、リアムのような悪人に直接会っても何とかなる、大丈夫だと考えていた。毎度ながらの無鉄砲な思い込みなのだが、そうでも思わなければこの仕事はやっていけない。

＊

わたしの眼には、タイの港町はどこも同じように見える。しかしカンタンは違う。トラン川の河口域にあるカンタンは、一八九三年から一九一六年までこの地方の首都だっただけあって、古式ゆかしい威厳が漂っている街だ。もっとも、何度も洪水の被害に見舞われたので、現在の首都は内陸部に移された。観光の目玉は現在も使用されているカンタン駅だ。その堂々たる外観は手入れこそ行き届いていないが、今でも地元経済を牛耳っている華僑の有力一族たちが建てた往時の栄華を漂わせている。

わたしは人身売買が横行するさまざまなタイの港を取材してきたが、そのなかでもカンタンはいちばん大きな毒ヘビの巣窟だ。カンタンの人身売買シンジケートは豊富な資金力にものを言わせて買収工作を展開している。この港で人身売買業が栄えている理由の一つは、水深が深く大型漁船が入港できることから、昔から遠洋漁業の重要拠点だったところにある。そして陸《おか》から遠く離れた大海原で長期にわたって操業するタイの遠洋漁業は、海の奴隷に大きく依存している。

カンタンの水産業は華僑系の三つの企業のほぼ独占状態にある。三社とも漁船団のみならず輸送船や埠頭、製氷工場、冷蔵・冷凍倉庫、加工場、魚粉工場などを運営している。このブンラープ社とジョー・モンチャイとウォー・ワッタナー・ソーポンという三社は、それぞれブンラープとチョン・シンとウォー・スパポーンという自前の埠頭を構えている。

カンタンは「寺多くして信心薄し」の街だという。その言葉どおり、ひどくけばけばしい仏教寺院がトラン川に沿って立ち並んでいて、なかには建設中のものもあった。信仰心よりも富をひけらかしているようなものだが、こうした寺院の大半は強制労働や違法操業で非難されている水産企業が建立したものだ。

トラン川にずらりと並ぶ埠頭の一つを構え、六〇隻以上の漁船を抱えるブンラープ社の元オーナーのソンポン・ジロートモントリーは、カンタンの特権階級一族の一員だ。カンタン郡の郡長を二期務め、その跡も弟のソラノンが継いだ。二〇一五年の人身売買摘発時には、ジロートモントリーはカンタン郡のホームページに「顧問」という肩書で載っていた。さらに言うと、トラン県漁業組合の組合長とカンタン警察の監査委員会の委員長でもあった。

ブンラープ社が関わった人身売買事件の多くは、ＥＪＦが行った調査に基づいていた。ＥＪＦは、人身売買、強制労働、殺人に関する労働者の証言やその他の証拠の詳細なポートフォリオを当局に提供していた。二〇一三年から一五年のあいだのいくつかの報告書には、ブンラープ社の犯罪行為と地元官僚の汚職が慎重かつ克明に記されていた。

カンタンに向かう前に若い女性通訳を雇ったのだが、その彼女が実に有能だった。通訳だけでなく運転手とホテルの手配、そして各方面との交渉や役所の許認可といったことまで、とにかく何でもやってくれた。この取材は慎重にも慎重を重ねなければならないことを伝えると、何と彼女は、普段はカンタン以外の地域で麻薬取引の覆面捜査に従事している男を運転手に雇ったのだ。銃を持っているし、しかも地元の人間ではないので買収される危険性はなく、まさしくうってつけの人材だった。

カンタンで真っ先にやらなければならなかったのは、裁判で無罪になった船長の一人のターウォーン・チャンタラックを見つけ出すことだった。この男はブーンラープ水産で最も凶暴だという評判だった。漁業界は狭くて結びつきがきわめて強い世界だが、わたしの通訳兼何でも屋は、チャンタラックの所在を港の誰に訊けばいいのかわかっていた。チャンタラックの家を朝に訪ねると不在だった。午後になってふたたび訪ねてみると、玄関に出てきた。取材を受けるなら着替えてくると言って奥に引っ込み、二分後に染み一つない白い半袖シャツを着て戻ってきた。シャツには拳銃のグロックを製造している企業のロゴが入っていた。五十代半ばのはずだったが、無罪判決が下されるまで一年近く勾留されていたせいか、逮捕前の写真と比べると、かなり老け込んでやつれているように見える。

チャンタラックは乗組員への暴行をきっぱりと否定した。「給料なら、最後に全員にちゃんと払ってたよ」更生して酒も賭け事もやってないから、昔のことはもう話したくない。彼はそんなことを言った。ミャンマーの元乗組員たちが、いちばんひどい船長としてあなたの名前をしっかりと挙げましたよと言うと、そんなことを言ったやつの名前を教えろと凄んだ。暴力を振るったことなんか一切ないと言うたびに、「港に戻ってからのことは、おれには関係ない」だとか「ほかのやつらがやっていたことについては何も言えない」という言葉を繰り返した。

取材開始から一五分ほど経ったところでチャンタラックは激昂し、おまえは記者じゃなくて政府の人間だろうとわたしをなじった。そしていきなり席を立つと出ていけと仕草で示し、そばに立っていた男たちに――おそらく親戚か部下か友人なのだろう――眼で合図した。わたしもカメラマンのファビオ・ナシメントに目配せし、ひと騒動起こった場合に備えて男たちから離れるよう指示した。その直後に取材は終了になった。ポーカーフェイスを貫き通していたチャンタラックがそこまでいきり立ったのは、わたしがテーブルに置いたメモに記してあった、ミャンマーの元乗組員からのメッセージを読んだからではないだろうか。

翌日、リアムの自宅の住所を突き止めると覆面捜査官に電話をかけ、車でホテルに迎えに来てくれるよう頼んだ。車に乗り込んで発車したところで行き先を告げると、運転手は駐車場から出ることもなくいきなり車を停めた。「すまないが、そこには行けない」彼はそう言った。リアムの家を訪れるだなんてやば過ぎる。行けない理由をそう説明した。一緒に家に来てくれというわけじゃない。きみは車で待っていてくれればいい。わたしはそう言ったのだが、それでも彼は車を出さなかった。わたしはわかったと言い、ホテルに戻ってこれまでの料金を払った。

わたしはタイ王国国家警察庁のヴァイサラ中将に連絡し、リアムの家まで行ってくれる警察官がいないか訊いてみた。信用できる警官でなければ駄目だと念を押した。中将に頼んだのは、カンタンの警官を使えばリアムに連絡されてしまう恐れがあったからだ。同じ理由で、タクシーを頼むことも得策とは思えなかった。

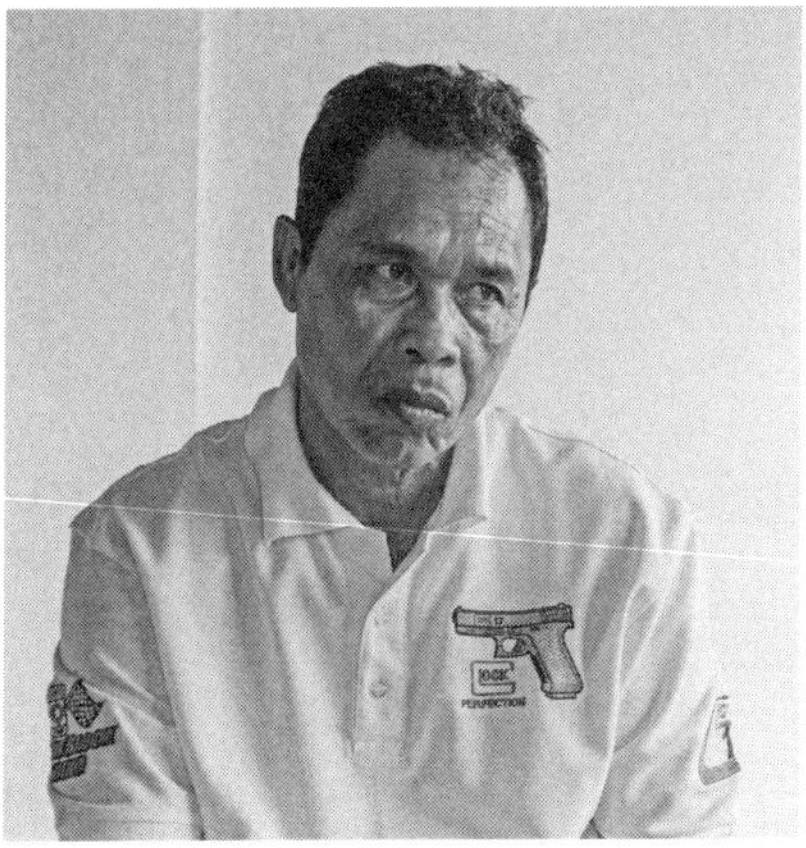

漁船や港で殺人を目撃したという元乗組員たちの証言をミャンマーで集めたのちに、わたしはそうした殺人や暴行を働いていた張本人とされるターウォーン・チャンタラックに取材した。

ヴァイサラ中将は何カ所かと連絡をとってくれた。数時間後、二人の制服警官がスモークガラスのミニバンに乗ってやってきた。今回の取材にはタイ語が話せてカンタンに明るいイギリス人研究者が同行することになっていた。わたしとその研究者は、ホテルのロビーラウンジでコーヒーを飲みながら、警官たちにこれからの手順を説明した。信頼できそうな警官たちだったが、困ったような顔をしているところが気になった。ホテルを発つ前に、警官の一人がトイレに行った。

「あいつらは来たばかりです」その警官はトイレの個室からどこかに電話をかけ、小声でそう言った。ところがタイ語が堪能な研究者も彼の前にトイレに行き、隣の個室に入っていたのだ。そうとも知らず、警官はこう続けた。「あと三〇分ほどでそちらに着きます」どこかで待ち伏せされるのではないかとも思ったが、むしろリアムにご注進しただけだろうとわたしは判断した。

案の定、家のドアをノックしてもリアムは出てこなかった。代わりに彼の妻が出てきた。玄関先での三〇分以上にわたる押し問答のうちに、リアムの妻の言うことは二転三転した。最初は、リアムはここで暮らしてはいないと言っていた。しかしわたしが彼女の相手をしているあいだに、研究者は近所の人たちに話を聞いていた。隣人たちによれば、毎日午後になるとリアムを見かけるという。そのことを彼の妻に言うと、今度はときどきここに来るだけで住んでいるわけではないと言い出した。わたしたちは彼女に、一年前にリアムがこの家にいたところを撮った画像をｉｐｈｏｎｅで見せた。そのときのリアムはチェック柄のシャツを着て、赤いスクーターに腰かけていた。まさしくそのシャツが家の洗濯紐に吊され、玄関ポーチの脇には赤いスクーターがあった。わたしはそこを突き、こう言った。「本当にリアムはここにいないんですか？」

リアムは玄関のすぐ内側で聞き耳を立てている。そう確信したわたしたちは、あの男が漁船の乗組員を木に縛りつけて殴り殺したことを妻に話すことにした。「誰もが知ってる有名な話ですよ」わたしはそう言い、ミャンマーの元乗組員たちから聞いた話を語った。彼女は無言だった。わたしは、警官たちに家の中を調べてもらっても構わないかと尋ねた。「だったら令状を見せて」彼女はそう言い、わたしたちに帰るよう促した。結局のところ、リアムの妻からは取り立てて有益な情報は聞き出せなかった。ヴァイサラ中将の骨折りも無駄に終わった。リアムが家から出てこなかったことに、言葉では言い表せないような悔しさを覚えた。

カンタンくんだりまで来たのに、どう見ても無駄足に終わってしまった。それでもヴァイサラ中将のことは情報提供者として信頼していた。現にその後の取材でもしっかりと協力してくれたし、情報も与えてくれた。そしてカンタンに来た警官がトイレの個室から密告電話をかけた件にしても、タイ政府による訴追を困難なものにし、裁判に持ち込むにしても人身売買といった、殺人ほどには重大ではない案件になってしまう理由の一つをそれとなく教えてくれた。それ以外にカンタンでの取材で得たものがあるとすれば、それはこんな自明の理だろう――ポーカーは、手札を知られてしまったら絶対に勝てない。

人間の命をもてあそぶ者には、それ相応の罰を与える——世界各国は法律でそう規定し、人命の価値を示している。ところがこの文明社会の屋台骨は、海ではないがしろにされている。この臓腑をえぐるような容赦ない現実を、わたしは南シナ海の遠洋漁船であらためて見せつけられた。この問題に、タイ政府は真摯に取り組んでいるようだ。しかしその先には腐敗と不十分な検査体制といった高い壁が、いまだに幾重にも立ちはだかっている。

奴隷制度という人間の自由を奪う苛烈なシステムは十九世紀に消滅して、ほとんどの国の法律で禁じられている——これは性善説を信じる人間たちの勝手な思い込みだ。実際には、世界の眼が届かないところで、この制度は維持され続けている。なぜかといえば、世界各国の政府も企業も消費者もそんな過去の遺物がまだ残っているとは思っていないし、よしんば気づいたとしても見て見ぬふりを決め込もうとするからだ。

11 ごみ箱と化す海

海なんか殺せっこないって思ってるだろ？　ところが人間はいつかやってしまうんだよ。呑気なもんだよ、まったく。

イアン・ランキン『**ブラッド・ハント**（*Blood Hunt*）』

人間は、太古の昔から海のことを「無限」の象徴と見なし、神にも等しい力があるとしてきた。そして、呆れるほどだだっ広い海はあらゆるものを呑み込み、そして再生させることができると勝手に思い込んできた――正直、今でもたいていの人間はそう考えている。そしてその思い込みは、だったら好き放題に海に捨ててしまえばいいじゃないかという思い上がりを生んだ。その結果、文字どおり何でもかんでも海に捨ててきた――廃油や下水、人間の亡骸《なきがら》、化学物質、生ごみ、兵器類。そして海上油田ですらも、海というブラックホールに呑み込まれて消えていく。

わたしの七つの海を駆け巡る取材行は、人間を喰いものにする行為と、人間を壊してしまう洋上での暮らしや仕事の実態の調査から始まった。そしてこの冒険の旅を続けていくうちに、違法操業を繰り返す漁船にしても、虐げられるその乗組員たちにしても、海という広大な生態系全体から見ればケシ粒程度の問題でしかないということがわかってきた。搾取される海を調べたいのであれば、海そのものを調べなければならない。しかし海は、人間の悪行という絵の具を好き勝手に塗りたくられるカンヴァスではない。海もまた生き物なのだ。そしてわれわれ人類はその表面をうろちょろするだけの存在で、言ってみればクジラの皮膚にしがみつく海シラミのようなものだ。海シラミのことばかりを調べていても駄目だ。クジラについても理解しなければならない。そして海シラミという寄生虫が、クジラをどのようにして病気にしてしまうのかも突き止めなければならない。

もちろん、こうした海の生態系を理解しようとしている人間はわたしだけではない。アメリカのクルーズ客船〈カリビアン・プリンセス〉の三等機関士補のクリス・キースもその一人だ。全長二九〇メートルの〈カリビアン・プリンセス〉は三〇〇〇人を超えるの乗客と一〇〇〇人以上の乗組員を収容し、一七のデッキにミニゴルフコースとカジノ、そして屋外シアターを備える、まさしく海に浮かぶリゾート地だ。二十八歳のスコットランド人のキースは、船員学校を卒業すると世界最大のクルーズ客船運航企業カーニバル・コーポレーション社傘下のプリンセス・クルーズ社に就職し、同社所有のこの船に乗り込むことになった[1]。駆け出しの機関士の彼にとって、世界最大級の豪華客船は理想の職場であるはずだった。ところが間もなくすると、キースはこの船の機関室がどこかおかしいことに気づいた。

キースの二回目の航海時の二〇一三年八月二十三日のことだ。目的地であるイギリスのサウザンプトンまであと四〇キロもないところで、キースは機関室をあちこち見て回った。この巨大クルーズ客船の機関室は、言ってみれば三層構造の金属製の洞窟だ。船の臓腑とも言えるこの区画は、小さな子どもなら余裕で通れるほど太くて光沢のあるパイプが複雑にからみ合い、脈動する機械類とチラチラと光る無数のモニター、そして五〇人ほどの男たちを呑み込んでいた。自分の持ち場ではない箇所であるものを見たとき[2]、キースはこの仕事に対する熱意があっという間にしぼんでいくのを感じた——クルーズ客船産業では「マジックパイプ」と呼ばれている、違法な装置があったのだ。

グラスゴーの船員学校で学んだキースは、自分の眼の前にあるものが何なのかよくわかっていた。炭

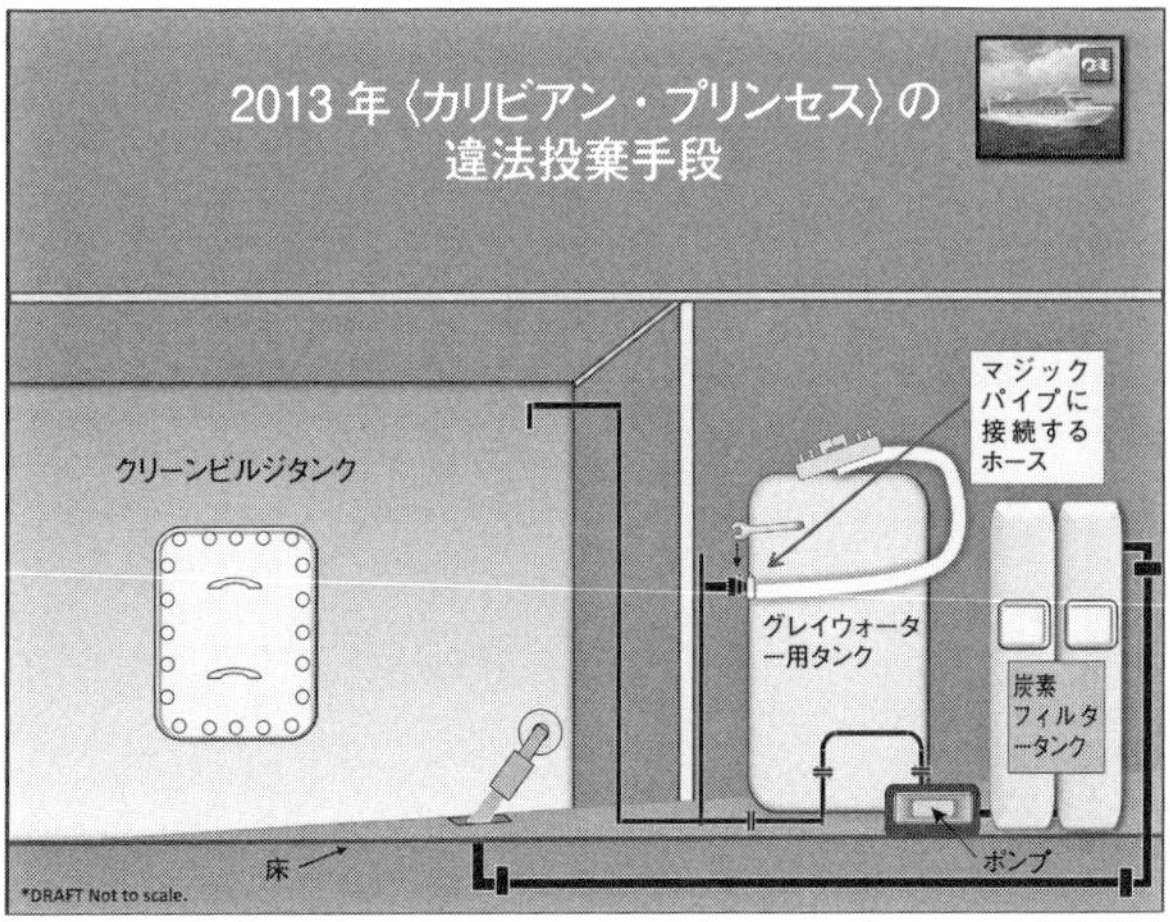

〈カリビアン・プリンセス〉を所有するカーニバル・コーポレーション社を訴追した連邦検事局が示した、ビルジという廃水を違法に海に投棄する「マジックパイプ」という装置の仕組み図。

素フィルターのポンプから、長さ一・五メートルほどのパイプが生活排水用《グレイウォーター》タンクまで伸びていた。これは廃油と廃水を船から消してしまう、あの魔法の仕掛けじゃないのか？ キースは胸の内に自問した。船のそこかしこで発生するきわめて有害な廃液は船内にため置き、港のしかるべき処理施設で捨てなければならないと法律で定められている。廃液の処理には金も時間もかかる。その金と時間を、この魔法のパイプを使って廃液をこっそりと海に捨てると節約することができる。プリンセス・クルーズ社は、そうやって何百万ドルもの処理費用を浮かせていたのだ。

「クソばかばかしいもんがあったぞ」マジックパイプを見つけたキースは同僚の一人にそう言った。そしてあたりに誰もいないタイミングを見計らって発見現場に戻り、震える手で携帯電話を取り出し、パイプの写真と動画を撮影した。機関室のモニター画面も撮り、廃液の処理量がどのようにして改竄《かいざん》されているのかも記録した。公判記録に記されていたマジックパイプは、ヘビのようにのたくる何本ものパイプと、いくつかの目盛りとタンクで構成されていて、素人のわたしの眼にはごく普通の装置のように見えた。しかしまだ新米とはいえプロのキースの眼はごまかせなかった。

クルーズ客船産業は現代社会の奇妙な落とし子の一つで、言ってみれば海に浮かぶ矛盾の塊だ。「自由と冒険に満ちた海の旅」を売りにしながらも、実際に提供されるものはあらかじめ用意されたものばかりで、日常とはそれほどかけ離れていない。つまるところ、アミューズメントパークを兼ね備えたラスヴェガスの豪華ホテルが海に浮かんでいるだけなのだ。「すばらしきアウトドアライフ」も宣伝文句の一つだが、乗客たちが愉しむものといえば、もっぱら船内のアイスクリームパーラーやウォータースライダーやゴーカートサーキット（実際にあるのだ）だ。クルーズ客船はどんどん巨大化し、五〇〇〇人もの乗客を収容する「海上都市」も登場するようになった。そして実際の都市がそうであるように、海の上の街にも住民たちが知ろうともしなければ見ようともしない部分がある。デッキの下で起こっていることも、そのさらに下の喫水線の下で起こっていることも眼に触れないようにしてあるので、乗客たちは気にも留めない。

十分な金と、鋼鉄とアルミニウムをふんだんに使ったばかでかい船と食べ放題のビュッフェがあれば、誰もが海のおいしい部分だけを思う存分堪能できるクルーズ客船産業は、富裕層をターゲットにした海洋開発の一形態だ。クルーズ客船は、本来ならば自己完結型の船舶だ。その点では、アウトドアを堪能したあとはごみを持ち帰らなければならないキャンプに似ている。ところが人の眼を盗んでそのごみを捨ててしまう船が多いのだ。寄港地の海でウミガメと戯れることに憧れる乗客も多いはずだ。が、そのまったく同じ海に自分たちが乗っている船が何を捨てているのかを知ったら、そんな気も失せてしまうだろう。

クルーズ客船は誰でも安全に外洋を旅することができる、きれいで清潔な船だと思われている。ところがそのイメージとは裏腹に、海の巨大な汚染源となっていることが多い。そしてキースが乗っていた〈カリビアン・プリンセス〉のように世界に名だたる船であっても、海を不正に汚すことを厭わない。たとえば、ほかのタイプの大型船舶と同様に、クルーズ客船も汚染物質をたっぷりと含んだバンカー重油を燃料としている。バンカー重油は常温で固まってしまうので、加熱して流動化しなければならない。使用する前にフィルターにかけ、さらに遠心分離機で水分やごみや化学的不純物を取り除く。この過程でスラッジと呼ばれるきわめて有害な廃棄物が生じるが、処理にはそれなりの費用がかかる。

大型船舶はビルジという膨大な量の油混じりの廃水も生み出す。ビルジは主機関やディーゼル発電機やエアコンプレッサーといったさまざまな機械から漏れ出た潤滑油と海水や排水などが混ざったもので、ポンプで吸引されてビルジタンクにためられる。廃水にはほかにもあり、無数のトイレで昼も夜もなくひっきりなしに流される下水はブラックウォーター、何千人もの乗客の衣服や食器を洗った生活排水や調理室の排水はグレイウォーターと呼ばれる。そうした排水は適切な処理をしたうえで海に放出することもあるが、担当機関士が徹底的に管理して汚染物質が一滴たりとも海にこぼれないようにしている。ところが、そうした有害な廃水がぱっと消えるマジックパイプという「手品」を使う船があるのだ。

〈カリビアン・プリンセス〉がサウザンプトンに入港すると、クリス・キースは自分が勤務する船で行われている違法行為をイギリス当局に通報し、自分で撮ったマジックパイプの写真と動画を提供した。そしてすぐさまプリンセス・クルーズ社を辞めた。上級機関士たちの悪行を撮影したことを知られたらと思うと、キースは死ぬほど怖かった。同社はアメリカ企業なので、イギリス当局はアメリカ沿岸警備隊にこの事実を伝えた。沿岸警備隊は捜査に着手した。

プリンセス・クルーズ社は訴追され、裁判になった。公判では、同社は〈カリビアン・プリンセス〉

の違法投棄は特殊なケースだと主張した。ところが同社所有のほかのクルーズ客船の廃油処理の記録が証拠となり、違法投棄は同社では常態化していて、場合によっては投棄した廃油や排水と同量の海水をビルジタンクに注入して監視装置を欺いていたことが判明した。

〈カリビアン・プリンセス〉には、法律で定められている以上の三基の廃油の回収および監視装置が搭載されていた。この追加設置を、プリンセス・クルーズ社は自分たちが海洋汚染防止に積極的に取り組んでいる証しだとたびたび主張していた。[3] その裏で、同船の機関士たちは三基の監視装置を迂回して廃油を海に捨てる装置を取り付けていた。この偽装工作を白日の下にさらした連邦検事局は、年間売上が二億七〇〇〇万ドルにも及ぶ巨大企業である同社は「違法性をしっかりと認識していた」と断罪した。二〇一六年、連邦裁判所は海洋投棄の裁判としては最高額となる四〇〇〇万ドルの罰金刑を同社に科した。

プリンセス・クルーズ社が裁判に引きずり出された時点で、クリス・キースが同社を辞めてから三年が経っていた。ブロンドで痩身で、笑うと目尻に深い皺《しわ》ができるキースは、同社に戻ることなどこれっぽっちも考えていなかった。無法の大洋《アウトロー・オーシャン》の掟《おきて》からすれば、彼は裏切り者だった。実はイギリス当局に通報したとき、キースの婚約者も〈カリビアン・プリンセス〉で働いていた。彼はフィアンセのことを案じ、一緒に船を下りてくれと頼んだ。「そんなことは映画やテレビドラマのなかの話で、考え過ぎだって言われるかもしれない。でも船乗りの世界というものがわかっている人間なら、ぼくの言うことがわかるはずだよ」キースはそう言った。

*

これが一〇〇年前なら、〈カリビアン・プリンセス〉がやったような廃油の海洋投棄は取るに足らない問題で、ましてやそれに対して罰金刑を科そうなどという話は笑い飛ばされただろう。長い長い海の歴史のなかで、廃油などのごみを海に捨てることが法で禁じられるようになったのはつい最近のことだ。たとえば第二次世界大戦後、ソ連とイギリスとアメリカは一〇〇万トンもの未使用のマスタードガス爆弾や化学兵器を船に積み込み、沖合で船ごと沈めて処分した。世界中の海底に沈められた爆弾は漁師たちを悩ませ続けている。一九六五年、ヴァージニア州沖でトロール漁船がそうした爆弾を引き揚げてしまい、船上で爆発して八人の命を奪った。一九九七年にポーランド沿岸で引き揚げられた爆弾は四人の漁師を病院送りにした。二〇一六年にはデラウェア州の不運なハマグリ漁師がマスタードガス爆弾を採ってしまい、第二度の熱傷を負った。[4]

二十世紀が進んでいくなか、科学者たちは「汚染《ポリューション》の解決策《ソリューション》は希釈《デリューション》」という駄じゃれのような御宣託を垂れ流し続けた。その結果、毒性が強い廃棄物ほど海という最終処理場に葬られるようになった。先に挙げたアメリカとイギリスとソ連を含めた十数カ国は、核汚染物質や放射性燃料が残ったままの廃原子炉を、北氷洋や北大西洋、そして太平洋の海底に捨てた。核物質の海洋投棄は一九九三年に禁止されるまで続いたが、その時点でこのビジネスの担い手は国家から裏社会に移っていて、地中海や東南アジアやアフリカ沖などの世界中の海で事業展開していた。そうした海洋投棄を生業《なりわい》とする組織のなかでひときわ悪名を馳せているのが「ンドランゲタ」だ。イタリア南部のカラブリア州を本拠とするこのマフィアは、何百本もの放射性廃棄物入りのドラム缶を地中海やソマリア沖に捨てたという。[5]

しかし最悪の海洋汚染物質は船舶から投棄されるものではない。風に乗って、もしくは陸《おか》から直接海にもたらされているのだ。街角やごみ埋め立て地のごみは風に飛ばされて川や池や湖に落ち、それが流れ流れて海に行き着く。そうしたごみの大半はスーパーマーケットのビニール袋や空きペットボトルといった、生物分解することのないプラスティックだ。「マイクロビーズ」と呼ばれる、歯磨き粉や洗顔フォームに研磨剤として含まれる微細なプラスティック粒子も生活排水から海に流れ出す。海を漂うプラスティックごみは海流に乗って蓄積され、東アジアと北米大陸のあいだの太平洋に、テキサス州ほどにも巨大な時計回りの渦を作っている。この衝撃の事実がプラスティックごみに対する問題意識を高め、企業の脱プラスティック化とビニール袋の使用禁止の流れが世界中で生じている。飲み物を飲むときに何の気なしに使っているストローを廃止しようという「#StopSucking」という運動も広まっている。しかしこうした取り組みは大洋の一滴にしかすぎない。

海洋投棄のように眼に見えるわけではないのに、破壊力という点ではそれ以上のインパクトを海に与えているのが大気汚染だ。石炭を燃やすと二酸化炭素が生じるが、同時に水銀も放出される。そのせいで、水深一〇〇メートルまでの海中の水銀濃度は過去二世紀のあいだに三倍になった。大気中の二酸化炭素濃度も一九五八年から二五パーセント上昇している。過剰に放出された二酸化炭素の多くは海水に溶けて炭酸となり、世界中の海の酸性度を取り返しがつかないほどの高レベルにしている。二酸化炭素と水銀という汚染物質は貝などの殻を溶かし、魚の体内水銀濃度を上げるといったかたちで、広大な海の生態系と海洋生物に影響を及ぼしている。

海洋投棄という犯罪行為が本当に危険なのは、ほとんど犯罪と見なされていないところだ。原油流出のような事故が起これば世界中で非難の嵐が吹き荒れるが、実際には意図的に海に流される廃油のほうがはるかに多い。デラウェア大学の研究によれば、毎年三億リットルものビルジやスラッジが、マジックパイプのような装置を介して船舶から海に捨てられているという。こんな状態が三年も続けば、一九八九年のアラスカでのタンカー〈エクソン・ヴァルディーズ〉と二〇一〇年のメキシコ湾の〈ディープウォーター・ホライズン〉の二つの事故で流出した原油量を合わせたものよりはるかに多い廃油が世界中の海にばらまかれることになる。[6]

海洋投棄は違法なものだけではない。大企業は各国政府の許可を得たうえで、膨大な量の産業廃棄物を堂々と海に捨てている。たとえばインドネシアのバリ島の東側にあるスンバワ島のバツヒジャウ鉱山では、重金属や粉状の選鉱くずからなる有毒な泥滓《でいさい》を直径一・二メートルのパイプを通して海に捨てている。こうした泥滓の海洋投棄は、パプアニューギニアやノルウェーなどの八カ国にある、少なくとも一六の鉱山で行われている。

海運業界では、船舶からの投棄は当たり前の慣行になっている。たとえば、貨物船などの大型船舶が積み荷を載せていないときに船を安定させるために船底に積む「バラスト」の投棄だ。かつては砂利や木材などがバラストとして使われていたが、現在では海水をバラストタンクに注入している。ところが、ある港で注入したバラストを別の港で排出すると、その中に入っていた種が排水した海域の海洋生物に甚大なダメージを与えることがある。そうした侵入種の一つで、ヨーロッパから五大湖にもたらされたゼブラ貝（カワホトトギスガイ）は、取水管を詰まらせ、ヒューロン湖ではサーモンに打撃を与え、ボツリヌス菌を大量発生させて何千羽もの水鳥を死に至らしめた。

とてつもない量の生活排水も海の汚染源の一つだ。人間の糞尿は少量であればまさしく海で薄められて何も問題はない。ところが何千人もの乗客を収容する巨大クルーズ客船は、小さな町の下水処理場ならキャパオーバーになりそうなほどの生活排水を海に流している。陸《おか》でも都市の生活排水に加えて、農地からは肥料用の家畜の糞や化学肥料を含んだ排水が海に注ぎ込んでいる。そうした窒素やリンといった栄養分に富む排水は有害な植物プランクトンを育み、赤潮を発生させる。カリフォルニア州ほども広大になることもある赤潮は水中の酸素を奪い、海生生物を殺し、人間にも害を及ぼす。

有害なことこの上ない石油の海洋投棄が違法とされたのは一九七〇年代前半のことだ。少なくともこのとき、国際社会は何かしら具体性のあるルールを定めた。きっかけとなったのは、一九六七年にイギリス海峡で起こったタンカー〈トリー・キャニオン〉の座礁事故だ。流出した原油の沿岸被害を最小限にとどめるべく、イギリス政府はタンカーを爆撃して原油を燃やしてしまおうとした。ところがこの無謀な策は流出をさらに悪化させ、結局フランス側では八〇キロ、イギリスのコーンウォール側では一九〇キロもの海岸線が汚染された。この重大事故を受けて、船舶の廃棄物の処理方法を定めた「船舶からの海洋汚染防止条約」、通称「マルポール条約」に一〇〇カ国以上が署名した。

鳴り物入りで発表されたこの新しいルールのもとで、それまで野放図に行われていた海洋投棄の禁止といった、海を守るためのさまざまな方策が取られるはずだった。たしかにマルポール条約は画期的な取り決めだが、ひと口に海洋汚染と言ってもその形態は千差万別で、この条約が規制しているのは、そのなかのほんの一つの、船舶からの海洋投棄だけだ。実際には、さまざまなタイプの海洋汚染については規則もなければ規制もなされていない。廃棄物の海洋投棄の廃絶を難しくしているのが廃棄物の定義づけだ——ある者にとってはごみでも、別の者にとってはリサイクル可能な価値のあるものになることがある。そのいい例が海上油田のプラットフォームだ。一九八〇年代の建造ブームに乗って世界中の海に造られた海上油田のプラットフォームは、二〇二〇年にはその多くが耐用年数の限界を迎える。各国政府は、そうしたプラットフォームを沈めるか撤去するか、それとも別の用途に再利用するかの三者択一を迫られている。

具体的な実施例こそまだまだ少ないものの、このとうの立った海の怪物の利用法は、それこそごまんとある——船かヘリコプターでしかアクセスできない最重警備刑務所。海の眺望が三六〇度堪能できる超高級住宅。深い海にも潜ることができるスキューバダイビング・スクール。魚の養殖場。海上風力発電所。これらはほんの一例だ。石油・天然ガス企業は安上がりに済む、沈めるという処理法を取りたがっているが、意外なことに多くの科学者たちもこのプランを支持している。魚類の繁殖につながる魚

国際的な建築組織 AC-CA が 2013 年に開催した、老朽化した海上油田プラットフォームの再利用プランについてのコンペティションで提案された、洋上刑務所への転用プラン。

礁にもサンゴ礁の基礎にもなり得るし、撤去よりも費用がかからず、その分、二酸化炭素の排出量も抑えることができるというのが彼らの主張だ。撤去の場合は、タグボートで陸《おか》まで運んで解体処理するだけで、一日当たり五〇〇万ドルかかるという試算がある。

＊

老朽化した海上油田プラットフォームを調べてみようと思い立ったのは二〇一五年初めのことだ。興味を抱いたのは、洋上プラットフォームの廃棄は石油と生活排水と鉱山廃棄物と船舶のバラストに次ぐ新しいタイプの海洋投棄であり、しかも違法すれすれで、場合によっては政府の許可を得て行われていると、一部の環境保護活動家たちが問題提起していたからだ。当時、そうしたプラットフォームの処分方法について最も激しく議論されていたのは、六〇〇基以上のプラットフォームやその他の洋上施設の撤去を迫られていたマレーシアだ。マレーシア政府としては沈没処理は避けたいが、現実的な代替案も決め手に欠けていた。

政府はプラットフォームの一部をホテルに改造するという案を出していた。調べたところ、代替案の実施例が一つだけあった。それは、スキューバダイビングとシュノーケリングの楽園を自称する「シーベンチャーズ・ダイブリグ」という施設だった。この手法がほかの海域でも使えるかどうか確かめるべく、シーベンチャーズを訪れることにした。正直に言えば、わたしはこの洋上ホテルへの取材を愉しみにしていた。ホテルとしての設備は必要最低限のものしかないかもしれないが、ネズミだらけの漁船での取材の合間のいい気晴らしになると思えたからだ。

シーベンチャーズに近いところには、スキューバダイビングの聖地としてつとに有名なシパダン島がある。この島が位置する、フィリピンとボルネオ島のあいだにあるセレベス海では、以前からさまざまな武装勢力が跋扈している。たとえば二〇〇〇年には、フィリピンのイスラム武装勢力が二一人の観光客らを拉致するという事件がシパダン島で起きた。(7)訪問に先立って、わたしは国務省の友人にこの海域の治安状況を尋ねてみた。するとその友人は、行くことはお勧めしないと答えた。最近にもフィリピンの反政府勢力がマレーシアの警察官を一人殺害し、もう一人を拉致して、まだ解放していないという。それでもわたしは訪れてみることにした。さっと行ってさっと帰ってくれば目立つこともないから大丈夫だろう。そういうことにした。

多くの産業施設と同様に、海上油田は規制が緩く（もしくは強制力が弱い）採掘権料の安い辺鄙な場所に設置されることが多い。そのご多分に漏れず、シーベンチャーズ・ダイブリグはマレーシア領ボルネオ島のサバ州の沖合にある。ここを訪れるためには、まずマレーシアの首都クアラルンプールまで行き、そこからプロペラ機に乗り換えてサバ州のタワウに飛ぶ。そして今度は車に一時間揺られてセンポルナという小さな港町に行き、最後に船に二時間乗ってようやくたどり着く。つまりシーベンチャーズは、旅先でたまたま見つかるようなホテルではないのだ。

「無法の大洋《アウトロー・オーシャン》」の取材のいちばんいいところは旅行に次ぐ旅行だというところだ。どれほど旅が続くかと言えば、朝、眼が覚めたときに自分が今どの国にいて、どうしてその国にいるのかがなかなか思い出せなくなるという、まるで初期の認知症にかかったような気分に襲われることが日常茶飯事になるほどだ。狭苦しい船室で寝泊まりすることが多く、取材旅行に必要なものは全部大きなバックパックに詰め込まなければならないので、さまざまな難しい選択を迫られる——ドローンを持っていくべきか、それともウールセーターのほうが必要か？　乗組員たちの機嫌を取るための缶詰やチューインガムやタバコ、自分用のピーナッツやM&Mチョコやドライフルーツはどうする？　ありがたいことに、重たくてかさばる飲料水についてはあれこれ悩むことはない。小さな船でもたいていの場合はボトル入りの水を大量に積み込んでいるし、大型船舶なら脱塩装置や飲料水タンクがある。

取材開始から一年後、わたしのパスポートの全ページが入管のスタンプで埋め尽くされてしまった。新しいパスポートを申請したときにはコピーを作っておいた。そうすればビザが必要な国に行く場合はコピーをその国の大使館に渡して申請しておけば、発行されるまでのあいだも別の国への取材に出ることができる。

取材を続けていくうちに、クレジットカード会社のセキュリティサービスの担当者と仲良くなった。ソマリアにいたときのことだが、VISAカードが使えなくなってしまった。使用停止の原因は、わ・た・し・自身の不審な利用履歴にあった。おかげで航空券のオンライン購入も、電話連絡用のSkype《スカイプ》クレジットの購入もできなくなって大いに難渋した。「お客さまのカードがモルディブ、ソマリア、アラブ首長国連邦、そしてメキシコで使用された形跡があります」VISAカードの不正利用警告の担当者にそう言われた。「どうやったらこんなことができるのか、ご説明いただけますでしょうか?」

マレーシアまでの機中とクアラルンプールからシーベンチャーズまでの道中で、老朽化した海上油田プラットフォームのさまざまな対処法に取り組んでいるマレーシアの大学の研究者たちに連絡をとり、話を聞いてみた。すると最善の再利用法は、プラットフォームから大きな籠《かご》を吊り下げて海に沈めるタイプの養魚場だという答えが返ってきた。必要な電力はソーラーパネルや風力発電機を設置すれば確保できるし、陸上の養魚場では蓄積して魚の健康状態を損なう糞も、潮の流れがきれいにしてくれると、彼らはその利点を語った。

スキューバダイビング用のホテルであれ養殖場であれ海上発電所であれ、海上油田プラットフォームを何らかのかたちで再利用することに反対する向きもある。その理由は、なかにはサッカーフィールドほどの大きさのものもあるプラットフォームは時を経るにつれて腐食して、有害な汚染物資を海中に放出するからというものだ。「海を廃品置き場《ジャンクヤード》にするべきではない」海の研究と保護を目的とする団体オーシャン・ファンデーションのシニアフェローのリチャード・チャーター氏はそう述べる。プラットフォームを海底に沈めてサンゴ礁の基礎にするという案にも氏は駄目出しをする。海底に沈めたプラットフォームで海生生物が繁殖するわけではない。実際には魚が引き寄せられるだけで、その分、漁船の餌食になってしまう。チャーター氏はそう説明する。さらに同氏は、たしかに海洋投棄に対する規制はここ数十年のうちにかなりの進展を見せているが、エネルギーをはじめとした各産業は、鉱山廃棄物や生活排水、そして老朽化した設備といった、陸上での投棄が許されないものを海に捨てる許可を得続けているとも述べる。

プラットフォームを沈めたり再利用したりすると、石油企業（と消費者たち）は処理費用を節減することができるので、その浮いた利益を使って原油の海底掘削をさらに進めてしまうという批判もある。プラットフォームの再利用は、長期的な維持管理責任をよそに転嫁させるだけだという声もある。

ボートに乗ってセンポルナを出てしばらくすると、はるかかなたの水平線上にちっぽけなクモのようなものが見えてきた。イギリス沿岸のシーランド公国を訪れたときのように、近づいていくにつれてそのクモが徐々にかたちを変え、だんだんとプラットフォームに見えてきた。しかしシーベンチャーズはシーランド公国とは違って赤道直下の陽射しがまぶしい熱帯の楽園にあり、海にしても暗くよどんだ北海ではなく、思わず飛び込みたくなるような、きらめくアクアブルーのプールだった。

シーベンチャーズの見た目を喩えるならば、さしずめ「脚の生えた船」といったところだ。前部に大きく張り出したヘリパッドと、それを斜めに支える梁《はり》が船首を思わせる。プラットフォームは、展望台とラウンジを足して二で割ったようなものに改装されていた。中央部にはハンモックがいくつも吊されたあずまや《カバナ》があり、海を眺めることができるように置かれたデッキチェアと鉢植えのヤシの木が並べられていた。わたしの乗るボートは、プラットフォームの真下にある船着き場のタイヤバンパーにぶつかるようにして止まった。中国から来た六人の観光ダイバーたちと一緒にボートから降りると、ウインチが船着き場そのものを下甲板まで吊り上げた。わたしはプラットフォームからの眺望と、宿泊設備の貧相ぶりに息をのんだ。客室は四〇フィートコンテナを改造したもので、スポーツジム用のロッカーがクローゼット代わりに置かれていた。何年か前までは荒くれ者たちが掘削ドリルと格闘していた甲板では、レゲエが流れるなか半月状のバーカウンターで酒が提供されていた。

「ここには蚊もハエもいないし、ダイビングギアが砂まみれになることも、ダイビングするたびに重いギアを抱えて行ったり来たりしてうんざりすることもありません」シーベンチャーズ・ダイブリグのマネージャーのスゼット・ハリス氏は、このホテルの自慢ポイントをこう並べ立てた。料金は三泊四日で三〇五〇リンギット（約七〇〇ドル）だ。

夕食の席上で、ホテルのスタッフたちにいろいろと話を聞いてみた。海の只中にあるシーベンチャーズの運営の難しさを、彼らは「天気と錆を相手にした消耗戦」と表現した。プラットフォームの金属製のフレームは海水ですぐに錆びてしまうので、数カ月おきにペンキを塗り直さなければならないという。水位線からビル三階分の高さがある上甲板まで上がるエレベーターは数週間前に故障して動かなくなったが、つい先日ようやく部品が届いて修理できたとのことだった。

その夜は、ここ何年かのうちで最高の睡眠を堪能した。数時間後に眼が覚めると、星を眺めてみたくなり、スパルタンな客室を出て上甲板に上がった。すると、セミオートマティックのライフルを手にした、頭のてっぺんからつま先まで黒ずくめの数人の男たちがいた。わたしは肝を潰した。一瞬、国務省の友人が言っていた武装勢力が夜闇に乗じて忍び込んできたのかと思ったが、彼らはマレーシア軍の特殊部隊の兵士たちだった。自分たちは、身代金目当てのゲリラから宿泊客を守るために政府が派遣した

マレーシア領ボルネオ島のサバ州沖のセレベス海ある、海上油田プラットフォームをダイビングリゾートに転用した「シーベンチャーズ・ダイブリグ」。老朽化して役目を終えた洋上構造物をどのようにすればよいのかという問題に対する、創意溢れる解決策の一つだ。

夜警だと、彼らの一人が説明してくれた。

金持ち観光客の遊び場で重装備の兵士たちとおしゃべりするという、予想だにしていなかったシュールな経験だった。兵士たちの一人に、ここのような老朽化した海上油田プラットフォームを改装したホテルがほかにもできると思うかと訊いてみた。するとその兵士は声を上げて笑い、こんな洋上ホテルが増えたら、警備のコストがますますかさむばかりだと答えた。沈めたほうが手っ取り早いと思うよ。彼はそうも言った。

＊

マレーシアから戻ると、わたしは何人かの海洋保護活動家たちと連絡をとり、現地で学んだ海上油田プラットフォームの処理法についてつまびらかに説明した。すると、海洋投棄をやっているのは石油企業や政府だけじゃないという指摘がたちまちのうちに返ってきた。科学の名のもとに海洋投棄をしている研究者や山師的な起業家もいるのだと彼らは言った。例を教えてほしいと言うと、彼らはラス・ジョージという男の名前を異口同音に挙げた。

二〇一二年七月、サンフランシスコのプランクトスという企業の創業者であるラス・ジョージは、チャーターした大型船に一〇〇トン以上の鉄粉を積み、カナダのブリティッシュ・コロンビア州の沖合数百キロの公海上に運び、散布した。この海洋投棄は気候変動への対応策の実験で、ハイダ・グワイ諸島の先住民族のハイダ族のサーモン漁の漁獲量回復を早めることを目的としたものだった。ハイダ族の人びとはこの実験の実施費用として二五〇万ドルを支払っていた。この実験を、ジョージは最先端科学を駆使したものであり、公海上で実施するので科学者による監督もカナダ政府の許可も必要ないと主張した。その一方で、甚大な海洋汚染だと批判する声が上がった。

これは地球温暖化という手に負えない問題に対する、独創的かつ野心的な解決案だとラス・ジョージは説明した。鉄粉は海を肥沃化し、植物プランクトンの繁殖を促進する。海中の植物プランクトンがどんどん増えれば、陸上の植物のように二酸化炭素を吸収するはずだ。植物プランクトンに富む海域は「牧草地」となって草食性の海洋生物を育み、それを餌にするサーモンを引き寄せ、その結果かつての豊かな漁場が復活する。それがジョージの主張だった。この計画には経済的側面もあった。この海の牧草地の植物プランクトンが吸収した二酸化炭素を、いわゆる「カーボン・オフセット・クレジット」として企業に販売して利益を得ることができると、ハイダ族の人びとは期待を寄せていた。各国政府が導入しているキャップ・アンド・トレード制度では、各企業は温室効果ガスを貯蔵したり地球温暖化を緩和したりするプロジェクトからカーボン・オフセット・クレジットを購入し、政府から割り当てられたガス排出量の上限を超えた分を相殺《オフセット》することができる。

ジョージは伝道師もかくやという熱っぽさで自身の実験の正当性を述べ立てたが、多くの科学者たちは醒《さ》めた眼で見ていた。それどころか、この試みは非科学的で無責任なもので、海洋保護を定めたさまざまな国際協定に違反するものだと非難した。批判の声は、ジョージと同じく鉄粉の海洋散布、つまり「海洋鉄肥沃化」をにらみ、認可を受けたうえで小規模な実験をしていた地球工学の研究者たちからも上がった。

ジョージの試みも、彼よりも思慮深く慎重な地球工学の研究者たちの実験も、同じ科学的ルーツを持っている。鉄はあらゆる植物の光合成にとって必要な微量元素であり、水にほとんど溶けることはないものの、植物プランクトンの成長にとっては必須の栄養素だ。海洋鉄肥沃化の研究はほとんど見向きもされていなかった。ところがアメリカの海洋学者ジョン・H・マーティンが、栄養分は豊かなのに植物が育たない南氷洋のような「不毛の海」があるのは、その海域では微量栄養素である鉄が不足しているからだという説を一九八〇年代に唱えて以降、注目を集めるようになった。このニッチな分野の研究者たちは、鉄を大量に必要とする植物プランクトンの減少が気候変動を悪化させているという仮説を立てた。鉄を使えば簡単に植物プランクトンを増やして地球温暖化のペースを遅らせることができることを、マーティン博士は「タンカー一隻分の鉄をくれたら、氷河期をまた呼んでやる」と冗談めかして表現した。

ところが大半の科学者たちはジョージの実験を性急で度が過ぎたものだとして不安視し、こうした大規模な海洋肥沃化は酸欠海域や赤潮といった、予期しない結果を引き起こす可能性があると警告した。第三者による監視と再現性という、〝科学〟に広く求められる要件に欠いていたジョージの実験の成果は、論文審査のあるしかるべき学術誌に掲載されることはなかった。ジョージの実験の地球環境面での長期的な利点にも疑問の眼が向けられた。せっかく植物プランクトンを繁殖させても、それを食べて増えたサーモンなどの魚は二酸化炭素を廃棄物として大気中に排出し、気候変動の恩恵は打ち消されるという声もある（8）。結局のところ、科学としての要件を満たしていなかったために、しっかりとした根拠のある海洋鉄肥沃化そのものが眉唾ものの科学で単なる海洋投棄と見なされ、中途半端な位置に置かれてしまったのだ。

実際には、海洋鉄肥沃化の実験を止める法的根拠は何もなかった（現在もない）。ジョージはもっぱら秘密裏に活動していたし、実験海域に最も近いところにあるオールドマセット村も実験には価値があると見なし、許可を与えてもいた。そして地球工学に関する国際協定には拘束力も強制力もなかった。

ジョージの実験が大々的に報じられると、各国政府はさまざまな反応を見せた。スペインとエクアドルは、ジョージの船の自国への寄港を禁じた。アメリカ環境保護庁（ＥＰＡ）は、こうした実験にアメリカ船籍の船舶を使用することは連邦法に抵触すると警告した。カナダの環境・気候変動省は、実験への捜査は保留中なのにもかかわらず、ジョージのオフィスを家宅捜索した。世界中から顰蹙《ひんしゅく》を買ったジョージのプランクトス社は、どうやら出資者の不興も買ったようだ。二〇一三年五月、ジョージと契約し、海洋鉄肥沃化計画を許可したハイダ族の企業ハイダ・サーモン・レストレーション・コーポレーションは彼を取締役から解任し、関係を一切断ち切った。

それでもジョージはめげず、すでに貴重なデータを豊富に提供していると主張し、研究の続行を宣言した。二〇一二年の鉄粉散布から数カ月後、一万平方キロの水域で植物プランクトンが大量発生していることが人工衛星からの映像で確認された。アラスカ州では二〇一三年にサーモンの記録的な豊漁が報告されたが、これはジョージの実験のおかげだと言われている。

この二つの事実を見る限り、ジョージの実験は、迫りくる世界的な危機に対する勇猛果敢な、おそらくはドン・キホーテ的な取り組みだと言えるのではないだろうか。地球温暖化による壊滅的な影響を受けている海は、間違いなく近い将来に大災厄に見舞われるだろう。であれば、こうした大胆な手は控えるのではなく、むしろ積極的に打っていくべきではないだろうか？　まさしく「目的は手段を正当化する」ではないだろうか？　そんな声もある。しかしジョージの実験は第三者による監視と再現性という科学の要件を満たしていないので、目標が達成されたかどうかについては判断が難しい。同時に、この実験で酸欠海域などのさまざまな弊害が生じた場合、ジョージにその責任を負わせることができるかどうかについてもわからない。

はっきりしているのは、気候変動への懸念が高まるにつれて、世界各国の法の力が及ばない公海上で物議を醸す技術的な実験がどんどん行われる可能性がある、ということだ。現に再生可能エネルギー企業は、風力や波力や太陽光を使った洋上発電所の建設計画を進めている。しかしそうした洋上での事業が失敗に終わったり、マレーシアの海上油田プラットフォームのように施設が老朽化して寿命を迎えたり、はたまたその企業が倒産した場合、いったい誰がその施設を処理する責任を負うことになるのだろうか。ジョージがやったような実験がれっきとした科学研究なのか、それとも不法投棄なのかを、いったい誰が判断するのだろうか。たぶん誰も責任を取らないし、誰も判断できないだろう。前章で見たように、海の奴隷という重大な問題ですら各国政府も国際社会も対処できず、十分な調査すらできないのであれば、公海上での科学実験に対して、世界各国が団結して効果的な手を見出すことはないだろう。

科学界では、化石燃料であれ再生可能エネルギーであれ、洋上でエネルギーを生み出す施設は老朽化したものであってもごみにはあたらないとする向きもある。しかし私見を述べさせてもらうなら、何らかの汚染を引き起こすものを海に投入する行為は、どこからどう見ても海洋投棄の一つだ。目的が手段を正当化するように、より大きな利益を世界にもたらす行為は正当化されるのかもしれない。それでも海に何かを捨てる行為は、それが何であれ海洋投棄と呼ぶべきなのだ。広大で深く青い海は、今でもごみ捨て場として使われ続けている。

ジョージの海洋鉄肥沃化実験は許されざる行為だが、さりとて完全に禁じられているわけでもない。つまり法的にはグレーなのだ。その一方で、明らかに違法とされている海洋投棄がある。〈カリビアン・プリンセス〉のマジックパイプ事件を担当したリチャード・アデル連邦検事は、海洋鉄肥沃化や海上油田プラットフォームを使った造礁計画ならいざ知らず、廃油の海洋投棄は間違いなく違法だと語る。

*

法律で禁止されているからこそ、マジックパイプを使う者たちを逮捕することができるのだ。が、法執行機関が違法投棄の現場を押さえることはめったにない。通常、違法投棄は陸《おか》から遠く離れた大海原で、おそらくは夜闇に乗じて、秘密と脅迫というヴェールで覆い隠して行われるからだ。アデル検事によれば、違法投棄が明るみになるのはこの犯罪行為そのものではなく、隠蔽行為がきっかけになることが多いという。クリス・キースのような内部告発者が撮ったマジックパイプの写真やビデオと同様に、改竄された廃油処理記録も決定的な証拠となることもある。船舶からの海洋投棄を禁じるマルポール条約で義務づけられている廃油処理記録に手を加えれば、原則として高額の罰金が科せられ、場合によっては服役刑の判決が下されることがある。アデル検事によれば廃油処理記録の改竄は日常茶飯事で、ノルウェーの客船の機関士たちはこの記録簿のことを「童話集《Eventyrbok》」と呼んでいるという。

何百万リットルもの廃油や廃水を、法律を順守して適切に処理する方法はいくつかある。遠心分離機にかけて油だけを取り出し、船内で燃やしてしまうという手もある。寄港地に廃棄物集積所があれば、有料で処理してもらうこともできる。しかし大型客船の場合、陸上での処理費用が年間で一五万ドル以上にかさむこともある。一部の運航会社は、処理費用を予算内に収めることができたらボーナスを出している。このボーナスが、マジックパイプのような違法な装置の使用や廃油処理記録の改竄に走らせてしまうのだ。

　マジックパイプの調査にあたる沿岸警備隊や海上保険会社の担当者は、企業の不正取引を調べる法廷会計士さながらに廃油処理記録を精読し、矛盾点を見つけ出す。記録簿に記されている廃油の処理地とそこに降ろした日時と、航海日誌の記述とのあいだに齟齬《そご》があれば、厳しく尋問する。毎日同じ時間、もしくは毎週同じ日に廃油を処理している場合は、改竄が常態化していて、おざなりにそう記している可能性がある。

　船そのものも徹底的に検査される。劣化しているはずなのにペンキで塗り直されたばかりのように見えるパイプは要注意だ。廃油の残りかすが付いていないか、パイプの内側も調べる。船体の船外排出弁の近くに彗星の尻尾のような油汚れがある場合は、そこから不法投棄している場合が多い。パイプや継ぎ手に引っかき傷や塗装が剝げた箇所があれば、検査の直前に廃油をバイパスするパイプが取り外された可能性がある。こうした検査は、対象船舶が入港中もしくは自国の領海内にある場合にのみ行われる。公海上では、たとえ法執行機関の捜査官であっても船長の許可を得なければ乗船することはできないし、仮に違法行為の証拠が見つかったとしても、発見場所が公海上であれば訴追できないこともある。それでも調査時には運に恵まれることもあるという。「いざ乗り込むと、こっちに笑みを投げかけてくる男がいて、そいつが顎をしゃくった先に違法行為の証拠が見つかることもある」[9] そう語ってくれたのは〈カリビアン・プリンセス〉の捜査にあたった、ニューヨーク州を担当するアメリカ沿岸警備隊第一管区のスティーヴ・フリス特別捜査官だ。

　沿岸警備隊は、その船が不法投棄をしていることを示す確たる証拠を押さえると、口裏合わせをする時間を与えずにすぐさま乗組員全員を拘束して、それぞれ隔離する。取り調べでは、廃油を処理する遠心分離機の使い方を尋ねたりもするという。マジックパイプがあることを知らなかったとしらを切る機関士には、ちょっとだけ苛立たせて口を割らせることもあるとフリス捜査官は言う。取り調べで機関士が言ったことを何度も何度も繰り返して言ってみせたうえで、廃油処理記録のおかしなところを突きつけてこう言う。「辻褄《つじつま》が合わないところがあるんだがね。記録簿に不備があるのか、きみの言ったことがおかしいのか、それとも、わたしがわかっていないのかな。どうしてこんなことになるのか教えてくれないか」

過去数十年のあいだに、アメリカでは十数件のマジックパイプがらみの事案が裁かれ、合計で二億ドルの罰金と一七年分の服役刑が科せられた。検事局側がこれほどの成果を挙げることができた一因は、徴収した罰金の一部を――最大で半分にもなる――内部告発者に報奨金として与えることが法で認められていることにある。

この報奨金制度はかえって海洋投棄を悪化させていると主張するのは、マジックパイプの裁判でクルーズ会社や運航会社を何度も弁護したことがある海事弁護士のジョージ・M・チャロス氏だ。その理由は、不満を持つ乗組員が金目当てでわざと廃油を海に捨てて、会社や船長のせいにするからだとのことだ。ほとんどの企業が海洋環境の保全に積極的に取り組んでいるのだが、残念ながら廃棄物の処理施設が不足しているので企業側のコストはかさみ、取り組みも遅れているのだとチャロス弁護士は言う。

報奨金が海洋汚染を引き起こしているという言い分はこじつけのように思える。第一に、航海中は幹部船員たちの言いなりになるしかない下っ端乗組員が、そんな危険を冒すとは到底思えない。〈カリビアン・プリンセス〉の件に限って言えば、廃棄物の処理施設が足りないという指摘はサウザンプトン港には当てはまらない。クリス・キースが報奨金目当てで内部告発をしたとも思えない。イギリスには報奨金制度はないので、金が欲しいのであれば、船がアメリカに戻ってから通報するべきだった。アメリカの司法権が及ぶまで待とうとは思わなかったのかとキースに尋ねると、彼はからからと笑い、そんなことはこれっぽっちも思わなかったと答え、そしてこう言った。「ひと月前に強盗に遭いましたって警察に駆け込むやつなんていないでしょ」

＊

クルーズ客船産業は儲かるビジネスだ。何しろ一〇〇万人を超える乗組員が働く四五〇隻以上もの大型客船が世界の海を駆け巡り、年間で五〇〇万人超の客を乗せて一一七〇億ドルも稼ぎ出しているのだ。そして巨大産業のご多分に漏れず、この産業も違法行為とは無縁ではない。そしてクルーズ客船で起こる犯罪は廃油や廃水の不法投棄だけではない。

たとえば、乗客や乗組員への性的暴力だ。そもそもクルーズ客船でのこの手の犯罪は調査も訴追も難しい。捜査当局にとって犯行現場は公海上にある他国船籍の船で、しかも容疑者は外国人という場合が多いからだ。この問題についての合衆国議会の公聴会では、二〇一二年にクルーズ客船で発生した性的暴行事件の被害者の三分の一近くが未成年であることが明らかにされた。二〇一二年にやはりカーニバル・コーポレーション社傘下のコスタ・クルーズ社所有の〈コスタ・コンコルディア〉がイタリアのティレニア海で座礁・転覆した事故では、同船で売春が行われていて、しかもマフィアがドラッグを隠していたことが捜査で明らかになった。

クルーズ客船で働く一〇〇万人もの人びとは、自分たちの職場は天国と地獄が共存する世界だということを知っている。クルーズ客船は、乗客に贅沢で愉しい余暇を提供するために存在する。しかし船によっては、一五〇〇人以上もいる乗組員たちの大部分は、この「海に浮かぶリゾート」の並行世界《パラレルワールド》に暮らしている。このパラレルワールドは隠し階段などで巧妙に乗客から隔絶された、往々にして殺伐とした場所だ。陸《おか》だったらあばら家同然の老朽船ばかりに乗ってきたわたしがクルーズ客船産業の取材で学んだことは、犯罪というものは海であろうが陸《おか》であろうが、洗練と贅を極めた空間ですら起こるということだ(10)。

大型客船で働いていたことがある元消防士に当時の話を聞いてみた。彼は、船内レストランのウェイトレスとして雇われた東欧出身の女性たちは、その仕事以外に乗客と乗組員相手の売春も求められることがよくあったと語った。シフトの変更やチップの実入りがいいレストランへのランクアップを認めてもらうためには、特定のマネージャーや幹部船員たちと寝なければならなかったという。乗組員たちに厳密なドレスコードが課せられているクルーズ客船では、船内の洗濯所が強請《ゆすり》たかりの現場になっている。しかるべき誰かへのしかるべき「手数料」の支払いを拒んだら、洗濯に出した制服の一部が欠けていたり、わけのわからない汚れがついたりした状態で戻ってきて、そのせいで所属長から叱責を受けたり罰金を取られたりする。こうした闇取引や報復は刑務所ではおなじみのことだが、まさか豪華な海の旅の裏側でも行われているとは思いもよらなかった。

クルーズ客船の元乗組員かつ元消防士の話は続く。ある寄港地でのことだ。下船を許されなかったインドネシア人の厨房スタッフに両替を頼まれた彼は、しわくちゃの小額紙幣を彼らの国の銀行よりもいい為替レートで高額紙幣のきれいな札に替えてあげた。彼としては見返りのない善意のつもりだった。ある晩、彼の船室のドアがノックされた。戸口には、船内両替所のしゃれの通じなさそうなロシア人が立っていた。「おまえ、やつらにピン札を渡したか?」ロシア人は片言の英語でそう尋ねた。渡したと彼が答えると、ロシア人は「もうやるな」と言った。その言葉だけで十分わかった。

乗客たちから隔絶されている乗組員たちの世界にあって、安全上の理由から機関士以外の立ち入りが禁じられている機関室は、さらに隔絶されている空間だ。騒音と排他的な空気に満ちた機関室にいるのは、どの船も決まって一定のタイプの男ばかりだ。船内のほかの職種以上に教育と訓練を必要とする機関士は年かさの男たちが多い。そして機関には船それぞれに癖があり、その癖をつかむまでにはかなりの時間を要する。さらに言えば、船の心臓部を預かる機関士の入れ替えは船に危険をもたらすこともある。いきおい機関士は一隻の船に長く在籍する傾向にある。機関室はありとあらゆるものが油まみれで、しかも室内は暑いので機関士はいつも汗まみれだ。機関が立てる轟音のせいで耳栓が欠かせないので不愛想な印象もある。つまり機関室とは、そうしたマッチョな男たちだけの世界なのだ。

機関室という階級社会の頂点に位置する機関長とその下の機関士たちは、通常は同じ国籍で占められる。〈カリビアン・プリンセス〉の場合はイタリア人だ。下位に属する機関員とボイラー員と整備員は上役たちとは別の国の人間で占められることが多く、〈カリビアン・プリンセス〉ではフィリピン人たちが雇われていた。機関という機械の塊を扱い、専門的な技術を要する機関室の男たちは、甲板員やコック、そして船橋《ブリッジ》の航海士たちとはまったく異なる独自の言語を話す。こうした機関室のカルチャーは男たちの絆を深いものにし、捜査を難しいものにしている。

〈カリビアン・プリンセス〉の廃油投棄を内部告発したクリス・キースの立場は部外者に近かった。彼は機関室の誰よりも若くて経験も浅く、しかもスコットランド人の三等機関士補で、この船で働くようになってからまだ数カ月しか経っていなかった。

アメリカ沿岸警備隊が〈カリビアン・プリンセス〉の機関室の乗組員たちへの取り調べに着手した時点で、キースの告発からすでに数カ月が経過していた。機関長と一等機関士は、そのあいだに部下たちに命じてマジックパイプを取り外していた。その下の機関士たちも部下たちを一人ずつ機関室の外の通路に呼び出して、捜査官からマジックパイプについて訊かれたら嘘をつくよう指示した。機関室の詰め所でやらなかったのは隠しマイクが仕掛けられていると思っていたからだった。

この船のイタリア人機関長にはあだ名が二つあった。一つ目は彼の仲間たちがつけたもので、イタリアで〝ケチな男〟を意味する「ブラッチーノ・コルト（braccino corto）」だった〔braccino cortoを直訳すると「短い腕」で、つまり腕が短くて自分の財布に手が届かないということ〕。二つ目は機関長自らがつけた。新人が機関室に入ってくると、自分は「エル・ディアブロ（El Diablo＝悪魔）」で、おれ様の期待に応えなかったら容赦しないと脅した。

マジックパイプのことがばれたらとんでもなくやばいことを、エル・ディアブロはわかっていた。あるとき、彼は詰め所に機関室の全員を集めて話をした。進行中の捜査に話が及ぶと、エル・ディアブロは「LAが聞いている」と書かれた紙を掲げ、隠しマイクが仕掛けてあるから気をつけて話せと注意した。LAとはロサンジェルス郡に本社があるプリンセス・クルーズ社のことだ。

エル・ディアブロの口封じは功を奏せず、裁判では検事局側が勝ちを収めた。裁判が大詰めを迎えていた二〇一六年、リチャード・アデル連邦検事はきわめて例外的な、こんな内容の要請書を担当判事に宛てて書いた――クリス・キース氏の内部告発は、金銭目的ではなくではなく正しい理由に基づいた、かなりの危険を顧みない正義の行いだ。たしかに彼はアメリカ側に直接通報しなかったが、ここは規則を曲げて彼に報奨金を出すべきではないだろうか。判事は検事の提案に同意した。キースは、プリンセス・クルーズが支払った罰金のなかの一〇〇万ドルを受け取った。キースは海に関わる仕事を続けたが、その職場はスペインの造船所だった。「海に戻るのは賢明じゃないなって思ったんだ」と彼は言った。

プリンセス・クルーズ社への四〇〇〇万ドルの罰金刑は、クルーズ客船による不法投棄に対する抑止力となるだろうか？　とどのつまりは運航会社と乗組員の良心次第ということになる。でなければ、彼らは罰金よりも不法投棄で得られる利益のほうを取り続けるだろう。ありとあらゆるごみを海に捨てれば、とんでもない額の金を節約できる。マジックパイプを使った海洋投棄は、機関室の人間以外には目撃者がいない犯罪行為だ。しかしこの犯罪に被害者はいるのだろうか？ いるとすれば、それは誰なのだろう？ どちらもはっきりしない。人身売買や漁船の乗組員たちの殺人とは違って、海にまき散らされたごみは、巡り巡って最終的にはわれわれ全員に降りかかってくる。そしてある時点で希釈《デリューション》は限界に達し、もはや解決策《ソリューション》とはならなくなる。

12 動く国境線

質問なんかやめな、嘘《うそ》を答えられずにすむから。[1]

チャールズ・ディケンズ『大いなる遺産』

二〇一六年九月、アメリカ国務省が毎年主催し、世界各国の指導者と政府高官、そして海洋問題にコミットする数人の著名人が一堂に会する「アワー・オーシャン・カンファレンス」がワシントンDCで開かれた。その会場で、わたしはインドネシアのスシ・プジアストゥティ海洋水産大臣との対面を果たした。わたしと大臣は午後の討論会に登壇し、会議場の檀上に並んで座った。スシ大臣はインドネシアの海洋環境保護の取り組みについて語り、漁船の違法操業は燃料盗難とマネーロンダリング、そして麻薬取引とも関わりのある国際的な組織犯罪だと述べた。聴衆は万雷の拍手で応えた。

次はわたしの出番だった。わたしは、違法操業の定義を拡大して、魚介類だけでなく漁に従事する労働者たちに対する犯罪もその範疇に加えるべきだと問題提起した。そして自分なりに熱弁を振るってその理由を説明した――結局のところ、漁船の乗組員たちに暴行を加えたり賃金を払わなかったり、船から下りる権利を剥奪したりすることは強引なコストカットにほかならず、密漁者たちに市場競争上の優位性をもたらすことになるのです。環境問題についての講演を期待していた聴衆は、マナーの一環として拍手してくれた。

演壇から自分の席に戻ると、スシ大臣がわたしの肩をポンと叩き、こう言った。「ぜひインドネシアにいらしてください。わたしたちが直面している問題を見ていただきたい」喜んで、とわたしは答えた。八カ月後の二〇一七年五月、わたしはインドネシアに飛んだ。

到着から四日後、わたしはカリマンタン島（インドネシア領ボルネオ島）にある西カリマンタン州の州都ポンティアナックの近くに停泊している、インドネシア海洋水産省捜査総局の巡視船の船尾に立っていた。夜明け前の闇の中、恰幅のいいサムソン船長がゆったりとした足取りで甲板を行きつ戻りつし、戦闘服に身を包んだ捜査官たちに檄を飛ばした。「これからわれわれは、われわれの海の魚を横取りする盗人《ぬすっと》どもを取り押さえに行く」一七人の捜査官たちは、重装備の状態で直立不動のまま船長を見つめていた。「この出動でやつらを捕まえるぞ」

時計は午前四時ちょうどを指していた。インドネシア最大の島の西岸にある港は、湿らせた羊毛のような鬱陶しい熱気に覆われていた。陽が昇らないうちに出港するのは、船長が言うところの「盗人ども」に気づかれないようにするためだった。サムソンは乗組員たちに輪になって集まるように手招きすると、その輪の中心に手を開いて差し出した。捜査官たちは船長の手の上に次々と自分たちの手を重ねていった。「諸君、これがわれわれの任務だ」船長は声を落としてそう言った。「では、いつもどおりにやろう」一同は大声で活を入れるとそれぞれの持ち場へと散り、出港準備に取りかかった。

巡視船は濁った水面を乱しながら港を出ていった。背後に見える、内港沿いに立つ夜間照明がついたままのガントリークレーンがどんどん小さくなっていく。インドネシアの排他的経済水域（ＥＥＺ）内で違法に操業する外国漁船を取り締まるという、普段どおりの巡視行動が予想される出航だった。インドネシア政府の招待に応じてこの国をふたたび訪れたのは、自国のＥＥＺ内での外国漁船の操業を一切

インドネシア海洋水産省の巡視船〈ヒウ・マチャン1〉のブリッジにいるサムソン船長。
船長が示す先には、急速に接近しつつあるヴェトナム沿岸警備隊の大型巡視船がいる。

禁止するという、世界でも例を見ない過激な政策に興味を覚えたからだ。自国海域内での外国漁船の操業禁止はニュージーランドなどでも実施されているが、インドネシアは禁止するだけにとどまらず、違反した外国漁船を沈めたり爆破したりするという強硬措置に出た。この取材には、カメラマンのファビオ・ナシメントと、拿捕した漁船の乗組員への聞き取りを手伝ってくれるインドネシア人の若い女性通訳に同行してもらった。

巡視船が海に出ると、捜査官の一人に案内されて下甲板に降りた。その捜査官は床の隅を指さした。そこが寝床だということだ。インドネシア人はあまり背が高くないので、われわれの寝室はあなた方には狭過ぎるんです。彼は申し訳なさそうにそう説明した。わたしたちならここで十分だとわたしは言った。通訳の女性はもっと快適な個室をあてがわれた。

外国漁船による違法操業が横行している漁場に着くまでは、まだ数時間かかるという。指示された場所にバックパックを置くと、わたしはサムソン船長のいる船橋《ブリッジ》に戻った。インドネシア人のご多分に漏れず、船長にも苗字はない。二〇〇〇年の入省以来、何十隻もの違法操業船を拿捕して沈めてきたサムソンは、海洋水産省所属の三五隻の巡視船に乗り込んでいる数百人の捜査官たちのなかで伝説の存在となっている。そんなサムソンが担当する海域は、違法操業が最も多発するEEZの周縁部だ。この海域に出没する違法操業船は沿岸部にいる漁船よりも大型で、しかもやり口が荒っぽい。

サムソンの巡視船は獰猛なイタチザメを意味するインドネシア語の〈ヒウ・マチャン1〉という船名だが、捜査官たちはもっぱら〈マチャン〉と呼んでいる。違法操業船からは、文字どおり忽然と姿を見せることから「幽霊」と呼ばれている。二〇〇五年に建造された〈マチャン〉は、全長が三六メートルもあるわりに足が速く、最大船速は二五ノット(時速四六キロ)だ。この船が追跡する漁船の大半はせいぜい一八ノット(時速三三キロ)ぐらいしか出せない。が、中国漁船は別だ。〈マチャン〉より大型で三〇ノット(時速五五キロ)で航行できるだけでなく、やたらと喧嘩っ早く、相手が他国の軍艦だろうが巡視船だろうが船をぶつけることで知られている。サムソンは体当たりされることをとりわけ不安視していた。〈マチャン〉の船体は鋼鉄ではなくグラスファイバーでできているので衝撃に弱く、ぶつけられたら沈みやすいからだ。しかしその「アキレスの踵《かかと》」を守るべく、〈マチャン〉は海洋水産省の巡視船のなかでもトップクラスの攻撃力を持つ。前甲板には強力な一二・七ミリ口径重機関銃の銃座があり、捜査官たちはサブマシンガンを携行している。

四十七歳のサムソン船長には息子が二人いて、長男は医学校の二年生、次男は高校生だ。彼の妻と妹も海洋水産省で働いている。華僑人口を多く抱えるカリマンタン島出身のサムソンは流暢な中国語を話す。小柄ながら筋肉質で、前腕は太く手も工具に見えるほど分厚い。表情豊かな大きな眼と茶目っ気のある顔立ちのせいで、隙あらばジョークを飛ばそうとしている男という雰囲気を強く漂わせている。堅苦しい軍服ではなく、ゆったりとしたジーンズと「ブラッディ・レンジャーズ」だとか「フライング・イントゥ・ダークネス」といった文字が躍る黒いバイカーTシャツという服装を好む。その部下たちにしても、普段はビーチサンダルに短パンという姿だ。

〈マチャン〉に乗り込む捜査官たちにとって、サムソン船長は〝親父さん〟的な存在だ。事実、一七人いる彼らのなかの六人は船長の元教え子だ。サムソンは一〇年近くにわたり、インドネシアのさまざまな職業学校で航海術や海図の読み方や操船術を教えてきた。部下たちは船長のことを公明正大な人間で、尊敬が何よりも得難い宝とされる海の世界では大富豪だと評している。冷静沈着なところ、勇敢なところ、そして料理がうまいところが船長に対する忠誠心のよりどころになっていると彼らは言う。インドネシアで最も経験豊かな船長の一人でありながら、サムソンは海洋水産省の巡視船団の大型船の船長への転任を何度も断っている。〈マチャン〉と、彼が言うところの「船の若い衆」とのあいだに固い絆を感じているからというのがその理由だ。眼で確認しなくても副梁材や手すりや壁を手でなぞっただけで、自分がどこにいるのかわかるほど、サムソンは〈マチャン〉を知り抜いている。そんな彼の後をついて船内を駆けずり回るのはひと苦労だ。〈マチャン〉の当直は四時間交代で、二〇日間の勤務と一〇日の休暇を繰り返す。担当海域の巡視は数日から二週間かかる。乗り込んでいる捜査官のほとんどは三十代半ばで、二〇一二年以来メンバーはほぼ変わっていない。それほどの経験を積んできた彼らは、今回の巡視行動で不測の事態に遭遇することになる。

〈マチャン〉のレーダーは半径六五キロの範囲内にいる船舶を監視することができるのだが、長年の経験のおかげでレーダースクリーンに映る輝点《ブリップ》の移動パターンで、それが外国漁船なのかどうかも、操業中なのかどうかも判別できるようになったとサムソンは語る。敬虔なイスラム教徒の彼には、経験以外にも頼りにしているものがある。左手にはめている、「福」という漢字が彫り込まれたごつい金の指輪は幸運をもたらしてくれると彼は言う。ベルトに吊したハマシタンの木でできたパイプには魔力があり、天然磁石のブレスレットは力を、クマの歯を連ねたネックレスは勇気をもたらしてくれるとのことだ。

若かりし頃のサムソンは、フィリピンや韓国やインドネシアの漁船の船長として、まさしくこの海域で働いていたという。違法操業船を見つけることが得意なのは、自分も昔は同じことをやっていたからだと冗談めかして彼は言う。「ワニは教えなくたって泳げるだろ？　そういうもんだ」

＊

違法操業に対して、世界各国はそれぞれ独自の手法で対処しているが、インドネシアほど苛烈な施策で臨んでいる国はない。過激な手に出るのは、インドネシアならではの深刻な事情があるからだ。一万三〇〇〇以上の島々が連なる世界最大の列島国インドネシアの海では、数十年にもわたって違法操業船がわが物顔で跋扈してきた。そんな状況に転機が訪れたのは、この国の海洋水産大臣にスシ・プジアストゥティが就任した二〇一四年のことだ。水産業と航空業の経営者だったスシ大臣は積極的な取り締まりに着手し、海洋水産省の巡視船の数と巡視範囲を大幅に拡大させ、インドネシアのＥＥＺでの外国漁船の操業を全面的に禁止した。この新政策に対する本気度を示すべく、大臣はさらに一歩踏み込んだ手に出た――拿捕した違法操業船を本国に送還するのではなく、乗組員を下船させたうえで火を放ったり爆破したりし、その模様をテレビやインターネットで世界中に配信したのだ。

保守的なイスラム国家であるインドネシアにあって、スシ・プジアストゥティは型破りで過激な活動家だ。早くも十代で政治活動に関与したとして高校を退学となり、復学することはなかった。二〇一六年にワシントンＤＣで初めて会ったとき、大臣は五十一歳の離婚経験者で三人の子どもたちの母親だった。セミプロ級のスキューバダイバーでチェーンスモーカーの彼女はハスキーな声の持ち主で、笑うとしわがれ声になる。右脚の脛には極彩色の不死鳥《フェニックス》のタトゥーが入っている（「強さと美しさ」の象徴だとのことだ）。質実剛健を旨とし華美と仰々しさを毛嫌いするスシ大臣は、難解な専門用語や彼女が「羽根が生えた言葉」と表現する、軽くて重みのない言葉を使うことを部下たちに禁じている。海洋環境保護活動でさまざまな賞を受賞している彼女は、世界自然保護基金（ＷＷＦ）やオセアナといった、違法操業に真剣に取り組むよう各国政府に長年にわたって働きかけてきた環境保護団体の期待の星となった。日本で最も人気のある漫画の一つである『ゴルゴ13』にも、彼女をモデルにした人物が登場する。そのエピソードでは、ベレー帽にサングラスという出で立ちのスシ大臣らしきキャラクターが漁船の爆破を命じている。

スシ大臣の違法操業船に対する断固たる措置は世界各国、なかんずく中国からの反感を買った。インドネシアへの主要投資国である中国は、海洋進出を地球規模で積極的に進めているが、とくに乱獲で沿岸部の水産資源が枯渇してしまった南シナ海で強い存在感を威示している。さらにこの海の石油・天然ガス資源も、経済成長著しい中国は虎視眈々とねらっている。南シナ海の海中と海底の両方の資源が是が非にでも必要な中国は、この海に点在する岩礁や砂州、そして環礁の領有権を主張している。

もともと中国は武力衝突を避けてきたが、その代わりに無数の漁船を民間の「海上戦力」として南シナ海に派遣し、支配の足がかりを築いてきた。このやり口を、中国問題のある研究者はこう表現している——中国は腰に手を当てて太鼓腹を突き出し、その出っ張った腹に相手が先にぶつかってくるのを待っている。中国の最終的な目標は、南シナ海全域に前哨基地を設置して領海とし、貴重な漁場と海底資源の所有権を掌中に収めることにある。南シナ海の領有権争いで中国を悪者にするのは簡単だが、実際にはヴェトナムとフィリピン、そしてインドネシアといった周辺各国も、この海で地政学的な小競り合いを繰り広げている。(2)

しかしそうした国々とは異なり、中国は軍事面でも経済面でも超強大国だ。最大隻数を抱える「戦力」である漁船団を守る、沿岸警備隊にあたる中国海警局にしても、総排水量一万二〇〇〇トン、全長一七五メートルという世界最大級の巡視船を二隻保有している。こうした軍事力を見せつけられているにもかかわらず、インドネシアは中国に対してますます強硬な態度をとっている。就任から二年が経った時点で、スシ大臣は二〇〇隻以上の違法操業船を沈め、そのうちの数十隻は中国の漁船だ。

中国とインドネシアのあいだの緊張関係は、二〇一六年の三月に頂点に達した。インドネシア海洋水産省の巡視船が、同国が主権を主張する海域で中国漁船を拿捕した。その漁船の曳航中、中国海警局の武装巡視船がインドネシア側に体当たりし、牽引ケーブルを切断して漁船を奪還した。この事件後の対策として、インドネシア政府は南シナ海に浮かぶ自国領のナトゥナ諸島にF-16戦闘機を配備すると発表した。以来、中国による漁業侵害に対応するべくインドネシアのジェット戦闘機が緊急発進《スクランブル》するという事態は生じていない。少なくとも今のところは。

インドネシアと同じ漁業問題に直面しているのが、やはり同じく列島国であるパラオ共和国だ。この国の違法操業船の取り締まり活動への同行取材は本書の第2章で詳しく述べた。毎年何百隻もやってきては自国の漁場を荒らす外国漁船に対して、パラオもインドネシアも強い姿勢で臨んでいる。しかし広大なEEZの全体を監視することは不可能だ。が、パラオの海洋警察には巡視船が一隻しかないのに対して、インドネシアの海洋水産省は三五隻も保有している。インドネシアのほうが取り締まり能力において大きく勝るということは、その分、拿捕する漁船の数も多いということになる。年間数百隻という拿捕数は、その何千人もの乗組員たちにどう対処するのかという問題を引き起こしている。

〈マチャン〉への同乗取材が始まる前に、わたしは違法操業船の乗組員たちをインドネシア政府が沙汰を下すまで勾留する五つの施設のうちの一つを訪れてみた。こうした乗組員たちのことを、人権団体

カリマンタン島のポンティアナックにある、人権団体が「海の難民」と呼ぶ、逮捕された違法操業船の乗組員たちを収容する勾留所。なかにはどう見ても十代に満たないような子どももいる。

は「海の難民」と表現している。彼らの大半は甲板員で、操業する海域を決める立場にはなかった。したがって違法操業で刑事責任を問われることはなく、不法移民として本国に送還しても支障はないはずだった。ところが場合によっては数年も施設に留め置かれることもあるという。まさしく彼らは官僚機構の隙間にすっぽりとはまり込んで、忘れ去られてしまっているのだ。自らの意思で就労契約書にサインして乗り込んでいた彼らは人身売買の被害者には該当しないので、よほどのことがない限り国際移住機関といった組織の助けを借りて故郷《くに》に戻ることもできない。犯罪者でもなければ移民でもなく、ましてやインドネシア国民でもない彼らのことを、この国の政府はどう対処しているのか、わたしは知りたかった。

　人権団体が彼らを「海の難民」と呼ぶことを、スシ大臣は快く思っていない。外国漁船による違法操業に対する大々的な取り締まりが開始されて以降、拘束される乗組員の数はうなぎ上りに増え、インドネシア政府は高額な勾留コストを強いられている。彼らの処遇の決定と本国送還にこれほどまでに手間取っているいちばんの原因は、彼らの母国の政府、とくにヴェトナムとカンボジアがほとんど協力しないからだ。

わたしが訪れたポンティアナック勾留所の収容人数は六〇人だが、実際にはその倍が詰め込まれていた。四方をフェンスで囲まれ、泥でぬかるみ蚊がぶんぶん飛び回り、下水処理場のようなにおいが漂う勾留所は捕虜収容所を思わせた。船の機関の部品の山のあいだを、痩せこけた犬たちがちょこちょこと走り回っていた。ぼろぼろで汚れた服を着た男たちは防水シート葺きの小屋の下に押し合いへし合いしながらしゃがみ、赤道直下の灼熱の太陽から逃れていた。小屋の向かいには狭くてすえたにおいに満ちた建物があり、その壁際には三段ベッドが並んでいる。この建物で男たちは寝食をともにしていた。

ここに収容されている男たちのなかには中国人もインドネシア人もビルマ人もタイ人もいるはずだと思っていた。しかしそれは勝手な思い込みだった——ほぼ全員がヴェトナム人だったのだ。あとで知ったのだが、ほかの勾留所もほとんどヴェトナム人で占められているという。勾留所の隣には海洋水産省が管理する港があった。実際には港とは名ばかりの廃船置き場で、三〇隻ほどの錆だらけで半分沈んだ状態の船が重なり合うようにして放置されていた。そのほぼすべてが鮮やかな青色の胴体から「ブルーボート」と呼ばれているヴェトナム漁船だった。これらの漁船は「裁決済み」だとのことだった。それはつまり、インドネシア当局が乗組員たちを訴追するかどうか決めるまでのあいだ、ここに放置されるということだ。

当局が乗組員たちの処遇を決めあぐねているあいだに、彼らの漁業免許は失効し、乗っていた漁船は二度と海には戻れないほどにまで朽ち果て、故郷《くに》に残してきた家族は収入を絶たれて困窮する。逮捕されただけで、有罪であろうが無罪であろうが実質的には服役刑を下されたも同然になってしまう。この機能不全に陥って間延びした手続きに、わたしなら「裁決」という言葉は使わない。

ポンティアナック勾留所に収容されている乗組員のほぼ三分の二が甲板員で、残りは三等航海士だった。勾留期間の平均は一年半だが、わたしが話を聞いた男たちのなかには二〇一五年からここにいる者もいた。ここで暴力沙汰はあるかと尋ねると、被勾留者同士の喧嘩ならたまにあるという答えが返ってきた。命じられたとおりにやらなかったりぐずぐずしたりしたら、看守に殴られることもたまにあるとも言った。被勾留者たちは、掃除やこぎんまりとした菜園の世話、そして側溝や屋根の修理といった日々の仕事を全員課せられている。看守たちにしても海洋水産省の担当者たちにしても、誰一人としてヴェトナム語を話せない。なので指示はもっぱら身振り手振り頼みになるとのことだった。

ほぼすべての被勾留者が、勾留所の食事と蚊、そして何よりもまずここに収容されているという事実に不満を訴えていた。弁護士と接見したことは一度もないとのことだ。どこまでここに留め置かれるのか、どうやって故郷《くに》に戻るのか、そもそも戻れるのかどうか、誰にもわからなかった。そうした男たちのなかに、レ・トゥルシン・アンという少年がいた。アンはどう見ても十三歳程度で、もしかしたらもっと幼いかもしれない（尋ねると、おずおずと十六歳だと答えた）。極度の引っ込み思案なのか、もしくはかなりおびえていたからかもしれないが、アンは決して眼を合わせてはくれなかった。わたしが連れてきたヴェトナム人通訳の質問にも、もっぱらひと言だけで答えていた。アンはヴェトナム南部のメコンデルタにあるティエンザン省の出身で、おじの漁船で働くようになってから二カ月後にインドネシア当局に捕まった。この勾留所にはもう二週間いるという。

アン少年への取材を終えると、わたしはその場を離れてスシ大臣の携帯電話に電話をかけた。「大臣、あなたはこの勾留所で年端のいかない子どもが、一二〇人の男たちと一緒に放り込まれていることをご存じですか？」わたしはそう問い質した。すると大臣は、わたしの問いかけの前提が間違っているという弁解を展開した――そこはあくまで「保護施設」であって、「勾留所」ではありません。両者の違いは監房の有無だとのことだった。さらに大臣はこう言った。「その子がおじと一緒に逮捕されたということなら、そもそも家族の人たちは、その子を漁船に乗せるべきではなかったのではないでしょうか(3)」

〈マチャン〉の船上で、わたしはポンティアナックの「保護施設」で一日かけて数十人の被収容者たちから聞き出したことをサムソン船長に話した。彼らのほぼ全員が、拿捕されたときはまだヴェトナムのEEZ内にいたはずだと言ったことも伝えた。「もちろん嘘をついていることもあるでしょうが、それでも本当にヴェトナム海域内で操業していたのに拿捕してしまったことが、少なくともいくつかはあったとは考えられませんかね?」そんなことを尋ねると、船長はくだらない質問はやめろとでも言わんばかりに手をひらひらと振り、こう言った。「絶対にあり得ない。境界線は明確だ」

*

〈マチャン〉の任務は、海洋水産省の捜査官たちが「やばい海」と呼んでいる海域の巡視だ。インドネシアのEEZ内での外国漁船の操業は全面的に禁止されているので、見つけた外国漁船は片っ端から拿捕することになる。サムソン船長はこれから向かう、ナトゥナ諸島の北東三〇〇キロほどのところにある海域を海図で示した。わたしは既知感《デジャヴ》を覚えた。わたしは二〇一五年にまさしくこの海を、まさしく同じ目的でカメラマンを連れて訪れていた。違法操業をしている外国漁船の船長たちへの取材を思い立ったわたしは、この海域に連れていってくれる漁師を探した。が、あんな「やば過ぎる海」には行きたくないと口々に言われ、なかなか見つからなかった。ようやくリオという船長が四〇〇ドルでならと引き受けてくれた――彼にとってはふた月分の水揚げに相当する金額だった。

わたしたちを乗せた全長一二メートルのがたのきた木造漁船は、二メートルを超える高さのうねりを切り裂きながら真夜中の海を進んだ。リオは、わたしが持ってきた各国の主権海域が色分けされた地図に覆いかぶさるようにして見つめていた。リオは壮健そうだったが高齢で——何歳だかはわからないが、たぶん六十半ばと言ったところだろう——肌はがさがさで目尻には深い皺が刻まれていた。リオは指で地図をコツコツと叩き、わたしがあらかじめ印を付けておいた、複数の国の海の境界線が交わるいくつかのポイントを指先で触れた。リオはかぶりを振り、眼を大きく見開いた。その両眼は恐怖の光を宿していた。そして何も言わずに計器盤の小物入れに手を伸ばし、蓋を開けた。中には拳銃のグロックがあった。

陸《おか》の国境地帯と同じように、国境海域も危なっかしくも曖昧な場所だ。とくに三つの国の国境線が交わる海域は、密漁者や人買い、武器の密輸業者、そして違法重油の密売人たちを惹きつけてやまない。なぜなら、どこか一つの国の当局に追いかけられたら、別の二国の方向に逃げればいいからだ。言ってみれば、安全な逃げ口があるアジトのようなものだ。

結局このときは違法操業船は一隻も見つからず、取材は空振りに終わった。リオの漁船のレーダーが故障していて、目視で探さなければならなかったからだ。しかし今回のサムソン船長の船での取材は違法操業船が見つかる見込みはずっと高く、いざというときのための武器もずっと充実している。

サムソンは自分に与えられた任務に真摯に取り組んではいるものの、〈マチャン〉は武装巡視船につきものの規律に欠いていた。ブリッジにはマレー語のポップミュージックが始終流れ、食堂のテレビは『ワイルド・スピード』シリーズをエンドレスで上映していた。下甲板のラウンジにはＸｂｏｘがあり、捜査官たちがゲラゲラと笑ったりくだらないことをだべったりしながら『ウィニングイレブン』に興じていた。

わたしにとって海にいるということは、退屈とやたらと長いオフの時間との闘いにほかならない。〈マチャン〉はもちろん、ほとんどの船舶ではインターネットは使えない。ネットの世界にアクセスできないことは苦痛で、逃げ場を奪われたわたしは周囲の状況にさらに注意を向けるしかなかった。海に出るときは、必ず精神衛生上の必需品をデジタル機器に詰め込むことにしている（家から送られてくる写真と動画、サンダンスTVの「レクティファイ／再生」シリーズやHBOの「LEFTOVERS／残された世界」シリーズなどだ）。読むものがなくなってくると、バックナンバーを全部キンドル化していない『ニューヨーカー』誌に対する憤りが募ってくる。一四日間の航海に出たときは、出港から数時間で音楽アプリのスポティファイがクラッシュしてしまい、ダウンロードしておいたライブラリが全部消えてしまった。その長い長い二週間のあいだに聴いていた曲と言えば、子どもに人気のあるシンガーソングライターのパリー・グリップによる、ひどく耳障りで単調な一二曲だけだった。本人は否定しているが、息子のエイダンがいたずらして携帯電話に仕込んだに違いない。

ありがたいことに、〈マチャン〉ではやることがふんだんにあった。ブリッジで捜査官たちのやり取りを取材していないあいだは、後甲板で読み物や書き物をして過ごしていたのだが、ここがまたひときわ静かで心休まる場所だった。後甲板の救命ボートの上には木の棚がいくつか置かれ、そこに数十鉢の盆栽が飾られていた。鉢はバンジーコードでしっかりと棚に固定されていた。サムソン船長が盆栽を集めるようになったのは、〈マチャン〉がインドネシア東部の東ヌサ・トゥンガラ州の沿岸で巡視任務にあたっていた二〇〇七年のことだという。盆栽が洋上でも枯れない理由は謎だ。

この後甲板は、拿捕した違法操業船の乗組員たちを陸《おか》に移送するときには勾留所として使われる。盆栽の棚の横には鳥かごが置かれていて、中には「ペス」という名前の六歳のオウムがいる。幼鳥のときにサムソン船長に引き取られ、それからずっとここで飼われている。ペスとはインドネシア語でカワイルカを意味する。鳥なのに飛ぶことができず、歩くにしてもぎこちなく、とまっていた船べりの手すりから海に落ちたら網で救ってやるしかないこのオウムに、海を俊敏に、自由気ままに泳ぐことができるイルカの一種の名前をつけたのは皮肉だと言える。違法操業船の乗組員たちを後甲板に勾留しているあいだは、ペスは鳥かごから出されて男たちとたわむれる。「いい憂さ晴らしになるんだよ」サムソン船長はそう言う。〈マチャン〉は最大で一〇〇人を勾留することができるが、その監視には五人しか割けない。全員に手錠をかけることもできないので、勾留した乗組員たちが暴動を起こさないようにすることが肝心だ。もしやつらが歯向かってきたら、こっちに勝ち目はないだろう。船長はそう言った。

勾留した乗組員たちが歯向かってきた場合のぞっとしない結末を、船長はさらっと言ってのけたが、その予言の当否はすぐに確認されることになった。ポンティアナックを出港して六時間が過ぎた頃、サムソン船長が標的を発見したと告げた。EEZ境界線の一〇〇キロほどインドネシア側にいる七隻のヴェトナム漁船をレーダーがとらえたのだ。「獲物を見つけたぞ」船長の命令一下、捜査官たちはあたふたと短パンとビーチサンダルを脱ぎ捨て、上下黒ずくめの戦闘服とバイザー付きヘルメット、シンガード、そして抗弾ベストという、SWATもかくやという戦闘態勢を整えた。

ヴェトナムの漁船団は互いに四〇〇メートルほどの間隔を空けて航行していた。いちばん手前の漁船に接近すると、インドネシア側は無線で停船を命じた。そして十分な距離まで近づくと、サムソン船長は拡声器で停船を呼びかけた。ヴェトナム漁船は構わず船足を上げた。数分の追跡ののちに、インドネシア側はふたたび停船を命じた。反応はなかった。すると捜査官が漁船の船首に向けてサブマシンガンで警告射撃をした。数分後にもまた警告射撃がなされた。三度目は船体の下部をねらって銃弾が放たれた。ヴェトナム漁船の船長はようやく機関を停止させた。

捜査官たちは漁船に乗り込み、乗組員全員に〈マチャン〉に移るよう命じた。一一人の乗組員たちはわけもわからず、ただただ面喰らっていた。恐怖でわなわなと震えている男もいる。〈マチャン〉に乗り移ると、乗組員たちは着ているシャツを脱ぐよう指示された。大切なシャツを失いたくはないので、こうしておくと海に飛び込んで漁船に戻ることは少なくなるのだと、あとで聞かされた。監視役の捜査官たちも同じことを言ったが、わたしは釈然としなかった。本当の理由は、シャツを脱がすと無力感が増して、その分おとなしくなるからなのではないだろうか。

追跡はその後二時間にわたって続き、さらに四隻のヴェトナム漁船が拿捕された。いずれの場合も、マシンガンによる警告射撃がなされ、ブリキの太鼓の乱れ打ちのような銃声が鳴り響いた。ある船長は機関の始動キーを海に投げ捨てて拿捕に抵抗した。〈マチャン〉の後甲板に移されると、その船長は捕まった乗組員たちに向かって怒鳴り、みんなで力を合わせて反抗するぞとけしかけた。すると捜査官の一人が一歩踏み出し、船長の横っ面を張り倒した。三メートル離れていても、波の音にも機関の轟音にも負けずにその音が聞こえてくるほど強烈なビンタだった。「座れ！」捜査官は怒号で命じた。船長は言われたとおりにした。

「ブルーボート」が拿捕されるたびに、わたしは次の獲物に向かう前に乗り込んで内部を見て回った。乗組員たちは全員しょっ引かれていたから無人だったが、確認したいのは彼らそのものではなくその暮らしぶりだった。そんなわたしを〈マチャン〉の捜査官たちは、こんな汚らしい漁船にどうして乗りたがるんだろうといった感じの眼で遠目に見ていた。ヴェトナム漁船は全部おんぼろで、機関を起動させたり停止させたりするたびに、落とした杖を拾おうと身をかがめる老人のようなうめき声を上げた。サムソン船長が許してくれた各船五分ごとの調査時間のあいだに、わたしはヴェトナム人甲板員たちの寝室を取り憑かれたように調べた。彼らがどうしてこんな船に行き着いたのか知りたかった。

寝室は船内の最後部の一角を占めていて、背の低い人間でも四つん這いにならなければならないほど

インドネシア海洋水産省の捜査官に停船を命じられる、「ブルーボート」と呼ばれるヴェトナムの違法操業船。ついには警告射撃を受けて停船し、乗組員たちは逮捕・拘束された。

〈マチャン〉の後甲板に拘束された、拿捕されたヴェトナム漁船の乗組員たち。それから1時間も経たないうちにヴェトナムの大型巡視船がインドネシア側と対峙し、捜査員が1人乗り込んでいた漁船に体当たりして沈めた。

天井が低かった。もちろんプライバシーなど確保されておらず、スーパーのレジ袋がロッカー代わりになっていた。中身を確認すると、レッドブルの二五〇ミリリットル缶とヴェトナムのタバコ（半分に裂かれた箱もあった）などで、祈禱書や、タイガーバームやベンゲイのようなにおいのする鎮痛軟膏が入っている袋もあった。「Fly Emirates《フライ・エミレーツ》」のロゴが躍るロイヤルブルーの光沢のあるサッカージャージも何着かあった。たぶん持ち主の娘なのだろう、裸足に白いワンピースという六歳ぐらいの女の子を撮った、水で濡れて傷んだ写真もあった。ヴェトナム人甲板員たちの持ち物をあれこれ漁ってみても大した発見はできなかったが、少なくとも彼らは着のみ着のままに近い状態で外洋に出てきたということだけはわかった。

五隻目の漁船の乗組員たちの拘束を終えたところで、サムソン船長は残りの二隻の拿捕は断念せざるを得ないと部下たちに告げた。拿捕済みの漁船にはそれぞれ一〇人程度が乗り込んでいて、〈マチャン〉はすでに五五人を収容していた。現在の人員で五五人をしっかりと監視することはできないと、船長は追跡中断の理由を説明した。

拘束した乗組員たちをしかるべき「保護施設」に移すべく、〈マチャン〉は海峡を隔ててシンガポールとは指呼の間にあるバタム島に針路を向けた。拿捕した漁船には捜査官が一人ずつ乗り込んで操船し、それぞれ八〇〇メートルほどの間隔を置いてあとに続いた。

拿捕された漁船団がバタム島に向かうまでのあいだ、わたしは囚われの身の五五人の乗組員たちとともに後甲板で静かに座っていた。一時間ほど経ったあたりで、ようやく彼らはわたしの存在に慣れたように思えた。監視役の捜査官は彼らにタバコとミネラルウォーター、そして魚とコメを混ぜた食事を与えた。別々の漁船に乗っていながらも、彼らは互いに顔見知りのようだった。彼らの様子を観察しているうちに、さまざまな病気や不調に悩まされていることがわかった。股間をしきりにかきむしっている者もいれば、しょっちゅう咳き込んでいる者もいた。口を見れば虫歯だらけだったりヘビースモーカーだったりすることがわかる。そしてみな一様に空腹と憤り、そして深い不安を顔に刻み込んでいた。わたしは通訳を介して乗組員たちへの質問を開始した。ヴェトナム語が少しだけ話せる捜査官も、できるだけの手を貸してくれた。船長たちのなかには、自分たちは違法操業はしていないと言い張る者がいた。だったらどうして立ち入りが禁じられているインドネシアの海域にいたのかと尋ねると、はぐらかしたり何を訊かれているのかわからないふりをした。

魚は国境なんか気にしない。だったらその魚を獲る漁師だってそうだろ？ 船長たちはそんなことを言う。「魚は天からの授かりものなんだ」ある船長はそんなことを言った。「その授かりものを、おれたちはインドネシアから借りてるだけなんだ」別の船長は本気とも冗談ともつかないことを言った。「おれたちはヴェトナムからインドネシアに逃げた魚だけを獲ってるんだ」

バタム島に向かう〈マチャン〉には祝勝ムードが漂っていた。サムソン船長はアラックというインドネシア伝統のココナッツの蒸留酒を二つのグラスに注ぎ、一つをわたしに渡した。ぐいっとあおると、バッテリー用の電解液を飲んだかのように喉が焼けた。船長はアラックをテーブルにこぼして火をつけ、アルコール度数の高さを見せつけた。ヴェトナム漁船に向けて警告射撃をする役目を仰せつかった若い捜査官はとりわけはしゃいでいて、応じてくれると見れば誰彼構わずハイファイブして回っていた。

＊

船内のお祝い気分は一時間後にいきなり消し飛んだ。二人の捜査官が食堂に駆け込んできた。「船長、すぐ来てください！」一人が顔面蒼白でそう言った。「マス・グンが！」マス・グンはいちばん新入りの捜査官で、拿捕した漁船団の最後尾、〈マチャン〉の数キロ後方で漁船を操っていた。サムソン船長はいきなり立ち上がり、その勢いでアラック入りのグラスが倒れた。ブリッジに駆けつけると、無線で助けを求めるマス・グンの声が鳴り響いていた。「助けてくれ！　みんなどこにいるんだ？」

途切れ途切れの息詰まる交信のなかで、マス・グンは状況を説明した――バタム島への途上で、ヴェトナム沿岸警備隊の巡視船が突然出没した。おそらく拘束した船長たちの誰かが通報したのだろう。巡視船はマス・グンの漁船の前方に立ちはだかり、船団から切り離した。マス・グンはかわして逃げようとしたが逃げ切れず、今は体当たり攻撃を受けているという。「〈マチャン〉、こっちは沈みそうだ！」マス・グンの悲痛な叫び声を無線は伝える。「〈マチャン〉、助けてくれ！　頼む、今すぐ来てくれ！」

ブリッジに戦慄が走った。「どこにいるんだ!?」捜査官たちは無線越しに怒鳴るようにマス・グンに問いかけた。「座標位置を教えろ！」しかしマス・グンには自分の位置がわからないみたいだ。おそらくGPS追跡装置は切られているのだろう。ヴェトナム漁船にも同種の装置はあるのだろうが、いきなり乗せられた彼には勝手がわからないのかもしれない。〈マチャン〉は一八〇度回頭し、マス・グンがいると思しき位置に船首を向けた。と、無線がいきなり沈黙した。「マス・グン？」サムソン船長は重苦しい声で無線に話しかけた。「マス・グン、応答しろ」船長はレーダースクリーンをのぞき込んでいる捜査官に向かって怒鳴った。「あいつがどこにいるのか突き止めろ！」

マス・グンの居場所はすぐにわかった。それから数分もしないうちに、水平線上にヴェトナム沿岸警備隊の巡視船が姿を現した。全長八〇メートルの三〇〇〇トンクラスの巡視船で、〈マチャン〉の二倍以上の大きさだ。船長は直ちに一二・七ミリ重機関銃を武器庫から出し、船首の銃座に据えるよう命じた。ヴェトナムの巡視船に向かって突き進んでいくさなか、サムソン船長はマス・グンの船以外の四隻の「ブルーボート」を操縦している部下たちに無線でこう命じた。「今すぐＡＩＳを切れ！」船舶の位

南シナ海の係争海域で、ヴェトナム沿岸警備隊の大型巡視船が接近してくるという風雲急を告げる状況下で、銃弾をもっと持ってこいと怒鳴るインドネシア海洋水産省の捜査官。

置情報などを発信するこの装置をオフにすれば、ヴェトナム側にねらわれる危険性も低くなる。

船長は衛星電話を手に取り、ジャカルタの司令部に連絡をとろうとした。が、つながらなかった。三度目でようやく誰かが電話口に出た。しかしその誰かは、一刻の猶予もならない緊急事態が起こっていることを理解していないと見え、船長はみるみるうちに苛立ちを募らせていく。「沈みかけている船に部下が乗っているんですよ！」ついにサムソン船長はそう怒鳴った。「ものの数分でヴェトナムの巡視船と対峙することになります。指示を願います」通話は切れた。船長は受話器を叩きつけるように置いた。

普段どおりの取り締まり活動が一転し、一触即発の緊迫した事態に変わりつつあった。わたしたちはヴェトナムの巡視船と相まみえた。ほんの数時間前に〈マチャン〉がヴェトナムの漁船にやったように、今度はヴェトナムの巡視船が〈マチャン〉を上から睥睨《へいげい》している。拘束されていた五五人のヴェトナム人たちは、自国の艦船を見て歓喜の声を上げた。巡視船に行く手を阻まれていたので、沈みつつあるマス・グンの安否は確認できなかった。

無線がカリカリと鳴り、ヴェトナム側が呼びかけてきた。すると、サムソン船長が無線の受話器をわたしに渡した。ヴェトナム側は、船長以下の誰もわからない英語で呼びかけてきたのだ。こうした対立では、ジャーナリストは中立を保たなくてはならない。そう考えたわたしは、受話器を通訳に渡した。しかし彼女は船長に何ごとか言われると、すぐに受話器をわたしに戻そうとした。「わたしじゃなくてあなたが話してくれとのことです」彼女はそう言い、この状況で女性が仲介役になるのは望ましくないと言われたと説明した。わたしは躊躇し、また受話器を返そうかと思った。でも状況がさらに悪化したら、彼女は自国政府と面倒なことになるんじゃないのか？ そんな厄介な状況に彼女を追い込んでいいのか？ 結局わたしは受話器を手に取った。(4)

この時点では、マス・グンがヴェトナムの巡視船に拘束されているのか、それとも沈みつつある「ブルーボート」の船内にまだいて、ひょっとしたら閉じ込められてしまっているのかは判断がつきかねた。サムソン船長は、そっちにこちら側の捜査官が乗っているのか尋ねてくれとわたしに言った。「ヴェトナム沿岸警備隊へ、こちらはインドネシア海洋水産省だ」わたしは無線でそう伝え、自分は〈マチャン〉に乗り合わせていたアメリカ人ジャーナリストだと身分を明かし、一時的にインドネシア側の通訳を務めていると説明した。そしてそちらに体当たりされて沈没中の漁船にインドネシア側の人員が乗っているかもしれないと伝え、こう言った。「すまないが、状況を説明してほしい」

無線の相手はヴェトナム沿岸警備隊の士官だと名乗り、そしてこう言った。「現在、貴船はわが国の主権海域にあり、『海洋法に関する国際連合条約』に違反している」この言葉にわたしは唖然とした。

サムソン船長のほうを向き、問い質した。「ここはインドネシアの主権海域ですよね？」船長はそうだとはっきり答えた。「絶対に間違いありませんか？」わたしは重ねて尋ねた。「まさか、わたしの知らない係争海域だってことはありませんよね？」船長はさらに断固とした口調でそんなことはないと答え、こうも言った。「ヴェトナムとの境界線から、少なくとも六〇キロは内側にいる」

現在位置をめぐるヴェトナム側との水かけ論になるのは得策ではないと考え、わたしはマス・グンの安否と所在に話題を変えた。「インドネシア側の乗組員の無事を確認しなければならないと、こっちの船長は言っている」するとヴェトナム側の士官はこう言い返してきた。「われわれは、わが国の漁船の返還を求める。漁船はどこにいる？」わたしは、インドネシア側は乗組員が無事救助されたかどうか先に確認したいと言っていると何度も伝え、こう言った。「無事が確認されたら、それから交換について話し合おうと言っている」するとヴェトナム側は無線越しにわたしに怒鳴り散らした。「漁船が先だ！漁船を返せ！」

サムソン船長は沈みゆく「ブルーボート」に少しでも近づこうとした。結果として〈マチャン〉はヴェトナム側に接近した。巡視船のアイドリング中の機関が回転数を上げた。その轟音は明らかに警告だった。ヴェトナム側の士官ははっきりと言った。「本船から離れろ」船長は船を下げた。

「ブルーボート」の沈むペースが早くなった。〈マチャン〉の捜査官たちは、マス・グンは気を失っているのではないかと考えていた。「あいつはまだあの中にいて、溺れてるのかもしれない」海中に消えつつある青い船体をなす術《すべ》もなく見つめながら、ある捜査官がそう言った。数時間前に拿捕したときにあの漁船に乗り込んだわたしは、操舵室にいるマス・グンを失神させそうなものがいくつか想像できた。あそこにはディーゼルエンジンの排気ガスが立ち込めていたし、剝き出しになった電線から火花が飛んでいた。別の漁船に乗り込んだときは、突然襲ってきた波によろめいて、思わず手すりではなく焼けるように熱いパイプをつかんでしまい、手のひらにひどい火傷《やけど》をこしらえてしまった。気が遠くなってしまいそうなほど痛かった。もしかしたらマス・グンはわたしと同じへまをして、もしかしたら操舵室でのびてしまっているのでは？　そんな不安に駆られた。

「ヴェトナム沿岸警備隊へ、こちら通訳だ」わたしは無線で呼びかけた。「インドネシア側の人間があの船にまだ乗っているとして、その救助を邪魔するのであれば、その人間が死んだらそちら側の責任だ。これは明らかな国際法違反だ。その点を了解されたい」ヴェトナムの巡視船は機関銃を〈マイヤン〉に向けていた。この場を鎮めなければ、わたしたちは皆殺しにされるかもしれない。それより先に、マス・グンは眼と鼻の先で溺れ死んでしまうかもしれない。どちらも絶対に避けなきゃならない。わたしはそれしか考えていなかった。ヴェトナム側は返事をよこさなかった。永遠とも思える時間が流れた――実際にはたかだか二〇分程度だったと思う。わたしたちはジャカルタからの指示を待ち続けた。退却か、もしくは支援を送ると言ってくれ。心の中でそう祈った。そんな指示を下せるのなら、ヴェトナム側を攻撃せよという指示もあっさりと下すだろうということはわかっていた。

本当は、インドネシア側の言い分が間違っているのではないだろうか。そんな疑いを拭い切れずにいるわたしは、レーダーに示されている〈マチャン〉の座標位置を教えてほしいと捜査官に頼んだ。あとで詳しく調べるために、レーダースクリーンを写真に収めておいた。ある捜査官が海図上の現在地を指で示した。たしかにそこはヴェトナムの主権海域との境界線から八〇キロも離れていた。念のため、取材中はずっとベルトに付けているガーミン・インリーチに表示されているGPS情報を確認してみた。インドネシアの捜査官たちが嘘をつくはずがないとは思ってはいたが、わたしが持ってきた海図には周辺各国の主権海域の境界線がはっきりと記されておらず、捜査官たちが教えてくれる情報の真偽を自分で確認するにはこうするしかなかった。

サムソン船長と部下たちが次に打つ手を話し合っているうちに、後甲板の騒ぎがさらに大きくなった。ヴェトナム人たちの歓声は、今にも爆発しそうな暴徒の怒号へとエスカレートしている。手錠をかけられていない彼らの頭数はこっちの四倍だ。がたいのいい捜査官たちは、彼らの監視そっちのけでブリッジに集っていた。危機の度合いはどんどん高まっていく。わたしはブリッジの見張り台に出てみた。後甲板の騒ぎはブリッジにいる船長の耳には届いていない。このままだと手に負えなくなるかもしれないと、わたしは船長に注進した。と、何かが海に落ちる音がした。わたしは手すりから身を乗り出して何が起こっているのか確認してみた。ヴェトナム人たちが、次から次へと海に飛び込んでいた。

ところが、飛び込んだヴェトナム人たちの大半は泳ぎ方をろくすっぽ知らなかった。わたしは眼下の海で手足をバタバタさせている男たちを見下ろした。眼の前で展開されている大混乱の予想だにしない成り行きに、わたしは動揺した。海でもがいている男たちの誰かが沈んでいったらどうしよう。飛び込んで助けるべきだろうか？ それとも救命浮き輪を投げたほうがいい？ そもそもそんなものがこの船にあるのか？ わたしは思いあぐねた。溺れかけている男たちを見たら、ここに突っ立ったまま、ただただ見ているわけにはいかないことはわかっていた。わからないのは状況を収拾する最善策だった。

海に飛び込んだはいいものの、泳ぎにまったく自信のない男たちは早々に〈マチャン〉に戻り、捜査官たちに引き上げられた。残りの男たちはヴェトナムの巡視船に向かって泳いでいったが、海面からはビルの二階分の高さのある甲板には簡単には上がれそうにもなかった。男たちは船体の三分の二がすでに海中に没し、どんどん沈んでいく「ブルーボート」に向きを変えて泳いでいった。

ヴェトナム沿岸警備隊は二艇の小型ボートを降ろし、海にいる男たちの救助を開始した。サムソン船長は〈マチャン〉をさらに後退させ、広い操船余地を作った。ヴェトナム人士官が無線を入れてきて、拘束されている乗組員たちの一人と話がしたいと言った。彼らの状態を確認するためだと士官は説明し

海に飛び込んで〈マチャン〉から泳いで逃げたはいいものの、ヴェトナムの巡視船の甲板は高過ぎて上ることができない。〈マチャン〉に戻ってふたたび囚われの身になりたくない男たちのなかには、沈みつつある「ブルーボート」にしがみつこうとする者もいる。

た。向こうの要求を告げると、船長は部下に命じてヴェトナム人を一人連れてこさせ、無線で話させた。

彼らの交信が終わると、マス・グンがそちらにいるのなら甲板に出してくれるようヴェトナム側に伝えてくれと船長に言われた。その旨を向こうに伝えると、その乗組員なら救出したと答えた。しかし無事の確認は、マス・グンに何通かの書類に署名させたあとにさせるとヴェトナム側は言い、それから何も言わなくなった。サムソン船長は、向こうの意図は何なのかわたしに訊いた。おそらくヴェトナム側は、自分はヴェトナムの主権海域にいたという「供述調書」みたいなものへの署名をサムソンに求めているのでしょう。そう答えた。すると船長は、レーダーとGPSが発生現場を正確に記録しているのだから、そんな書類なんかどうでもいいと言う。だがまあ向こうの顔を立ててやってもいいし、ヴェトナム人たちを解放してやってもいい。ここはマス・グンを取り戻すことだけを考えよう。船長はそう言った。

ヴェトナムの士官がようやく無線でこう告げた。「今からそちらの乗組員を確認させてやる」サムソン船長は双眼鏡を手に取り、巡視船のブリッジの窓辺に立つマス・グンの姿を確認した。〈マチャン〉の面々は一様に安堵の息を漏らした。が、衛星電話がもたらした知らせに、ほっとした空気は一気にしぼんだ。直近にいるインドネシア海軍の艦船は何百キロも離れたナトゥナ諸島にあり、支援の到着は一五時間後になるとのことだった。

　そして事態はさらに悪化した。サムソン船長が衛星電話で司令部と話していると、部下の一人が割って入った。「レーダーを見てください」レーダースクリーンは、こちらに向かってくる二つのブリップを示していた。どこの船なのかはわからないが、二隻とも〈マチャン〉よりも大きく、わずか一八海里（三三キロ）のところを高速で航行中だということははっきりとわかる。ヴェトナムの沿岸警備隊か海軍だ。インドネシア側はそう判断した。

　サムソン船長は、拿捕した残りの四隻の「ブルーボート」に乗っている部下たちに〈マチャン〉に戻ってくるよう指示した。もうこれ以上誰も拘束されるわけにはいかなかった。ヴェトナム側が再度無線を入れてきて、拘束している乗組員たちを巡視船に送還するよう求めた。〈マチャン〉には小型ボートがないので無理だとわたしは伝え、そちらの小型ボートを使って乗組員たちとマス・グンを交換してはどうかとヴェトナム側に提案してみた。「乗組員たちは解放してもいい。ただ、交換する手立てがないので協力してほしい。こちらの船長はそう言っている」

　交渉相手の士官の話す英語は拙《つたな》かった。わたしは努めてゆっくりと、簡単な単語を選んで手短かに話した。口ぶりから、将校が苛立っていることが読み取れた。わたしの言っていることを理解せず、インドネシア側は妥協しないと勘違いしているみたいだ。

　と、女性通訳がわたしを脇に連れ出した。一〇分ほど前、衛星電話でのジャカルタの誰かとサムソン船長のやり取りを聞いていた彼女は、その内容を教えてくれた。不測の事態に発展する前にすみやかに退却せよ。マス・グンの解放は外交当局が交渉にあたる——船長はそんな指示を受けていたようだ。しかしその指示は無視されつつあるようだ。

船長も怒りをさらに募らせていて、二人の部下に何ごとか命じた。その二人は前甲板に駆け出していき、銃弾を装填済みの機関銃座についた。そして安全装置を解除し、銃口をヴェトナムの巡視船の機関銃座に向けた。双眼鏡で確認すると、向こうもすでに射撃体勢を整えていて、こちらにねらいを定めている。にらみ合いは制御不能の状態に陥りつつあった。巡視船の近くをねらった警告射撃であっても、〈マチャン〉にとっては自殺行為のように思える。

わたしはヴェトナム側に圧力をかけ続けた。マス・グンを返すかどうか、五分おきに無線で尋ねた。そのたびに「返すが、まだ時間がかかる」とたしなめられた。こんなやり取りが三回続いたところで、サムソン船長はわたしに怒鳴りつけるようにこう言った。「時間稼ぎはやめろと伝えろ。今すぐマス・グンを返せ、それから乗組員たちを引き渡す」わたしは向こうにそう伝えた。また「待て」と怒鳴られた。

ふたたびジャカルタから衛星電話がかかってきた。短い通話が終わると、船長は今にも吐きそうな顔で受話器を置き、こう告げた。「今すぐ退却せよとのことだ」思ったとおり、こちらに急行している二隻の大型船舶はヴェトナム海軍の艦船で、しかももうあと数キロというところまで接近していた。リスクを冒してまで待ち続けることはできない。ジャカルタはそう言ってきたという。船長は一等航海士に命じて〈マチャン〉を一八〇回頭させ、ここから一五時間ほどかかるナトゥナ諸島のセダナウ島を最大船速でめざした。ヴェトナム側の士官が無線で何度もこう問いかけてきた。「どこへ行く？　こっちの乗組員たちを返せ」船長は応答するなとわたしに命じた。

にらみ合いから逃げ出した〈マチャン〉のブリッジ内は、じとつく不安感で満たされていた。全員がレーダースクリーンを恐る恐る見つめ、こちらより船足がずっと速いヴェトナムの巡視船と二隻の軍艦が追跡の構えを見せるかどうか確認していた。ブリッジ以外の船内は感情を押し殺した沈黙に包まれていた。誰もが口をきっと結び、互いに眼を合わさずにずっと窓の外の海を見つめていた。退却を恥と感じ、マス・グンを置き去りにしたことに胸を痛めているのだろう[5]。

二時間後、ヴェトナム側が手を出せない海域に達したことが告げられた。それでもサムソン船長はスロットルを緩めなかった。ブリッジにいた面々のほとんどがどこかに出ていき、一人になってタバコをふかした。が、船内の小さな礼拝所《ムサッラー》を訪れて祈りを捧げる者が普段よりも多いことに、わたしは気づいた。

セダナウ島には翌朝の五時に到着し、五時間停泊した。軍からの命令で、その後は付近のティガ島で給油したのちに、拘束したヴェトナム人たちを一八時間かけてバタム島まで移送することになった。

サムソン船長とその部下たちの試練はまだまだ終わっていないとでも言わんばかりに、今度は猛烈な嵐が、バタム島に向かう〈マチャン〉に襲いかかった。わたしは嵐の到来を察知していた——ハイスクール時代に鼓膜が破れて以来、気圧が急激に変化すると耳がずきずきするのだ。甲板に出ると、空一面に雲が低く垂れ込めていて暗く、風の勢いが増しているように思えた。これから前線に突っ込むのかと尋ねると、サムソン船長は前線の規模を両腕と眼つきで示した。

*

船が海を進むと船首と船尾で波が生じる。二つの波のあいだには谷間ができる。そして船足が速くなるにつれて「スクワット効果」によって船尾が沈み込んでいく。最大船速に近い二三ノット（時速四三キロ）を出している〈マチャン〉の船尾は思い切り沈み込み、後甲板は八メートル近い高さの波にやすやすと呑み込まれた。安全を鑑みて、後甲板に拘束していたヴェトナム人乗組員たちは船内に移されていた。ペスは鳥かごごと後甲板に残された。危険を冒してまでこのオウムを助けようとする者はいなかった。鳥かごはボルトで固定されているし、それにどのみちおとなしく船内に入ってはくれないだろうと捜査官たちは言った。

サムソン船長の盆栽がひと鉢、バンジーコードが外れて海に吹き飛ばされた。外の空気を感じてみようと、わたしは甲板に出る扉を開けて一瞬だけ頭を突き出した。その途端、水しぶきが小さな吹き矢となって顔に突き刺さった。海上を吹き荒れる風は海草のにおいがし、冷たく、そしてしょっぱかった。数カ月後に同じような暴風に身をさらしたとき、わたしは「パブロフの犬」のようになった——このときの興奮と恐怖と驚きが全身によみがえったのだ。

ほとんど一晩中、〈マチャン〉はのたうち回った。ちゃんと固定されていないものは全部床に落ちた。食堂では、積み重ねられたプラスティックのコップや椅子やクッション、ナプキン入れ、そして書類の山が、船が揺れるたびに床を右往左往した。船がかなりきわどく傾いたとき、バンジーコードで留めてあった冷蔵庫が壁から外れて横倒しになり、そのまま滑って反対側の壁に激突した。男たちは慌てて腰を上げて冷蔵庫を元に戻した。わたしも彼らと一緒に床にこぼれた食用油を拭き取ろうとしたが、その努力もむなしく床はてらてらとして滑りやすいアイスバーンになってしまった。

後甲板から船内に移されていたヴェトナム人たちは、床一面にぴっちりとくっつき合って仰向けに寝ていた。下甲板も同じ状況だった。なぜだかわからないが、捜査官たちは全員船室から出ていて、通路とラウンジの床に寝転がっている。歴史の教科書に載っていた、奴隷船の図解を思い起こさせる眺めだった。

夜の海は視覚以上に聴覚が幅を利かす世界だ。〈マチャン〉の下甲板をうろついていると、なんだか目隠しをしたままお化け屋敷を巡っているような気分になった。金属部分がすすり泣き、誰かが壁の中にバケツ一杯のネジを注ぎ込んだみたいに、通路にはジャラジャラという音が鳴り響いていた。側舷に打ちつける波の音は、車を容赦なくぶつけ合うデモリションレースを思わせる。そんな心をざわつかせる音の中にあって、背後で通奏低音として流れている、懸命に頑張っている機関のつぶやきが頼もしく感じられた。言ってみれば〈マチャン〉は、肉食獣たちに四方八方から襲われている鈍重な大型獣だった。その体内にいるわたしたちはゆっくりと転がり、身もだえし、そしてうめき声を漏らしている。

百面相の海には凶暴で猛々しい憤怒の貌《かお》があることは、本で読んだり話に聞いたりして知ってはいたが、いつか自分の眼で確かめたいとずっと思っていた。そんなわたしは、この嵐のさなかにあって慄然ではなく陶然としていた。しかし頭の中で思い浮かべていたのは、即席の筏だけで嵐に立ち向かう漂流者や、嵐に巻き込まれて漁船が転覆してしまった漁師たちのことだった。これほどの脅威にしょっちゅう直面して、しかも切り抜けている人びとに、わたしはどうしても畏《おそ》れ入ってしまうのだ。

こんな状況で眠れるはずもなく、わたしはブリッジで夜を過ごした。船が波に持ち上げられると、まるでブランコに乗っているような気分になった。最頂点に達すると、無重力空間を漂っているような高揚感に腹がこそばゆくなった。物理法則に反しているんじゃないかと思えるぐらいのあいだ宙に浮いていることもあった。が、波の頂《いただき》を乗り越えると今度は落ちていき、激しい音を立てて谷底に叩きつけられ、船が壊れてしまうんじゃないかと不安になるほどの衝撃に襲われた。この瞬間に歯が欠けそうになったわたしは、口元をぐっと引き締めておかなければならないことを身をもって学んだ。やがてわたしは、あんなに心待ちにしていた嵐にうんざりするようになった。とっとと終わってくれと願うあまり、時間が間延びしているように感じられた。午前三時から一時間経ったと思って時計を見たら、まだ三時五分だった。

舵を取るサムソン船長は仁王立ちになって激しい揺れに抗い、脚で衝撃を吸収してバランスを取っていた。そしてブロックをつかんでいるかのように舵輪を握りしめていた。そんなさなかに、船長はふとわたしのほうを向き、マス・グンの声が頭の中でずっと聞こえていると打ち明けた。通訳はぐっすりと寝ていたので、船長は片言の英語と身振り手振り、そしてブリッジにいる部下たちの助けを借りてマス・グンについて語った。ほんの五カ月前に海洋水産省の別の巡視船から転属してきたマス・グンのことを、サムソン船長は息子同然のように思っていると言った。そして元教え子なので自分にとっては特別な存在だとも言い添えた。

四十二歳のマス・グンは、ジャワ島の首都ジャカルタの東方四五〇キロほどのところにあるジョクジャカルタ特別州クラテン県の出身だ。六歳を頭《かしら》に三人の子どもの父親で、長期間の巡視任務中はテレビのニュースをしょっちゅう見ていたと船長は言った。まるでわたしが彼の死亡記事を書く記者か何かのように、船長はマス・グンの半生と人となりをこと細かに語った。わたしは努めて明るく振る舞い、外務省が何とかしてくれるだろうと言った。「こんなこと、ぼくはもう経験済みだからわかるんですよ」わたしはそんなことも言ったが、実際には沿岸警備隊が隣国の主権海域に侵入したところも、武装船同士が交戦寸前になったところも見たことはない。

窓の外を見つめるサムソン船長の横で、わたしは何も言わずに座っていた。ヴェトナム沿岸警備隊との火花散るにらみ合いで先に眼をそらしてしまったことに、船長の心は苛まれ続けていた。「おれたちには大勢のヴェトナム人たちをしょっ引いてきた」船長はようやく口を開き、そう言った。そのときにはもう通訳は目を覚ましていて、そばにいてくれた。ヴェトナム側が見せた、これまでとはまったく違う強気な態度にまだ面喰らっている船長は、やつらもとうとうキレたのかもしれないと言った。「アリだって踏んづけられそうになったら歯向かってくるからな」そんなことも船長は言った。

＊

インドネシア海洋水産省の人員が拘束されたのは二〇一〇年以来のことだ。前回のケースでは、シンガポール海峡に面するインドネシア領のビンタン島付近の同国の主権海域で違法操業していたマレーシアの五隻の漁船を、インドネシア側が拿捕した。ところが拿捕した漁船を港に護送する途中でマレーシア海上法執行庁の巡視船が出現し、漁船に乗っていた三人のインドネシア側の捜査官を拘束した。「向こうのほうが武力に勝っていた」拘束された三人のなかの一人のセイホ・グラド・ウェウェンカンはそう言う。彼とはバタム島で会って話を聞いた。「だからやつらに言われたとおりにした」送還についての外交交渉がまとまるまでのあいだ、三人は勾留所に三日間収容された。

しかしこうした突発的な対立は、たいていの場合は現場で解決するとサムソン船長は言い、二〇〇五年の自身の体験を例に挙げて語ってくれた。そのとき船長は数隻の中国漁船を拿捕したのだが、やってきた中国海警局の三隻の艦船に包囲され、拿捕した漁船に乗っていた三人の部下を拘束されてしまった。すぐさま交渉が行われ、拿捕した漁船を乗組員ごと解放することで話がまとまると、中国側はすぐさま拘束した部下たちを返した。中国側が現場に襲来してから解決まで一五分もかからなかった。「中国のほうがよっぽど手際がいいよ」サムソン船長はそう言う。

バタム島の海洋水産省管轄の港はポンティアナックのそれと大差なく、やはり沈みかけた数十隻の漁船がひしめいていて、そのほとんどがヴェトナムの「ブルーボート」だった。スラメットというこの島の「保護施設」の所長も、サムソン船長と同じようにヴェトナム側の強硬姿勢に驚きを隠さなかった。

スラメット所長によれば、かつての拿捕対象はもっぱら重装備で喧嘩上等のタイ漁船だったが、二〇一三年以降はおとなしいヴェトナム漁船ばかりに遭遇するようになったという。しかも彼らは、一度も自国の沿岸警備隊に助けを求めたことはなかった。この年に潮目が変わったのは、この頃からタイの常習的な違法操業が海外で大々的に報道されるようになったからではないかと、所長は言った。

その頃からＥＵ（欧州連合）もタイにイエローカードを出すようになった。その後数年にわたりＥＵは、違法操業をはじめとした洋上での犯罪行為と強制労働が常態化しているタイの水産業界に対して、厳しい規制を課して浄化を促すよう警告を発し続けた。これを受けて、タイ政府は徐々に自国の水産業界を厳しく取り締まるようになったとスラメット所長は言う。その一方で、ヴェトナムも違法操業を繰り返し、漁船での暴行や労働搾取も横行しているのだが、海外メディアもＥＵもアメリカも、この国にはまったくと言っていいほど注目していないという。わたしがマス・グンのことを尋ねると、スラメット所長はこの件について語ることを拒んだ。「これはもう外交マターになっている」所長はにべもなくそう言った。

ヴェトナム沿岸警備隊とのにらみ合いから数日後、わたしはロードアイランド州にあるアメリカ海軍大学校の国際海事法教授で、南シナ海問題の専門家であるジェイムズ・クラスカ氏にメールで質問した。わたしはにらみ合いが起こった地点の座標を示し、そこがどこの国の主権海域なのか尋ねてみた。すると「わからない」という返事が返ってきた。主権海域の境界線は周辺諸国の同意がなければ引くことはできず、南シナ海ではインドネシアとヴェトナムのあいだで合意に達していないと、クラスカ教授は返信メールでそう説明してくれた[6]。

海の国境線がこれほどまでに曖昧なものだとは驚きだ。ヴェトナム側と対峙しているとき、サムソン船長は〈マチャン〉はインドネシアの主権海域にいると断言した。ポンティアナックの勾留所の看守たちにしても、自分たちは自国の海域で操業していたというヴェトナム人たちの言い分にまったく耳を貸さなかった。ところが、わたしが無線でやり取りしたヴェトナム側の士官も、ここの司法権は自分たちにあるときっぱりと言っていた。

地図に引かれている国境線は動かしようがないが、海の国境線と主権が及ぶ範囲は、ほぼ例外なく軍事力でいかようにも変わる。主権をめぐって対立が生じている海域では、最も強力な武力を持っていれば、誰でも無条件でそこを支配することができるということだ。その一方で、サムソン船長が逮捕したヴェトナム漁船の船長たちが言った「魚は国境なんか気にしない」という言葉にも説得力がある。海は五つの大洋と数十の大きな海に分かれていると思われがちだが、実際には巨大な一つの水の塊にしかすぎず、そこには境目もなければ法律も通用しない。そのことは魚も漁師たちもちゃんとわかっている。もっとも、政治家たちも海を取り締まる法執行機関の人間たちも、そんなふうには考えたがらない。

わたしは情報のふるい分けに着手し、今回の取材中に起こったことの全貌を組み立てていった。その手始めとして、まずは数々の出来事を最もシンプルかつ中立的な立場で描写する方法を探ってみることにした。インドネシア側とヴェトナム側の対立では、双方が相手側の人間を拘束した。その行為の正当性の根拠は？ にらみ合いが生じたのはどちらの主権海域なのだろう？ 法的に許される行為なのだろうか？ マス・グンに死ぬ思いをさせたのは誰だ？ さまざまな事実が二転三転し、こうした問いかけの答えはなかなか見つからなかった。そしてしばらくすると、この〝さまざまな事実〟はさらにつかみづらくなっていった。

拘束から六日後、ヴェトナム当局はマス・グンをインドネシアに送還した。「これは拘束事案ではなく救助活動でした」マス・グンの帰国後の記者会見で、インドネシア海洋水産省のリフキー・エフェンディ・ハルミジャント事務次官はそう述べ、ヴェトナム沿岸警備隊に侵略者ではなく救助者の役回りを与えた。その後のさまざまな取材でインドネシア政府は、マス・グンは拿捕したヴェトナム漁船を移送する任務にあたっていたが、彼が操船する漁船が途中で沈み出し、ヴェトナムの巡視船に救出されたと説明した。(7)

当然ながら、この会見内容は事実に反する作り話だ。インドネシア政府は、ヴェトナム漁船はインドネシアが主権を主張する海域の八〇キロ以上も内側にいたことを記者たちには言わなかった。ヴェトナム沿岸警備隊がマス・グンを「救助」しなければならなかったのは、彼の乗る漁船に自分たちが体当りしたからにほかならないという事実にも触れなかった。現場では白熱した交渉が何時間も続いていたことにも、交渉ではインドネシア側は拘束したヴェトナム人全員の解放を持ちかけたが、ヴェトナム側はマス・グンの引き渡しを拒んだことにも触れなかった。

わたしはスシ大臣に電話をかけ、この一件で政府がヴェトナムをかばっている理由をずばり尋ねた。「遺憾の意ならちゃんと伝えています。そしてヴェトナム政府は謝罪したんです。それに外務省も大事《おおごと》にしたくないと言っていますし」大臣はそう説明した。それでも自分としては、まだ腹の虫が治まっていないとも言った。そしてほんの一週間前にも省の巡視船がまたヴェトナムの「ブルーボート」の群をインドネシアのEEZ内で拿捕したと大臣は言った。

スシ大臣はこんなことも言った――わが国のEEZ内で違法操業していた中国漁船を何隻か拿捕して爆破すると、あの国はEEZの侵犯をやめた。それに引き換えヴェトナム政府は、違法操業を取り締まることができないか、それとも取り締まる意思を見せていない。わたしは大臣に、ヴェトナム側はあの海は自分たちの主権海域だから侵犯にはあたらないと考えているのではないだろうかと言った。すると大臣は笑い、こう言った。「彼らならそう言うでしょうね。でも海図には境界線がしっかりと示されているんですよ」

タイ本土から300キロ以上離れた南シナ海で操業する、タイ漁船のカンボジア人乗組員たち。年端もいかない子どもたちもいる。彼らの大半は人身売買の犠牲者だ。

さらに危険に満ちた洋上での取材に赴く前に、わたしはフロリダ州クリアウォーターのアメリカ沿岸警備隊基地を訪れ、1週間にわたって捜索救助チームのヘリコプターに同乗取材した。隊員たちからは海に落ちた場合の対処法を教わった。

タイ南部ソンクラーの港の近くにあるカラオケバー兼売春宿。人買いたちはこういった店を経営し、国外からの出稼ぎ労働者に眼をつけて漁船で働かせようとする。売春をさせられる女たちも漁船で働かされる男たちも、借金による束縛という罠に引っかかっている。大半は人身売買で国外から連れてこられた女たちは、やはり人買いに連れられて店にやってきた男たちに性サービスを提供して罠にかけ、最終的に漁船送りにする道具として使われている。

ソンクラー港に停泊するタイ漁船。甲板に積み上げられた樽には氷が詰まっていて、魚倉の冷却用に使われる。

違法操業と強制労働で悪名高いタイの遠洋漁業船団は、その大多数がカンタンを拠点としている。トラン川を下って海に乗り出していく大型遠洋漁船が何隻か見える。

タイ南部のカンタン港で魚を仕分ける労働者たち。

係争水域で拿捕したヴェトナム漁船の乗組員たちを巡視船に移す、
インドネシア海洋水産省の捜査官たち。

インドネシア側の巡視船の後甲板から海に飛び込んで、ヴェトナム沿岸警備隊の巡視船をめざして泳ぐ男たち。今にも溺れそうな者もいる。写真の右隅には、インドネシア側の捜査官が操っていた、ヴェトナム側に体当たりされて沈みつつある漁船が見える。乗っていた捜査官はヴェトナム側に拘束された。

インドネシア海洋水産省の巡視船〈ヒウ・マチャン1〉。係争水域で拿捕したヴェトナム漁船、通称「ブルーボート」が脇に見える。逮捕された数十人の乗組員たちは〈マチャン〉の後甲板に拘束されたが、その多くがのちに海に飛び込んで脱走を図った。

ソマリアの民兵たちのなかには、16歳以下と思しき子たちもいる。

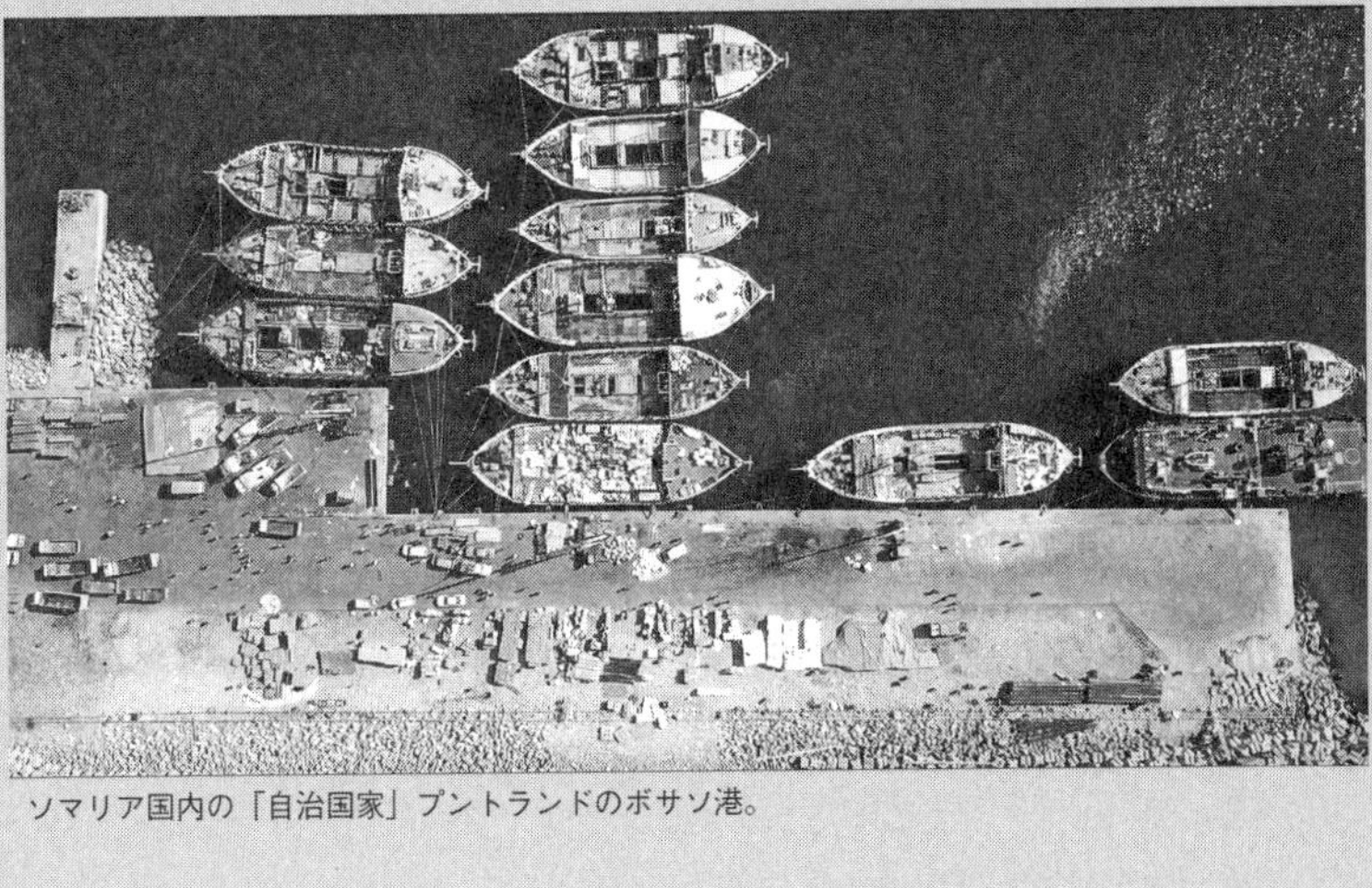

ソマリア国内の「自治国家」プントランドのボサソ港。

13 荒くれ者たちの海

事実、海は、野蛮な無定形と無秩序の状態である。文明とは、そのような状態から脱したものであり、もし神々と人間とが努力してそれを守らなければ、いつでも逆行する危険がある。(1)

W・H・オーデン『怒れる海』

空は明るく澄みわたり、海は暗く波打っている。波間に、一人の男が浮かんでいる。男は必死になって両腕を振り、まわりを取り囲んでいる船の乗組員たちに向かって何かを訴えている。ほかにも何人かの男たちが海に浮いている。全員ライフジャケットを着けておらず、転覆した木造船と思しき残骸にしがみついている者もいる。男たちの周囲に停船しているのは、数隻の白い大型マグロ延縄《はえなわ》漁船だ。その甲板にいる乗組員たちは、誰一人として海に浮かんでいる男たちを助けようとはしていない。どうやら救助に来たわけではないみたいだ。海に浮かぶ男たちの一人が両手を高く掲げ、手のひらを広げて乗組員たちに示している。降伏の意思を示しているようにも見える。と、その後頭部を一発の銃弾が貫き、男はがくりとうなだれる。男のまわりの青い海水に深紅の雲がわき起こり、じわじわと広がっていく。

この一発をきっかけに、スローモーションの虐殺が一〇分以上にわたって展開される。漁船の機関が立てる騒々しいアイドリング音が鳴り響くなか、乗組員たちは四〇発以上の銃弾を撃ち込み、海に浮かぶ男たちの処刑を手際よく進めていく。「おれは五発撃ったぞ！」乗組員の一人が中国語で声を張り上げて自慢する。スマートフォンで自撮り《セルフィー》をしている仲間たちがげらげらと笑う。

これは、二〇一四年の末頃に国際刑事警察機構（ＩＣＰＯ）内の情報提供者が「閲覧注意」という件名のメールで送ってきた動画の内容だ。わたしはそのメールを開き、何やら怪しげな映像を確認してみた。そして眼にしたものの衝撃に打ちのめされ、椅子にぐったりともたれ込んだ。漁船の乗組員たちがひどい暴行を受けている現場なら、タイの漁船で働かされていたカンボジア人のロン・ランのときのように、海上での強制労働の実態を報じる過程で目撃したことがあるし、海の上では血も涙もない殺人行為が横行しているという話も、それこそ何度も耳にしてきた。それでもノートパソコンの画面上に映し出されたものは、そうした行為とは違った――大物を仕留めたハンターのようにこれ見よがしにはしゃぐ殺人者たちが見せる、剝き出しの醜悪さだった。この虐殺事件についてはまったく何もわかっていないというメールの本文も恐怖を倍増させた。ドローンもあればＧＰＳもあり、ビッグデータもクラウドソーシングも活用できるこの時代に、法執行機関が加害者も被害者も特定していないどころか、殺戮が行われた場所も日時もその動機もつかんでいないなど考えられないことだった。

陸《おか》とは違い、海での犯罪行為はめったに映像に収められることはない。多くの国の漁業現場では、甲板員の携帯電話は没収される。わたしが海の上で再三眼にしてきた行為が今でもなくならない理由の一つはそこにある。何かしらの映像がユーチューブにアップロードされなければ、そうした行為や出来事は起こらなかったことになってしまう。わたしが見た動画は、ほとんど撮影されることのない、海上での惨たらしい犯行の模様をとらえており、幅広い怒りを引き起こしてしかるべきものなのだが、憤怒の火勢は弱いように思えた。

この動画に収められた証拠をもとにして、事件の全容を明らかにしよう。わたしはそんな覚悟を決めた。何事においても、しっかりと力を尽くせば運は開けてくるものだ。もっとも実際のところ、この件

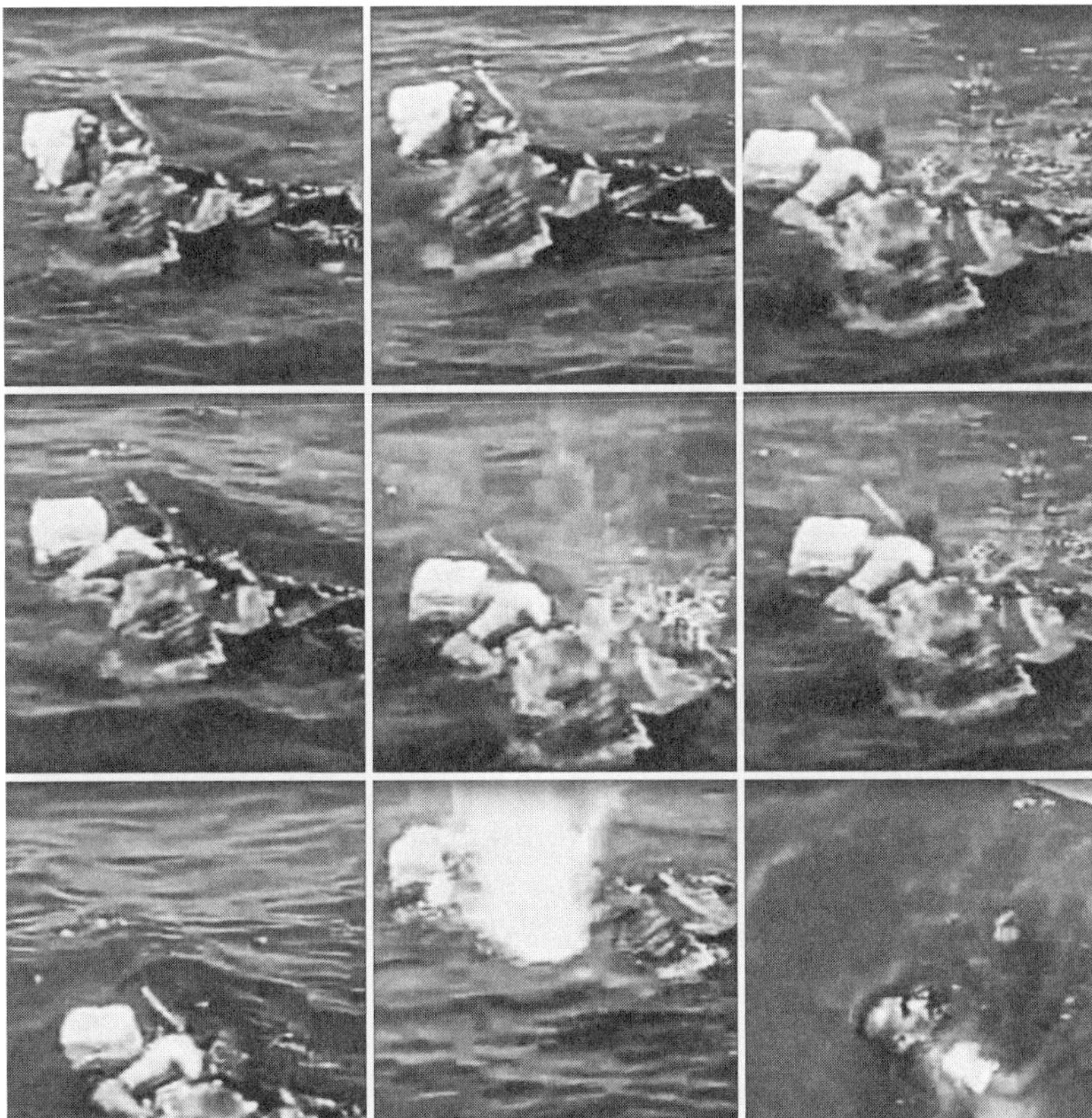

転覆した小型船の残骸にしがみついた途端、銃で撃たれる男。フィジーのタクシーに置き忘れられた携帯電話の中には、少なくとも４人の丸腰の男たちが台湾船籍のマグロ延縄漁船の乗組員たちに射殺される動画が入っていた。

に関しては多くの運が必要になるだろうが……

この事件はさまざまな意味でおかしなことだらけだった。動画には少なくとも四隻の漁船が映っていて、何十人もの乗組員が殺害現場を目撃していたにもかかわらず、その状況は謎のままだ。この事件を通報した者は一人もいない。たしかに海事法には通報義務は示されていないし、航海中に見聞きしたことを船員たちに自発的に申告してもらう明確な手順も存在しない。法執行機関がこの事件のことを知ったのも、二〇一四年にフィジーのタクシーに置き忘れられた携帯電話のなかの動画がインターネット上に投稿されたからにすぎない。

誰かがこの携帯電話をうっかり置き忘れなければ、マグロ漁船の目撃者たちと実行犯たちを別として、この犯罪行為が知られることはなかっただろう。証拠もなければ死体もなく、容疑者もわからない状態では、どの国の政府が責任を持って——そんな責任があったとして——この事件の捜査にあたるべきなのかわからない。台湾の漁業を管轄する行政院農業委員会の漁業署は、動画に映っていた漁船のなかの一隻は台湾船籍だと認めたうえで、殺された男たちは襲撃に失敗した海賊たちだとわたしに言った。しかし海上警備の専門家たちによれば、海賊は殺人行為をごまかす格好の言い訳として使われることがあるという。おそらく実行犯たちは漁場争いが生じている海域で操業する漁師たちで、殺されたのは彼らに反抗して海に投げ込まれた乗組員か、獲物や餌を盗んだ泥棒たちだろうと専門家たちは言った。

「裁判なしの死刑と呼ぼうが自警活動と呼ぼうが過剰防衛と呼ぼうが自由ですが」国際的な海員組合マスターズ・メイツ&パイロットの弁護士のクラウス・ルータ氏はそう前置きしたうえでこう語った。「これはどこからどう見ても海上での殺人です。そして結局のところ、どうしてこんな行為が海では許されるのかという問題に行き着きます」

かつてないほど大量の船舶が行き交う現在の海では武装化が進んでいて、その分、危険もかつてないほど増している。海賊の活動範囲が大幅に広がり、政府機関による海上警備活動が追いつかなくなってしまった二〇〇八年以降、商船の大部分は民間海上警備会社（ＰＭＳＣ）を雇うようになった。海の軍拡競争はとどまるところを知らず、その結果、銃と兵器は海のあちこちで普通に見られ、ついには「武器保管船」という隙間《ニッチ》産業が誕生するに至った。武器保管船とは武器庫と兵舎を兼ねた船舶で、危険度の高い海域で活動している。アサルトライフルをはじめとした何百丁もの小火器とその弾丸を積載し、乗船する警備員たちはひどい環境の船内で、場合によっては何カ月も暮らし、次の出動を待つ。

　ほとんどの商船が武装警備員を配備するようになったおかげで、たしかに海賊による大型コンテナ船の襲撃は二〇一一年以降激減している。それでも海賊以外のさまざまな暴力行為は広く存在し続けている。海上警備機関と保険会社の推計によれば、西アフリカ沿岸やインド洋をはじめとしたさまざまな海で、年間何千人もの船員たちが略奪されたり襲撃されたりし、数百人が殺害され誘拐されているという。

　海で起こることは、正義の味方対悪者という単純な枠組みで語ることはできない。海賊行為と警備活動の境界線が曖昧な場所が、海には存在するのだ。たとえばベンガル湾のバングラディシュ沖を縄張りとする武装集団は船長たちにみかじめ料を要求し、航行の安全を約束する。海上保険会社によれば、ナイジェリアでは海上警察と燃料泥棒がぐるになって活動しているという。ソマリア沖では、以前は大型船舶を標的にしていた海賊たちが「警備活動」に転身して外国や国内の漁船に乗船し、武装した相手の攻撃をかわしたりライバル漁船に発砲して追い払ったりして、真っ当な仕事をしているという雰囲気を醸し出している。それでも彼らのやっていることは、素性がわかっている者同士の小競り合いであって、敵対する漁船団を一方的に虐殺するようなことはない。

正当な理由のない攻撃も日常茶飯事だ。世界各国は先を争うようにして海底に眠る手つかずの原油や天然ガスをはじめとしたさまざまな鉱物資源を探し、その所有権を主張している。その資源の価値が上がると、いきおい武力衝突も多くなる。高価な物資を積む輸送船は、危険が予想される海域を通行する際には武装警備員を乗船させる。地中海やオーストラリアの沖合や黒海では、難民や移民を乗せた人買いたちの船が商売敵の船に突っ込んで沈没させている。(2)

そうしたなかでも眼に見えて拡大しているのが漁船同士の暴力沙汰で、その内容も悪化の一途をたどっている。世界中のマグロ漁の大半の漁場では、政府による手厚い保護を受けている中国と台湾の漁船が数でほかの国々を圧倒していると、フィジーのマグロ漁船組合の組合長のグラハム・サウスウィック氏は言う。レーダーの性能が向上し、魚を引きつける人工浮魚礁(ＦＡＤ)が広く普及したことで、一カ所の好漁場に漁船が集中する傾向がさらに進み、その結果緊張が高まっている。「集まってくる漁船が多くなると、当然その分それぞれの漁獲量は落ちます。そうなるとみんな苛立って、諍いが始まるんです」サウスウィック氏はそう言う。「わりとよくあることなんですよ、いがみ合う漁船同士の殺人沙汰は」

＊

犯罪は、それが犯罪だと認識されなければ対策が講じられることはない。そして洋上での犯罪行為は、犯罪だと認識されても対策が講じられるとは限らない。アメリカ海軍情報局(ＯＮＩ)で海上犯罪を監視していたチャールズ・Ｎ・ドラゴネット氏による推算によれば、漁船での暴力犯罪の発生率は、タンカーや貨物船といった商用船舶でのそれの二〇倍を軽く超えるという。ところが各種国際機関、さらに言えばアメリカ海軍すらも、洋上での凶悪犯罪を広く取り締まろうとはしていないという。「犠牲者が欧米人じゃない限り、事件への関心は薄い。それがインドネシア人だったりマレーシア人だったりヴェトナム人だったりフィリピン人だったりしたら誰も気にかけない」ドラゴネット氏はそう語る。

過去に炭鉱での違法行為や性的搾取目的の人身売買事件や長距離トラックの運転手の死亡事故などを取材した際に、わたしはそれぞれの案件のデータベースを構築してきた。どのケースでも、だいたい二日ぐらいで読みやすい統一フォーマットに落とし込むことができた。海での暴力犯罪についても、やはりデータベースを作って全体像を把握しようとしてみたのだが、その作業が三週間目に突入したところで、これは今まで以上にとんでもない規模だということがわかった。

データの精査と取捨選択は大した問題ではなかった。そもそも玉石混交だということは最初からわかっていた。わたしはアメリカ沿岸警備隊捜査局（ＣＧＩＳ）やＯＮＩ、ＩＣＰＯ、研究者、そして人権団体などに問い合わせてみたが、そこから得られた情報はすべて部分的なものだった。最も役立つ情報を持っていたのは、保険金の請求案件の調査を海上保険会社に委託されている民間の調査会社だった。しかしそこは民間の悲しさで情報の提供には消極的で、たいていの場合は個別の案件については公表しないという条件への同意を求められた。

それでも、六〇〇〇件の犯罪報告書からなるデータベースを何とか構築することができた。情報の大半はＯＮＩと、OCEANUSLiveとリスク・インテリジェンスという二つの海上情報分析機関、そしてオーシャン・ビヨンド・パイラシー（ＯＢＰ）という研究機関から取ってきた。しかしでき上がったものは包括的なデータベースとは到底言えない、無法の大洋《アウトロー・オーシャン》の上っ面を断片的に切り取った程度のものだった[3]。たとえば、データにある犠牲者の数ははっきりしないものばかりだ。捜査もほとんど行われていないし、報道にしても詳細に欠いているからだ。陸《おか》の殺人事件なら、警察は墓まで掘り起こすというのに、海ではまさしく「死人に口なし」だと、ある関係者は言った[4]。

それでもデータベース上で最も直近のものとなる二〇一四年を見ると、二五〇人以上の船員が海賊もしくは強盗に襲撃され、西インド洋とギニア湾と東南アジアだけで五〇〇〇人以上が拉致されている。そして犯罪者の姿は千差万別だ――携行式ロケット弾《RPG》で武装して高速硬式ゴムボート《ゾディアック》で襲ってくる海賊。夜闇に乗じて忍び込む燃料泥棒。山刀《マチェーテ》を振りかざす盗賊。姿を偽って近づいてくる輩もいる――海洋警察のふりをして船を乗っ取る者たち。漁師を装う人買いたち。武器商人という裏の顔を持つPMSC。データベースにあるほとんどの案件は理解可能なものばかりだが、なかにはわけのわからないものもある。

犠牲者がある時点で加害者に変わってしまうこともある[5]。たとえば二〇一二年にスリランカで起こった事件では、女子どもを含めた一〇人の難民たちが人買いに騙されて漁船に乗せられた。難民たちはオーストラリアに行ってくれと求めたが、拒否されると乗組員たちに襲いかかり、四人を海に投げ込んで殺してしまった。

二〇〇九年には、南シナ海で操業するタイのトロール漁船で奴隷にされていた三人のビルマ人が海に飛び込んで逃亡した。彼らは近くを航行していたヨットに泳ぎ着くと、その所有者を殺して救命ボートを奪って逃げた。

洋上での凶悪犯罪の大半は国際社会から黙殺され、各国政府にしても自国の主権海域で発生しているのに軽視している。その経緯と理由は、ベンガル湾のバングラディシュ近海での実例を見ればよくわかる。この海域では、二〇〇九年からの五年間で毎年一〇〇人以上の船員や漁師が武装集団によって殺害され、さらには同じ人数が拉致されていると、地元メディアと警察当局は発表している。

バングラディシュ海域での武装集団による襲撃は、わかっている限りでは二〇〇〇年頃から顕在化し、焦眉の急となっている。報道では、二〇一三年には七〇〇人以上が殺害もしくは拉致され、その年の九月だけでも一五〇件発生している。ある襲撃事件だけで四〇人が殺害され、その多くは両手両足を縛られて海に放り出され、溺死したという。[6]

襲撃を繰り返す複数の武装集団は、ベンガル湾を航行する船舶からみかじめ料を取っていた。二〇一四年には、サンダーバンズという汽水域にある彼らの根城をバングラディシュの空軍と沿岸警備隊が急襲し、銃撃戦が繰り広げられた。

そんなバングラディシュ海域を、海運業界も世界中のメディアも海賊が跋扈する「危険な海」と見なした。この悪評にバングラディシュのディプー・モニ外務大臣は憤慨し、そうしたレッテル貼りは中傷にほかならないと断じた。そして二〇一一年の記者会見で「わが国では、海賊による襲撃事件はここ何年ものあいだ一回たりとも起こっていない、沿岸で起こっていることは些細な盗難もしくは強奪事件であり、その大半は盗賊《ダコイット》どもの仕業だ」と、いけしゃあしゃあと言ってのけた。

このモニ大臣の主張は、「海賊」の国際法上の定義に根ざしている。[7]「海洋法に関する国際連合条約」では、海賊行為は海岸線から一二海里（二二キロ）以上離れたその国の領海外で行われる略奪行為とされているのだ。同じ略奪行為でも領海内での犯行であれば、たとえそれが海賊と同じような惨たらしい所業であっても海賊行為とは見なされない。この定義を根拠にして、バングラディシュ政府は二〇一一年に海賊通報センターを運営する国際海事局（ＩＭＢ）に異議申し立てをした。クアラルンプールのダウンタウンにある海賊通報センターは、世界各国の政府や軍部や民間企業に海賊行為に関する統計情報を提供することを目的として、海運業界と保険業界が主に出資して一九九二年に設立された。

ＩＭＢへの異議申し立てのなかでバングラディシュ政府は、自国の海域に「海賊行為が横行する海」という烙印を押すことを甘受できないと主張した。そして悪評が広まった結果、バングラディシュおよびその周辺の港への航海の保険料が一件当たり五〇〇ドルから一五万ドルに跳ね上がったことについても不満を表明した。(8) IMBの対応は素早かった――貴国海域では略奪行為が横行している事実はあるものの、IMBとしてはウェブサイト上の貴国に関する文言にある「海賊」という言葉をすべて「略奪者」に修正する。

わたしの取材に対して、IMBのポッテンガル・ムクンダン局長はバングラディシュ政府の圧力に屈してウェブサイトを修正したわけではないと答え、こう言い訳した。「略奪が生じた地点による法的定義に基づいて『海賊行為』と呼ぼうが『略奪行為』と呼ぼうが、どちらも武装集団が船舶に無理やり乗り込んで、乗組員たちに危険をもたらす行為であることに変わりはない」IMBとしては、「略奪行為」が発生した正確な位置を割り出すつもりはないと局長は言った。そうした情報の開示は、往々にして周辺各国のあいだに軋轢をもたらすからというのが理由の一つらしい。わたしからすればそんな対応は、この問題を喫緊の課題でもなければ深刻なものでもないと思わせてしまう、官僚的なおためごかしでしかない。それに、海の境界線は往々にして曖昧だということは、わたしだってインドネシアでの取材でわかっている。

洋上での凶悪犯罪は、どうして包括化も一元化もされていなくて、しかも公表されていないのだろうか。この疑問を、わたしはオーシャン・ビヨンド・パイラシー（OBP）の当時の理事長だったジョン・ハギンズ氏にぶつけてみた。ハギンズ氏の説明によれば、海運会社も海上保険会社もPMSCも、さらには各国政府も旗国も、程度の差こそあれ追跡はしているという。そうした各組織に対して、OBPは一年近くにわたって情報の共有化を説得したが、結局どこからも同意は得られなかった。危機管理企業からは、売り物になる情報をどうして無料《ただ》で提供しなければならないのかと言われた。沿岸国の政府は、そんなことをすれば自国の海域が危険だという風評が立ち、経済に悪影響を及ぼすのではないかと不安視する。旗国が消極的な反応を見せるのは、自国の便宜置籍船が海賊に襲われてもほとんど何もできないどころか何らかの手を打つ気すらないに等しいのに、そうした情報が世に出たら対処する義務が生じるのではないかと思っているからだ。ハギンズ氏はそんなことを語ってくれた。

ＯＮＩの元士官のドラゴネット氏は、洋上での凶悪犯罪の追跡はかなり困難で、その取り締まりに至ってはそれに輪をかけて難しいと言った。訴追まで持ち込めることはめったになく、ＣＧＩＳの元捜査官によれば、その確率は一パーセントにも満たないという。理由は、保険をかけていない船が多いこと、そして海賊に襲われた船長は、当局の捜査による航海の遅延をひどく嫌がることにあるという。公海で警備活動を展開している軍隊や法執行機関が存在しないわけではないが、彼らにしても自国の旗を掲げていない船舶には相手の許可がない限り乗船できない。おまけに、大海原で何かが起こっても、自ら進んで話をしてくれる目撃者はほぼ皆無で、物的証拠は言わずもがなだ。

同じ凶悪犯罪でも、海と陸《おか》では扱いが常に異なる。「陸《おか》じゃ、締めつけが厳しかろうが地元当局がワルどもとつるんでいようが、どこの誰がどこのワルどもの餌食になって、その誰かは戻ってこないことは、結局誰かが知ることになる。でも海じゃ名前なんか一切出てこない。それが掟なんだ」ドラゴネット氏はそんなことを言った。

＊

洋上での凶悪犯罪の増加は、洋上での民間警備活動の活発化をもたらした。海はまさしく武装化しつつあり、かつてないほど銃に溢れている。ここ一〇年のうちに激増したソマリア沖での海賊行為により、多くの政府が商船の武装化と「海の傭兵」の配備を奨励してきた。それはつまり、海での武力行使は国家にのみ許されるという長年の慣行からの脱却を意味する。

その一方で、テロへの懸念が増した結果、世界各国は自国の領海内に持ち込まれる武器の数と種類を厳しく制限するようになった。この流れはパラドックスを生んでいる——自国の安全保障を重視する政府は洋上での法の秩序の強化を望んではいるが、海から武器が流入することは望んでいない。つまり自分の身は自分で守れと言っておきながら、その身を守る武器を自国の縄張りに持ち込むことは何人《なんぴと》であろうがまかりならぬ、ということだ。

　この二律背反的な状況を回避すべく海運業界が生み出したのが「武器保管船」だ。この船は基本的には武装警備員たちの洋上宿舎なのだが、同時に武器庫としても機能している。ＰＭＳＣにとっては、仕事が入るたびに人員を洋上に運ぶ手間を省いてくれる便利な存在だ。ＰＭＳＣが武器保管船に払う金は、武装警備員一人当たりの食事代と部屋代として一晩二五ドル程度でしかない。乗り込んでいる武装警備員たちは、その多くが半年から九カ月ものあいだ洋上で暮らし、なかにはさらに長いあいだ海にいる者もいる。その多くをイギリスとアメリカとスリランカの企業が所有する武器保管船は、ＰＭＳＣの顧客の船に一回当たり数千ドルで警備員を運ぶ仕事を請け負う。武装警備員として雇われた男たちはこの船に乗り込むと、まず持ち込んだ武器類を鍵のかかった武器庫に預けることになる。そのあとは仕事が入って商船に乗り込むまで船で待機する。場合によっては数週間も待つことがある。

　二〇一五年の冬、わたしは『ニューヨーク・タイムズ』の専属カメラマンのベン・ソロモンを伴ってオマーン湾に飛び、武器保管船を何隻か訪れた。そのなかの一隻で、セントクリストファー・ネイヴィス船籍で二十数名の武装警備員たちが乗る〈レゾリューション〉には数日乗船した。そんなある日の晩、アラブ首長国連邦（ＵＡＥ）の沖合四〇キロで投錨していた〈レゾリューション〉の後甲板で、わたしは数人の武装警備員たちと話を交わした。過去に海賊と遭遇したときの武勇譚をそれぞれ披露し終えると、話題は全員が抱いている懸念に移った——年間売上が一三〇億ドルの規模にまで急成長している海上警備産業では、経験不足の人員がどんどん増えているという(9)。

オマーン湾に投錨するセントクリストファー・ネイヴィス船籍の武器保管船〈レゾリューション〉。武器保管船は危険度の高い海域で活動している。

「学士号の証書を渡された赤ん坊みたいにぽかんとしてたよ」自動小火器を渡したときの新人たちの反応を、ある男は不満もあらわにそう表現した。新人たちの大半は戦闘経験がなく、英語が流暢に話せることが採用の必須条件なのにまともに話すことすらできないという。いきおい、銃器の清掃の仕方も修理の仕方もわかっていない。採用されてこの船に乗り込んできたときに、自前の銃弾をジップロックや靴の箱に入れて持ってきた新人もいたという。そんな素人同然の男たちが採用されてしまうのは、会社側が必要最低限の審査しかしていないからだ。

傭兵の常として、彼ら武装警備員たちも雑多な男たちの寄せ集めだ。みな一様に口数は少なく、がさつな言葉を吐き、体つきは引き締まった筋肉質で、ぶっきらぼうでありながら気さくでもある。二十代の者もいる若手たちは、訓練ばかりで出動が少ないことにあからさまに愚痴をこぼし、戦闘に加わって自分の技量を試し、手柄を立てたがっている。その一方で、四十代後半から五十代でほぼ占められる古兵たちはこの稼業に倦《う》んでいて、おしなべて人付き合いはよくない。彼らは海暮らしの退屈よりも故郷《くに》の家族と遠く離れていることに不満を漏らす。彼ら武装警備員たちは、ギリシア人同士、アメリカ人同士、インド人同士、エストニア人同士、イギリス人同士、南アフリカ人同士といった感じに同胞同士でつるむ。そしてほぼ全員にイラクとアフガニスタン、アフリカの紛争地域での従軍経験がある。どこからどう見てもマッチョな連中だが、それでいて船乗りの貌《かお》も持ち合わせている。船がどんなに揺れようが、さらにはそんな最中にコーヒーをなみなみと注いだマグカップを持っていようが、通路の壁や手すりに手をかけてバランスを取るようなことはしないし、コーヒーも一滴もこぼさない。取材に応じてくれた武器保管船の男たちは、今後の仕事に支障をきたすことを恐れて、数人を除いて匿名を望んだ。

全長四三メートルの鋼鉄製の〈レゾリューション〉は、紅海やペルシア湾やインド洋といった危険度の高い海で活動する数十隻の武器保管船のなかの一隻だ。こうした船は貨物船やタグボートや艀《はしけ》を転用したものが多い。海賊がわが物顔で跋扈していた二〇〇八年の時点で、武器保管船の武装警備員たちは出動中であろうが待機中であろうが一日五〇〇ドルを当たり前のように稼いでいた。ところがこの稼ぎは近年になってどんどん下がり、商船の警備に出動中こそ五五〇ドルだが、待機中は二五〇ドルしか出なくなってしまった。海域の脅威レベルが下がると稼ぎもさらに下がり、警備員の国籍構成も変化した。二〇一一年になると、西欧人とアメリカ人の大半は、月六五〇ドルでも文句を言わない者もいる東欧と南アジアの男たちに取って代わられた。

海上警備産業では、以前と比べたらうさんくさい会社は少なくなったという。〈レゾリューション〉に乗る男たちはこの船を業界のなかで最高だと言っているが、それでも若手たちは食事はまずいわ不潔だわWi-Fiはないわで、それに何よりも退屈だと文句たらたらだ。(10) それでも彼らのいちばんの不安

〈レゾリューション〉の食堂で食事をとる海上警備員たち。

は共通している——場合によっては死に直結する、コストカットがもたらす攻撃に対するまずい対応だ。海運業界は武装警備費の節約に走り、それまでの四人チームから、二人か三人の未熟な警備員のチームに切り替えたのだ。

もっぱらアメリカとイギリスと南アフリカの退役軍人たちからなる〈レゾリューション〉の〝チームリーダー〟たちは、戦闘経験が豊富な人員の重要性をわたしに説き、同じ銃撃戦でも海と陸《おか》とではまったく別物だと言い、その理由を語ってくれた。洋上での戦闘はまずもって戦術からして陸上のそれとは違い、経験の差が生死を左右することになるという。「陸《おか》だったら逃げるという選択肢もあるが、海では戦うしかないんだ」〈レゾリューション〉の武装警備員の一人のキャメロン・モートはそう語る。大海原では隠れる場所もなければ逃げる手段もないし、航空機による支援も弾薬の補給もない。襲撃者たちは必ず足の速い船で襲ってくる。揺れる船上では照準はつけづらい。警備する船にはサッカーフィールド数面分の長さがあるものもあり、二人や三人で到底カバーできるものではない。しかも複数のボートでさまざまな方角から襲いかかってくるとなればなおさらだ。

さらに言うと、脅威か否かの見極めもかなり難しい。かつても海賊の動かぬ証しだった自動小火器は、今では海ではごくありきたりなものとなっていて、危険な海域を航行するほぼすべての船に見られるという。密輸業者たちの船は攻撃を仕掛けてこないが、沿岸国当局のレーダーに見つからないように大型商船の陰に隠れたがる。漁船も大型船の背後をくっつくようにして追いかけてくるが、それはスクリューが巻き上げる海底の堆積物が魚を引き寄せるからだ。

「心配なのは、新入りが判断ミスしたりパニックになったり、早まって発砲したりすることばかりじゃない」そう説明するのは南アフリカ人の警備員だ。「とっとと撃たないとやばいことになることもある」引鉄を引くのをためらっているうちに、警告射撃や照明弾を打ち上げるタイミングを失うこともあれば、近づいてくるボートのエンジンを止める放水銃を撃っても無駄になってしまうということもなってしまった場合に銃を撃つときは、相手を必ず殺す覚悟で撃つしかないという。発砲をためらっているうちに逆に撃ち殺されてしまうよりも、さっさと撃って命拾いしたほうがいいに決まっている。そのことを、多くの武装警備員たちは「六人に担がれるよりも一二人に裁かれるほうがましだ」と、わかりやすく表現してくれた——六人とは葬式で棺を担ぐ人数、そして一二人とは裁判の陪審員の人数のことだ。

自国近海で自国以外の企業が武器を管理する武器保管船を、多くの国が問題視している。銃器を所持する武装警備員たちは海上で下船するわけにもいかないので、いきおいどこかの港まで航行しなければならないが、武器の持ち込みはほぼすべての港で禁じられている。しかし彼らは各国の領海では銃器を船に隠したり、当局の船が近づいてきたら海に捨てたりしてごまかしたりすることもある。

取材中のある夜のことだ。わたしとカメラマンのソロモンは小型船に乗り、一〇人ほどの警備員たちと一緒に別の武器保管船に向かっていた。午後一一時頃、船の二基の船外機の一つの調子がおかしくなり、船足が落ちていった。船長はおびえた表情を浮かべていた。何かまずいことになったのかと尋ねると、船長は「あれが見えるか？」と言い、左舷側に見える山がちな海岸線を指さした。そして「イランだ」と言い、潮の流れに押されて陸《おか》に近づいていると説明した。もう一つの船外機が止まれば、この船は五〇〇メートルほど先のイランの領海に流されてしまうと船長は言った。「重武装のイギリス人とアメリカ人だらけの船を笑顔で受け入れてくれるようなところじゃない」アメリカ人ジャーナリストのわたしがイラン政府の怒りを買うかどうかなど、訊くまでもないことだった。

船長がおびえるのも無理もなかった。二〇一三年十月十二日、〈シーマン・ガード・オハイオ〉という武器保管船がインドの領海に入った。アメリカのPMSC、アドバンフォート社所有の〈オハイオ〉の乗組員たちは、この船は武器を積載しているが、食料と水と燃料に欠くという「緊急事態」にあるとインド海軍に事前通告して、領海内に入る許可を得ていたとのちに語った。しかしインド政府は、この船の乗組員たちはそこまでの窮地に陥っていないと判断した。結局、乗っていた二五人の警備員と一〇人の乗組員たちは逮捕され、さまざまな武器の違法所持で訴追された。彼らは有罪判決を受け、幾度かの上訴を経たのちに五年の服役刑を科せられ、南東部の都市チェンナイの刑務所に収監された。[11]

「ニューヨーク市の一二海里（二四キロ）沖合を、何千丁ものマシンガンと重火器を積んだ船が野放図に漂っていたら、きみの国の政府も騒ぎ立てるんじゃないかね？」あるインド海軍幹部は、〈オハイオ〉に関するわたしの取材にそう答えた。[12]

しかしインドにも、武装した傭兵を乗せて自国近海にいる船舶を警戒するだけの、もっともな理由があった。二つの五つ星ホテルなどが襲撃された二〇〇八年のムンバイ同時多発テロでは、テロリストたちは海から襲ってきた。インド政府は同じことが起こるのではないかと恐れたのだ。そして〈シーマン・ガード・オハイオ〉事件の二年前の二〇一二年には、〈エリカ・レクシー〉というイタリアのタンカーの警備にあたっていた二人のイタリア海兵隊員が、海賊と勘違いして二人のインド人漁師を射殺するという事件が起きていた。発生位置は南インドのケララ州の沖合二〇海里（三七キロ）だった。〈エリカ・レクシー〉事件はイタリアとインドの外交問題となり、翌年の三月にはイタリアのテルツィ外務大臣が辞任する事態にまで発展した。外相は、海兵隊員たちをインドに送還して裁判にかけさせるという政府の決定は「わが国およびわが国の軍隊」の名誉を損なうものだとし、それに対する抗議として職を辞すると述べた。陸《おか》での国境紛争が外交関係に緊張をもたらすのに対して、海でのそれは往々にして命のやり取りをもたらす。この事実を、〈シーマン・ガード・オハイオ〉事件はあらためて見せつけた。

〈レゾリューション〉滞在中に、わたしは武装警備員たちに〈エリカ・レクシー〉事件についてどう思うか訊いてみた。拿捕される数カ月前まで〈オハイオ〉に乗っていたという男は、あの船の警備員たちの逮捕は不当だと断じたうえでこう言った。「泊まってるホテルが都市計画法に違反してるからって、宿泊客が逮捕されるはずがないだろ」逮捕された〈オハイオ〉の警備員のなかの六人が元イギリス軍人だったため、当時のイギリス首相だったテリーザ・メイは二〇一七年のハンブルクでのG20サミットで、六人をすみやかに釈放するようインド側に強く求めた。収監された男たちのなかの一人のジョン・アームストロングの妹のジョアン・トムリンソンは、インドでの裁判では兄たちの無罪を裏づける証拠が大量に提示されていたと、わたしのメールによる取材で憤りを爆発させた。「なのにいちばん重い量刑ってどういうこと？」[13] 怒りもあらわに彼女はそう綴り、あの判決は法じゃなく政治の力がはたらいた結果だと書き添えた。

海で対立が生じるのは国家間だけではない。武器保管船で暮らしている武装警備員たちのあいだにも諍いは起こる。なかでも争いの火種を始終抱えているのが、船内の環境が最低最悪な一部の船だ。陸《おか》に戻る連絡船でのことだ。〈レゾリューション〉を出て一時間後、連絡船は〈シーポル・ワン〉という武器保管船に立ち寄り、船を下りた男たちを乗せた。アヴァントガード・マリタイム・サービス（AGMS）というスリランカのPMSCが所有する〈シーポル・ワン〉は、わりと清潔で秩序も保たれている〈レゾリューション〉とは雲泥の差があるとの話だった。〈シーポル・ワン〉から下りた男たちは、いろんな話を聞かせてくれた。

彼らはスマートフォンで撮った船内の様子を見せてくれた――船内をわが物顔でちょろちょろするゴキブリ。八人の男たちが寝泊まりする、狭苦しくてごみが散らばる船室。ごみまみれなのはごみ捨て場が満杯だからだ。男たちはシャツの裾や袖をめくり、南京虫に咬まれて赤く腫れた点を見せてくれた。武装警備員たちが持ち込んだ銃器は武器庫にしまい込まれるので、武器保管船は武器が欲しい海賊たちの格好の標的になっている。武器保管船には、乗っている男たちや外敵から身を守る自前の武装警備員はいない。沿岸各国は自国の近海にいる武器保管船を何とかしたいと思ってはいるが、領海外で活動しているからほとんど手出しができない。おまけに、武器保管船の位置や数を管理する国際登録制度も、管轄する国際組織も存在しない。

武装警備員たちからは死人が出るような諍いの話は一つも出てこなかったが、一触即発の事態ならそれこそ掃いて捨てるほどあるという。〈シーポル・ワン〉から下りた男たちは、身の丈一九五センチで体重一四〇キロという超巨漢のラトヴィア人の話をしてくれた。船のトイレの窮屈な個室に収まらないほどの図体なので、その男はシャワールームで用を足していた。自分で掃除しろと言われても拒み、無理やりやらせようとする相手には誰彼構わず挑みかかっていったという。

〈シーポル・ワン〉の男たちは二日前に起こった揉め事のことも話してくれた。南アフリカ人チームの二人とチームリーダーとのあいだの言い争いがヒートアップして、数人が止めに入らざるを得なくなったという。そもそもの原因は、彼らは所属するPMSCに置き去りにされてひと月のあいだ給料ももらえず、さらには港に戻る手立てもないところにあった。

　警備員たちがおしなべて不満を口にするのは退屈さだ。退屈には、あるはずのない「重力」がある。その重力に長いあいださらされていると、人間は圧《お》し潰されてしまう。その重力がどこよりも重く感じられるのが武器保管船だ。そう感じられる一因は、この船がずっと投錨しているところにある。目的地があるとか航行しているとかであれば、出動待機中に感じる重力は軽くなる。彼ら武装警備員たちは、一般的な船舶の乗組員たちに見られるまとまりに欠けるところも原因の一つだ。彼らは所属するPMSCがそれぞれ異なり、出身国も異なれば人種も文化も異なる。このバラバラ状態に彼らは互いに不信感を募らせ、やがて男性ホルモンが暴走してマッチョな荒々しさの見せ合いに発展してしまう。

　退屈は武器保管船を「魂の圧力鍋」に変えてしまうと表現したのは、わたしが話を聞いた一人のケヴィン・トンプソンだ。おれたちが癇癪持ちになった理由《わけ》を知りたきゃ、まずは退屈がどれほどのストレスになるのか考えてみろ――トンプソンはそうも言った。

　もって行き場のない退屈を、武装警備員たちはもっぱらウェイトトレーニングと（たいていはステロイド剤の力を借りる）アルコールで（船に乗り込んだときに持ち込む）紛らわせている。自分たちで考えた、子どもじみて危険なゲームで無聊《ぶりょう》を慰めることもある。「バウ・ライディング」は、波が甲板を叩きつけるような嵐の最中に船首《バウ》まで歩くというものだ。「ロデオ」はバランス感覚と持久力を競うゲームだ。やはり海が荒れているときにトレッドミルに乗ってスピードをどんどん上げていって、どれほど長く走っていられるか競い合う。ジョギングが趣味のわたしは並外れた「ロデオ」プレイヤー気取りでいたが、おかげで痛い目に遭わされた。わたしがなかなかやると見ると、男たちはゲームレベルを上

オマーン湾に投錨する武器保管船での待機中にスパーリングに興じる武装警備員たち

げ、灯りを消して真っ暗にしたのだ。この「ナイトロデオ」モードはあっという間にゲームオーバーになってしまうことが多い。

船内の空気がいくらかは穏やかだった、ある日の午後のことだ。わたしは三人の武装警備員たちと一緒に〈レゾリューション〉の上甲板に座っていた。わたしはｉＰｈｏｎｅを取り出すと、台湾のマグロ延縄漁船の乗組員たちが海に浮かぶ男たちをなぶり殺しにする動画を見せた。警備員たちは寄ってきて、一〇分二〇秒の惨劇を何も言わずに食い入るように見た。ｉＰｈｏｎｅの小さなスピーカーは男たちの絶叫と銃声を流し続けた。無言のまま恍惚とした表情を浮かべている三人とのあいだに、わたしは大きな隔たりを感じ取った。武器保管船の状況や暮らしぶり、さらには洋上での凶悪犯罪の脅威のことなら簡単に駄弁《だべ》ることはできた。が、これはそんなものとはまったく違った。隔たりを感じた瞬間、わたしはもう彼らの仲間ではなくなった。彼らが話したくないことを訊くジャーナリストに戻った。ここにいる男たちは、危険で時として過酷な海の掟に従って生きている。そしてそのことをわたしが理解しているかどうかについては、彼らは明らかに判じかねている。

ようやく一人がｉＰｈｏｎｅから眼を離して椅子にふんぞり返ってこんなことを言い、ぎこちない沈黙を破った。「おれならこんなやり方はしないが、でも珍しくないよ、こんなこと」

＊

〈レゾリューション〉での滞在取材では、海には「ガンマン文化」が根づいていることがよくわかった。その一方で、死にゆく様子を動画に撮られた男たちの身に起こったことについては、武装警備員たちもこの話題には口が重かったこともあって、まったくわからなかった。オマーン湾から戻ると、わたしはこの件の調査に本腰を入れて着手した。出発点は、動画を撮った携帯電話が見つかったフィジーにした。しかしこの島国の警察当局からは有益な情報を得られなかった。実際のところ、フィジー警察はこの虐殺にはフィジーの漁船は関わっておらず、起こったのも公海上だと判断し、すでに捜査を終了させていた。

フィジー警察とのやり取りを、わたしは海上情報分析機関OCEANUSLiveの理事長のグレン・フォーブス氏に伝えたが、理事長は驚いた様子を見せなかった。こうした事件を政府が捜査する場合、その目的は犯人を見つけることではなく事件そのものから距離を取り、捜査責任を回避することにあるとフォーブス氏は教えてくれた。

動画の内容からは、どの国が捜査責任を負うべきなのか特定することは難しかった。中国語とインドネシア語とヴェトナム語を話す男たちが映ってはいるが、その国籍までは特定できない。海に浮かぶ男たちを取り囲む三隻の漁船からも、そのなかの一隻の側舷に中国語で「安全第一」と記されていたこと以外にあまり情報はない。決定的な手がかりは、背後に映っていた四隻目の漁船にあった。船体に記されていた識別番号から、台湾船籍の七二五トンのマグロ延縄漁船〈春億《チュンイー》２１７〉だと判明したのだ。

世界最大級のマグロ漁船団を擁する台湾の水産業界は、この国の政治にきわめて強い影響力を持つ。わたしは台湾に赴いて〈春億２１７〉の船主を探し、林育青《リンユィチン》という人物にたどり着いた。林氏は十数隻のマグロ漁船を所有し、台湾区マグロ組合の理事を務めていた。林氏はフィジー海域での虐殺の現場に〈春億２１７〉がいたことを認めたが、氏が所有する別の漁船もその場にいたかどうかはわからないという。「〈春億２１７〉の船長は、すぐさまその場から立ち去った」林氏はそう言った。

わたしは林氏にさらに迫った。しかし氏は、〈春億２１７〉の乗組員たちについては一切詳しいことを語ろうとはしなかった。台湾の警察当局はフィジーでの事件について氏の会社に問い合わせていたのだが、そのあとに〈春億２１７〉の船長に提出させた報告書も見せてくれなかった。自社が所有する漁船にはスリランカのＰＭＳＣから派遣された警備員が乗船していると氏は言ったが、そのＰＭＳＣの名前も明かしてはくれなかった。

この件の捜査にあたっていた台湾の検察庁にも話を聞こうとしたが、ノーコメントだった。しかし行政院農業委員会の漁業署の関係者二人がのちに教えてくれた情報によれば、林氏の会社のマグロ漁船への乗船を許可されたＰＭＳＣはアヴァントガード・マリタイム・サービス（ＡＧＭＳ）だという。オマーン湾で活動する武器保管船で、環境が劣悪だというあの〈シーポル・ワン〉を所有する企業だ。ＡＧＭＳは〈春億２１７〉の警備員についても〈シーポル・ワン〉についても回答を拒んだ。

漁業署の蔡日耀《ツァイリーヤオ》署長にも取材したが、署長は〈春億２１７〉の乗組員名簿も船長の名前も、そして航海記録も明かすことを拒み、無抵抗のまま殺された男たちはおそらく海賊ではないかと言った。「何が起こったのかはわたしたちにもわかりません。したがって、あの行為については法的判断を下すことはできないんですよ」蔡署長はそう強調した。〈春億２１７〉が操業するインド洋の漁業免許の発行を管轄するインド洋マグロ類委員会（ＩＯＴＣ）と、やはり漁業免許を出しているセーシェル政府にも連絡をとってみた。双方ともなしのつぶてだった。

四方をノーコメントの壁に囲まれてしまったこの状態は、歯がゆいどころの話ではなかった。ジャーナリストという仕事では、言い逃れで煙に巻かれることなど日常茶飯事だ。それでも長年にわたる調査報道の経験から、たいていの場合はそれなりの地位にある協力的な人物が見つかって、その人物がいろいろと手を回してくれて、最終的には何かしらの必要な情報を入手できることはわかっていた。企業にしても政府にしても風評被害を恐れ、記者の取材に対して一応は最低限のコメントを出してくれる。しかし倫理と道徳の羅針盤《コンパス》が社会一般のそれとは違う方角を指している海に生きる人びとは、自分たちへの悪評など歯牙にもかけない。

空振りが何週間も続いた。海運業界を相手にする弁護士にこのことを愚痴ると、あなたは業界で言うところの「海のメリーゴーランド」に乗ってしまっていると言われた。海での悪事については誰もが口を閉ざす。口を開くとすれば、それは誰かほかの人間にたらい回しするときだけだ。それが一般社会から隔絶された海に生きる人びとの習わしなのだ。この弁護士の説明に、わたしは自分が海の世界では部外者なんだとあらためて思い知らされた。しかし船舶の同乗取材は船長の同意がなければできないが、陸《おか》にいる船主たちへの取材は誰かの許可を得る必要はない。

最後に悪あがきしてみようと思い、わたしは〈春億217〉とその他の疑わしい漁船についての記録を集めてみた。すると有益な情報が出てきた——〈春億217〉は、〈春億237〉と〈屏新《ピンシン》101〉という二隻と登録住所が同じだったのだ。さらに掘り下げて調べてみると、〈春億〉の名を冠した漁船は七隻存在することがわかった。そのすべてが全長五二メートルから五八メートルというほぼ同じサイズで、五隻がセーシェル船籍で、残りの二隻は台湾船籍だった。

注目に値する情報だった。わたしが話を聞いた専門家たちは、殺戮の現場にいた三隻の漁船は、おそらく同じ船主が所有する「姉妹船」だろうと口を揃えて言っていた。アメリカ沿岸警備隊の元捜査官はこう言った。「銀行強盗は見知らぬ者同士でやらないものだ。あなたが探している犯人たちは、〈春億217〉と何らかのつながりがあるはずだ」鋭い指摘だったが、それでもまだまだ足りなかった。もっと大きな突破口が必要だった。

＊

わたしが書いた洋上での銃殺事件の記事は、二〇一五年の七月に『ニューヨーク・タイムズ』に掲載された。しばらくすると、ＯＢＰのジョン・ハギンズ氏が連絡してきた。ハギンズ氏もまた、この事件がほったらかしにされていることがどうしても引っかかり、殺された男たちは海賊だったという台湾の水産会社の公式発表を疑問視していた。[14] 氏は例の動画をつぶさに検証して、男たちが海賊ではないことを示唆する手がかりをいくつか見つけた。「辻褄の合わないことばかりなんですよ」とハギンズ氏は言った。

たとえば浮かんでいた船の残骸は、海賊がもっぱら使っている小型船やモーターボートにしては大き過ぎる。むしろ紅海とインド洋で漁船として使われることが多い、大きな三角帆を備えたダウ船によく似ている。

ダウ船は、馬力のある機関を積んだ漁船や貨物船に追いつくことができるほどの船足は出せないので、普通なら海賊は使わない。それでも使うとすれば二隻が必要だ。夜に二隻のあいだに張ったロープを航路上に垂らして、通りかかった漁船か貨物船の船首に引っかかるのを待つ。二隻はロープに引っ張られるかたちで獲物に近づき、引っかけフックを使って乗り込むのだ。しかし動画は昼間に撮影されたもので、ロープらしきものも映っていない。

沈みつつある船は旗を掲げていて、これも海賊としてはあり得ないことだとハギンズ氏は言う。緑と赤と白という旗の配色から、その船はソマリア北部のアデン湾に面する非承認独立国家ソマリランドか、もしくはイランのものと思われる。肌の色と顔立ちから、海に浮かんでいる男たちはインド人かスリランカ人かパキスタン人、もしくはイラン人の可能性が高いとハギンズ氏は言った。

記事が出たあとで新たな手がかりを追っていると、ある情報提供者がこんなことを言ってきた——殺された男たちが何をしていたかだなんて、どうでもいいことだろ。海賊だろうが謀反人だろうが商売敵だろうか盗人だろうが、死んじまえばみな同じじゃないか。なのにどうして調べる？[15]

ピント外れの意味不明な問いかけだった。あの男たちは、殺される直前まで何をしていたのか。わたしが知りたいのはその一点のみだった。この殺戮の現場を表現する「言葉」が肝心だった。海に放り出されるまでの彼らを表現する言葉は、何がいちばんしっくりくるだろうか？「逃げていた」だろうか？「わけがわからないうちに」だろうか？「襲撃していた」だろうか？それとも「略奪されていた」だろうか？彼らを殺す側の場合はどうだろう？「嬉々として」？「否応なく」？それとも「恐怖におびえながら」？どの言葉を使うかで、この惨劇は「血の報復」にも「自己防衛による殺人行為」にもなり得る。動画上で展開されている不法行為を、より正確に示す言葉もあるはずだ。「正義の鉄槌を求める報復」？「当然の天罰が下された」？「資本主義的暴力の過剰な発露」？「映画『猟奇島』のような人間狩り」？「縄張り争い」？わたしは長年にわたり、暴力を受ける側と、暴力を振るう側の動機を表現する言葉を探り続けてきた。それだけの時間と努力を費やした価値があったと信じている。

いくらもしないうちに、船舶の追跡と分析を専門とするノルウェーの調査機関トリッグ・マット・トラッキング（ＴＭＴ）内の情報提供者から連絡があった。ＴＭＴは、三〇〇隻以上の漁船を撮影した三〇〇〇点以上の画像データと例の動画を比較した結果、銃を撃っていた男たちが乗っていたマグロ延縄漁船のうちの一隻を〈屏新１０１〉だと特定したというのだ。ＴＭＴのトップアナリストのダンカン・コープランドとスティーグ・フィエルベルグは、縁取りの色や船体の錆、漁具と救命具の配置、舷窓の数、手すりの形状といった目に見える特徴を重点的に比較した。すると動画の中の一隻と〈屏新１０１〉が多くの点で一致したのだ。

ＴＭＴがＩＣＰＯに提出した報告書には、これは特殊なケースではないと記されている。ＴＭＴがネット上で発見した「ソマリア」というタイトルの九分間の動画には、インド洋のどこかで三隻のマグロ延縄漁船が一隻の小型漁船を執拗に追い回して体当たりする様子が映っていた。その動画はあの殺人動画が撮影される前に撮られたもので、三隻の漁船はセーシェル船籍の〈フォーチューン58〉と〈フォーチューン78〉、そして〈屏新１０１〉だった。
このＴＭＴの報告書を読むと、わたしが「海のメリーゴーランド」に乗せられてしまった理由が少しわかった。わたしはインド洋での漁業免許を発行しているセーシェルの当局とインド洋マグロ類委員会（ＩＯＴＣ）から何度も話を聞こうとしたのだが、どちらの口も重かった。報告書の中に、興味深い役職を兼任するランドルフ・ペイエットなる人物が登場する。このペイエット氏は〈春億２１７〉に関連するセーシェル企業の重役であり、その〈春億２１７〉に漁業免許を発行したＩＯＴＣの委員長でもあったのだ。

これは利益相反だけにとどまる話ではない。強い政治力を持つ人物が、洋上での殺人事件への関与が疑われる漁船のなかの、少なくとも一隻と密接なつながりがあるということでもあるのだ。「政治面から見て、このケースは慎重な対応が必要となるだろう」ペイエット氏と〈春億２１７〉のつながりについて、ＴＭＴの報告書はそう述べている。ペイエット氏は二〇一五年の十一月にＩＯＴＣの委員長を辞任した[16]。辞任理由は明かされていないが、由々しい関係がＴＭＴに暴露されてしまったからではないだろうか。

ふと気づくと、この洋上虐殺の謎に取り組むようになってから数カ月が過ぎていた。『ニューヨーク・タイムズ』の担当編集者から、次のテーマの取材を始めてくれと言われたのも無理もない話だった。それでもこの件から手離れする気になれずにいた。これほどまでに十分な証拠書類がある殺人事件を、そのまま黙って見過ごしていいものだろうか？　この件を〝お蔵入り《コールドケース》〟にしちゃ駄目だ。そう心に決めたわたしは、新たに発見した証拠をまとめ、誰かが活用してくれることを願ってフェイスブックにアップした。

それから一年ほどが経った頃のことだ。ナショナルジオグラフィック・チャンネルが「無情の海域

――沈みゆく真実を追う（Lawless Oceans）」と題した番組を放送した。わたしが追っていた洋上での虐殺を、カルステン・フォン・ヘスリンというフリーランスの調査員が解き明かすという内容だ。フォン・ヘスリンは台湾やタイ、インド、イラン、ソマリア、セーシェルなどで調査を敢行し、この恐ろしい事件を懸命に追う。彼は地元のジャーナリストや漁師を通じて情報を収集し、その出元を特定する。事件の目撃者とその犠牲者と思しき人物の家族、収監中のソマリアの海賊たち、そして匿名の政府高官たちにインタビューもする。この番組で、事件の調査は目を瞠《みは》るほどの進展を見せていた。わたしがどうしても見つけることができなかった突破口を見つけたのだ。

　トロント出身でロンドンを拠点にして活動しているフォン・ヘスリンは、企業の危機管理に特化したコンサルティング企業リスク・インテリジェンスのシニアアナリストを務めていた。そしてリモート・オペレーションズ・エージェンシーの代表でもある。同社の売りは「遠隔地での未解決事件の解決および危機対応活動といった〝ニッチ〟な分野を調査すること専門とする」だ。番組の中のフォン・ヘスリンは、一本気でマッチョな男として描かれている。ある回などは、ビーチを走る彼のスローモーションでエンディングを迎える。自身のインスタグラムには、ある男を殺人事件の主犯だと言い放ち、なじっている様子が投稿されている。「わたしの本当の力を見せてやる。おまえをぶっ潰す！」コメント欄にはそう書き込まれている。

　フォン・ヘスリンの強気な調査は実を結んでいった――目撃者を三人見つけたのだ。三人のうち二人はオルドリンとマキシモという、〈屏新１０１〉に乗っていたフィリピン人甲板員だった。マキシモは、動画の中で「ＨＵＮＧＴＥＮ《ハンテン》」のロゴがプリントされたネイビーのオーバーサイズのＴシャツを着て、笑顔でポーズを決めて自撮《セルフィー》りをしていた男だ。三人目の目撃者は、やはり現場にいた〈春億６２８〉の甲板員だったアンワルというインドネシア人だ。三人はファーストネームだけしか明かさないという条件で、ナショナルジオグラフィックのカメラクルーの前に姿を見せた。

　海に浮かぶ男たちを撃った日は、いつもと同じ朝を迎えたと三人の目撃者は言った。二〇一二年八月、彼らはインド洋のソマリアとセーシェルのあいだのどこかで操業していた。その日、近くにいる漁船が海賊に襲われているという無線が入ると、作業は突然中断された。どの漁船が襲われたのかははっきりしなかったが、〈屏新１０１〉と〈春億２１７〉と〈春億６２８〉は現場に向かった。

　現場では、三隻の漁船は一隻の小型船を取り囲んだ。怒号のやり取りが交わされた。小型船の男たちは丸腰のようだったと三人は言った。射撃が始まると、小型船の男たちは海に飛び込んだ。そのなかの何人かは、自分たちは敵じゃないと叫び出した。「ソマリア人じゃない！　海賊じゃない！」男たちはそんなことを言っていたとマキシモは語った。

　このときの〈屏新１０１〉の船長は王豊育《ワンフォンユイ》という台湾人だった。右腕に龍の刺青を入れ、船長にしては若い三十代後半の王《ワン》は、甲板員たちが陰で「暴漢船長」と呼んでいたほどの荒くれ者だった。「ミスをすると殴ったり蹴ったりした」オルドリンはそう言った。

　一九八九年建造で全長五〇メートル少々の〈屏新１０１〉の船主は、李曹屏《リーツァオピン》という上海の実業家だった。「刑務所のような場所だった」これは二〇一三年に〈屏新１０１〉がケニアのモンバサに入港していた当時に、この船の諸手続きを代行した代理店のダンカン・カウィノ氏がナショナルジオグラフィックに語った言葉だ。「寝具はなく、ベッドも小さい。マットレスはとても薄く、枕も何もなかった。すごく不衛生で、ゴキブリやシラミがあちこちにいた。キッチンにもいた。悲惨だったよ」安全対策もまったく取られていなかったという。「救命ゴムボートも浮き輪もない。消火器も最新のものではなかった」カウィノ氏はそう言った。

〈屏新１０１〉はソマリア海域で違法操業をしていたが、漁業免許があるセーシェルで獲ったマグロだと虚偽の申告をしていたとカウィノ氏は語る。〈屏新101〉と〈春億628〉には、それぞれ三人のパキスタン人警備員が乗っていたという。例の動画では少なくとも四人の男が射殺される様子が映っていたが、オルドリンとマキシモによれば、現場ではおそらく一〇人から一五人が殺されたらしい。

目撃者たちの証言はさらに続く。自分たちが撃った男たちは海賊のように見えなかったと彼らは言った。「丸腰だったし、船にも漁具しかなかった」マキシモはそう語ったが、それでも撃った理由はつまびらかにしなかった。「あの男たちを銃で撃ったことはよくないことだった。でも、おれにはどうすることもできなかった」あんなことはあのときに限ったことじゃないと、オルドリンは事もなげにさらっと言ってのけた、あの動画の惨劇の一週間前にも同じようなことが、夜中の午前三時頃にあったと彼は言った。なぶり殺しは珍しいことでも取り立てて驚くようなことでもないとでも言いたげな口ぶりだった。その一週間前もまったく同じ状況だった——海賊が出た、船をぶつけた、撃ち殺した、死体はそのまま海にほったらかしにした。この殺戮もあの動画の例と同じように、おそらく漁場争いが過熱した結果か、それともどちらかが張っていた網にどちらかが突っ込んで駄目にしてしまったかだろう。わたしはそう思った。

〈屏新101〉と〈春億628〉の船長たちは、乗組員たちに命じて人殺しをやらせるばかりではなく、ある時点で警備員の銃をひったくり、自分たちも銃殺に加わったという。「ぼくたちの船がいちばん多く撃ってたと思う」〈春億628〉に乗っていたアンワルはそう言った。〈屏新101〉に乗っていたマキシモは、警備員の一人は「撃ちたくない」と言っていたが、結局命令されて射撃を開始したと語った。「あいつらにだって家族があるんだ」その警備員は撃つ前にそう言った。「これはよくないことだ」

銃撃が続くなか、海にいた一人が銃火をくぐり抜けて船に戻った。機関を始動させたので、逃げようとしたのだろうと目撃者たちは言った。二隻の延縄漁船はすぐさま体当たりして、相手の船を粉々にした。「おれたちの船は追いかけてってぶつけたんだ」マキシモはそう語った。

そのあいだも、〈屏新１０１〉と〈春億６２８〉の乗組員たちは海に浮かぶ男たちを撃ち続けた。「あのあと？　いつものように仕事をしたよ」オルドリンは話を続けた。全員が作業に戻るよう命じられた。〈春億６２８〉の船長は携帯電話を全部取り上げ、殺戮の模様を撮った映像を一つ残らず削除した。ところが船長の指図に従わなかった者がいて、その男の携帯電話が動画を記録したまま、フィジーのタクシーの後部座席に行き着いたのだった。

*

洋上犯罪のご多分に漏れず、この虐殺事件は――もしくは事件の解決に必要不可欠な証拠は――海のもくずと消えた。〈屏新１０１〉は二〇一四年七月七日に沈没した。乗組員たちが救命ボートに乗り込むなか、船長は機械に原因不明の故障が生じたという遭難信号を発信した。その当時の二人の乗組員は、おかしなことこの上ない沈没だったとのちに語った。自分たちの船が沈んでいくというのに、船長と機関長は異様なほど落ち着き払っていたという。〈屏新１０１〉の沈没は、過去の虐殺行為の証拠隠滅工作の総仕上げだったのだろう。同時に、事故に見せかけた保険金詐欺でもあったのだろう。

「何かが爆発する音が聞こえた。何があったんだろうと見に行くと、浸水してた」アルジョンという乗組員はそう証言した。三時間後、〈屏新１０１〉の乗組員たちは付近を航行していた貨物船〈サム・タイガー〉に救助され、スリランカに移送された。それぞれの故郷《くに》に帰る前に、乗組員たちは一〇〇ドルを渡された。そして「暴漢船長」にこう言われたという。「警察に何か訊かれても、何も言うな」

フォン・ヘスリンは、あの動画に映っていた射殺された男たちの三人の身元を見事に割り出した――

その三人はパキスタン人の兄弟だった。三人の母親は息子を全員失い、孫たちを引き取って育てているという[17]。「息子たちはわたしの命でした。わたしはいつ立ち直れるんでしょうか?」母親はそう訴えた。

それから数カ月をかけて、フォン・ヘスリンは自分が見つけた証拠の数々を台湾とソマリアとセーシェルの法執行機関に提出しようと試み続けた。が、どの国も重い腰を上げようとはしなかった。動画に撮られた虐殺を主導した可能性が高い「暴漢船長」こと王豊育は、〈屏新101〉が沈んだのちも別の漁船で働いている。二〇一七年の時点で王は訴追されておらず、そして「海のメリーゴーランド」は回り続けている[18]。

14 ソマリ・セブン

世界が、あのちゃんとした法則のある理解可能な世界が、逃れていきつつあった。(1)

ウィリアム・ゴールディング『蠅の王』

また船外機が止まった。これで三度目だ。どう考えてもやばい――わたしたちを乗せた漁船は、ソマリアの海岸線から一キロ半ほど離れたところを漂っていた。このあたりでは、イスラム武装勢力アル・シャバブが頻繁に襲撃を繰り返している。二週間前にも二人が射殺されて数人が拉致されたばかりだ。イスラム国（ISIS）も出没している。そんな状況の陸《おか》に一時戻ることなど問題外だ。何しろ、わたしたち自身もそうした武装勢力の一員のような見た目なのだから。

三艘のボートに乗る総勢一五人のなかの七人は、わたしが二週間三〇〇〇ドルで雇った護衛班の一部で、肩からAK-47を吊していた。どれも全長一〇メートル足らずの船外機付きの木造漁船は船団を組み、大勢の男たちの重みに耐えながら航行していた。陽は落ちかかり、船外機はプスプス言い続けていた。

わたしたちはソマリ・セキュリティ・サービスという警備会社が所有する、軍艦並みの巡視船と落ち合うべく海を進んでいた。SSSの名で知られるこの警備会社は、プントランド・ソマリア国という、ソマリア北部にある自治政府の要請を受け、ソマリア沖で違法操業をする外国漁船を発見すべく巡視活動を展開している。ソマリアの海は海賊が跋扈する危険な海域だという悪評が広まって数年が経った今、プントランドが違法操業に強気の対策を取っているという話は格好のネタだと思えた。自国海域で漁業法を徹底させるべく、プントランド政府はプントランド海洋警察軍（ＰＭＰＦ）すら立ち上げ、民間のＳＳＳと協働して取り締まりにあたっている。プントランド当局は、巡視船までの足を自分で用意するなら同乗取材をしてもいいと言ってきた。そのときＳＳＳの巡視船はイエメンの真南、「アフリカの角」の先端にあるハボの沖合三キロほどのところに投錨していた。ハボまでの陸路はあまりにも危険なので海路で向かうことにした。

その日は出だしから幸先が悪かった。まず船に乗り込んだとき、二人が船の片側に寄ってしまうというミスを犯した。用意した三艘のちっぽけな漁船には燃料を入れた大きなドラム缶がそれぞれ一つずつ積まれているのだが、わたしたちの体重で船が傾くとドラム缶の中の燃料が動き、バランスが崩れて危うく転覆しかけた。海岸線に沿って一時間ほど海を進んだところで、わたしは警備員の一人から床に座って外から見えないようにしろと言われた。陸《おか》から数百メートルほど離れたところを進んでいたわたしたちは簡単に見つかるカモで、とくにわたしは金になりそうな人質にしか見えなかった。三艘は砂浜に並行して海を進んだ。砂浜の奥には、オレンジ色の灌木地がどこまでも広がっていた。

わたしが乗る船の舵を取るモハマドは、ドラム缶に差し込まれたホースの片側の口を一五分おきにくわえて燃料を吸い出し、燃料タンクにできるだけ移そうとしていた。いきおい燃料はいくらかこぼれてしまい、船底にたまっていた海水に混ざり、わたしの服とバックパックを濡らした。そのうちガソリンのにおいと排気ガスで頭がくらくらしてきた。ある時点で、カメラマンのファビオ・ナシメントはその油っぽい水に浸りながら仰向けになり、強烈な陽射しを避けて眼をつむった。二分ほど経ったところで

ソマリア国内の自治国家プントランド沿岸部の危険地帯を通過する際、わたしは陸《おか》からあまり見えないようにしろと言われた。

ナシメントが眼を開けると、警備員の一人が席を移動して彼の脇に腰を下ろしていて、装弾したAKをぞんざいに向けていた。銃口はナシメントの頭から五センチほどしか離れていないところにあった。

頭上のソマリアの太陽は、凶悪な乾いた熱でわたしたちを炙《あぶ》っていた――思考を停止させて短気にさせる、頭痛を引き起こす陽射しだった。ふと見ると、モハマドは船尾でタバコを立て続けにふかしている。服がガソリンまみれのわたしは、そんな彼からは距離を十分に取っておいた。三時間ほど経ったところで、わたしはモハマドにチューインガムを差し出した。話をするきっかけを作るためであり、話をするあいだくらいはタバコを吸わせないようにするためでもあった。それでも瘦軀にいかめしい顔を載せたモハマドはガムを断った。それでも吸いさしのタバコをあとでまた吸えるように揉み消した。そしてビニール袋を手に取ると、中身のカートの葉を取り出した。カートの葉は、嚙むと覚醒剤のような効果のあるソマリアの嗜好品だ。二艘の漁船を所有するモハマドは、腐敗したプントランド政府に不満たらたらだ。政府が外国漁船を厳しく取り締まっているという政府の主張もマスコミの報道も、彼は信じていない。だってよそ者どもは今でもこの海でわが物顔で漁をしてるじゃないかとモハマドは言う。

ＳＳＳの巡視船までは五時間かかるとのことだった。が、四時間半経ったところで船外機の調子が悪くなった。「ミスター・イアン、まずいことになった」モハマドはそう言い、警備員たちをちらっと見た。腐った牛乳のにおいをかいでいるような表情を浮かべている。その顔を見ただけで、どれだけまずいのかわかった。「わかってる」わたしはそう言い、船外機のほうに顎をしゃくった。するとモハマドは「もっとまずいことだ」と言う。彼の携帯電話に送られてきたＳＳＳの巡視船の新たな位置情報によれば、着くまでにあと九時間かかるとのことだ。どうやら安全上の理由から、わたしたちが海に出たあとに移動したとみえる。

安全重視で海路を選択したはずなのに、事態はあっという間に安全ではない方向に転がってしまった。このまま航行を続けると——エンジンの調子が戻ったとしてだが——海賊とアル・シャバブの活動が活発になる夜の海を進むことになる。しかし海賊よりもアル・シャバブよりも危険なのは海そのものだ。夜になると強い風が吹き寄せ、高さ一メートル半ほどのうねりを六メートルの波に変える。わたしたちの船は乾舷〔船べりから水面までの高さ〕が低くて浸水しやすく、それぐらいの波が来たら造作なく転覆してしまう。船外機にしても乗用芝刈り機程度の二五馬力しかなく、そもそも五人を乗せるようにはできていない。ましてや重量のある銃器と燃料で満タンのドラム缶を積んで、荒れる夜の海を進むとなればなおさらだ。

迷うことはない、ここは引き返そう。わたしはモハマドにそう告げた。モハマドはうなずくと、船外機の修理を続けた。もっともっとまずいことがあると考えているような面持ちだった。警備員の一人も妙に落ち着きをなくし、眼をきょろきょろさせ、銃をいじくり回している。アル・シャバブやＩＳＩＳのことが心配なのかと訊くと、その警備員は「いや、ＰＭＰＦだ」と答えた。わたしは大いに驚いた。

いちばん怖いのはテロリストどもじゃない、警察だよ。彼はそう言った。

＊

「無法の大洋《アウトロー・オーシャン》」の取材では、予想以上に危険な状況に追い込まれたことが、それまで何度かあった。今回のソマリア行きにしても、自分としてはかなりの危険を覚悟して臨んだつもりだった。この国の治安状態は、いくらかは改善したという話は聞かされていたが、それでもソマリアでは法執行機関も犯罪組織も変幻自在に姿かたちを変え、予測不可能な危険が遍在している。

旱魃と飢饉、内戦、海賊、そしてテロに蹂躙されるソマリアは、長らく「失敗国家」のお手本であり続けた。とくに海賊の問題は、二〇〇九年に起こったアメリカ船籍の貨物船〈マースク・アラバマ〉への襲撃と、その海賊たちがたどった末路の物語によって世界の一大関心事となった。海賊たちはこの船の乗組員たちを拉致して身代金を取ろうとしたが、アメリカ海軍の特殊部隊ＳＥＡＬｓの精鋭中の精鋭「チーム６」によって人質たちは救出された。この手に汗握る大活劇はハリウッドで『キャプテン・フィリップス』として映画化された。

妻のシェリーは、わたしの取材先についてはわりと無関心で、あまり不安に思っていなかった。少なくとも表向きはそうだった。ところが母は極めつきの心配性で、わたしが家にいるあいだは、次はどこに行くつもりだと質問攻めにした。そして最後には取材は次で終わりにしなさいと意見する始末だった。なので、ソマリア行きを準備しているあいだは、母には行き先をぼかして伝えていた。「アフリカの東のほうだよ。まずはケニアに飛んで、そこからあちこちを取材する予定なんだ」わたしは訊かれるたびにそう答えておいた。嘘ではなかった――すべてを正直に話していないだけだ。実際問題、「無法の大洋《アウトロー・オーシャン》」と題する本を書くのであれば、ソマリアのことを欠かすわけにはいかない。この国に触れないことは、生物多様性を語るうえでガラパゴス諸島について触れないこととほぼ同義だ。

しかし世界で最も危険な国に赴く本当の理由は、ソマリアが洋上の取り締まり活動で近年めざましい成果を挙げているといういいニュースを記事にすることにあった。事実、ソマリアの海賊被害は減少していて、商用船舶への襲撃は二〇一二年以降、一度も起こっていない。ソマリアとイエメンのあいだにあるアデン湾を通過するスエズ運河航路はかつての活況を取り戻しつつあり、三週間余計にかかる喜望峰航路を使ってアジアからヨーロッパに原油や貨物を運んでいた海運業界にとっては喜ばしい展開だ。運航会社と海上保険会社のなかにはソマリア海域を航行する船舶の警備要件を緩和し、武装警備員の配置人数を減らしているところもある。NATO（北大西洋条約機構）による海賊対処活動も二〇一六年十一月に終了した（ソマリア欧州連合海軍部隊はまだ活動を続けている）。

ソマリア海域で唯一活動している「政府機関」であるプントランド海洋警察軍（PMPF）は、密漁者や海賊たちと戦う正義の味方たる存在だ。PMPFと民間のソマリ・セキュリティ・サービス（SSS）によるタッグチームは、この国の海の取り締まり活動の新しいモデルを提示するものだ。近年にはケニア政府との共同作戦という異例の手に打って出て、見事〈グレコ1〉と〈グレコ2〉という常習違法操業船を拿捕した。(2) このギリシア船籍の二隻は偽造した漁業免許を使って密漁を繰り返していた。ソマリア政府が（実際にはプントランド自治政府だが）自分たちの海を喰いものにする違法操業船を拿捕することなどそうそうないので、このニュースはわたしの興味をそそった。「状況は確実に好転しつつある」ワシントンDCで活動する安全保障のある専門家は、ソマリアに向かう前にわたしにそう言った。

取材前の下調べの一環として、わたしはソマリア海域を跋扈する違法操業船のリストを作成した。海に出た場合に遭遇する可能性のある漁船を事前に知っておきたかったからだ。乗組員への虐待と酷使で悪評高いタイの水産企業が所有する漁船も七隻リストアップした。

ソマリアの首都モガディシュに到着して数日も経たないうちに、ソマリア海域での違法行為は想像を超えるほど複雑かつ厄介な問題だということが判明した。こうした問題に、欧米のメディアはまったくと言っていいほど見向きもしない。『キャプテン・フィリップス』に描かれているような、「正義の味方対悪者」というストーリーにぴったりと当てはまらないからだ。

ソマリアの海での違法操業と海賊行為は密にからみ合っている――その事実がありありと浮かんできた。モガディシュにある脆弱な連邦政府と、プントランドをはじめとした自治政府が乱立する状態は、この国の海での操業の合法・非合法の境界線を曖昧にし、問題を複雑にしている。そしてプントランドでは、自治政府が実際には違法操業船を保護していたのだ。政府の庇護を受ける漁船のなかには、わたしがリストアップした七隻のタイ漁船も含まれていた。

プントランドが不安定で複雑な事情を抱えた「国」だということは、モハマドの漁船に乗り込む前から徐々にわかってきた。海に出るまでの数日のあいだに、わたしは地元の漁師たちから話を聞いた。彼らは、海賊たちはじきに戻ってくるだろうと口々に言った。自分たちではなく外国の漁船ばかり目をかけている政府にうんざりしている漁師たちの主張の根拠はこういうものだった――ソマリアの漁師たちを脅かしてばかりいる外国漁船を自治政府が保護するなら、それぞれ独自の勢力を有している、各氏族の族長たちは富の再配分を求めて海賊たちの外国船の襲撃を許すだろう。つまり、〝公平な競争条件の整備〟を自分たちでやるということだ。この言い分は、のちに正しいことが判明することになる。彼ら漁師たちが、不満を漏らすだけではなく警告してくれたらよかったのだが。ＰＭＰＦとＳＳＳは額面どおりに受け取るな、用心しろ、と……

引き返す長い道行きに備えて、モハマドは船外機の修理に四苦八苦していた。修理が終わるまでのあいだは波間を漂っているしかない船上で、警備員たちからさまざまな話を聞くことができた。ある者は、プントランドはわたしがわかっている以上に複雑な事情を抱えていること、そしてここでの海洋取り締まり活動について語ってくれた。別の者はひどくおびえていて、PMPFがわたしたちが分乗する三艘の漁船を武装勢力の船と勘違いして発砲してくるんじゃないかと言った。そんなことになった場合、果たしてPMPFの誤射を責めることができるだろうか？　たぶん向こうの責任は問えないだろう。何しろこっちには私服姿の重武装の男たちが大勢いるのだから。おまけにどの漁船にも無線は積んでいないので、こちらの身元をしっかりと示すこともままならない。

警備員たちの話は続く。別の男が、わたしたちが漂っているあたりは海賊たちに人気の襲撃スポットだと言い、不安のリストにさらに一項目追加してくれた。ソマリアの海賊は死に絶えたとヨーロッパやアメリカのマスコミは言っているが、それはただ単にやつらが白人以外を餌食にするようになったからだとその男は言う。

チェーンスモーカーのモハマドも話に加わってきた。プントランド自治政府が民間の警備会社に地元の漁船を取り締まる権限を与えてしまったせいで、漁師たちは干上がってしまうかもしれないとモハマドは言う。自分たちの船に比べたら大型で漁獲量も多く、それでなくとも有利な状況にある外国漁船に対して、政府は漁業免許を与え、さらにはこの危険な海での操業でとんでもなく有利になる武装警備員の乗船も認めてしまった。

「夜になると、あいつらはおれたちの網を切ったり銃を撃ってきたり体当たりしたりしてくるんだ」モハマドは外国漁船の所業をそう語る。体当たりされたソマリア人漁師たちのなかには、陸《おか》から何キロも離れた沖合に放り出されてしまうこともあり、ぶつけたほうに救助されることもなくそのまま溺れ死んでしまう事件が多発しているという。さらに外国漁船は地元経済を潤さない。彼らはソマリアの漁港には入港せず、獲った魚を周辺のイエメンやオマーンやイラン、そしてケニアで陸揚げするという。

このあたりで立ち往生していたらやばい理由の発表会に、通訳も加わった。本当に怖いのは、わたしたちが洋上でランデブーすることになっていたＳＳＳだと通訳は言う。ＳＳＳには国のお墨つきをもらった賞金稼ぎの貌《かお》もあるのだという。違法操業船を捕まえると、ＳＳＳはプントランド自治政府が違法操業に科す罰金の半分を取ることを許されている。「あいつらのことなんか信じられるもんか」通訳はそう言う。そしてたどり着くまでに時間のかかるポイントを指定して、さらにそこから遠くまで移動して、わたしたちが拉致されて多額の身代金を要求されるようにわざと仕向けたのだろうとも彼は言った。

いったい誰を信じればいいのかわからなくなってしまった。不安要素がとにかく多過ぎる。このあたりを跋扈しているとされている複数の武装勢力は、どこもかつては自警団を自称していた。そしてどの勢力も、外部からやってきた同業者たちを悪者扱いする。

実を言えば、この航海に出る以前から悪い予感はしていた。しかもかなり悪い予感が……プントランド行きに先立って、情勢が不安定なこの「国」の案内とさまざまな手配を手伝ってもらうために、わたしはコーディネーターを雇っておいた。そのコーディネーターは高学歴の若いソマリア人男性で、ソマリア内の別の自治国に暮らしているがプントランドをたびたび訪れていて、この地に明るい。彼のことは国連内の友人に紹介してもらった。かなり優秀で、メールや電話でやり取りした感じでは信頼に足る人物だと思えた。頼りにしている情報提供者の何人かにも、彼のことをいろいろと調べてもらった。

その若いコーディネーターとは、二五〇〇ドルで一緒にプントランドに行ってくれることで折り合いがついた。現地でのこまごましたことも彼が差配してくれることになった。プントランド自治政府は、自分たちが用意した通訳兼世話役をつけると言って聞かなかった。ありがたい話だったが、それでもわたしは、通訳が正確に訳しているかどうかを確認してくれる別の通訳を、時と場合によってはつけたいと思っていた。わたしが雇ったコーディネーターはその役目も果たしてくれるはずだった。

ところがいざソマリアに来てみると、そのコーディネーターは思っていたとおりの人材ではないことが、電話の短いやり取りをしただけで明らかになってしまった。まずもって彼は、わたしのほぼすべての質問に対して「一〇〇パーセント大丈夫」という言葉をやたらと連発した。たとえそれが、どこからどう見ても一〇〇パーセント大丈夫ではない場合でもだ。あるとき、手配してくれたホテルでネット接続ができるかどうか尋ねると、「一〇〇パーセント大丈夫です」と彼は言ったが、そのホテルは電気すらおぼつかなかった。港に行って海に出ても、政府はとやかく言ってこないかと訊いたときも同じ答えが返ってきたが、結局、港から戻ってくると政府はわたしたちをホテルに軟禁した。

問題はそれだけではなかった。そのコーディネーターはひどい吃音で、プントランドでは日常茶飯事の緊張感に満ちた状況になると目に見えて悪化した。SSSの巡視船に向かう運命の航海に出るべく漁船に乗り込む直前、彼の吃音はさらにひどくなった。そしていざ漁船に足を踏み入れようとした瞬間、コーディネーターは振り返ってわたしを見て、言葉を無理やり絞り出すようにしてこう白状した――怖くて怖くて、ぼくには無理です。このまま陸《おか》に残ります。出港する間際に、わたしは彼に尋ねた。「きみが一緒に来てくれなくても、本当にわたしたちの安全は確保されるのか？」するとコーディネーターは間髪をいれずにこう答えた。「一〇〇パーセント大丈夫です」

それから数時間後、波間を漂うばかりの漁船で、あれはやっぱりよくないことが起こる予兆だったんだという思いを強くし、とんでもないへまをしてしまったと気に病んだ。今回の取材にはカメラマンのファビオ・ナシメントを引き込んでしまっていた。甘い考えと特ダネをあげてやろうという野心に駆り立てられた挙げ句にこんな判断ミスを犯し、悲惨な結果になりかねない事態に陥ってしまった。わたしはそんなことを考え、顔をしかめた。

二〇分ほどあちこちいじくった末に、見事モハマドは船外機を直した。わたしはほっと胸をなで下ろした。わたしたちのちんけな船団は、ボサソの港によたよたと戻っていった。SSSの巡視船への同乗取材は結局かなわなかったが、今にしてみれば同社からの取材の招待には、そもそも何かしらのよからぬ意図があったのではないかと思う。とにかく、ソマリアに発つ前にあちこちから言われたことは裏腹に、この国の状況は「好転している」とは言い難い。好転しているどころか、むしろずっと壊れたままのように思える。地元の人びとはもちろん、政府の役人も盗賊たちも警察も犯罪者たちも、わたしの眼にはすべて同じに見えた。

＊

ソマリアのことをまともな国だと考えていたら、この国のことは理解できない——そんなことを言われたことがある。よそ者たちにとって、ソマリアとは映画と報道でつくり上げられた、頭の中だけに存在する架空の国であり、武器なら腐るほどあるのに食糧には事欠く土地だ。国連はこの国を「失敗国家」と見なしている。この国に暮らす人びとにとっては、ソマリアは自治を確立した集団の緩やかな集合体だ。一九九一年に勃発した内戦以降のソマリアはとくにそうだと言える。首都モガディシュすらほんの一部しか支配していない脆弱な連邦政府が、国土全体に眼を配ることなどできるはずもない(3)。

ソマリアの政治はおおむね氏族に根ざしている。たとえばプントランドには、ソマリ族の主要氏族ダロッドの一支族ハルティの、そのさらに下のマジェルティーン、ワルセンゲリ、ドゥルバハンテ、ダシーシュ、ライルカセなどの支族が暮らしている。一つの氏族や支族が政権を取れば、金と権益はその内部で循環する。しかしこれが汚職だとか縁故主義だとされることはなく、支族間の力の均衡による統治の常識だとおおむね見なされている。

陸《おか》に中央権力がないのだから、当然その海にあるはずもない。むしろ海のほうが混乱の度合いが激しい。ソマリアはアフリカ諸国のなかで最も長い海岸線を有するものの、国民一人当たりの魚類の消費量は最も低い。大多数の国民が内陸部で牧畜を営むこの国では、漁業は一般的な生活手段ではないのだ。この国の独裁者だったモハメド・シアド・バーレ大統領は、旱魃と飢饉を何度か味わわされた結果、一九七〇年代末から八〇年代初頭にかけて国民の意識と食習慣を魚類に向けようとした。そのために内陸部の放牧民たちを沿岸部に再定住させる政策を取り、魚が健康にいいこと、漁業が儲かることをラジオで喧伝した。が、このキャンペーンはあまり効果はなかった。

ソマリアの三二〇〇キロにも及ぶ海岸線の四割はプントランドに属している。プントランド付近にある大陸棚が水深の浅い海台を形成していることもあって、沿岸海域は最良の漁場になっている。この海で違法操業を繰り返している外国漁船は、ソマリアの漁船よりも大型で漁獲量も多く、漁場によっては数も多い。外国漁船の漁獲量は、平均してソマリア漁船の三倍だ。

二〇〇八年に深刻な問題となった海賊は、アラビア半島南辺のイエメンとソマリアのあいだに横たわる東西九〇〇キロ、南北三二〇キロのアデン湾に集中して出没している[4]。ソマリアの海賊は、長年にわたる陸《おか》の腐敗と無統治状態の産物だ。中央権力が失われてしまうと、かつては氏族同士の抗争を繰り広げていた各武装勢力は、海を行き来する裕福なカモに眼を向けるようになった。彼らは違法操業やその他の迷惑行為をいろいろと並べ立て、外国船舶への襲撃を正当化した。

ソマリア海域の取り締まりが困難な理由はさまざまにあるが、その一部には金の問題がからんでいる。モガディシュの連邦政府にしても沿岸にある半自治国家にしても、自前で海上警備行動を取れるほどの資金はない。そこで彼らは一計を案じ、漁業免許の発行に民間企業を関わらせて、そこで得た利益を海上警備費に充てるようにした。しかしこのビジネスモデルは財政的に不安定で、腐敗が生じやすいという欠陥を抱えている。この仕組みでは、外国の水産企業は漁業権料というかたちでSSSのような民間警備会社の武装警備員の給料を払っているということになる。いきおい警備員たちはソマリア漁船に害をなす外国漁船を取り締まるのではなく、逆に外国漁船をソマリア漁船から守るほうに注力するようになった。少なくとも地元民たちはそう見ている。

SSSと並んでソマリアの沿岸警備の一翼を担っているプントランド海洋警察軍（PMPF）は一〇〇〇人ほどの人員を抱え、三艘の複合型ゴムボートと、輸送機とヘリコプターを一機ずつ保有している。PMPFの活動資金は漁業免許の販売ではなく、ほぼ全額をアラブ首長国連邦（UAE）政府からの支援で賄っている。ボサソの北北東一五〇〇キロに位置するUAEは、アデン湾航路の警備活動に利害関係を持っている。そして湾岸周辺の地政学が状況をさらに複雑にしている。UAEは深刻な内戦状態が続いているイエメンへの軍事介入をもくろみ、そのための基地をプントランドに建設しようとしているのだ。

SSSとPMPFにはほかにも懸念がある。国連と人権団体は、どちらの組織も実質的に誰からも責任を問われることはなく、拿捕した船舶から徴収した罰金の流れに対する監視能力もほぼ皆無だと指摘している。両組織が発砲した場合の正当性についての検証もほぼ不可能だとも述べている(5)。

アデン湾では、国連加盟国による合同部隊も警備活動を展開している。二〇〇九年、国連の五つの安全保障理事会常任理事国は第二次世界大戦以来初めて一致団結し、ソマリアの海への艦船と航空機の派遣を開始した。国連合同部隊の駐留により、狙撃部隊の効率的な配置や身代金の受け渡しの調整、より安全な人質救出作戦の実行が可能になった。

海運業界が独自の海賊対策を取っていることも、問題をさらに複雑にしている(6)。その対策の経済効率は逆に悪くなる場合もある。たとえば、海運企業と海上保険会社は、余計にかかる警備費を海賊対策費という名目でカバーするようになった。その追加費用は標準サイズのコンテナ一基につき二三ドル程度で、大型コンテナ船の場合は一回の航海で二五万ドルになる。民間の警備員を配備する費用や海賊に拉致された場合に数百万ドルも要求されることもある身代金を織り込んだとしても、海運企業とその乗組員たちはソマリアの海賊の脅威から利益を得ることもある。

安全保障の専門家たちのなかからは、国連合同部隊による取り締まりがソマリアの違法操業問題を悪化させている可能性が高いと指摘する声が上がっている。ソマリア人漁師が乗る漁船は、たとえ合法的に操業していたとしても外国人の眼には海賊のように映ることが多く、合同部隊に見つかってしまったら陸《おか》に戻されてしまうのが常だ。その合同部隊は海賊の取り締まりにのみ権限が与えられていて、違法操業には手を出すことができない。なので、主に中国と台湾と韓国の漁船からなる外国の違法操業船は海賊の襲撃を受けることもなく、そして取り締まられることもなく、のうのうと違法操業を繰り返していられるのだ。

それでも、海賊対策はおおむね功を奏しているという事実は否定し難い。ソマリアでの海賊による襲撃が二〇一三年から減少に転じたのは、国連合同部隊の警備活動と、とりわけ商用船舶に配備される武装警備員の数が増えたからだと、多くの海軍専門家たちは指摘している。言うまでもないことだが、わたしは現地に赴くまでソマリアは複雑な国だと思っていた。しかし海賊は鳴りを潜めているようでもあるし、プントランド自治政府は違法操業対策に真摯に取り組んでいるようでもあるし、民間警備会社にしても自分たちの振る舞いを正したと言われていた。たしかにすべてが「好転しつつある」ように見えた。

＊

プントランドはずっと崖っぷちに立たされている「国」だ。わたしが訪れたとき、ここは混乱の極みにあった。数週間前には、給料の未払いに怒った一〇〇人ばかりの兵士たちが首都ガローウェの国会議事堂の一部を占拠するという反乱騒ぎが起こっていた。ボサソではアル・シャバブの戦闘員がインターナショナル・ヴィレッジ・ホテルを襲撃し、数人の警備員を殺害した。ある国会議員が自動車爆弾で爆殺された。深刻な旱魃が四〇〇万の国民を襲い、すでに数百人が命を落としていた。

プントランド自治政府の担当者は、ＰＭＰＦにもＳＳＳにも、さらには大統領にも自由に取材できると、事あるごとにわたしに言っていた。一カ月の滞在ビザも発給してくれた。ところがいざアフリカまで来てみると、向こうは態度を一転させ、これまでの約束はいったん忘れてくれと言ってきた。ＰＭＰＦへの取材は保証できない。大統領へのインタビューとＳＳＳへの密着取材は可能だが、とりあえずホテルで待機してくれ。「確約はできない」ボサソの空港に降り立ってから二時間後、大統領府の首席補佐官は電話でそう言った。

あとでわかったことなのだが、この手のひら返しの理由は、プントランドを訪れたいというわたしの申し出に、この国の漁業省が慌てふためいたことにあった。大統領府の首席補佐官とその一派によれば、漁業大臣のアブディラフマン・ジャマ・クルミアイ氏がわたしの訪問に強硬に反対しているという。わたしが政府の漁業免許の販売事業をどのように書くのか不安視しているとのことだ。わたしの記事で、漁業免許の発行プロセスに腐敗が生じているのではないか、その収入の大半が公共事業に使われていないのはなぜなのかと疑問を抱く向きが出てくるかもしれない。クルミアイ大臣はそう考えているのだ。そうした不安の払拭にわたしはあらゆる手を尽くし、取材の主眼は〈グレコ１〉と〈グレコ２〉の拿捕などの近年の取り締まりの成果にあると言って説得した。

ついにはクルミアイ大臣に電話で直談判し、取材の意図をさらに詳しく説明し、大臣の不安に耳を傾けた。PMPFとSSSの活動を視察し、プントランド海域での取り締まりの様子を取材するつもりだとわたしは言った。「あなたがプントランドに来られることは何の問題もありませんよ」大臣はそう言い、さらにこう続けた。「取材への全面協力を約束します」わたしは電話を切った。大臣の口調が気がかりだった。

招かれざる訪問者となってしまったわたしへの対応をめぐって、プントランド漁業省内で白熱した議論が交わされた。省内の意見は、わたしへのビザ発給を止めるべきだという者と、入国は認めるが取材には制限をかけるという者に二分された。議論は後者が勝ちを収めた。かくしてビザは発給されたが、監視の役割のほうが強い通訳をあてがわれることになった。その通訳の主な任務は、わたしが誰かと話をする場合は必ずそばについていることだった。英語を話せて通訳は必要ない相手の場合はとくに。

漁業大臣がわたしのプントランド訪問に反対した理由はすぐに判明した。ソマリア行きに備えてリストアップしておいた悪質な違法操業船のなかの七隻のタイ漁船が、このタイミングでボサソの港に停泊していたのだ。この七隻については、プントランド政府はわたしに訊かれたくはなかったのだ。〈チョートパッタナ51〉と〈チョートパッタナ55〉と〈チョートチャイナヴィー35〉と〈チャイナヴィー54〉と〈チャイナヴィー55〉と〈サッパーンナヴィー21〉と〈チャイチャヤナチョーク8〉の七隻のトロール漁船は〈ソマリ・セブン〉と呼ばれている。ライトブルーもしくはアクアブルーの船体に二〇〇トン以上の獲物を積むことができるこの七隻のトロール漁船は、サーンスック・イアムというタイの富豪一族が船主となっている。サーンスック・イアム一族の漁船団は強制労働と人身売買に関わっているとされていて、タイとインドネシア当局の捜査対象になっている。七隻ともプントランド政府発行の漁業免許を持っているが、真っ当な免許かどうかは疑わしい。

サーンスック・イアム一族の漁船団は二〇一五年から怪しげな動きを見せている。この年、タイ政府はタイの国旗を掲げる遠洋漁船により厳格な規則を課し、査察も厳重にした。するとサーンスック・イアム一族はソマリア送りにした七隻を、二〇一六年にソマリアの北隣にあるジブチに船籍変更して、新たな規制から逃れた[7]。プントランドに向かう時点ではこの七隻のことをほとんど知らなかったが、この国の政府の慌てぶりを見ているうちに、わたしはこの七隻に惹かれていった。

〈ソマリ・セブン〉は、それでなくとも問題ばかりのプントランドにさらなる政治的問題を持ち込んでいた。自分たちが三カ月間有効の漁業免許を与えていたので、当然プントランド政府はこの七隻は合

ボサソの港で水揚げを陸揚げする〈ソマリ・セブン〉の一隻

法的な操業をしているという認識だった。が、漁業免許は連邦法のもとで付与されるべきだとするモガディシュの連邦政府からすれば違法操業にほかならない。それどころか連邦法ではトロール漁は禁止されており、さらに言うと、その当時はやはり連邦法で外国船籍の漁船の操業が禁じられている、海岸線から二四海里（四四キロ）以内の水域で〈ソマリ・セブン〉は操業していた。

この諍いの背景には、自治を切望するプントランドと、ソマリアが完全に機能する国家になるためには、プントランドのような「州」に連邦法を順守させなければならないと主張するモガディシュの連邦政府とのあいだで繰り広げられている綱引き合戦がある。二〇一一年以降プントランドは、たとえば違法操業や人身売買などについて直接イエメンと交渉したり、海外の民間軍事警備会社と独自に契約を結ぶことによって、自分たちは連邦政府から独立した国家であることを繰り返し示してきた。

プントランドを訪れる前に立ち寄ったモガディシュでは、〈ソマリ・セブン〉の存在がどれほどの火種になっているのかを知った。この国の首都を訪れたわたしは、空港の近くにある警備が厳重な民間施設に滞在した。爆風にも耐え得る高さ四・五メートルの堅固な壁に四方を囲まれたその施設は、ホテルというよりも軍事基地のような場所だった。砂利地に並べられた二十数基のコンテナの一つがわたしの居室だった。敷地の四隅には監視塔があり、そのそれぞれに一丁の重機関銃と二人のソマリア兵が配備されていた。これまで滞在したなかでいちばん快適だった宿泊施設だったとは、とてもではないが言い難いところだった。

モガディシュでの取材先は港だった。宿泊施設から五キロも離れていないのに、港にたどり着くまで二時間もかかった。わたしを乗せた装甲車両を先頭にする民間警備会社の重武装の車列はバスや車の残骸のあいだを縫うようにして進み、倒壊したビル街を通過していった。きっちり三ブロックごとに検問所があり、通過するたびに武器を持った兵士たちに止められた。あたりに広がるのは、ヨハネ黙示録に

モガディシュの沖合数キロのところに投錨しているエジプトの家畜運搬船に向かう小型艇。護衛のソマリア人民兵たちも一緒だ。

モガディシュ港で、わたしとカメラマンのファビオ・ナシメントは沿岸警備隊のモハマド・H・モヘ船長に沖に出る船の手配を依頼した。

出てきそうな荒廃した光景だった。首都のほんの一部にしがみつくためだけに、これほどまでに厳重な体制を敷かなければならないのだとしたら、連邦政府が内陸部と、延々と続く海岸線を支配することなど望むべくもないのではないだろうか?

港では沖合に停泊中の家畜運搬船を訪れ、ソマリア海域の治安状態について乗組員たちに話を聞いた。そのあとは港に戻り、連邦政府とプントランド政府の関係者とそれぞれ話をした。最初のうち、わたしはソマリアの海での近年の取り締まりの成功例に焦点を当てるという取材プランを忠実に守っていた。なので〈グレコ1〉と〈グレコ2〉の摘発について訊こうとしたのだが、両政府の関係者ともそれとは別の、同じことを話したがった——ボサソに停泊している七隻のタイ漁船のことだ。とはいえ、連邦政府側は漁業免許を勝手に発行しているプントランドに、さまざまな手段を講じて制裁を課すことを検討していると言い、その多くを海外支援に頼り、連邦政府が配分している教師たちの給与の提供を差し止めることも辞さないと語った。プントランド側は、またぞろモガディシュが内政干渉してきていると憤慨した。そしてどちら側も、プントランド政府はわたしのことを〈ソマリ・セブン〉を調査するために送り込まれた人間だと考えていると警告した。

その七隻のタイ漁船については取材予定にない。それまで事あるごとに言い続けてきたとおりのことを、わたしは連邦政府側の人間にもプントランド側の人間にも言った。しかしその一方で、七隻を取材すべきなのかもしれないと考えるようになってもいた。漁業免許に付きまとう不正問題を、これまでとはまったく違う角度から見ることができるかもしれない。ジャーナリストとしては〈ソマリ・セブン〉の件とは一定の距離を保っておきたかったのだが、その願いとは裏腹に、それぞれが主張する領土を支配することすらままならない二つの〝政府もどき〟の権力闘争にいつの間にか巻き込まれ、その渦の中心に徐々に近づきつつあった。今回の取材でわたしは、ジャーナリストは毎回筋書きを自分で決めることができるとは限らないことをあらためて思い知らされた。書き手が筋書きに選ばれることもあるのだ。さらには筋書きのど真ん中に放り込まれることもある。

＊

わたしはモガディシュから空路でソマリランドの首都ハルゲイサに入り、その二日後にプントランドのボサソに飛び、ガカイテホテルにチェックインした。このけばけばしく塗られたホテルは、灌木や木々がぽつぽつと生えている荒涼とした広場を挟んでボサソ港を臨む位置にある。滞在中はもっぱらホテルの中庭で時間を潰していた。コーヒーを飲みながらあれこれ話し合っている地元のビジネスマンたちがいそいそと自己紹介してきたので、知り合いがすぐにできた。彼らの話によれば、プントランドにはわたしたち以外に欧米人はいないとのことだった。果たしてそうだろうか。

ホテルの中庭に集うこの国のエリートたちのあいだでは、違法操業は過去最高の勢いを見せているということで意見は一致していた。外国漁船がこの国の漁場を荒らしているだけという場合もあれば、プントランド政府が偽の漁業免許を売りつけて、その売上を着服していることもあると、彼らは口々に言う。とくに漁業免許の偽造については絶対に本当の話だとあけすけに語る者もいた。外国漁船の違法操業に対して、局地的で日和見的な対応ばかりしていると、海賊はすぐに戻ってくるだろうという点でも意見は一致していた。

わたしがやってきたという知らせは、このあたりの中心地であるボサソにあっという間に広まった。ホテルの中庭で談笑していたビジネスマンたちのなかに、漁業省の人間が数人いた。その彼らは、わたしがプントランドを訪れたことにクルミアイ大臣は狼狽していると口を揃えて言った。大臣は、わたしがモガディシュの連邦政府と結託して、国連の漁業機関に影響された〝欧米流の漁業政策〟を推し進めようとしていると信じ込んでいるという。そればかりか、わたしはＣＩＡの人間だと言っているらしいのだ。そんな与太話を、大臣と副大臣は港湾当局やＳＳＳの最高経営責任者《ＣＥＯ》、ＰＭＰＦの司令官、そしてプントランド大統領に触れて回っているとのことだった。取材で訪れた先々でＣＩＡだと疑われたことは何度かあるが、そんなときはとにかく知らぬ顔を決め込んでいれば大丈夫だった。しかしソマリアでは暢気《のんき》に構えているわけにはいかないみたいだった。

　わたしはホテルで待機し、違法操業の取り締まりの現場への取材許可の可否の知らせを待った。そのあいだにも、わたしの来訪が巻き起こした新たなドタバタ劇の話がいくつか耳に入ってきた。前週にプントランド政府が、外国の記者がやってくるからその前に港から出ろと〈ソマリ・セブン〉側に伝えていたという。しかし船長たちはすぐに出ていくわけにはいかなかった。七隻分の三カ月の漁業免許を得るための六五万ドルを超える支払いがまだ済んでいなかったのだ。わたしがボサソに到着する四八時間前に支払いは完了し、七隻のタイ漁船は脱兎のごとく出港していった。そのせいで、漁獲内容を記録しなければならない二名の監視員たちが置いてけぼりを喰らってしまった。結局〈ソマリ・セブン〉は二時間後に呼び戻された。

　仕切り直しの出港でもひと悶着あった。船長たちは、監視員たちの携帯電話を預かると言って聞かなかった。動画も写真も撮られたくはないと彼らは言い張った。にらみ合いはそう長くは続かなかった。プントランド側が条件付きで折れたのだ――監視員は見たままを記録するが、携帯電話は渡す。かくして〈ソマリ・セブン〉は海に出ていった。

　プントランド政府が、わたしに通訳兼世話人兼お目付け役をつけたのもむべなるかなだった。しかしわたしはその彼のことをすぐに好きになった。話す英語は堅苦しかったが、それでも上手だった。何ごとか話を切り出すときは、決まって「本当の話なんですが」とか「率直に言えば」とか「正直な話」とか前置きしたがるところを見ると、心の底からわたしと親しくしたいと願っていることがうかがえた。二十代の彼は知的好奇心旺盛な、頭の切れる若者だった。ちょっと一服しようとすると、決まって「クリーヴランドに行ったことがありますか？」だとか「テロを始めたのは誰なんですかね？」だとか「アメリカにもヒンドゥー教徒はいますか？」だとか、矢継ぎ早に質問を浴びせかけてくるところには閉口させられたが、そういうところも含めて親しみを覚えた。記事にするときには匿名にしてもらえないかと言われたので、そのとおりにした。

それでも、わたしたちは互いに一〇〇パーセント信用し合っていたわけではない。彼は、わたしの取材内容をこっそりと政府に伝えていた。そんなことはしませんと言っていたが、間違いなくやっていたとわたしは思っている。ある日のことだ。取材の合間に、一緒に座ってホテルの中庭を眺めていると、わたしたちのあいだに珍しく沈黙が生まれ、泡のように広がっていった。しかしすぐに通訳が身を乗り出してきて、泡をパチンと潰した。「正直に話してください、ミスター・イアナ（ほとんどのソマリア人は〝イアン〟と発音できない）」彼はそう切り出した。「ここだけの話でいいですから、プントランドに来た本当の理由を教えてください」そしてこう続けた。「タイの漁船のことを調べてるんでしょ？」

わたしたちの関係を見極める絶好のチャンスのように思えた。そこでわたしはこう言った。タイ漁船のことは、最初は頭になかったが途中で気が変わった、と。そしてｉＰｈｏｎｅを取り出し、自動船舶識別装置（ＡＩＳ）が発信する船舶の情報を受信するアプリを立ち上げ、彼に見せた。〈ソマリ・セブン〉は二ノット（時速三・七キロ）でジグザク模様を描きながら航行していた。この航行パターンを見る限り、七隻はソマリアの連邦法で禁止されているトロール漁をしているようだと彼に説明した。「すごい」彼はそう言い、アプリの画面を何度も見た。「このことは、ぼくたちのあいだだけにしておきましょう」彼はそう言い、話を締めくくった。わたしは席を立ち、「これから妻に電話をかけて無事を伝えてくるから、ちょっとここで待っててくれ」と告げた。

妻に電話するつもりなどなかった。実際のところ、妻とも息子とももう何週間も話をしていなかった。電波状況が悪かったから、というわけではない。むしろ、ほぼあらゆるものがまともに機能していないソマリアにあって、携帯電話はこの国のほぼ全土でまともに使える数少ないツールの一つだ。家族に連絡を入れていなかったのは、プントランドの状況が悪化するにつれて、いろいろなことがどんどん危険な方向に向かっていて、そのことを妻にも息子にもあまり知られたくはなかったからだ。

テーブルを離れた本当の理由は、新たな友人が信用するに足る人物かどうか調べるためだった。わたしはこのホテルに到着するなり、あの通訳の彼以外に眼と耳になってくれる人間を探した。ちゃんとした英語を話せる若者が見つかり、ホテルの中庭でのわたしの取材に、できるだけ聞き耳を立てるという仕事を一日五ドルで引き受けてくれた（彼が近くの店で働いて得ている週給に相当した）。わたしが取材をしていると、彼は隣のテーブルにこっそりと移ってきて、わたしがその場を離れたあとに取材相手たちが話していることを盗み聞きすることになっていた。ウェイターたちには、彼が飲み食いしたものは全部わたしの勘定につけておいてくれと言っておいた。

その日の午後、その若者はわたしが席を外したあとの政府の通訳の様子を報告してくれた。通訳はどこかに電話をかけ、こう話していたという。「あの男はタイのトロール漁船のことを全部知ってます。漁船の動きだってiＰｈｏｎｅでつかんでました。どうやったらそんなことができるのか知りませんが、とにかくあの男はそれができるんです」

＊

この手の調査報道では、ジャーナリストたちは自分の命を（そして取材をともにする人びとの命も）

まったく見ず知らずの人物に命を預け、その人物の品定めを一瞬で行わなければならない状況に幾度となく立たされる。たとえばボサソでの取材では、わたしは自分の身の安全をモハメド・ユスフ・ティゲイという地元の陰の実力者に委ねた。ティゲイ氏については、『ニューヨーク・タイムズ』の伝手《つて》を通じて紹介してもらったということ以外はまったくわかっていなかった。ソマリアでの取材中は、素性はわからないし確かめようもない人物たちにいろいろと頼らざるを得なかった。この国には『ニューヨーク・タイムズ』の取材窓口を務めていた人物がいたのだが、殺害の脅迫を何度も受けた末にフィンランドに亡命したばかりだった。おかげで信頼できそうな人間を自分で見つけなければならなかった。

ムドゥグ州の元知事のティゲイ氏は、マジェルテーン支族に属する裕福な地主一家の出身だ。五十代半ばの敬虔なイスラム教徒である氏は、わたしがプントランドで出会った男たちの大半と同様に、日に五回礼拝を捧げる。超然とした穏やかさと、何から何まで恵まれた人間特有の肩ひじ張らない雰囲気をたたえ、そしてアディダスのトラックスーツと純白のテニスシューズをこよなく愛する男でもある。それでなくとも清廉潔白の人と広く目されているティゲイ氏は、旱魃の緊急事態に先頭に立って対応にあたったこともあってますますその人望は厚くなり、政府関係者が三日にあげず暗殺の的にされている地域でも大手を振って活動することができる。

ティゲイ氏はわたしたち取材チームの護衛に一五人の民兵を割いてくれた。しかしフル警備体制になるのはボサソとその周辺の危険地域に赴かざるを得ない場合のみで、通常は一二人でわたしたちを守っていた。わたしに手を貸すなとプントランド政府から圧力をかけられても、彼は頑として拒んだ。「ミスター・イアンはわたしの客人です」あるとき、ティゲイ氏はクルミアイ大臣に電話でこう言い放った。「あなた方はミスター・イアンにビザを出した。そしてわたしは、この国での行動の自由と身の安全を彼に約束した」しかし結局のところ、ティゲイ氏はこうしたサービスの提供でがっぽりと稼いでいるのだ。そして通訳や民兵たちのなかにも金がすべてという者もいて、そんな彼らが本気で任務に就いているかどうかは怪しかった。

それでもティゲイ氏はできる男だった。SSSの巡視船との合流こそ緊張と危険にさらされた挙げ句に果たせなかったが、それでも氏はわたしの身の安全は確保し続けた。とはいえ、このままプントランドにとどまり続ければ、わたしを守るという氏の仕事はさらに難しくなることはわかっていた。ボサソに戻った翌日、漁業省はティゲイ氏に、たとえ護衛付きであってもわたしがホテルから出ることはまかりならないと通告してきた。

これで港にまた行くことも、その翌日にアポイントを取ってあった漁業省を訪れることもできなくなってしまった。ビザも取り消されてしまうだろう。わたしはそう覚悟した。結局のところ、ビザにしても〈グレコ1〉と〈グレコ2〉の（持っていたとされる）漁業免許にしても〈ソマリ・セブン〉の（いかがわしい）漁業免許にしても、発行した政府が有効だと認めたものだけが有効なのだ。所詮、書類は書類でしかない。

ホテルで別の情報提供者と会い、わたしの周囲で起きている状況についていろいろと教えてもらった。「あんたは正式に軟禁下に置かれている」情報提供者はそう言った。漁業大臣は、今ではもうわたしが自分の失脚とプントランドの弱体化をもくろんでいると確信しているという。とうとうわたしはスパイから破壊工作員に格上げされてしまった。プントランド政府はそう見ているのだ。クルミアイ大臣たちは、わたしをプントランドから即刻排除すべく動いていると情報提供者は言った。こっちだって出ていきたいのはやまやまだが、すぐに乗れる便がないと、わたしは事もなげに答えた。「そういうことじゃないんだ、イアン。あいつらはありとあらゆる手を考えてるんだぞ」情報提供者はそう言い、警告するような、妙に殺気立った眼つきでわたしを見た。世界中のどこであってもアメリカ人ジャーナリス

プントランドで護衛に雇った民兵たち。彼らは、〈ソマリ・セブン〉の調査をやめさせるべくプントランド当局がボサソ港に到着する前にわたしたちを海に逃がそうと躍起になっていた。

ト（もしくはＣＩＡのエージェント）を殺せば、手厳しい報復が返ってくる可能性が高い。したがってそんな事態はほぼあり得ないのだが、どうやらソマリアでは事情が違うと見える。

わたしは情報提供者の警告を聞き入れた。同時に、サジョ・オヤン産業の漁船団とエリル・アンドラーデの死についての取材時とは一八〇度違う対応だと感じてもいた。あのとき訪れたインドネシアとフィリピンの当局は、わたしの報道のことなど何とも思っていなかった。その反対にプントランドでは、あまりにも多くの人間たちがわたしのことを気にしているみたいだ。

身の危険はその日のうちに一気に迫ってきた。午後、何かが爆発する音が聞こえ、ホテルの壁という壁が揺れた。二ブロックと離れていないところで爆破テロがあったのだ。五人が負傷し、アル・シャバブが犯行声明を出した。市《まち》の警察当局によれば、さらなる攻撃がある可能性が高いとのことだった。ホテルの中庭でわたしの眼と耳になってくれている若者がやってきて、小耳に挟んだ情報を教えてくれた。ティゲイ氏は今すぐにでも暗殺されるかもしれないとおびえていて、その一因はわたしたち取材チームを保護していることにあるという。

　モガディシュの情報提供者からも同じことを言われた。「プントランド政府は、あんたのことを『好ましからざる人物《ペルソナ・ノン・グラータ》』だと言ってる」イギリスの警備会社の人間は、今すぐボサソを離れるべきだとメールで言ってきた。「それができればとっくにやってるよ」わたしはそう返信した。アル・シャバブとＩＳＩＳの通行車両に対する攻撃で、この市《まち》の周辺のほぼすべての道路が通行できなくなっていた。レンタルできる自家用機はないし、いちばん早い民間便が飛ぶのは四八時間後だ。

　翌日、ティゲイ氏とカメラマンのナシメントに部屋に来てもらい、情報提供者たちから言われたことと今後二日間の計画を説明した。どうやら二つの大きな脅威がどんどん迫っているみたいだと、わたしは二人に言った。一つ目は、プントランドの情報をフォローしている警備会社が言っていた、ホテルの外からの脅威だった。このホテルの警備は堅固ではないし、おまけにここに欧米人がいることは広く知れ渡っているから、アル・シャバブとＩＳＩＳの格好のターゲットになっているという。二つ目の脅威はホテルの内部にあった。その原因は、わたしを破壊工作員だと決めつけるクルミアイ大臣の人騒がせな言説が危機を煽っていることにある。このホテルの警備にあたっている兵士たちはさまざまな派閥に属していて、誰が味方で誰が敵なのかほぼ見分けがつかないとのことだ。

　ホテルの警備にあたっているのは十五歳にも満たないような少年兵ばかりで、なかには重い携行式ロケット弾《ＲＰＧ》を引きずるようにして運んでいる子もいた。カラシニコフＰＫＭ軽機関銃を抱える兵士たちは、まるでペットの大蛇を見せびらかすように、弾帯を首と腰に巻いていた。同じ少年兵でも、あからさまなしかめっ面を向けてくる子たちよりも、視線を感じてふと見ると険しい顔をそむける子たちのほうが気がかりだった。

ティゲイ氏は、クルミアイ大臣が手を出すことはない、たとえそりが合わないとしても、結局のところ自分も大臣も同じマジェルティーン支族なのだから、と言う。何とも頼もしい言葉だが、ほかの勢力がわたしたちに手を出してきた場合、大臣がそれを阻むかどうかはわからないと言われた途端、束の間の希望はしぼんでしまった。最悪の事態に備えておくべきだと氏は言った。今度はその言葉に恐怖を覚え、口の中がからからに乾き、首筋がこわばり、軽く吐き気がした。それでも顔にも態度にも出さずにおいた。そんなことをすれば面目丸潰れだ。

しばらくするとホテルの警備責任者がやってきて、翌日の早朝にボサソを発つまでの安全策を尋ねてきた。大急ぎでここから出なければならない事態に備えて荷物をまとめておく、とわたしは答えた。中庭には出ずに一室に一緒にいる。そして夜になったらこっそり部屋を出る。灯りをつけたままカーテンを引いて、まだ部屋にいるように見せかける。それからホテルの端にある屋内階段をひと固まりになって上がり、屋上に出る。そして午前五時に護衛の車が来るまで屋根に隠れている。逃走計画を警備責任者に全部明かすことは危険だとわかっていたが、ここは伝えておくしかなかった。わたしたちの居場所を知っているのは、警備責任者以外はティゲイ氏と氏の二人の護衛しかいないはずだった。攻撃を受けた場合、見通しがよくて逃げ道も多い屋上に出ることは難しくなると、ティゲイ氏も警備責任者も指摘した。

打ち合わせが終わると、部屋のドアをそっとノックする音がした。ドアを開けるとホテルの支配人が立っていて、中に入ってもよろしいでしょうかと言ってきた。招き入れると、支配人はドアを閉め、バスケットボール大に丸められた服をわたしに手渡した。「これがご入り用でしょう」支配人はそう言った。わたしは言われたままに丸められた服を開いた。なかには九ミリ口径のグロックが入っていた。わたしは弾倉を抜いてスライドを引き、弾丸《たま》が装填されていることを確認した。「お持ちになってください」支配人は言った。わたしはやんわりと断った。こんなものを持っていたら、わたしが本当はジャーナリストではないという疑いをさらに強めるだけだ。

日が暮れると、わたしたちは灯りをつけたままカーテンを引いて部屋を出て、階段を上がって屋上に出た。風がそよぐ涼しい夜だった。屋上を取り囲むコンクリート製の低い欄干越しに、わたしたちはボサソの街を眺めた。ほぼ真っ暗で静かだったが、二、三時間おきに手榴弾の爆発音と機関銃の銃声が夜を引き裂いた。わたしは眠ろうとすらしなかった。眠れるはずがなかった。

時間がのろのろと進んだ末に、とうとう夜明けがやってきた。眠れぬ夜を潰すため、というよりも気を紛らわせるために、わたしはモガディシュやその他の国の政府関係者たちにメールを打ち、この窮境とクルミアイ大臣の挙動について意見を求めた。そして彼らからの返信から、わたしの取材に対する反感を大臣が募らせていった背後には政争劇があるかもしれないことがわかった。プントランド議会はアブディウェリ・モハメド・アリ大統領の現内閣に対する不信任動議を採決して、大統領の手足を縛ろうとしているとのことだった。採決で動議が否決された場合は、議会側は「別の手」を講じるかもしれないという声もあり、それはつまりクーデターだと情報提供者たちは言った。

反政権派は、アリ大統領は外国漁船への漁業免許販売で得た金を着服していると考えている。そして大統領と同じマジェルティーン支族の友人同士という間柄のクルミアイ大臣は、漁業関係の一切を仕切っている。漁業免許販売の不正で大統領が失脚する事態になれば、大臣は失脚どころでは済まないだろう。

こうした政情不安が理由だと考えれば、わたしに対するクルミアイ大臣の疑心暗鬼も合点がいく。政治腐敗に対する不満と漁業免許販売の収入の行方についての疑惑が高まったタイミングで、わたしはプントランドにやってきたのだ。謎のアプリを使って〈ソマリ・セブン〉の動向をリアルタイムで監視していることをあの通訳兼お目付け役が報告したせいで、わたしに対する疑念はさらに強まってしまった。政府の許可を得ずにＳＳＳの巡視船を取材しようとしたことも疑いに輪をかけた。そしてとどめは、空撮用に持ち込んでいたドローンだ。

こうした事実と憶測を全部ごちゃ混ぜにした挙げ句に、わたしがＣＩＡのエージェントであるとか、プントランドの自治政府を抑え込むためにモガディシュの連邦政府が送り込んだ工作員だとする絵が描かれた。当たり前の話だが、よしんばわたしがＣＩＡであったとしても、もしくは連邦政府の犬であったとしても、自治政府が実際に腐敗していて、漁業免許を偽造し、国庫に入るはずの金を役人や閣僚たちが懐に入れている疑いが強いという事実には変わりはない。それでもわたしの取材をめぐってわき起こった陰謀論は沸点に達していて、そのせいでわたしたちはすぐに「出国」できなくなってしまったのだ。

わたしたちがどの便に乗るのかについては秘密でも何でもなかった。何しろプントランドから出る便は一本しかないのだから。ホテルの目と鼻の先にある空港までのルートは一つしかなく、しかもそのルートの大半は狭くて封鎖が簡単で、待ち伏せを受けやすい。ティゲイ氏は伝手《つて》を使って六人の兵士をさらに雇い、空港まで向かう車列の護衛は二一人に増強された。

ところが、ここから出るまであと一時間というところで、あの吃音症のコーディネーターがホテルの屋上にやってきた。街を駆け抜けてきたかのように息は切れ切れで汗まみれの彼は、ひどくどもりながらも今すぐ空港に行くよう訴えた。空港から連絡があり、ウェブサイト上で表示されている時間よりも早く出発すると言われたというのだ。しかし今すぐ空港に行こうにも、護衛の大半はまだホテルに到着していない。ごくわずかな手勢で空港まで行くか、それとも今朝の便は見送って、さらに二日待つか。

わたしたちは難しい判断を迫られた。モガディシュでは、移動には防弾ガラスと耐爆板で強化された車両ばかり使っていた。ボサソにはそんなものはなく、中古のトヨタ・ハイランダーといったやわな車しかない。

結局、急いで逃げ出すことにした。ボサソでぐずぐずしているほうが危険過ぎるように思えた。わたしたちは階段を駆け下り、車に荷物を放り込んで出発した。陽はまだ昇っておらず、あたりは闇に包まれている。ナシメントは恐怖で顔面蒼白だ。誰もひと言も声を発しない。アクション映画にありがちな、ほぼ決まってひどいオチが待っているシーンを演じているような気がした。ホテルから猛スピードで出たはいいものの、二ブロック進んだところの角の死角からトラックがいきなり現れ、大勢の兵士たちが降りてきてわたしたちの行く手を阻んだ。胃がずしんと沈み込むような感覚に襲われた。

トラックの兵士たちは見たことのない制服を着ていた。このとき初めて、ティゲイ氏の顔が不安の色に染まった。氏は車から降りた。その氏を素通りして数人の兵士がやってきて、車のドアを開けてわたしを凝視する。引きずり出されることを覚悟した。ポケットにはパスポートと現金の束が入っている。わたしは別のポケットに手を突っ込み、GPS情報と文字情報を送信できるガーミン・インリーチのSOSボタンに指をかけた。ガーミン・インリーチを持ってきてよかったとつくづく思ったが、SOSボタンを押して警報を発信しても、家族たちをパニックに陥れる以外に何かしらのことができるかどうかは、はなはだ疑問だった。

これまで経験したことのない恐怖が襲ってきた。頭と心だけでなく、肌でも感じることのできる恐怖だった。ごくごく基本的な生理現象のにおいすら漂わせていたに違いない。口の中はサハラ砂漠に変わった。まばたきも、ましてや呼吸すら許されないように思われた。英語を話していない兵士たちにわたしの言葉は無意味だ。身振り手振りで〝撃たないでくれ〟とか〝金ならある！〟とか〝わたしはジャーナリストだ〟と訴えても、滑稽で月並みで、そして危険なように思える。とにかく体が言うことを聞かない。

ティゲイ氏は指揮官と思しき人物としばらく話し込んでいたかと思うと、いきなり車に戻ってきた。わたしたちを通せんぼしていた兵士たちはトラックに戻っていく。トラックは空港までのルートを進んでいった。わたしたちはそのあとについていく。一分ほど経ったところでわたしは口を開いた。「ミスター・ティゲイ、何がどうなってるのか教えてくれませんか？」あの兵士たちは追加で雇った護衛だとティゲイ氏は答えた。軍にいる友人から借りた兵士たちなので見知った顔はおらず、最初はそうだとはわからなかったと氏は説明し、そしてこう言った。「これで空港に行けますよ」唐突に始まった衝撃の逃走劇は終わった。

空港には無事到着した。長い平屋造りのターミナルのゲートエリアでピリピリした数時間を過ごしたのちに、わたしはバッグを肩に担ぎ、砂まみれの滑走路を歩いて飛行機に向かった。そしてタラップをよたよたと昇った末に、イタリアのオーシャン・エアラインズのがたのきた半分空席のボーイング747に搭乗した。安堵と疲労に包まれたわたしは、座席にどっかりと腰を下ろした。どこかから去ることが、こんなに嬉しかったことはない。プントランドの大地から飛び立とうとする機内で、わたしはしみじみそう思った。

＊

一週間後、ドバイ近海の船上にいたわたしの衛星電話のメール着信音が鳴った。モガディシュの情報提供者からだった。二〇一二年以来となる海賊による外国船舶への襲撃事件が発生したとのことだった。現場は、わたしたち取材チームが小さな漁船に乗って立ち往生していたあたりからそう遠くない、ハボ近辺のプントランド海域だった。襲われたのは軽油を積んだコモロ諸島船籍のタンカー。犯人の海賊たちはソマリアのマスコミの取材に対して、襲撃は身代金目当てではなくプントランドの海の外国漁船問題に世界の耳目を集めることが目的だと答えた。ガカイテホテルの中庭に集っていたビジネスマンたちが予言していたとおりのことが起こったのだ。

それからふた月のあいだに、プントランドのアリ大統領の内閣は総辞職し、さらに数件ほどの海賊襲撃事件が起こった。現地メディアのいくつかの記事によれば、プントランドの南隣にあるガルムドゥグ「自治国」の沿岸警備隊が違法操業船を拿捕し、罰金を徴収して解放したとのことだった。もちろん「ガルムドゥグ沿岸警備隊」なるものは存在しない。新手の海賊が勝手にそう名乗っているだけだ。そんな図々しい海賊たちに、わたしは驚かなかった。たぶん、シーランド公国のロイ・ベーツや海の債権回収人《レポマン》のマックス・ハードベルガー、シーシェパード、そして海に鉄粉をまいたラス・ジョージといった、海でやりたい放題やっている人間たちに慣れていたからだろう。

ここでわたしのソマリアの物語は終わるべきだった。取材完了。これからは記事の執筆だ。アフリカの角からの去り際に、そう胸につぶやいた。これから何週間かかけて取材内容を把握しよう。ありていに言えば、プントランドの民間警備会社と盗人まがいの役人や政治家、そして沖合をうろつく盗賊どものなかで、本当の海賊は誰なのか突き止めよう。そうすれば、すべてをできるだけストレートでわかりやすい物語にまとめて書き上げることができるはずだ。

そうは問屋が卸さなかった。どうにも心に引っかかるものがあり、疑問がどんどんわき続けた。失敗国家の洋上取り締まりについての記事なら、成功例も失敗例も書くことができる。が、そんなことは全体の一部分でしかなく、むしろどうでもいいことように思えた。ソマリアだけでなく、同じように違法操業問題に直面し、それを逆手に取ったり、往々にして悪化させてしまう国々にも眼を向けるべきだ。

わたしはそう思った。

この心の引っかかりは九カ月にわたってわたしを悩ませ続け、モルディブ、ジブチ、テキサス、そしてタイとカンボジアへと連れ出した。もっぱら知りたかったのは、わたしに見つけられないようにプントランド政府が躍起になって隠していた〈ソマリ・セブン〉こと七隻のタイ漁船のことだ。理由ははっきりと説明できないが——たぶんやましさと頑固さからだろうが——〈ソマリ・セブン〉の現状と、そして何よりもどんな人間たちが乗っているのか追及する義務が自分にはあると感じた。ジャーナリストの仕事で何が最悪かと言えば、たとえばポルノ業界の惨状を取材して、その醜悪な現場を暴き立てても、実際にはその現状を正すようなことはほとんど何もしていないのではないかという罪悪感にとらわれてしまうところだ。わたしがソマリアの物語だけでとどめようとしなかった理由の一つは、そんな強迫観念みたいなものが怖かったからだ。

わたしがプントランドから命からがら逃げ出してから数週間後、〈ソマリ・セブン〉はトロール漁を中断し、ボサソ近辺に投錨した。モガディシュの連邦政府は、ソマリアで唯一の正統な統治組織である自分たちの許可もなくプントランドが漁業免許を発行したことに、徐々に怒りを募らせていた。〈ソマリ・セブン〉の水揚げの一部は〈ウィスダム・シー・リーファー〉という冷凍貨物船に積み込まれ、ソマリア海域を出てヴェトナムに向かった。タイの漁業当局は、〈ウィスダム・シー・リーファー〉がヴェトナム海域に入った時点で臨検するようヴェトナム側に要請したが、無視された。

ソマリアを離れたのちも、わたしは〈ソマリ・セブン〉に配備されている民間警備員たちを知っている情報提供者と連絡をとり続けていた。この情報提供者を通じて警備員の一人を説得し、七隻のタイ漁船のなかの一隻に携帯電話をこっそり持ち込ませることに成功した。その警備員は、タイ漁船の乗組員たちと労働環境を撮った画像を送ってくるようになった。プントランド政府内の別の情報提供者にしても、漁獲報告書や登記記録、そしてプントランド政府発行の漁業免許のコピーなどの重要書類を提供してくれるようになった。

しかしこの取材のもっと大きな突破口は、〈ソマリ・セブン〉のある乗組員の携帯電話の番号を入手したところにあった。一部の乗組員たちは、家族と連絡をとるために携帯電話をこっそり持ち込んでいたのだ。その携帯電話の持ち主はプリペイド料金を使い切ってしまっていた。そこでわたしは人権活動家に、その乗組員のプリペイド用の口座に匿名でオンライン送金する方法を知っているボサソの友人を紹介した。その活動家が送金したおかげで、その乗組員はまた家族にメールを送ることができるようになった。わたしは乗組員たちの許可をなんとかもらって、彼らのメールのやり取りの輪に加えてもらった。

このややこしい情報ルートを通じて、わたしは〈ソマリ・セブン〉の内情の全体像を徐々に築いていった。ボサソ港の沖合三キロほどのところにまとまって投錨していた七隻のタイ漁船には、合計で二四〇人ほどのカンボジア人とタイ人が乗っていた。このときに七隻のうちの何隻かを訪れたプントランド漁業省の役人の話によれば、乗組員たちは見たところ一日二〇時間は働いていたという。冷凍庫で働いていた男はちゃんとした防寒着がなかったので凍傷にかかった。あるカンボジア人甲板員は精神に異常をきたした。「あいつは隅に座ってぶつぶつ独り言を言ってた」別のカンボジア人はそんなメールを書いてよこしてきた。ほかの乗組員たちのメールは、もっぱら故郷《くに》に戻してくれと懇願するものばかりだった。ある乗組員は、付近を旋回するヘリコプターを見たあとに「あれはおれたちを助けに来たのか？」とメールで家族に尋ねた。

〈ソマリ・セブン〉の動向は、ときどき思い出したように発信するＡＩＳの位置情報でつかむことができた。あるとき、〈チョートチャイナヴィー35〉がソマリア海域を出たことにわたしは気づいた。そのまま二日監視を続けていると、この漁船は八〇〇〇キロ近く離れたタイに戻ろうとしていることがはっきりとわかった。わたしはタイ政府のさる人物と連絡をとり、このトロール漁船が違法操業と労働搾取をしている可能性があることを伝えた。タイ首相府の人身売買対策顧問を務めるその人物は、八人のタイ警察捜査官と六人のタイ海軍士官で〈チョートチャイナヴィー35〉を臨検する計画を立てた。わたしは〈ソマリ・セブン〉の調査内容をタイ政府に渡し、その見返りとして臨検の現場にわたしが手配した調査員が立ち会う許可を得た。そうすれば遠く離れたアメリカからでも乗組員たちに独自取材することができる。

二〇一七年五月四日の夜半、〈チョートチャイナヴィー35〉はタイ領海に入り、サムットサーコーンの港に針路を取った。AISは切られていたが、タイ当局はヘリコプターと航空機を使って捜索にあたった。発見すると、今度は入港される前に押さえるべく海軍の艦船を出動させた。かくして警察と海軍の総勢一四人の捜査官とわたしの調査員は、陸《おか》から一〇キロほどのところで〈チョートチャイナヴィー35〉に乗船した。

〈チョートチャイナヴィー35〉の乗組員たちは、どこからどう見ても言い含められていた。わたしの調査員の取材に対して、彼らはあらかじめ予行演習しておいたと思しきことを異口同音に答えた——労働契約書には進んでサインした。給料は全額もらえているし、遅配もない。食事はちゃんとしたものをちゃんと食べてるし、労働環境もとてもいい。そんな供述など、捜査官たちも調査員も信じなかったが、おかしなところや矛盾点はなかなか見つからなかった。問題なんか何もない。乗組員たちはとにかくそう言い続けた。それでも日が明けた五月五日の午前六時頃、あるカンボジア人乗組員がわたしの調査員を手招きし、仲間たちに聞かれないところで話がしたいと告げた。

「全部嘘っぱちなんだ」近くの甲板でほかの乗組員たちが寝入っているなか、ケアという名のそのカンボジア人は声を潜めてそう言った。ケアによれば、タイの領海に入る数時間前に、船長の携帯電話に当局の臨検があるという警告が入ったという。船長は乗組員たちを下甲板の一室に集め、当局の聴取にどんな受け答えをすればいいのか指示した。そういう筋書きをケアが明かしたのは、プントランド海域にとどまり続けている残りの〈ソマリ・セブン〉の漁船に、自分の弟がまだ残っているからだった。ほかの乗組員たちが本当のことを言わないのは、そんなことをしたら未払いの給料をもらえなくなるかもしれないと思っているからだろうとケアは言った。

ケアがすべてを打ち明けてくれたあとで、わたしの調査員はその内容を捜査官たちに伝えた。ケアは直ちにほかの乗組員たちから隔離された。ケアは腎臓結石と膀胱感染症を患っていることがわかったので入院することになったということにされた。実際にはパトゥムターニー県の保護施設に送られた。ひと月後、わたしは保護施設を訪れてケアと会った。

黒髪にブリーチしたメッシュを入れたケアは、プノンペンのダウンタウンにあるショッピングモールにたむろする男子高校生のように見えた。二十四歳の彼は身長一六五センチながら筋骨たくましく、両の前腕と両脚はタトゥーだらけだ。〈ソマリ・セブン〉の乗組員たちは、船長たちからときどき暴行を受けていたとケアは言った。怠けていると見なされると食事を抜かれたり、具合が悪くても薬をもらえなかったりしたという。カンボジア人乗組員たちのなかには、タイの海で漁をするという話で雇われた者もいて、乗った漁船がソマリアに向かっていると知って愕然としていたとケアは言った。

わたしのケアへの取材後、タイ政府は〈ソマリ・セブン〉の乗組員たちを救出する手段を五カ月にもわたって模索し続けた。が、法執行機関による、どこからどう見ても真っ当なものであるはずの救出計画は、激論と反発の泥沼にはまってしまった。この泥沼はひどく腹立たしいものだったが、同時にソマリアの国内問題と世界の関わりを浮き彫りにするものでもあった。とりわけ、混乱が支配する国の海はさらにひどい無法地帯になることを如実に示すものでもあった。

モガディシュの連邦政府は、自分たちには〈ソマリ・セブン〉の乗組員たちを救出することができないと言った。ボサソまで航行可能な船舶を保有していないからというのがその理由だった。できない理由はほかにもあることを、わたしは知っていた。最大の理由は、ソマリア国内にある自治国のなかで最も厄介な存在のプントランドと、連邦政府は事を構える意思がないというところにあった。〈ソマリ・セブン〉の問題に手を出せば、プントランド海洋警察軍（ＰＭＰＦ）やソマリ・セキュリティ・サービス（ＳＳＳ）のような現地の武装勢力との武力衝突が生じかねない。ＰＭＰＦもＳＳＳも、〈ソマリ・セブン〉を保護することで利益を得ているプントランドの大統領の忠実な番犬だ。武力衝突はモガディシュ側にいい結果をもたらさないだろう。おまけに、プントランドが自分たちの沿岸海域に対して実際にはどのような権利を持っているのか、連邦政府ですら把握していないのだ。

ソマリア海域に艦船を派遣して、海賊の取り締まり活動に協働してあたっている欧米とアジア諸国の合同部隊の関係者たちは、自分たちには違法操業を取り締まる法的権限が与えられていないので、〈ソマリ・セブン〉の乗組員たちを救出することができないと、初めのうちは言っていた。しかしタイ政府が働きかけるとＥＵの関係者は立場を変え、〈ソマリ・セブン〉が違法操業している事実をモガディシュ側が明文化すれば、艦船の派遣は可能になるかもしれないと述べた。

ソマリア連邦法には、〈ソマリ・セブン〉が操業している海域での外国漁船のトロール漁は違法だと明記されていて、プントランド政府が漁業免許を発行することも認められていない。であれば、合同部隊が要求する明文化など造作もないはずだった。ところがあの七隻のタイ漁船が違法操業をしているという主張を文書化する段になって、モガディシュの連邦政府はうさんくさいことこの上ない対応を見せた。ある週に、とある連邦政府関係者がタイ政府とわたしそれぞれに、〈ソマリ・セブン〉は違法操業をしていると書いてよこした。しかしその翌週には、連邦政府内の別の人間が逆のことを言ってきた。その一方で、プントランド政府もモガディシュの連邦政府も、ある一点に対してだけは同じ物言いをしていた――われわれの海を喰いものにする外国漁船による略奪行為には激しい怒りを感じている。

同様の苛立たしい障壁はほかにもあった。〈ソマリ・セブン〉の乗組員たちの多くはカンボジア人なので、タイ政府は救出作戦の共同立案をカンボジア政府に持ちかけたが、ほとんど相手にされなかった。アメリカ国務省は状況の定期的な報告をタイ政府に求めこそすれ、それ以上深く関与しようとはしなかった。その一方で、タイ当局は〈ソマリ・セブン〉の船主に圧力をかけるべく証拠集めに奔走していた。人身売買も捜査対象とする国連薬物犯罪事務所（UNODC）とその人質交渉人たちは、自分たちのサイト内の「近年の取り組み」に、〈ソマリ・セブン〉の乗組員たちについての情報を載せようとしていた。そんなことをすれば、自分たちが違法操業だけではなく人身売買の容疑で捜査対象になっていることを船主側に感づかれてしまう。タイ当局はサイトに掲載しないよう働きかけていたが、結局情報は公開されてしまった。

七月、〈ソマリ・セブン〉がAISを切り、乗組員たちを乗せたまま公海に消えてしまうことを恐れたタイ政府は、七隻のトロール漁船のいずれかが自国の港に姿を見せた場合は通報してほしいという旨を、国際刑事警察機構（ICPO）を通じて各国政府に要請した。結局、二隻がソマリア海域を出て数週間行方をくらませたのちにイラン海域に現れた。船主側はイランで漁船の売却か船籍変更を画策していると、国際運輸労連（ITF）の関係者が教えてくれた。

〈ソマリ・セブン〉はジブチの旗を掲げていた。したがってこの国の船籍登録局は、乗組員たちと操業の合法性に対して持ち上がっている懸念に基づいて、七隻に自国の港に戻って査察を受けるよう命令できる権限を持っていた。それをやればこの問題は解決するはずだった。事実、タイ政府はそうするようジブチ政府に正式に要請した。ところがジブチの船籍登録局は七隻の船籍を即座に剝奪し、問題に対して無関係を決め込んだのだ。このやり口は以前にも目の当たりにしたことがある。ＩＣＰＯから最重要指名手配を受けていた違法操業船〈サンダー〉がシーシェパードの追跡を受けていたときも、〈サンダー〉が船籍を置くナイジェリアの当局が同じ手に出ていた。こうした手段は、旗国は自国の旗を掲げる船舶の管理監督にあたるという建前はまったくの虚構だということをさらに証明するものだ。

＊

〈ソマリ・セブン〉がジブチ船籍を得た経緯からも多くのことがわかる。つまり、船舶の運航側は船籍登録料が最も低く、規制も最も少ない旗国を求めているということだ。わたしが〈ソマリ・セブン〉の存在を知る以前の二〇一六年八月、「海の奴隷」と違法操業を撲滅するためにタイ政府が新たに課した厳しい規制の回避を主眼に置いて、この七隻の船主はタイ船籍から離脱した。タイの監視の眼から逃れたいと思っていたのは〈ソマリ・セブン〉の運航者だけではなかった。遠洋漁船に対する規制が強化されてから数年のうちに、タイ船籍の五四隻の遠洋漁船は一隻残らず船籍をオマーンやイランやミャンマーなどに移した。

　どの国に船籍を置くか決めるべく、〈ソマリ・セブン〉の運航側はジブチの船籍登録局の役人たちをバンコクに招待して接待し、運航条件と登録料を交渉した。そしてすぐに七隻のトロール漁船にジブチの国旗を掲げる権利を八万ドルで獲得した。取引の一つとして、タイ側にはプントランド海域での一時的な漁業免許も与えられた。この経緯をつまびらかに話してくれたジブチ船籍登録局の人間は、そのプントランドの漁業免許が本物だったかどうかはわからないと言った[8]。わたしはこう返した――よしんばジブチ側がそんなおまけを付けることができるとしても、モガディシュの連邦政府によれば、ソマリア海域での漁業免許を発行する権限は少なくともプントランド側にはないとのことなのだから、何をもってしてそのプントランド政府発行の漁業免許を「本物」とするのかは、もはやわたしにはわからない。シュール極まりない話だ。架空のコピーとうさんくさいオリジナルの区別がなかなかつかずに四苦八苦していたシーランド公国の取材当時に戻ったのかと思ってしまうほど、あまりにも支離滅裂で理解しがたい話だった。

もちろんこうした裏話は、ボサソの沖合に投錨し続けるトロール漁船に囚われたままのカンボジア人たちにとってはどうでもいいことだった。ソマリアとジブチとタイとその他の当事者たちがメールを通じてあれこれ解決策を考えているあいだも、乗組員たちから助けを求める火急のメールが続々と寄せられていた。「父ちゃん、頼むから何が起こってるのか教えてくれ」ある男はそう書いていた。「あいつらに何かされそうで怖い」別の男は、甲板長に殴られたあとでこんなメールを送った。「ここは生き地獄だ」

わたしのもとに日々送られてくるメールは、どんどん緊迫の色を深めていった。ある乗組員が送ってきた動画では、タイの運航側の人間たちがやってきて、船で虐待や酷使など一切なかったと証言する書面にサインしなければ殺すと脅してきたことがひそひそ声で語られていた。「昔のことをあだこうだ言うのはやめようじゃないか」その動画には、運航側のある男がこんなことを言っている場面が収められていた。「これからは先のことを話そう」

ある日、衝撃的な画像がメールで送られてきた。白い半袖シャツに花柄の短パンという小綺麗な身なりの男性が、カンボジアと思しき村の小屋の中の光沢のある赤いカーテンの前にいる写真だった。その男性は縄にぶら下がって死んでいた――〈チョートパッタナ51〉のある乗組員の父親だった。画像を送ってきた親戚二人によれば、息子が拘束状態にあることで心が壊れ、自ら命を絶ったという。母親もまた絶望のあまり先に首を吊ろうとしたが、隣人たちに押しとどめられたという。

わたしは、〈ソマリ・セブン〉の乗組員たちからのメールでわかったことを各国の警察当局とタイの人身売買対策局に伝え、同時に国連とソマリアとジブチの当局に、どんな手を打つつもりなのか問い質した。タイ政府以外はわたしの質問を黙殺した。〈ソマリ・セブン〉の乗組員たちはどこからどう見ても救助しなければならない状況にあるのに、誰も彼らを漁船から救い出すこともできないし、そもそもそんな意欲すら持ち合わせていなかった。わたしには度し難い話だった。二〇一七年九月初旬の時点でまだボサソの沖合に投錨していたのは、七隻のうちの二隻だけだった。残りの五隻はレーダーから消え、その乗組員たちの消息はわからなくなってしまった。

ところが九月十日の午後、タイ当局のもとに〈ソマリ・セブン〉の乗組員の一人から連絡が入った。一八人のカンボジア人甲板員が漁船から下ろされ、ボサソ空港に連れていかれたのちに飛行機に乗せられ、故郷《くに》に戻る途上にあると言うのだ。タイ警察はおっとり刀でプノンペンに向かい、帰国を果たした乗組員たちに事情聴取した。ドバイでの乗り継ぎのあいだに、運航側の人間から一人当たり二万バーツ（約六二五ドル）手渡され、カンボジアかタイの警察に漁船でのことを訊かれたら否定的なことは話すなと言われたという。その運航側の人間は、以前に送られてきた動画で過去のことは話をするなと言っていた人物だった。

何人かはその金を受け取った。フェイスブックを通じて虐待と酷使の実態を妻に伝えていたことを運航側に知られていた甲板員の口止め料は三〇万バーツ（約九三八〇ドル）だった。しかしその甲板員は金を受け取らず、かつてケアがわたしにしてくれたようにタイ警察の事情聴取に協力した。のちにこの一八人のなかの一人が帰郷後に首を吊ったことを、わたしは知らされた。その甲板員の隣人たちの話によれば、自分が〈ソマリ・セブン〉に囚われていたあいだに妻が家を出てしまったことを知り、絶望の淵にいたという。

二カ月後の十一月十三日、今度は二九人の甲板員がボサソから空路バンコクに戻った。全員がタイ人だった。またもやほぼ全員が警察の聴取に対して、耐えがたいほどの長期間にわたって海に出ていたこと、ソマリア海域に入った直後から会社から家族への送金が止まってしまったこと以外に不満はないと答えた。

タイ当局は、人権侵害と違法操業を行っていたとして〈ソマリ・セブン〉を執拗に追い続けた。そしてとうとう、この年の五月にタイ警察と海軍が臨検し、わたしの調査員が同行取材した〈チョートチャイナヴィー35〉を押収した。その冷凍魚倉には、価値にして一四〇〇〇万バーツ（約四四〇万ドル）にもなる五〇〇トンの水揚げが保存されていた。その中身は金になるメバチマグロ、ブダイやモンガラカワハギやフエダイやヒメジなどの保護対象にされているサンゴ礁の魚、そしてイカやアカエイやサバなどだった。

タイ当局がまだ〈ソマリ・セブン〉を捜査していたとは驚きだった。結局のところ、この七隻は海外法人が運航を管理していて、タイ以外の国の国旗を掲げ、タイの主権海域以外で操業し、乗組員たちにしてもその大半はタイ人ではない(9)。したがって海洋法上ではそんな義務はないにもかかわらず、この国の政府は巨額の金と数百人の人員を割いて七隻のトロール漁船を追っていた。

このタイ政府の執心ぶりの理由を特定することは難しいが、わたしの読みでは、「海の奴隷」問題にまつわる悪評が、これ以上拡散することを恐れていたからだろう。同時に、乗組員への虐待や酷使、そして違法操業を犯せば、〈ソマリ・セブン〉のように他国船籍であってもタイの企業が所有する漁船であれば厳重に取り締まるというメッセージを、遠洋漁船団の船主たちに伝える意図もあったのだと思う。

ソマリアで遭遇した盗人まがいの政治家や役人たち、そしてその海で違法操業を繰り返す外国漁船の動機のほうはもっと簡単に説明がつく。陸《おか》でも同じことだが、海での犯罪行為を駆り立てるのは悪事を働きたいという欲求ではなく金への欲求だ。クルーズ客船が廃油を海に投棄するのは、地球が嫌いだからだとか海洋汚染をしたくてたまらないからというわけではなく、合法的に廃棄するよりも安上がりだからだ。密航者たちを筏《ラフテッド》に乗せて海に放り出すのも、乗組員を置き去りにするのも、出稼ぎの甲板員を借金で縛りつけるのも、そうしなければ費用がかさむからだ。ソマリアで海賊たちが船舶を襲撃し、〝警察〟が違法操業船を追い回し、政府が偽の漁業免許を発行するのは気晴らしのためではなく、ましてや愛国心に駆り立てられたわけでもない。ひとえに金のためだ。ジブチの船籍登録局にしても、〈ソマリ・セブン〉に自国の国旗を掲げることを許可したのは、自国の政府に厳しい規制をかけられたタイの運航会社を哀れに思ったからではない。ただ単に儲け話に乗っただけだ。

ソマリアでの取材は、わたしを思いもよらぬ方向に導いた。そうなることは前もってわかってしかるべきだった。正味な話、いったい誰が失敗国家にいいニュースを探しに行く？　モガディシュに降り立った瞬間から、わたしのジャーナリズムの羅針盤はぐるぐると回り続け、最後まで方向が定まらなかった。洋上で警備活動を展開している武装勢力のうち、どのグループが信頼できるのか、そしてそんなものが存在するとして、どのグループが正義なのか、わたしは四苦八苦して見極めようとした。

ソマリアの海で違法操業を繰り返していたタイのトロール漁船に、些細ではあるが正義がもたらされた。二〇一八年一月二十三日、タイの検察当局は漁業法違反でサーンスック・イアム一族の人間を訴追し、〈チョートチャイイナヴィー35〉の水揚げを押収した。漁倉の魚は違法に捕獲されたものなので売却することができなかった。検察当局は魚を引き取ってくれる慈善団体や国探しに四苦八苦する羽目になった。

水揚げの引き取り先が見つかるまでのあいだ、毎月二万ドルほどもかかる〈チョートチャイナヴィー35〉の停泊料と警備費、そして水揚げを保管する冷凍庫の使用料を、タイ政府は支払い続けた。この漁船の運航会社と人身売買業者たちの立件をもくろむ政府の法務顧問と捜査官たちは、カンボジアとジブチとソマリアの当局から協力を得ようと奮闘した。そうした労働搾取や虐待に各国政府が見て見ぬふりを決め込む理由は、火を見るより明らかだ。

洋上での暴力行為の問題について取り組んでいたおかげで、わたしは不条理なことはしっかりと不条理だととらえることができるようになっていた。それでも押収された水揚げの顚末については、異様にどぎつい皮肉を感じた。さかのぼること三年前、南シナ海で首枷を付けられて働かされていたカンボジア人甲板員のラン・ロンの窮状を報じたわたしに対して、タイ政府は洋上の強制労働に対する取り締まりを強化していると力説した。そして〈ソマリ・セブン〉の全貌が徐々に明らかになり、タイ当局がその運航会社の訴追に躍起になっている現在、トロール漁船が違法操業で得た利益である水揚げはカチンカチンに凍ったまま、政府が多額の金を費やして厳重に管理する、売却も譲渡も廃棄もままならない証拠物件になってしまった。

長大な章になりそうな予感はしていた。しかしそれはそれとして、わたしがソマリアの物語を自分で締めくくることもできなければそのつもりもなかったのも、それもこれもジャーナリズムの奥底にある迷宮を如実に示すものだと思えたからだ。その迷宮の出口が見つからなくても、わたしは構わなかった。〈ソマリ・セブン〉の取材を渋々中止してから三カ月後、とある情報提供者から連絡があった――〈ソマリ・セブン〉の残りの漁船は船籍を変更して船名も変えたが、それでも事実上の船主はあのタイの一族のままだという。そして人身売買業者が新たに手配したカンボジア人たちが、ふたたびプントランドの沖合で囚われの身になっているという。わたしも新たに取材を再開させ、つかんだ事実をツイッターで発信した。

この労働搾取と虐待の悪循環は、昔ながらの物語が細胞分裂して、新しい物語を次々と生み出しているように思えた。ソマリアの物語が、いや、どんな物語であっても新鮮に思えるのは、それが常に現在進行形の物語だからだ。そして少なくともわたしにとっては、どんな結末が待ち構えているのかわからないという不安と、自分の頑張り次第ではその結末を多少なりとも変えることができるかもしれないという希望の両方をはらみつつ、物語は展開していく。この堂々巡りの悪夢から抜け出す術《すべ》はわからない。それでも結局のところ、わたしはこんな諦めの境地に達した――海で働く（もしくは働かされている）男たちが受けている過酷な仕打ちのことを一切語らないぐらいなら、いっそ何度でも何度でも語るほうがましだ。

わたしは、アフリカの角近辺の無法の海について何を学んだのかと自問した。そして矛盾するいくつかの答えに行き当たった。ソマリアの海が違法操業船に喰いものにされるさまを目の当たりにしたし、モガディシュの連邦政府とプントランド政府が自国の海での違法操業にどれほど深く関与しているのかを身をもって学んだ。海賊対策にあたる現地の警察当局と漁業当局は、違法操業という問題を解決する立場にありながら、同時に問題も引き起こしていた。この海でもタイの漁船が海の奴隷をこき使い、違法操業をしていることも突き止めた。そしてこの問題の解決に唯一粘り強く取り組んでいたのはタイ政府だけで、海事法上は解決する責任を負っていたジブチとカンボジアとソマリアの政府は実質的に傍観していただけだったことも、わたしは自分の眼でしかと見た。

15 狩るものと狩られるもの

海とは、そこにあるものではない。事実であり、謎でもある。
メアリー・オリヴァー『**ザ・ウェイヴス**（*The Waves*）』

二〇一六年十一月十八日、日本の港湾都市である下関から、ある船団が出港した。波止場では、赤ん坊を抱えた女性たちが手を振って見送っていた。南氷洋をめざすこの船団の旗艦は、「海の食肉処理場」の異名をとる日新丸だ。そう、この船団はミンククジラを獲る日本の捕鯨船団なのだ。捕鯨母船の日新丸は全長一二〇メートル超で、船尾には鋼鉄製の傾斜したスリップウェイが備わっている。捕獲されたクジラはそこから引き揚げられ、その先にある木張りの解剖甲板で素早く解体され、各部位はベルトコンベアに載せられて下甲板に送られ、食肉処理されたうえで箱詰めされ、冷凍庫に収納される。両舷には「RESEARCH（調査船）」という文字が白く大書されている。

日新丸を母船とする捕鯨船団は、小型で足が速く、捕鯨砲で銛《もり》を撃ってクジラを狩る三隻のキャッチャーボート（目視採集船）と、クジラの探索とクジラの餌となるオキアミの調査にあたる目視専門船、燃料補給用のタンカー、そして日本の水産庁の監視船で構成される。一九五〇年代、南氷洋では主に日本とソ連とノルウェーの捕鯨母船が五〇隻以上操業していた。しかし二〇一七年の時点で活動しているのは日新丸のみだ。捕鯨母船では、陰惨な作業が工業レベルの手際よさで進められる。八〇人ほどの作業員が体重二〇トンものクジラを三〇分足らずで解体して、骨と皮だけにしてしまうのだ。

日本の捕鯨船団の出航からほどなくして、オーストラリアからはシーシェパードが所有する二隻の船が出帆した。わたしが二〇一五年に違法操業常習船〈サンダー〉の追跡に同行取材した、あの過激な環境保護団体だ。彼らもまた南氷洋に針路を取った。前年に続き、シーシェパードは南氷洋を隅から隅まで探索して日本の捕鯨船団を見つけ出し、キャッチャーボートが捕獲したクジラを日新丸に搬送するのを妨害する計画を立てていた。彼らはあらゆる手段を講じて捕鯨をやめさせるつもりだった。

シーシェパードと日本の捕鯨船団は、南氷洋での捕鯨シーズンに一〇年ほどにわたって戦いを繰り広げていた。年を経るごとにエスカレートしていく両者のルール無用の抗争は、もはや年中行事と化していた。シーシェパードが煙幕弾やペンキ弾や悪臭を放つ酪酸弾などで攻撃すれば、日本側は（シーシェパード側が主張するところの）閃光手榴弾や催涙ガス弾、音で相手にダメージを与える長距離音響装置《LRAD》などで応戦した。双方とも「プロップ・ファウラー」と呼ばれるスクリューと舵の破壊を目的とした、鉄塊やワイヤを装着した太いロープを使う。そして高圧の放水銃をどちらも使い、相手の煙突めがけて放水し、その先にある機関室を水浸しにしようとした。機関室が水浸しになれば船の機能は低下するが、機関員が感電死する危険をはらんでいる。

シーシェパードの一隻は「缶切り《カンオープナー》」と呼ばれる特製の装置を装備している。これは鋼材を右舷から突き出るようにして溶接し、相手の船の胴体を引っかいたり穴を開けたりすることをねらったものだ。シーシェパードの乗組員たちは小型の高速硬式ゴムボート《ゾディアック》に乗り込んで日新丸の側舷への接近を試み、解体したクジラの血を海に捨てる排水口を釘打ち銃《ネイルガン》を使って封をしようとすることもある。日新丸側は放水銃で迎撃したり、長いロープを付けた引っかけフックをゾディアックめがけて投げつけ、船から引

日新丸

き剥がしたり真っ二つに引き裂こうとする。こうした攻防で死者はまだ出ていないが、出るのは時間の問題だと多くが見ている[1]。

双方とも、それぞれ自分たちの行為を正当化する月並みな理論武装をしている。日本側は、たしかに捕鯨は世界的に停止されているが、自分たちがやっているのは科学計画の一環である「調査捕鯨」で、クジラの頭数は減少しておらず十分にあることを証明することがその目的だと主張している。一方のシーシェパード側には、日本船団への体当たりや航行の妨害は法を犯す行為だという認識はある。それでもクジラをはじめとした海洋生物の保護を目的とした法律を施行する義務を各国政府が怠っているという事実に世間の耳目を集めるためであれば、そうした違法行為は正当化される[2]。それが彼らの言い分だ。

シーシェパードと日本の捕鯨船団の衝突は常態化していたが、二〇一六年は以前とは様子が違った。二〇一四年に国際司法裁判所（ＩＣＪ）が調査捕鯨の中止を命じ、その年こそ日本側は従ったが、翌年の捕鯨シーズンには、世界で最後に残った捕鯨母船は命令を無視して活動を再開した。[3] 捕鯨船団を運航する日本鯨類研究所は、科学調査の名のもとに三三三頭のクジラを捕獲したと発表した。そして二〇一六年、出航式と波止場に集った人びとの温かい見送りを受けたのちに、日新丸の船長は針路を南に取り、自動船舶識別装置（ＡＩＳ）を切って船を〝見えなく〟し、この星の最果ての海をめざした。

＊

二〇一六年、シーシェパードと日本の戦いは心理戦だけにとどまらず、のるかそるかのイデオロギー闘争の様相を呈するようになった。この南氷洋を舞台にした大立ち回りは、海の行く末により大きな一石を投じている。

南氷洋での捕鯨を含めたさまざまな違法行為を誰も取り締まらないというのであれば、国家なり企業なりが海底資源の採掘をしたり違法投棄をしたら、いったいこの海はどうなってしまうだろうか？ カナダでの海洋鉄肥沃化の実験のように、「違法操業者」たちが学術調査だと言い張るだけで、その行為は許されてしまうのだろうか？ シーシェパードのようなボランティア組織や自警団の手に取り締まりを委ねて、そしてうまくいかなかったら、地球の北と南の果てにある海は、誰も統治はしないくせに所有権だけはこぞって主張する、無法の無人地帯になってしまうのだろうか？

議論を自分たちに有利な方向に持っていく技術に長けているシーシェパードは、往々にして「正義の味方」に見えてしまう。わたしはその巧妙なレトリックと、如才ないブランド戦略に視野狭窄に陥らないよう心がけ、シーシェパードに対しては批判の声が上がっている点、とくに自分たちを聖者に祀《まつ》り上げる点、自己宣伝に励んでいる点、そして取り組んでいる事案に付きまとう微妙な問題をしょっちゅう無視してしまう点が非難されていることを心に留めておいた。とはいえ、わたしだって正義の味方に心惹かれないわけではない。正直に言えば、シーシェパードの七つの海を股にかけた追跡作戦の取材は、灰色の世界だらけの本書の取材のなかで一服の清涼剤のように感じられた。

現在の海事法は不可解で矛盾が錯綜し、曖昧なものばかりだ。そして、どこからどう見ても法律が必要なのにもかかわらず、法律が存在しないという驚くべき「法の空白地帯」が海には存在する。大勢の無法者《アウトロー》どもが海でのさばっているのはそのせいだ。法の埒外で活動することなど造作もないことだし、そもそもその法がないとなればなおさらだ。が、シーシェパードの追跡作戦は法の執行と言うよりも力の誇示だ。相手の船を無力化するためにシーシェパードが使う「カンオープナー」は、彼らの海事法に対する見解と、問題を自分たちの手で解決しようとするあけすけな姿勢を象徴するものでもある。「海の保安官」を自任するシーシェパードは、自らの行動が正しいものであろうが間違ったものであろうが、少なくともその意図を隠そうとはしない。本書に登場する人びとの大半は、自分たちの真の目的をはっきりと示そうとしない。その数少ない例外がシーシェパードだ。

無法者どもが跋扈する海の探検を捕鯨の物語で締めくくることは、わたしにとっては自然な流れだった。一九七五年に最初に反捕鯨活動を開始したグリーンピースは、何もかもがはるかかなたの水平線の先で起こる他人事ではないことを早い段階で訴えた先導者だった。彼らが唱えた「クジラを救え《セーブ・ザ・ホエール》」というスローガンは、海洋自然保護主義の到来を高らかに告げた。たしかにグリーンピースの活動は捕鯨産業の抑え込みには成功した。しかし「科学調査」の錦の御旗のもとに、日新丸は公海上での捕鯨を今なお続けている。海は神のように恩恵を惜しみなくもたらし、決して枯渇することはないという前時代的な迷信の名残だと言える。

捕鯨は古来より行われてきたが、日新丸の最新の捕鯨術とその処理方法の多くは謎に包まれている。ほとんど知られていないことなのだが、この捕鯨母船の同乗取材を許された外国人ジャーナリストが一人いる。一九九二年から九三年にかけての五カ月にわたる捕鯨シーズンに、日本鯨類研究所はマーク・ヴォティエというイギリス人に日新丸への乗船と、「見るに堪えない」作業以外は何でも好きに撮影していいという許可を出した。(4)

クジラを発見するために、日新丸はさまざまな情報を収集する。クジラの移動ルートについては学術調査をあたることもあれば、クジラに取り付けた衛星トランスポンダーの過去のデータを調べることもある。餌となるオキアミの分布図やクラウドソーシング化された目撃情報、そしてソナーなども駆使する。目視専門船と呼ばれる船も先遣隊として帯同する。

乗船取材中、ヴォティエは三〇頭のクジラが捕獲される現場を目撃した。銛を撃ち込まれたクジラがまだ生きている状態で日新丸に引き揚げられ、捕鯨業界で言うところの「二次的捕殺手段」が講じられる現場をヴォティエはとらえた——まだ身もだえしているクジラを十数人の作業員たちが取り囲み、そのうちの一人が電撃棒を当てて感電死させたのだ。クジラを絶命させると、作業員たちは体格を計測したのちに日本刀と見紛うほど長いナイフを振りかざして解体を開始し、重要な器官と脂肪の欠片を切り取ってバケツに放り込む。それ以外の部分は人間の胴体ほどの大きさに切り分ける。五人か六人ほどが血まみれの解剖甲板をモップがけし、残りの作業員たちは切り分けた鯨肉をベルトコンベアに載せて下甲板に送り、そこで箱詰めにして冷凍庫に収納する。捕鯨絶頂期には、日に二ダースものクジラを処理することもあったという。

ヴォティエが目の当たりにした捕獲されたクジラのうち、半分以上が船に引き揚げられたのちに「二次的捕殺手段」で殺処理された。クジラが感電死するまでにかかる時間は平均で八分だったが、あるクジラは二三分間も通電させられた。その拷問とも思える光景に、ヴォティエは陸《おか》に戻っても苛まれたという。じきに彼は「見るに堪えない」作業を含めたすべての写真を公開した。日本鯨類研究所は契約違反だとして訴訟を起こし、三〇〇万円（当時の価値で四万五〇〇〇ドル）の賠償金を求めた。ヴォティエは賠償金の支払いを拒み、二度と日本の地を踏むことはないと宣言して訴追を回避した。

この不面目な事態以降、日本の捕鯨産業は秘密保持を厳重にした。数少ない情報公開によれば、二次的捕殺手段にはもう電撃棒は使用しておらず、もっぱら大口径のライフルを使っているとのことだ。マスコミとシーシェパードのような環境保護団体から追跡されないように、日本側はAISを切ったままにしている。しかし捕鯨航海に先立って催される出航式は大々的に報道されるので、シーシェパードは日新丸がいつ発つのか大まかにつかんでいる。

シーシェパードは、二〇一六年の捕鯨船団追跡作戦を、神を愚弄するものに正義の鉄槌を下すギリシア神話の女神にちなんで「オペレーション・ネメシス」と命名し、十二月三日に旗艦〈スティーヴ・アーウィン〉をメルボルンから出港させた。そのヘリパッドには〈ブルーホーネット〉というヒューズ300ヘリコプターが搭載されていた。この偵察用ヘリコプターは、好天下で四時間、距離にして一六〇海里（約三〇〇キロ）の飛行が可能だ。一九七五年建造の〈スティーヴ・アーウィン〉は全長六〇メートルの船体に青と黒と灰色の海洋迷彩を施し、船橋《ブリッジ》の前面に髑髏《どくろ》と、海神の三つ又槍《トライデント》と羊飼い《シェパード》の杖が交差した絵柄のシーシェパードのシンボルマークをいただいている。スティーヴ・アーウィンとはオーストラリアの人気テレビタレントだった環境保護活動家のことだ。この船はもともとは〈ロバート・ハンター〉という船名だったが、二〇〇六年にアーウィンがダイビング中にアカエイに刺されて亡くなり、彼の名に改称された。

〈スティーヴ・アーウィン〉に帯同するのは、船足がかなり速い〈オーシャン・ウォリアー〉だ。オランダとイギリスとスウェーデンの公営宝くじからの寄付で建造された全長五三メートルのこの新造船は、十二月四日にタスマニアのホバートから処女航海かつ初任務に出帆した。最大船速は三〇ノット

（時速五五キロ）超で、一六ノット（時速三〇キロ）の日新丸も二三ノット（時速四三キロ）のキャッチャーボートも軽く凌駕する。後甲板に据え付けられた、鮮やかな赤に塗られて側面に「密漁者どもをぶっ潰せ」と書かれた放水銃は、一般的な消防車のそれの四倍の毎分一九万リットルもの水を噴射することが可能だ。六〇メートル離れたところでも直撃させれば相手の肌を裂き、転倒させてしまうほどの威力を誇る。

日新丸を発見することだけでも、シーシェパードにとっては難問中の難問だった。何しろ捕鯨の漁場はオーストラリア大陸ほどにも広大なのだから。毎年の捕鯨船団追跡作戦で、シーシェパードはクジラが出没する頻度が高い海域に重点を置き、捜索範囲を狭める努力をしてきた。メンバーたちは浮氷塊の動きと過去の気象図を精査する。クジラの餌となるオキアミの移動ルートについての学術論文も、前年の捕鯨位置が記された、敵である捕鯨会社の報告書も読む。

〈オーシャン・ウォリアー〉の舵を取るのは、カリフォルニア州ネヴァダシティ出身の五十三歳の元自動車修理工アダム・メイヤーソンだ。一方の〈スティーヴ・アーウィン〉の船長は、身の丈一八〇センチ超のオランダ海軍の元大尉で、生真面目な女性のウィヤンダ・ルブリンクだ。両隻合わせて五〇人の乗組員の男女比は同じで、国籍構成もオーストラリア、ドイツ、フランス、イギリス、オーストリア、スペイン、カナダ、アメリカと多岐にわたる。メイヤーソンもルブリンクも、そして「オペレーション・ネメシス」の参加メンバーの多くにしても、わたしにとってはＩＣＰＯの最重要指名手配書に載っていた名うての違法操業船〈サンダー〉を追跡した二〇一五年の「オペレーション・アイスフィッシュ」に密着取材したときからの顔なじみだ。

「オペレーション・アイスフィッシュ」では、シーシェパードはマゼランアイナメのような資源保護されている魚を密漁する漁船を新たな敵と見なし、水産企業や警察と協力するという新たな戦術を試み

〈オーシャン・ウォリアー〉

〈オーシャン・ウォリアー〉の乗組員たち。前列中央の黒いズボン姿の男が船長のアダム・メイヤーソン。

た。それに対して今回の「オペレーション・ネメシス」は、反捕鯨団体という原点に戻るものだ。シー・シェパードにとっては過去の遺恨を晴らすリターンマッチでもあり、日本の捕鯨活動の息の根を断つ戦いでもあった。が、作戦は計画どおりには進まなかった。

＊

農業も畜産も営むことができない寒冷な土地では、人間は太古の昔からクジラを獲って生きてきた。ナイアシンと鉄分とタンパク質に富むクジラの肉を食べると、ビタミンA・C・Dも容易に摂取できる。クジラの脂肪から採る鯨油は、火が長持ちし煤《すす》も少ない燃料として重宝されるようになった。鯨油は国際貿易で二五〇年近くにわたって重要な位置を占め、とくに北米植民地では主要産物とされ、艦隊を組んで捕鯨にあたっていた。マサチューセッツ州のニューベッドフォードで捕鯨に従事していたハーマン・メルヴィルが『白鯨』の着想を得ていた一八四〇年代、アメリカの捕鯨は年間で一億二〇〇〇万ドルを稼ぐ巨大産業となっていた。これは現在の貨幣価値に換算すると三〇億ドルにもなる。

捕鯨は危険だが実入りのいい産業だった。クジラ一頭で、二〇一七年のレートに換算すると二五万ドルもの価値があった。しかし乗組員たちの懐にはほとんど入ってこず、労働環境も過酷だった。歴史研究家のブリトン・クーパー・ブッシュによれば、捕鯨船の乗組員たちは男色に走ったりであるとかクジラの肉を食べずに海に捨てたりであるとか、とにかく事あるごとに首枷の罰を受けていたという。一回の漁で平均して三分の二の乗組員が船から逃げ出すほど苛烈なものだったと、ブッシュは自著『十九世紀アメリカの捕鯨産業（*Whaling Will Never Do for Me*）』で述べている。一八四〇年代の捕鯨船の航海日誌を調べたブッシュは、一〇パーセント近くの船の日誌に鞭打ちの記述を見つけた。

鞭打ちの罰が科せられる理由は主に二つだという。一つ目は、クジラに感づかれるような物音を立てたとき。二つ目は、たいていの場合は教会の人間たちに助けを求めて、漁が終わる前に逃亡を図ったときだ。この場合は首枷も付けられた。タイの漁船での強制労働を思い起こさせる話だ。

ライバル産業の登場により、アメリカの捕鯨は下火になっていった。一八四九年に起こったゴールドラッシュにわき返るサンフランシスコでは、乗組員たちはよりよい実入りを求めて金鉱に走り、数百隻もの捕鯨船が廃業させられた。その一〇年後にペンシルヴェニア州の北西部で発見された原油がとどめの一撃となった。そこそこの油井で一日に採掘される原油で、一隻の捕鯨船の三年分の漁で採れる鯨油に相当する石油ができた。

アメリカでは十九世紀後半に廃れてしまった捕鯨だが、それ以外の国々ではさらに続いた。アイスランドでは、一八九二年から一九一〇年にかけての経済活動のほぼ一〇パーセントを捕鯨産業が支えていた。捕鯨大国の一角を占めていたノルウェーは、十九世紀末には機械化された処理施設を備えた捕鯨基地を何十カ所も設けていた。さらには銛《もり》の先端に爆薬を付け、クジラに刺さると体内で爆発して手際よく死に至らしめる「爆発銛」も考案した[5]。

日本の捕鯨は千年以上の歴史を有するが、もっぱら沿岸海域で行っていた。ところが一九三〇年代になると、大型の船舶や捕鯨砲といった先端技術を用いた日本の捕鯨船団は南氷洋に進出し、活動範囲と生産性を格段に向上させた。第二次世界大戦の敗戦が招いた貧困にあえぐ日本で、鯨肉は食の中心的存在となり、安価なタンパク源として学校給食にも取り入れられた。一九五八年の時点で、鯨肉は日本の食肉消費量の三分の一を占めていた。

その当時から、日本政府は捕鯨対象を厳格に選別し、シロナガスクジラのような絶滅の危機にあるクジラは避け、ミンククジラのような資源量が豊富なクジラを獲っていると強調していた。ところが国連の環境問題についての諮問機関である国際自然保護連合（IUCN）は、クジラの総頭数は一九七八年から二〇〇四年のあいだに六〇パーセント減少したと発表したが、南氷洋のミンククジラについては絶滅の危機にあるかどうかを判断し得る十分なデータはないと述べている。「日本政府は、無秩序な商業捕鯨には強硬に反対している」捕鯨問題について尋ねたわたしに対して、ＩＵＣＮのとある幹部はこんな返答をよこした。

日本では、捕鯨は伝統的な漁としていまだに根づいているが、その理由には自尊心とともに官僚組織の事なかれ主義もからんでいる。日本政府は、独自の研究予算と広範な管轄権を有するプログラムを通じて捕鯨の監督にあたっている。この管轄権が、とりわけ外圧によって縮小されることになれば、捕鯨に利権を持つ官僚や政治家、そして支援を受ける捕鯨産業の面目は潰されてしまう。二〇一二年の時点で、日本政府は捕鯨産業に年間九〇〇万ドルの補助金を投入している。一方、ある推算によれば、政府は五〇〇〇トン以上の冷凍鯨肉を在庫として抱えているという。

日本が捕鯨問題に敏感に反応する理由は、この国の食文化が水産物に深く根ざしているという広い文脈から考えるべきだ。何しろ国民一人当たりの水産物の消費量は、先進工業国のなかで日本が最も多いのだから。文化面から見ても重要な意味合いを持っているクジラは、多くの日本人にとっては単なる食肉の一つにすぎない。彼らはこんな疑問を常に抱えている――外国人たちは、どうして自分たちの食べるものにあれこれ口出ししたがるのだろうか？　宗教によっては牛は神聖なものとされているのに、白人たちは牛肉を食べているではないか。オーストラリアではカンガルーを、イギリスではウサギを、そして中国では犬を食べている。そしてフェロー諸島やイヌイットの人びとは今でもクジラを獲ることを許されているのに、なぜ日本人がやると世界中から非難される？

わたしはこの日本人たちの問いかけをメイヤーソンにぶつけてみた。ノルウェーの年間捕鯨量はアイスランドと日本を合わせた量より多いことを、わたしは指摘した。「だったらどうしてノルウェーやアイスランドを標的にしない?」そう尋ねた。シーシェパードが日本以外の捕鯨活動に干渉しないのは、それは自国の主権海域で漁をしているからだとメイヤーソンは答えた。日本だけが遠く離れた公海上で捕鯨を続けていると彼は言い、こう言い添えた。「その公海を監視しているのはわれわれだけだ」

＊

日新丸の漁場は、地球上で最も荒々しく最も辺鄙な海だ。しかし人間を寄せつけない南氷洋は驚異の海でもあり、地球上で他に類を見ない生態系の宝庫でもある。コウテイペンギンとアデリーペンギンの一大生息地であり、深海には眼玉がボーリング球ほどもあるダイオウホウズキイカが、そして血管の太さが人間の頭ほどもある地球最大の動物シロナガスクジラがいる。

南氷洋はまた、誰もが誰かの獲物を追いかけている餌場の様相も呈している。たとえば、クジラを狩る日本の捕鯨船団をシーシェパードが追うように、クジラもまた延縄にかかったマゼランアイナメをねらう。クジラは延縄漁船に影のように付きまとい、ときには延縄が獲物で鈴なりになるまで何百キロも追いかける。漁船が延縄の引き揚げを開始すると、ウインチのモーターが独特な回転音を発する。この音は、クジラにとっては食事の時間の到来を告げるディナーベルとなる。クジラは延縄にかかったマゼランアイナメを全部かさらってしまい、引き揚げられたときにはもう何も残っていない。海が穏やかなときは、クジラはこのディナーベルの音を二五キロも離れたところから聞き取ることができる。(6)

メルボルンのディーキン大学の生活環境学部でクジラの食害について研究しているポール・ティクシエ博士に話を聞いたところ、南氷洋でのマゼランアイナメ漁は年間で五〇〇〇万ドル以上の損害を被っているとのことだ。(7) 漁船の船長たちのなかには、自分たちの獲物を横取りするクジラたちそれぞれの色や傷、ヒレの形状といった特徴がわかる「手配写真」を航海日誌に添付しているという。こうした常習犯たちの〝面〟は割れていて、それぞれに「ザック・ザ・リッパー」だとか「ジャック・ザ・ストリッパー」だとかのあだ名がつけられている。

延縄漁船に付きまとうクジラ類による食害は、アラスカやワシントン州、ハワイ、チリ、オーストラリアの海でも広がっている。アラスカ湾西部で操業する六隻に対する調査によれば、二〇一一年と二〇一二年のシャチによる食害がもたらした追加の燃料費と乗組員の食費と機会損失費用は、一隻一日当たり九八〇〇ドルになったという。アラスカで一九九〇年代にクジラ類の食害が深刻化したのは、漁業当局が漁期を二週間から八カ月に延長したことが原因だ。漁期はかなり大幅に延び、出漁機会も増えたが、漁獲割当量はそのままだった。

漁期延長の目的は、短い漁期を無駄にしないために、悪天候でも無理して出漁するという危険を冒さないようにすることにあった。が、この策は予期せぬ結果をもたらした。漁期が長くなったことでクジラ類の回遊期と時期がかぶるようになり、結果として遭遇する可能性が高くなったのだ。漁期が長くなれば、それだけクジラは獲物を分捕る技に磨きをかけ、いつ、どこで襲えばいいのか正確につかむようになった。「これまでのところ、クジラを出し抜くうまい手は見つかっていません」ティクシエ博士はそう言う。

二〇一六年の年初に、わたしは漁業とクジラのせめぎ合いについて調べるべく南氷洋に飛んだ。その途中でいくつか下調べをしようとプンタアレーナスに立ち寄った。チリ最南部にあるこの市《まち》はマゼランアイナメ漁の世界的な中心地で、ここでアラスカやフランスから漁業関係者を招いて開催された適法マゼランアイナメ操業者連合（COLTO）の会合に、わたしは出席した。グローバルペスカSpAというマゼランアイナメ専門の水産会社を経営するエドゥアルド・インファンテ氏が、ひと癖もふた癖もある海中の敵の手を説明してくれた。その顔には憤慨と、業腹ながら尊敬の念が入り交じった表情が浮かんでいた。

グローバルペスカSpAが所有する三隻の延縄漁船と四〇人の乗組員たちは、毎年一月から四月にかけて南大西洋で漁をする。成体のクジラは、全長八キロの延縄にかかったマゼランアイナメをものの一時間で平らげてしまう。自分が引っかかってしまわないように、クジラは延縄の針のすぐ下から食いちぎる。引き揚げてみたらマゼランアイナメの口だけがぶら下がっているということもままあるという。

ベテランのクジラともなれば、獲物を揺さぶって針から外して丸呑みする。

餌を食べるとき、クジラは独特の咀嚼《そしゃく》音を発する。その音は延縄のマゼランアイナメを横取りしているうちにどんどん大きくなり、周辺にいるクジラたちを呼び寄せ、現場を食べ放題のビュッフェにしてしまう。「ごろつきどもがうじゃうじゃいる路地裏に足を踏み入れるようなもんだよ」フォークランド諸島のマゼランアイナメ漁漁船の船長は、自身の経験をそう表現した。ひどい日になると、一隻の漁船に一ダースものマッコウクジラとその倍ほどの数のシャチが襲いかかることもあるとその船長は言う。

クジラ類の食害への対処法はさまざまで、これといった決め手はない。囮《おとり》の船を使ってクジラを騙すこともあれば、水中にヘヴィメタルをガンガン流してクジラを辟易させることもある。クジラが出てくるのを待って、諦めてどこかに行ってしまうまで延縄を引き揚げないという手を使う船長もいる。別の船長は常習犯のクジラに衛星追跡装置を取り付けて回避する。振り払うという手は、クジラのほうがずっと速いので無駄足に終わる。クジラに後をつけられたら近くにいる漁船に近づいて、クジラの気をそっちに向けさせる船長もなかにはいる。

飛び抜けて始末に負えないのは、頭がよくてしつこいシャチだとインファンテ氏は言う。シャチは食物連鎖の最上位に位置する捕食動物のなかで最大で、人間以外に敵はいない。抜群の狩猟感覚を有することでつとに知られるシャチは、マッコウクジラを襲うときは体当たりして相手をくらくらさせてから餌食にする。イルカを襲うときは空中にはね上げて足を遅くさせ、浮氷塊にいるアザラシやペンギンの場合は群れをなして泳ぎ、大きな波を起こして浮氷塊を洗い流して海に落とす。

インファンテ氏は、チリ政府がマゼランアイナメの年間漁獲量を三分の二に削減させた二〇一三年に起こったことを話してくれた。この措置で操業する漁船の数は劇的に減り、その水揚げを横取りしてきたシャチたちが追い込まれた状況を、氏は「飢饉」と表現した。それまで自由勝手に貪っていた餌が少なくなって飢えたシャチは獰猛極まりなかったと氏は語った。漁船の船尾の開口部で乗組員たちが針から外すマゼランアイナメを、シャチたちは海から飛び出してきてかっさらっているという無線連絡がどんどん入っていたという。「危なくて危なくて、うちの乗組員たちは手を船の外に出せなくなってしまったよ」インファンテ氏はそう語った。

インファンテ氏の話は続く。クジラを撃退する音響装置も、過去数年間のうちにいくつか試してみた。そうした装置は二週間ぐらいのあいだは効くのだが、そのうちクジラは音を気にもしなくなった。現在用いている対抗策は「カチャロテラス（マッコウクジラ）」という食害防止用の網だ。この小さな網は、延縄が引き上げられてクジラがよく襲ってくる浅い水深のところまで来ると円錐状に広がり、針にかかったゼランアイナメにかぶさって保護する。この仕掛けはクジラ研究者たちも使用を反対しないし、ほとんどのクジラに対して有効だという。「シャチ以外にはね」インファンテ氏はそう言う。

クジラの食害について知ることは重要だ。日本とノルウェーは、たびたび食害問題を持ち出して自国の捕鯨を擁護しているからだ。増え過ぎたクジラが漁師たちの生活の糧を横取りし、貴重な水産資源を喰い尽くそうとしているというのが両国の主張だ。クジラの個体数を間引いて適正なバランスを取り戻すためには、銛を使った捕鯨が役立つと彼らは言う。クジラ研究者の大半は異論を唱えている。

プンタアレーナスを発った足で、わたしはチリ最南端のマゼラン海峡に浮かぶカルロス三世島に暮らす、とあるクジラ研究者を訪ねた。面積二〇平方キロメートルの島の一部が政府の自然保護区になっているカルロス三世島からは、クジラの餌場を見渡すことができる。南半球では夏にあたる十一月から五月までのあいだ、この餌場には一〇〇頭以上のザトウクジラと、それよりも少ないがシャチとミンククジラも群れをつくってやってくる。

わたしは〈タヌ〉という全長一一メートルのクジラ調査船に乗ってカルロス三世島を訪れた。〈タヌ〉という船名は、かつてこの最果ての地に暮していた、今はほぼ絶えてしまった先住民族セルクナム族のクジラの精霊にちなんでいる。プンタカレーナの港を出た〈タヌ〉は、ピノチェト軍事政権下で政治犯を収容する刑務所があった、過酷な環境のドーソン島を通過し、南アメリカ大陸最南端のフロワード岬を回り、北西に九時間進んだ末にカルロス三世島に到着した。そして一週間後に戻ってくると約束してわたしを下ろし、帰っていった。

冷たい雨の降る日々を、わたしは島のベースキャンプで過ごし、六メートル×三メートルのテントの中の薪ストーブに身を寄せ、住み込みのクジラ学者のフェデリコ・トロ゠コルテスと話をした。カルロス三世島にはトロ゠コルテスを含めて四人しか住んでいない。残りの三人の二十代のチリ人男性たちは、日々食事を作り、薪を割り、次から次へと腐っていく木張りの歩道の踏み板を交換していた。その歩道は、ベースキャンプから島の奥の山腹にある研究施設も兼ねている簡素な小屋まで一・五キロほど続いている。

トロ゠コルテスによれば、昔の漁船の船長たちは自分たちの獲物を横取りするクジラを、ライフルや銛やダイナマイト、そして「貝殻クラッカー」とか「アザラシ爆弾」と呼ばれる大きな爆竹を使って撃退していたという。クジラを殺してしまいかねないこうした対策は一九九〇年中頃まで南インド洋のクローゼー諸島近海でごく普通に取られていて、そのせいでシャチの個体数が七〇パーセント近くも減少してしまったとする調査結果も出ている。

チリに向かう前に、わたしは二〇一一年にニュージャージー州の沖合で起こったクジラへの発砲事件についての記事を読んでおいた。その年の九月、漁船〈キャプテン・ボブ〉の乗組員のダン・アーチボルドが、延縄にかかったまま半分食べられた状態のマグロの画像をフェイスブックの自分のページに投稿した。「おおきにお世話さま、ゴンドウクジラども」アーチボルドは画像にそんなコメントを添えていた。アーチボルドは銃弾の画像も投稿していた。どうやらその銃弾は、ニュージャージー州のアレンハーストの海岸に打ち上げられたゴンドウクジラの殺害に使われたものらしかった。逮捕後、アートボルドは数頭のゴンドウクジラに銃を掃射したと警察に供述した。あいつらはおれと同じ漁師で、いわば商売敵なんだ。彼はそう言っていた。

漁師たちは今でもこうした暴力的な手を使ってクジラを追い払っているが、それでもその頻度はかなり低くなったとトロ＝コルテスは言う。現時点で漁船の船長たちの主張は、クジラより頭数が多くて厚かましいトドやアシカぐらいは射殺を許可してくれというものばかりだという。おとなしくて無害な巨大生物というトロ＝コルテスのクジラ観は、インファンテ氏やアーチボルドが示した獰猛で狡猾な商売敵というイメージと大きくかけ離れている。

滞在中のある夜、わたしは歩道をたどって研究施設を兼ねる小屋で寝た。この時期、太陽は午後一一時にならないと沈まず、陽が落ちたら落ちたで今度は月が煌々《こうこう》と輝き、あたりは闇に包まれるどころか、むしろ明々と照らし出されていた。わたしは入り江を見下ろし、クジラが眠っている様子を眺めた──体長一五メートルのザトウクジラが数頭、水面《みなも》を漂っていた。クジラたちは時たま潮を吹くと、数分ほど海中に潜っていく。巨大怪獣《ベヒモス》たちが冬眠するねぐらに忍び込んだような気分だった。

島を去る前日、トロ＝コルテスが一冊の蛍光グリーンの三本リングバインダーを見せてくれた。バインダーには、この凍てつくクジラ観測の前哨基地での（主にトロ＝コルテスの前任者による）一八年間にわたる記録と、〈タヌ〉が撮影した、主にザトウクジラからなるクジラの写真だった。バインダーのラミネート加工された各ページには、クジラたちの背びれと尾びれを望遠撮影した写真が、全部で一八二枚収められていた。撮影されたクジラには、それぞれ「いとこ《プリーモ》」や「蝶《マリポサ》」や「ラスパディータ《スクラッチカード》」といった名前がつけられている。別々の年に二回以上ここの海にやってきたクジラを撮影したということは、そのクジラの移動パターンの一部を裏づけたということになり、撮影した研究者はそのクジラの命名権を得る。トロ＝コルテスはまだ一頭も名づけていない。「頑張ってるところなんだ」彼はそう言った。わたしは彼の幸運を祈った。

　約束の一週間後にやってきた〈タヌ〉に乗り、わたしはカルロス三世島を去ってプンタアレーナスに戻った。船中でわたしは、あのちっぽけな前哨基地が地の果てのさらに果てにあること、そしてトロ＝コルテスの調査が骨が折れるばかりで遅々として進んでいないことに呆れてしまった。この調査がクジラの保護に何らかの役割を果たしているかどうかは別にしても、この調子だと工場レベルの手際よさでクジラを解体していく日新丸に追いつくことはできないように思えた。

　プンタアレーナスに戻ると、今度はグリーンピースの〈アークティック・サンライズ〉に乗って南極をめざした。四人のオーストラリア人とアメリカ人とドイツ人が一人ずつという科学者チームを乗せた〈アークティック・サンライズ〉は、南アメリカを示す指のように南極大陸から突き出た南極半島と、その西側に広がるウェッデル海に向かった。日本の捕鯨船団が操業する海域とは異なるが、わたしたちのめざす海はスロナガスクジラとセミクジラとザトウクジラ、そしてミンククジラが回遊してくる海でもある。

　プンタアレーナスから南極大陸に行くには、南アメリカ大陸の直下にあるドレーク海峡を越えなければならない。獰猛な風が吹き荒れ凄まじい波が襲ってくるこの海は、数世紀のあいだに何百隻もの船を沈めてきた。危険な海としてつとに知られているこの海を、わたしたちはほぼ一週間をかけて渡り切った。〈アークティック・サンライズ〉は激しく揺れ、乗組員の大半は船酔いするか、その一歩手前まで追い込まれた。わたしは初めて病気のような船酔いにかかってしまった。汗がいきなりどっと出てきて止まらなかった。が、船酔い止めのドラマミンとベッドでずっと寝ていたおかげでなんとか切り抜けることができた。あるとき、波が側舷を襲い、食堂にいた甲板員が怒り狂ったダース・ベイダーにぶん投げられたように部屋の端まで飛ばされた。その甲板員はすっくと立ち上がると、急に笑い出してすたすたと立ち去った。

この船に乗る多国籍科学者チームは、南氷洋を統括する機関、南極の海洋生物資源の保存に関する委員会（CCAMLR）にある申請を出す準備を進めていた。その申請とは、この海で近年急増している商業漁業を止めるべく、南極半島周辺に海洋保護区を設定するというものだった。

この海で主に獲られているのは、エビに似た小型の遊泳性甲殻類で、人間の小指ほどもある大きさのナンキョクオキアミだ。宇宙からも見えるほどの巨大な群れをつくって群泳するこのオキアミを、アザラシやペンギンやアホウドリやイカ、そしてとくにクジラが主食にしている。生物体量《バイオマス》という点では地球で最も繁殖しているナンキョクオキアミの個体数はまだまだ堅実な量を保っている。しかし懸念されるのはこのオキアミ全体の資源量ではなく、クジラの餌場である海での資源量だ。過去一〇年のあいだにオキアミ漁の漁船群は、クジラが移動してきてナンキョクオキアミを食べる南極半島の西岸沿いの氷海や大陸棚付近で集中的に漁をするようになった。これらの水域のナンキョクオキアミの成体の個体数は、四〇年のあいだに七〇パーセントから八〇パーセント減少したという研究結果が出ている。(8)

そこに気候変動が拍車をかけた。ナンキョクオキアミが捕食動物から隠れたりプランクトンを食べたりする叢氷《そうひょう》が減少しているのだ。その一方でナンキョクオキアミの需要は高まっており、二〇一〇年から一六年までのあいだに漁獲量は四〇パーセント増加した。主な消費先は、ブタやニワトリへのタンパク質供給のための魚粉だ。搾った油はサプリメントとして人気があるが、健康上のメリットは疑問視されている。

〈アークティック・サンライズ〉に乗る科学者たちは、ブラジル沖のアマゾン礁の調査でわたしが乗ったものと同じ複座潜水艇を使い、四五平方キロメートルの海洋保護区の必要性をチリとアルゼンチンの両政府が理解し、申請を支援してくれるだけの証拠を集めようとしていた。この問題を監督する国際機関であるCCAMLRに申請するにあたり、科学者たちは特別な保護措置を必要とする海洋生物のリストに載っているある種のサンゴや海綿、イソギンチャクなどがこの海に生息していることを示す文書を作成しなければならない。

南氷洋に海洋保護区を作るには、ナンキョクオキアミを盛んに獲っている国、とくにノルウェーと中国とロシア、そして韓国に揺さぶりをかけなければならない。これらの国々のオキアミ漁漁船は、近年はポンプを用いて網にかかったオキアミを吸い上げ、網を引き揚げずに漁を続ける中層曳網連続漁法という新しい技術を駆使して漁の効率を格段に向上させている。

こうした効率的な漁業システムのことを知ったわたしの胸に、カルロス三世島のクジラ研究の前哨基地から去るときに達した諦観がよみがえってきた。時を経るうちに、海の生命を搾取する人間の力は、海を守る力を法的にも科学的にもはるかに凌駕してしまった。中層曳網連続漁法を使う漁船は、クジラの餌場でもある南極半島の大陸棚にあるウェッデル海に集中している。こうした漁船がもたらす影響を調べていくうちに、南氷洋の捕鯨と食害のもう一つのサイクルを目の当たりにしているような気がした。日本の捕鯨船団はクジラを、その捕鯨船団をシーシェパードは追う。クジラはマゼランアイナメ漁の漁師たちの生活の糧を横取りし、そのクジラの餌をオキアミ漁漁船は奪う。

一週間近くをかけてドレーク海峡を乗り切ったのちに、〈アークティック・サンライズ〉は高くそびえる氷山がひしめく極寒の海にたどり着いた。科学者たちは、生物多様性に富むここそ潜航調査にうってつけだと告げ、潜水艇の準備をいそいそと進めた。わたしもその輪に加わった。今回はブラジルのときのようなどじは踏まない。閉所恐怖症でパニックにならないし、肘でボタンやスイッチを押したりはしない。わたしは胸の内にそう誓った。一時間後、わたしは深度二三〇メートルの海中にいた。海床から三メートルのところを潜航していると、捕食生物が別の捕食生物の餌食になるという南氷洋の過酷な食物連鎖の一例を、また一つ目撃した。潜水艇のランプが投げかける円錐形の光の中で、サルパという半透明のゼラチン状の奇妙な生き物が、何十匹も身をよじらせ、漂っていた。サルパが驚くほど大量に生息していて、なかには体長が一・五メートルを超えるものもいたことに、科学者たちは懸念を抱いた。ナンキョクオキアミが生きていくために必要な植物プランクトンを、サルパも餌としているからだ。サルパが増えたのはひとえに海の温暖化のせいだ。つまり、気候変動によって食物連鎖のバランスを危険なレベルにまで崩してしまい、クジラに悲惨な末路をもたらす可能性が高まっているということだ。「クジラの食いもんを脅かしてるのはオキアミ漁漁船だけじゃないみたいだな」潜水艇を操るケニス・ロウィックはそんな言葉をつぶやいた。

＊

クジラはさまざまな面でほかの海洋生物と異なる。最も大きな違いの一つは、クジラはめったに番《つが》わないし、子もあまり産まないところだ。雌のクジラが成熟して生殖が可能になるまで、平均で二〇年もかかる。[9] 過去一世紀のあいだに、主に捕鯨船によって二九〇万頭のクジラが殺されたという試算を、科学者たちが不安視する理由の一つはここにある。[10]

こうした懸念に押されるかたちで、一九四六年に国際捕鯨取締条約が採択され、捕鯨産業の規制・監督にあたる国際捕鯨委員会（ＩＷＣ）が発足した。ＩＷＣは、商業捕鯨を一時中断する商業捕鯨モラトリアムを一九八二年に採択した。しかしこのモラトリアムには抜け穴があった――科学調査目的の捕鯨は例外だとされているのだ。モラトリアムに署名した日本は、この例外を盾にして長年にわたって捕鯨を続けている。

二〇一〇年、オーストラリア政府は反捕鯨派にせっつかれて科学調査名目の捕鯨に異議を申し立て、国際司法裁判所（ＩＣＪ）に提訴した。オーストラリア側は、日本が調査捕鯨計画と呼んでいるものは制度の不法な悪用だと主張した。それを裏づける証拠として、大量の鯨肉が日本の料理店で消費されている事実を突きつけた。

二〇一四年、ＩＣＪの一六人の裁判官たちは、日本の南氷洋での捕鯨の差し止めを命じる判決を一二対四で評決した。直ちに日本政府は二〇一五年の捕鯨シーズンの出漁を中止させたが、翌一六年には「新南極海鯨類科学調査計画（ＮＥＷＲＥＰ‐Ａ）」という新しい看板に付け替えて調査捕鯨を再開させた。ＮＥＷＲＥＰ‐Ａでは、ミンククジラの捕獲数を三分の二に削減することになっていた。さらに政府は、新たな科学調査項目を付け加え、日新丸の捕鯨船団が南氷洋に戻れるようにした。この新プログラムにも規制がかけられることを避けるために、日本政府は国連の潘基文《バンキムン》事務総長に、ＮＥＷＲＥＰ‐ＡをＩＣＪの管轄外とすると通告した。

この日本政府の姿勢は傲慢であり、公海の秩序が損なわれている証拠だと反捕鯨派は言い募った。自分たちに対する裁定が気に入らないという理由だけで統治機関から脱退することができるのであれば、世界各国の活動を監視することに何の意味がある？　反捕鯨派はまた、問題の本質に触れなかったとしてＩＣＪも非難した。公海上の科学調査は法律で保障されていることは誰しもが認めるところだが、誰がその公海上の調査を「科学目的」のものだと判断しているのかについては誰も知らない。

陸《おか》の場合、大半の科学者と各国政府は、科学調査とは広く受け入れられている透明性のある手法を用いた活動と定義している。データを示し、論文もしくは学術誌の記事論文として、できれば同じ分野の科学者たちの分析とデータに基づいた論文審査を受けたうえでの発表が望ましい。この定義に照らし合わせると、秘密のヴェールに覆われた日本の調査捕鯨と呼ばれるものは科学調査とは言い難い。この難問に行き当たったのは、わたしにとっては初めてのことではない。ラス・ジョージの海洋鉄肥沃化の実験でも同じことが言える。

日本の調査捕鯨をＩＣＪに提訴した際、オーストラリア政府はＩＣＪに対して海洋調査の定義を明確に示すよう求めた。ところがＩＣＪは、日本が捕獲しているクジラの頭数が科学調査として妥当な頭数を上回っているかどうかだけで判断することにした。この判断のおかげで、日本政府は捕獲数を抑えさえすれば、科学調査名目で捕鯨を再開することができるようになった。そしてまさしく、そのとおりにした。

南氷洋での不法行為の抑え込みは別の裁判でも不首尾に終わった。二〇一五年、オーストラリア連邦裁判所は日本の捕鯨会社、共同船舶に対して、この国のクジラ保護区を無視して捕鯨をしたとし、一〇〇万オーストラリアドルの罰金を科した。しかし共同船舶は罰金の支払いを拒否したどころか、出廷すらしなかった。

裁判所はシーシェパードの活動も押さえ込むことができなかった。二〇一五年、日本の捕鯨船団の四五〇メートル以内への接近禁止命令に違反したシーシェパードに対して、アメリカ第九巡回区控訴裁判所は二五〇万ドルの罰金の支払いを命じた。日本の捕鯨活動を監督する日本鯨類研究所に罰金を払うなり、シーシェパードはすぐさま南氷洋に戻った。(11) 二〇一六年の捕鯨シーズンでも接近禁止命令を破る気満々で……

*

オーストラリアを発って一〇日後、シーシェパードの二隻は南氷洋のクジラ漁場に到達し、日新丸の捜索を開始した。ほぼ一日中陽が出ているおかげで遠くまで見渡せるのだが、濃い霧と悪天候で視界のよさはすぐにかき消されてしまった。穏やかな日でも高さ三メートルの波が押し寄せてきた。とりわけ激しい嵐が襲ってくると、高さ一〇メートルの水の壁が〈オーシャン・ウォリアー〉の船首の上に立て続けに倒壊した。波で右舷の水密扉が蝶番《ちょうつがい》ごともぎ取られ、ゾディアックは架台から外れ、医務室は水浸しになった。

シーシェパードはこの海域にいる船舶に無線で呼びかけ、日本の捕鯨船団を目撃したかどうか尋ねた。ひと頃までは、漁業関係者たちはシーシェパードを疑いの眼《まなこ》で見ていて、仲間ではなくむしろ敵だと考えていた。ところがこの「オペレーション・ネメシス」では、これまで以上の漁船が無線に応えてくれた。徐々にではあるが、シーシェパードは漁業界に受け入れられるようになっていた。その一因は、違法操業船を追跡した「オペレーション・アイスフィッシュ」が好意的な評価を受けたことにあるとメイヤーソンは踏んでいる。「漁師たちがおれたちの肩を持つのは、法を破ることで競争で優位に立ってる無法者たちに、法を守ってる側が腹を立ててるからだよ」

「オペレーション・ネメシス」では、わたしは〈スティーヴ・アーウィン〉にも〈オーシャン・ウォリアー〉にも乗っていない。ちょうどそのときは別の取材にあたっていたからだ。それでもルブリンクやメイヤーソンやその他の参加メンバーと毎日のように電話で話をしたりメールのやり取りをしていたので、作戦行動を記録することができた。出航から数週間が経った頃のことだ。わたしはルブリンク船長に、日本の捕鯨船団のことをどう思っているのか尋ねてみた。彼女は一瞬黙り込んだのちに、戦術面では一目置いていると答え、こう言った。「彼らはこっちの船のことも船足のこともやり口のことも把握してる」毎年の調査捕鯨でミンククジラとザトウクジラとナガスクジラを一〇三五頭も獲ってきた日本が、今になってミンククジラのみ三三三頭にした理由の一つは、捕獲数を引き下げることでシーシェパードが叩きつけてくる悪評の力を削ぐことにあるのだろう。さらに漁場を倍増させ、オーストラリア大陸のほぼ二倍の広さまで拡大させたのは、シーシェパードの捜索をさらに難しいものにする意図がある。彼女はそう説明し、こんな言葉で総括した。「つまり彼らは頭がいいのよ」

肉屋の娘として生まれたルブリンクは、シーシェパードのスタッフの大半と同様にヴェジタリアンだ。シーシェパードの船団を預かる経験豊かな船長の一人である彼女は、オランダ海軍で八年、オーストラリア海軍で二年半、士官として任務に就いていた。その後はオーストラリア奥地の鳥獣保護区で、傷ついた野生動物の救助とリハビリの仕事を三年続け、二〇一三年にシーシェパードに加わった。

十二月二十二日、〈オーシャン・ウォリアー〉のレーダースクリーンに二つの赤い輝点《ブリップ》が現れた。そのブリップは、一六ノット（時速三〇キロ）以下で航行している船舶を示していた。それはつまり、ブリップの一つは日新丸かもしれないということだ。燃料補給タンカーとオキアミ観測船ならすでに二週間前に発見していたが、いちばんの標的の捕鯨母船はまだ見つかっていなかった。

メイヤーソンはレーダースクリーンで点滅する点が示す方向に針路を向け、船速を二五ノット（時速四六キロ）に上げた。そこでようやく自船の乗組員たちと〈スティーヴ・アーウィン〉に日新丸発見を告げた。危険なほど濃い霧が垂れ込めていて、視界は二〇〇メートルを切っていた。このあたりの南氷洋には巨大氷山がひしめいていて、なかには一〇階建てのビルに相当する高さのものもある。氷山以外にも、トラックからグランドピアノのサイズの氷岩《グロウラー》もうじゃうじゃ漂っている。〈オーシャン・ウォリアー〉は最大船速に近い速度で水しぶきを盛大に蹴立てながら突き進んだ。それはつまり、船橋《ブリッジ》のフロントガラスをワイパーが拭ったほんの一瞬しか、前方がはっきり確認できないということだ。しかしここで船足を緩めてしまったら標的には追いつけない。上げたら上げたで、今度は氷山にぶつかってしまいかねない。

追跡開始から五時間後、一つ目のブリップが示す船に追いついた。が、それは母船ではなくキャッチャーボートだった。メイヤーソンはすぐさま船を一八〇度回頭させ、レーダースクリーン上の二つ目のブリップをめざした。そのブリップは一六ノット以下で移動していたが、メイヤーソンは期待し過ぎないほうがいいと考えていた。わざと遅い速度で航行してシーシェパードを騙して、母船から引き離すという手を、日本側はよく使うからだ。「母鳥が傷ついたふりをして天敵の気を引いて、巣に使づけないようにするようなもんだよ」彼はそう言った。はたせるかな、二つ目のブリップも、やはりキャッチャーボートの第二勇新丸だった。

しかしキャッチャーボートの発見は、その近くに母船がいる可能性が高いといういい知らせをもたらした。日本のキャッチャーボートは、クジラを銛で仕留めるとたいていの場合は尾びれにワイヤをかけて母船まで曳《ひ》いていく。しかし母船まで距離があり過ぎるとクジラが損なわれてしまう。

一方で悪い知らせもあった。キャッチャーボートに追いついたということは、逆にキャッチャーボートがシーシェパードに付きまとい、その位置を母船に知らせて、発見される前に姿を隠すことができるということだ。〈オーシャン・ウォリアー〉が船速重視で建造された理由の一つはそこにある。メイヤーソンが機関を全開近くにして二五ノット出せば、追尾してくる日本のキャッチャーボートをやすやすと振り切ることができる。ところが〈スティーヴ・アーウィン〉の船足はかなり遅く、最大で一五ノット（時速二七キロ）しか出せない。つまり日本側に追跡されたら振り払うことができないということだ。

明けて二〇一七年一月十五日の午前一〇時三七分、ルブリンクはシーシェパードの海上偵察用ヘリコプター〈ブルーホーネット〉を発進させた。普段より二時間早い偵察開始だった。「何だかピンときたのよ」この判断について、彼女はそう言った。天候もいつになく良好だった。無線は造作なく傍受されてしまうので、ヘリと船との交信は衛星電話のメールに限られていた。午前一〇一時三四分、こんなメールが〈スティーヴ・アーウィン〉の携帯電話のスクリーンに表示された。「日新丸《NM》とキャッチャーボートを確認」通信士はすぐさまその文面を大声でルブリンクに伝えた。ブリッジに歓喜の歓声がわき起こった。

オランダ人なのに完璧な英語を操るルブリンクは、通信士にメールを読み返してくれと言った。「お願い、もう一度言ってみて」数週間前、彼女は通信士が読み上げたメールを日新丸と聞き間違えてしまい、意気消沈してしまった。通信士は、綴りの似た船名の勇新丸としっかり発音していたのだが。彼女としては、同じ聞き間違えをしてまた落胆するという羽目だけはごめんだった。

船内スピーカーを通じて二度目の吉報を全乗組員に告げると、ルブリンクは約六〇〇海里（約一一〇〇キロ）離れた海域で捜索しているメイヤーソンに衛星電話をかけ、日新丸を発見したと告げた。そして海図を広げ、標的までの針路を策定した。日新丸は捕鯨が禁止されているオーストラリアの経済的排他水域（ＥＥＺ）のかなり内側にいた。そこはＩＷＣが設定した、五〇〇〇万平方キロメートルの南氷洋クジラ保護区の内側でもあった。

続いて悪い知らせのメールが送られてきた——「甲板上にミンククジラを確認」ブルーホーネットの

日本の捕鯨船団の捜索を終えて〈スティーヴ・アーウィン〉に補給に戻る、シーシェパードのヘリコプター、ブルーホーネット。

乗組員が撮影した映像には、日新丸の解剖甲板に横たえられた雌の成体のミンククジラが映っていた。その腹には、銛か銃で撃たれた痕と思しき直径三〇センチほどの穴が二つできていた。二隻のキャッチャーボートが一・五キロほど離れたところにいた。ルブリンクは、キャッチャーボートが捕鯨活動中かどうかブルーホーネットに確認させた。捕鯨砲は青い防水シートで覆われていた。日新丸に舞い戻ると、今度は甲板のクジラも防水シートで覆われていた。日新丸も防護ネットで船体を包まれていた。シーシェパードがよく投げつけてくる煙幕弾や悪臭を放つ酪酸弾から守るためだ。

航続距離が一六〇海里（約三〇〇キロ）のブルーホーネットは、日新丸と〈スティーヴ・アーウィン〉とのあいだを何度も往復し、標的の追跡を続けた。発見時は七〇海里（一三〇キロ）ほど離れたところにいた〈スティーヴ・アーウィン〉は最大船速で日新丸に向かい、ブルーホーネットの飛行距離を短くしようとした。

日新丸の解剖甲板に引き揚げられたミンククジラ

毎回飛び立つたびに、ブルーホーネットは前回の飛行で標的を見つけた位置に向かい、また新たに見つけ直して位置情報を伝えると、〈スティーヴ・アーウィン〉に戻って燃料を補給して、また飛び立っていった。しかし偵察開始から八時間後、飛行が五回目を数えたとき、強い風が吹き始めて霧が立ち込めてきた。パイロットの疲労は極限に達していた。

一月の南氷洋南部では太陽はほぼ一日中空にあるが、追跡を続けているうちに北に向かっていた〈スティーヴ・アーウィン〉に夜が忍び寄ってきた。陽が落ちると、ヘリの飛行の危険度はさらに増す。「どう考えても安全とは言えない」ルブリンクはそう言い、まだまだ行けると訴えるパイロットに六回目の飛行は許可しないと告げた。ルブリンクは日新丸との距離を二六海里（四八キロ）まで詰めていた。が、相手の最大船速は〈スティーヴ・アーウィン〉のそれより一ノットだけ早いという、単純でどうしようもない事実が立ちはだかった。

その夜、ブリッジでわたしと電話越しに話すルブリンクは明らかに悄然としていたが、それでも務めて希望に満ちた明るい口調でこう説明した――〈スティーヴ・アーウィン〉を追跡するよう日本側を仕向けたことは、捕鯨に出るキャッチャーボートを一隻減らしたことになる。母船を追跡したことにしても、彼らを通常の漁場から何百キロも離れたところに追いやった。「わたしたちから逃げてるあいだは、あっちはクジラを獲ることができないからね」彼女はそう言った。捕獲したクジラの姿をとらえた映像も国際世論に訴えるときに役立つと彼女は言う。クジラと捕鯨砲を防水シートで覆い隠していたことは証拠を隠しておきたかったということであって、すなわち罪を認めたことになるというのが彼女の言い分だった。「つまり、わたしたちの勝ちってわけ」ルブリンクはそう言った。

日新丸を見失ったのちに、〈オーシャン・ウォリアー〉と〈スティーヴ・アーウィン〉は南極大陸東岸のコーポレーション海の西端に向かった。メイヤーソンはこの海のことを「バーグ村《ヴィル》」と呼んでいる。氷山《アイスバーグ》がそこかしこに浮いているからだ。それでなくても危険がどこに潜んでいるかわからない迷路なのに、シーシェパードにとってはさらに恐ろしい海になっていた。メイヤーソンがレーダーのスイッチを切ったせいで、氷山や船舶の位置の確認が難しくなっていたのだ。メイヤーソンは、日本側はシーシェパード側がレーダーなどが発する電波を何らかの手を使ってキャッチして自分たちの居場所をつかんでいると考えていた。キャッチャーボートを発見するたびに、まるでこっちが近づいてきているのをあらかじめわかっているような様子を見せていたという。「あいつらは逃げもせずにいたよ」彼はそう言った。

バーグヴィルでの捜索開始から数日後の二月二十日、〈オーシャン・ウォリアー〉の乗組員が赤黒く泡立つ油膜を海面に見つけた。銛で撃たれたクジラは、流れ出た血と脂肪でできた航跡のようなものを流す。しかし見つかった油膜はそれよりもドロッとしていて血の色合いが濃かった。日新丸の解剖甲板から流れ落ちたものに違いない。メイヤーソンはそう考えた。漁の最盛期には、何万リットルものクジラの血などの廃棄物が海に捨てられる。この油膜はどの方向から流れてきたのかはわからない。メイヤーソンはそう考えた。しかしその考えは外れた。一時間後、キャッチャーボートの一隻に出くわしたのだ。まるで待ち構えていたように、アイドリング状態で停船していた。

メイヤーソンは〈スティーヴ・アーウィン〉を回頭させると、油膜に沿った反対方向に急行した。数人の乗組員たちが双眼鏡を手に甲板に出た。一人が、遠くの氷山の向こう側に漂う黒煙を発見した。それがディーゼル排気なのだとしたら、日新丸は二キロも離れていないところにいる。捜索用のドローンが飛ばされた。舵輪を握るメイヤーソンは、小鳥をねらう猫の眼つきで海面に眼を凝らしていた。それからの三時間、〈スティーヴ・アーウィン〉は氷山の回廊を縫うように進んだ。結局、あの黒煙もそれ以外の痕跡も二度と見ることはなかった。夜の帳《とばり》が降りてくると、希望もしぼんでいった。燃料を使い過ぎたと感じたメイヤーソンは、すべての捜索活動の終了を告げた。

〈スティーヴ・アーウィン〉と〈オーシャン・ウォリアー〉は二〇一七年三月にオーストラリアに戻った。「オペレーション・ネメシス」は終了した。シーシェパードはこの作戦は上々の結果に終わったことにしたがったが、両船から下船した乗組員たちは、これまでにない挫折感を味わわされたと口々に語った。が、これから心の底から打ちのめされることを、彼らはまだ知らなかった。

五カ月後、シーシェパードは毎年行ってきた南氷洋での反捕鯨活動を二〇一七年から一八年のシーズンは中止し、別の海での海洋資源保護に眼を向けると発表した。「日本側のほうが一枚も二枚も上手なんだ」のちにメイヤーソンはわたしにそう語った。あちらさんは最新型のドローンもレーダーも持っているし、軍用レベルの衛星監視技術も駆使していると彼は言った。

シーシェパードが捕鯨狩りを断念した背景には法的情勢の変化もあった。環境保護団体が日本の捕鯨船団を追跡することに伴うリスクが増大したのだ。二〇一七年七月、日本で物議を醸していたテロ準備罪法と共謀罪法を含む改正組織犯罪処罰法が施行され、団体として威力業務妨害を行った場合は五年の懲役刑が科せられることになった[12]。この法律のいくつかの条文はシーシェパードに向けられたものだと見る向きも多い。

海事法の適用ルールは一貫性に著しく欠くため、シーシェパードの活動家たちは、たとえ公海上の活動であっても日本側に逮捕され投獄されるリスクにさらされることになった。彼らの母国にしても、外交問題に巻き込まれることを望まず、自国の船舶を妨害する者たちを逮捕する場合にとやかく言われたくないので、彼らの釈放に動こうとはしないだろう。

二〇一二年、アメリカの控訴審裁判所はシーシェパードに対し、日本の捕鯨船団の四五〇メートル以内への接近禁止命令を出した。この裁定に、メイヤーソンはいまだに怒りをあらわにしている[13]。彼はその理不尽さをこう喩える――少女売春への抗議活動をカンボジアの娼館の前で行って、帰国したあとで娼館の利益が損なわれたとしてアメリカの法律に基づいて訴追されるようなものだ。日本で対テロ法が成立したことで、シーシェパードがさらされる危険の度合いは相当レベルにまで高まってしまったとメイヤーソンは言い、こう付け加えた。「今や地球をぶっ壊すことはビジネスコストになって、その地球を守ろうとする人間はテロリスト扱いされるようになった」

テロリストか、それとも自由の戦士か。これは、武器を取ってローマ帝国と戦ったスパルタクスの昔からある、政治とイデオロギーによってどちらにもなり得る問いかけだ。両者の違いは、海という道徳と法の空白地帯ではとりわけ曖昧になる。シーシェパードを支持する人びとにも蔑みそにけなす人びとにも、それぞれに真っ当な理由があって尊敬したり嫌悪したりしている。わたしとしてはどちらの立場にも立たない。それでもシーシェパードが好戦的な手に打って出るのは、行動に出る責任のある人間たちが行動に出ないからだということはしっかりと理解している。

海というフロンティアにしっくり馴染んでいるメイヤーソンは、そのいちばんのお気に入りの場所からそんなに長くは離れていられない。南氷洋からオーストラリアに帰役すると、彼はカリフォルニアのシエラネバダ山脈の山麓にあるわが家に舞い戻った。一一カ月以上ぶりの帰宅だった。待ち構えていた手紙の山の中に、日本の捕鯨会社の代理人を務めるアメリカの法律事務所からのものがあった。メイヤーソンがオーストラリアに向かったあとに送られてきたその手紙は、日本の捕鯨船団に損害を与えたり妨害活動を行ったりした場合、その一切の責任は〈オーシャン・ウォリアー〉の船長が個人として負うことになると警告していた。メイヤーソンはその手紙を引き破ると、数週間を費やして命の洗濯をした。洗い終えるとシーシェパードの作戦部長に電話をかけ、次の任務を催促した。

エピローグ——虚無

メイヤーソンがシーシェパードでの任務を続けると電話で話してくれたあと、彼が守りたいと願っているクジラのことを考えてみた。クジラの多くはわたしと彼よりも年上だ。ついでに言えば、シーランド公国よりもパラオ共和国よりも誕生が古いものもいる。海はその広大さゆえに永遠不滅だと思われてきた。巨大で長寿のクジラも、同じように無敵の強さの象徴とされてきた。欺瞞に満ち満ちた、勝手な思い込みだ。実際には、海もクジラもさまざまな恐ろしい脅威にさらされてきた。その脅威の多くはごくわずかずつ、しかもゆっくりとゆっくりと迫ってきた。おまけに陸《おか》とはまったくかけ離れたところで起こっていたので、ほとんどの人びとはそんなことになっていることに気づかなかったし、ほとんどの国の政府にしても気にもかけてこなかった。

またここで核心を突くパラドックスが出てくる——海は広くもあり狭くもある。世界地図を見れば、全体の七割を青い部分が占めていることがわかる。この無限の広がりが、海での取り締まりと海洋保護を困難なものにしている。それでも、インドネシア海域で拿捕されたヴェトナム漁船の船長たちが言っていたように、「海は一つ」しかないのだ。海は誰の持ち物だとか、どの国のものでどの国の支配下にあるのかというかたちで小分けにされたり名前をつけられたりするものではない。むしろ、酸性化や違法投棄や乱獲といった無数の「力」によって、一つにつながっているのだ。

メイヤーソンは新たな任務を得て海に乗り出していくのだろうが、わたしは行かない。陸《おか》にとどまって新聞記者という本来の仕事に戻る潮時が来たのだ。「完全な本などない。どこかで諦めをつけるしかない」という物書きの痛切な真理を呑み込み、わたしは一ダースもの驚異の物語を記事にしないことにした。

「無法の大洋《アウトロー・オーシャン》」の取材は、わたしにとっては絶えず移動し続ける、妙に現実離れした、かけがえのない経験だった。この四年になんなんとする月日は一篇の航海史であり、宇宙旅行もかくやという予想外の出来事の連続だった。同時に、海賊や捕鯨や奴隷、そして私掠船といった、過去の遺物だとばかり思っていたものに遭遇するという、タイムトラベルのようなものでもあった。

海で天下御免がまかり通るのは、海が公権力の埒外だからというだけでない。いかがわしい権限や動機を抱いた面々が、怠慢な公権力の代わりを務めているからでもある。タイでは、環境破壊や強制労働が疑われる漁船の追及は、公的機関ではなくむしろ私的機関が担っていることが多い。オマーン湾に浮かぶ武器保管船や、違法操業常習船〈サンダー〉と日本の捕鯨母船・日新丸の追跡作戦の取材では、白警団や傭兵が警察や海軍並みに公海を巡邏し、ルールを守らない輩どもを追い回す様子を目撃した。公海で適用されるルールは、政治家や労働問題専門の弁護士たちではなく、外交界と漁業界と海運業界が長い歳月をかけて作り上げてきた。そのせいで犯罪の防止よりも業務上の機密保持のほうが重視されることは、〈ソマリ・セブン〉とエリル・アンドラーデの死、そして洋上での虐殺動画の調査で思い知らされた。

本書の主な舞台であるフロンティアとしての海では、人間が持つ最悪の本能が育まれ、花開かせてきた。そんな冥《くら》い世界にも、比類なき美と、紛うことなき驚異が存在する。そこはわたしが知っているどこよりも太陽が照りつけ、どこよりも波音が轟き、そしてどこよりも強い風が吹きつける、人間の五感をかき乱す世界でもある。奇矯な、ややもすれば大物にも見える人物たちが跋扈する場所でもある。ありていに言えば、わたしは中世の地図製作者たちが妄想で地図を作り上げた、架空の世界に放り込まれたような気がした。

そんな世界で過ごしたある日の夕方の光景が、今でも頭に浮かぶ――わたしは南大西洋を航行する船の前甲板にいる。アプリコット色の夕陽のもと、一匹の翼のある魚が一〇〇メートル以上も宙を飛ぶ。その数秒後、今度は数羽の鳥が海に飛び込み、魚が宙を飛ぶ距離と同じぐらい海中を泳ぐ。夕闇空には一片の雲もない。視界を遮るものは見渡す限り一つもない、真っ平らな世界が広がっている。見上げると、これでもかというぐらい広い空がある。夜が落ちてくると、黒板にチョークでさっと線を引くように、いくつもの流れ星が暗い空に白い切り傷をつける。しかしそれよりも何よりもわたしの眼を奪うのは、空ではなく海の中に引かれる線だ。一匹の魚がある部分を突っ切ると、海もまた切り裂かれ、青い光を放つ筋が生じるのだ。自ら光を放つ発光性プランクトンが有する、見る者を魅了する防衛機能のなせる技だ。

その日、わたしの心をとらえて離さなかったのは、魚が宙を飛び、鳥が海中を泳ぎ、夜空には白の、暗い海には青の筋が走るという、あらゆるものが手品のように逆転しているありさまだ。このさかしまの世界が美しいのは、次に何が起こるのか、何を見せてくれるのか、わくわくするほど予想がつかないからでもある。ここにある奇跡の一つひとつに磁力がある。わたしは陸《おか》に戻るたびに、この故郷でもない、むしろ辛酸をなめさせられた場所に対して心からの郷愁を覚え、ホームシックになった。

わたしの心をつかんだものはほかにもある。それは海の闇と光の両方を超越するものだ。わたしは思いを馳せる――同じ暗く広大な海が、パラオではセスナを呑み込み、別の場所では廃棄物を世界中の海に投棄する口実に長年にわたって与え続けてきたことに。心が圧《お》し潰されるような海での退屈と、その退屈が、打ち捨てられた船に置き去りにされた船員たちとオマーン湾に浮かぶ武器保管船の武装警備員たちを苛んでいたさまに。沈黙が無数の船で暴力と不愛想を育み、サジョ・オヤン産業の漁船団のレイプされ、虐待され、酷使され、そして溺死した乗組員たちの心に無抵抗を植えつけたことを。この沈黙を破ったサジョ・オヤン産業の乗組員たちの数人は高い代償を支払わされ、「マジックパイプ」を密告した者は望外の報いを得られた。そんなことも思い出した。

こうしたさまざまな断片を組み合わせてでき上がる絵は、無法の大洋《アウトロー・オーシャン》と、その上を行き来する船舶は、そこで活動する人びとだけでなく、沈黙と退屈と無限の広がりというとらえどころのない力によっても支配されていることを示しているように思える。最後に、さらに一歩踏み込んでみよう――海に法の支配がないのは、そもそも海が善悪の彼岸の先にあるからではない。沈黙が「命じる声」であり、退屈が「行為」であるように、海が虚無の広がりだからだ。わたしたち人間は幾世紀にもわたって海から生じる生命を喰いものにし、売り物にしてきた。その一方で、腐敗と悪行を覆い隠すという海の役回りには、得てして見て見ぬふりを決め込んできた。しかし海は太古の昔から法に縛られずにいた。無法の大洋《アウトロー・オーシャン》は現にそこにあるのだ。その事実を受け入れない限り、わたしたちはこのフロンティアに手綱を付けたり守ったりすることを忘れてしまいかねない。

巻末に寄せて――「無法の大洋《アウトロー・オーシャン》」の手綱を締める

洋上での違法・不法行為の抑止に、わたしたちはどんな手を打つことができるだろうか？　問題が起こっている範囲を考えると、これは難しい問題だ。気候変動並みの難問のように思える。わたしたちは全員、わたしたち一人ひとりの行動だけでは熱い地球を冷ますことはできないと自覚している。それでも、どうすれば変化を起こせるのか知りたがっている人びとも多くいる。そうした人びとは、問題を起こす側ではなく、解決する側でありたいと願っている。

たとえば、タイヤの空気圧を正しく保つことで車の燃費を向上させるであるとか、旅客機の排出ガスを軽減するためにカーボン・オフセットを購入することであるとか、こうした個人レベルの努力は、些細ではあるが地球温暖化の防止に明らかに役立つ。一方で、洋上での違法で危険な非人道的行為を根絶するために個々が取ることのできる〝些細な努力〟はなかなか思いつかない。

それでも変化を起こすことができる手立てはある。その一つが、本書で繰り返し描いてきた手ごわい問題との戦いの最前線に立つ組織を、財政面であれ何であれ支援することだ。もちろん自分たちで探してみてもいいのだが、この問題に取り組んでいる組織をこれから手短に紹介する。また、公海での監視の眼を強化するために各国政府や企業が講じている対策についても――活動家や研究者たちはまだまだ足りないと思っているかもしれないが――より広い文脈に沿って紹介する。

船員の保護

ミッション・トゥー・シーフェアラー（ＭＴＳ）と船員司牧（ＡＯＳ）は、置き去りにされたり虐待されたり酷使されたり、給料が支払われなかったり人身売買されたりした船員たちの直接支援にあたり、きわめて大きな効果を挙げている組織だ。最大の国際海運組合である国際運輸労連（ＩＴＦ）は、従来は貨物船やタンカーといった商用船舶の乗組員たちの保護に重点を置いてきたが、近年は対象を漁船の乗組員にも拡大している。

環境正義財団（ＥＪＦ）やヒューマン・ライツ・ウォッチやグリーンピースや国際労働権フォーラムといったいくつかの組織は、東南アジアと極東アジアの漁業現場での労働被害に関する、きわめて重要な調査報告書を出している。これらの組織は国際労働機関（ＩＬＯ）とともに問題の舞台裏で重要な役割を果たしており、漁業労働者保護のためのより実効力の強い法律の施行と、より適切な法執行の推進を後押ししている。一方シーシェパードは、政府や企業に政治的圧力をかけるための研究調査という手にはあまり頼らない。敵と見なした相手には「直接行動」を取り、広報活動を展開し、世論の意識を高めようとしている。

強制労働、つまり「海の奴隷」は、海に長期間とどまる漁船ほど、より顕著に見られる。こうした漁船は検査から逃れるために入港を避け、そのために洋上で水揚げと補給品の積み替えを行い、時には何年も海にとどまり続ける。一般に「瀬取り」と呼ばれる洋上での積み替えは、悪徳漁船が乗組員たちを拘束したり、適法な漁で獲ったかのように見せかけた虚偽の漁獲報告書を税関当局に提出したりすることを可能にしている。労働者保護と環境保護を訴える人びとの多くは、政府や水産企業は遠洋漁船に対して寄港頻度を増やすよう要求し、瀬取りについても禁止もしくは制限すべきだとしている。

二〇一七年、ＩＬＯは毎年数百人の船員たちが洋上や港で船に置き去りにされている現状を是正する措置を取った。船主には、全乗組員の四カ月分の賃金と送還費用を出せるだけの資金を有する証拠の提示が求められるようになった。運航会社にしても、労働災害により乗組員が死亡、もしくは長期的な障害を負った場合にかかる費用の補償が可能なことを証明しなければならない。船員たちの労働問題に取り組む活動家たちは、こうした類《たぐい》の保険は必要不可欠だが、その対象は漁船にまで拡大されるべきだと訴えている。現時点では、漁船の乗組員たちは、先に挙げた義務と大半の労働団体の保護の対象外となっている。

反人身売買団体は水産品企業と海運企業に対して、船員の雇用に関しては斡旋業者の使用を避けるか、少なくとも慎重に審査したうえで使用して、労働被害を最小限にとどめるよう働きかけている。斡旋業者に対しては、企業側は労働契約書のコピーの提出を求めることも、借金による束縛の元凶である前払い形式の斡旋手数料の禁止を求めることもできる。この問題に真摯に取り組みたいのであれば、企業側はコンサルタントを雇って現地調査や元乗組員を対象にした聞き取り調査を実施し、給料からさまざまな名目で差し引かれる眼に見えない天引きや、契約終了後にしか給料が支払われない仕組みのほか、環境破壊や労働被害について密告した乗組員たちのブラックリスト化といった、広く見られる問題をチェックすることが可能だ。

食糧供給プロセスのさらなる透明化

今のやり方で漁業を続けていれば、水産資源は遠からず枯渇してしまうだろう。大規模な商業漁業やその他の産業活動を大幅に規制するか、もしくは完全に禁止する海洋保護区をさらに多く設けるべきだと、海洋科学者たちは口を揃えて訴えている。彼らは、漁船の数と漁獲割当量を世界規模で削減し、さらには水産物の価格を不当に安くしている政府による補助金を撤廃すべきだとも主張している。これらを実現させるためには各国政府が問題に積極果敢に取り組み、取り締まりをかつてないほど強化させて違法操業を繰り返す水産企業を訴追しなければならない。

サプライチェーンで生じている労働問題と環境問題については、近年はさまざまな産業が意識を高めていて、その取り組み方もさまざまだ。たとえば「紛争のないダイヤモンド」「フェアトレード・コーヒー」「労働搾取《スウェットショップ》フリーの衣料品」といった感じだ。水産業界も、「イルカにやさしい《ドルフィンフリー》ツナ缶」などのように徐々にではあるが取り組みに着手している。

魚介類が海から食卓へと至る経路を追跡する技術は着実に進歩している。精度は増し、トレーサビリティも向上している。魚介類の産地偽装問題については、水産企業側に対し、種を特定するＤＮＡ採取キットの使用の義務づけを、各国政府と水産販売業大手は検討している。バーコードを使用したトレーサビリティの徹底と、産地偽装の前歴のある漁船の水揚げや組織犯罪の関与が広く知られているルートを経て持ち込まれた貨物といった、危険度の高い輸入品にフラグを立てて警告を発するソフトウェアの導入も同様に検討されている。

小売チェーンとレストランは、自分たちが扱う水産物が持続可能な漁業で獲られたものかどうかの確認やそのサプライチェーンの監視を、ＦｉｓｈＷｉｓｅのようなＮＰＯや、ＳＣＳグローバルやトレース・レジスターといった営利企業に頼るようになっている。グリーンピースの年次報告書『海からの略奪（*Carting Away the Oceans*）』は、倫理に基づいた《エシカルな》仕入れ先の決定とサプライチェーンの透明性、そして漁業現場から店の棚に至るまでのトレーサビリティ情報の開示を基準にした海産物サステナビリティ評価で小売大手をランクづけしている。二〇一八年には大手チェーンの九〇パーセントが合格点に達したが、七〇点以上の「グリーンリスト」に載ったのはホールフーズ・マーケット、ハイヴィー、ターゲット、ＡＬＤＩの四社のみだった。ウォルマートやコストコやクローガーといった大部分の企業は四〇点以上七〇点未満の「イエローリスト」に入っている。

水産企業側にしても、すべての漁船とその水揚げを輸送する船舶に国際海事機関（ＩＭＯ）が割り当てるＩＭＯ番号の取得の義務づけを検討している。ＩＭＯ番号が割り振られると、船名を変えようが船主が変わろうが船籍を変更しようが、その船に一生ついてまわる。こうした識別番号がなければ、企業側は自分たちが購入した魚介類を獲ったり運んだりした船がどこを航行したのかであるとか、乗組員たちとちゃんと労働契約を結んでいるかであるとか、世界各地の漁業当局のブラックリストに載っているかであるとかを確認することはできない。二〇一七年、国連の食糧農業機関（ＦＡＯ）は一歩踏み出し、全世界の船舶情報を統合し、オンライン上で一発検索が可能なデータベースを公開した。

環境と労働者の保護を訴える各団体は魚介類を扱う企業に対して、自国の港に入港した船舶を検査する際の規則を定めた国連条約である「寄港国措置協定（ＰＳＭＡ）」の批准国のみから購入するよう求めている。各地の漁業当局に対してのみ報告義務がある漁業監督官も重要な役回りを果たす。漁業監督官は漁船に乗船し、その漁船が漁獲割当量を順守しているかどうか、そしてフカヒレ漁や過剰な混獲、市場価値の低い魚を投棄して高い魚を残す選別廃棄《ハイグレーディング》といった違反行為を犯していないかチェックし、記録する。漁船の労働環境についても監視し、ここでも違反行為があった場合には報告する義務と権限も持つ。

こうした問題に対しては消費者側も関心を高めつつあり、魚介類を（そして精肉も）避ける傾向を強めている。魚は食べるけれど環境面や労働面で問題のあるものは敬遠したいと考えているのであれば、水産物を提供する企業についてもっとよく知る方法ならさまざまにある。

この問題に積極的に取り組み、きわめて知性的な発言をしているのが作家のポール・グリーンバーグだ。グリーンバーグは、最も問題をはらんでいる魚介類はエビとマグロとサケだと指摘する。この三つは産地内消費量よりも輸出量のほうが圧倒的に多く、その長大なサプライチェーンには不透明な部分が多く、そこに環境破壊や持続不可能な漁業に関わっている企業が介在している可能性があるからだ。「アメリカ産の魚介類を食べて、今よりもはるかにバラエティに富んだ食卓にすべきだ」グリーンバーグはそう提言している。ハマグリやムール貝やカキといった貝類の養殖は自然環境面から見ても有益で、環境に与える影響もはるかに少ない場合が多い。もっと積極的に食べたほうがいいとするアメリカ産魚介類としてグリーンバーグは、管理が徹底していてオメガ3脂肪酸に富む、アラスカで養殖されているベニザケも挙げている。

さらにグリーンバーグは、「減量産業」がもたらす魚介類やオメガ3脂肪酸のサプリメントを避けるよう消費者に勧めている。減量産業とは、年間二五〇〇万トンもの天然魚を魚油やサプリメント、そして家畜用肥料の魚粉に加工している巨大産業だ。こうしたサプリメントは健康にいいとされているが、実際にはそれほど効果はないという研究結果が近年増えている。それでも相変わらず大人気だ。魚から作るオメガ3脂肪酸サプリメントの代替品としては海藻類由来のものが挙げられる。

さらに詳しい情報が必要なら、カリフォルニア州北部にあるモントレーベイ水族館が提供してくれる。この水族館では、魚介類を環境的観点からレッド（避けるべき）とイエロー（悪くない）とグリーン（お勧め）にランク分けした、カードサイズの「持続可能《サステナブル》な水産物リスト」を提供している。五〇〇〇万枚以上が配布もしくはダウンロードされているこのリストでは、たとえば消費者がザリガニを購入したい場合は、アメリカで養殖されたものを選ぶよう推奨している。クロマグロを買うことを控えるよう注意を促す一方で、大部分が養殖のティラピアは総じていい選択肢としている。評価の基準は、主にどこでどのようにして獲られたか、もしくはどこで養殖されたのかという点にある。たとえば同じ養殖アトランティックサーモンでも、ノルウェーのスケルスタッド・フィヨルドの生《い》け簀《す》で養殖されたものは「ベストチョイス」とされ、カナダ大西洋岸のものは避けるべきとされている。

さらにモントレーベイ水族館は、近年は人権も評価基準に加えるようになり、ＮＰＯのリバティ・アジアとサスティナブル・フィッシャリーズ・パートナーシップと協働して「シーフード・スレイヴァリー・リスクツール」を作成している。このツールは、特定の魚介類の漁場やサプライチェーンに強制労働が疑われるかどうかを検索することができる公共データベースだ。たとえばマゼランアイナメの場合、アルゼンチンとチリとオーストラリアの漁船が獲ったものは「低リスク」、韓国のものは「高リスク」とされている。マグロを検索すると、南太平洋の惨状がくっきりと浮かび上がってくる。台湾漁船が獲ったものは、海洋管理協議会（ＭＳＣ）認証を得ているもの以外はほとんど「重大なリスク」があるとされている。このデータベースのメインターゲットは水産物業界と金融業界だが、同水族館はＮＰＯであれ消費者であれ、倫理的に正しい魚介類《エシカルシーフード》に関心があるのなら誰でも利用するよう勧めている。世界自然保護基金（ＷＷＦ）も持続可能な魚介類《サステナブルシーフード》についての便利な国別ガイドを発行している。

海洋犯罪の監視と捜査

洋上での暴力犯罪に関する情報公開は驚くほど少ない。船員への虐待・酷使や失踪を防止したいのであれば、各国政府は帰港時の抜き打ち検査の回数を増やし、乗組員名簿の不徹底や捏造についてはより重い罰則で臨むことが求められる。人権問題の専門家たちは、洋上で犯罪行為を目撃したり体験したりした場合の当局への通報を、船主と乗組員たちに法律で義務づけるべきだと提案している。そうやって蓄積された犯罪データは保険会社や船籍登録局のみが独占するのではなく、広く一般に公開すべきだ。

海事調査官と保険会社にしても、失踪した船員の行方を追うための公開データベースの構築を求めている。そうした動きに旗国も協力すべきだ。

洋上犯罪に関する有益な情報の蓄積に有効な枠組みとして、労働問題の専門家たちは既存の二つの対策を挙げている。一つ目は、旅客船における犯罪行為のFBI(連邦捜査局)への報告を義務づける「クルーズ客船に関する連邦安全保障法」だ。二つ目は、船員に対する海賊の暴力行為に関して得られた情報を国際海事局(IMB)に通報することを主要な旗国に確約させた「船員に対する海賊の暴力行為非難決議」。これらの対策は全世界で適用されるように拡大される可能性があるが、義務化して順守しない場合は重い罰金と服役刑が科せられるようにしなければならない。

労働組合側と労働問題の専門家たちは、海上労働者の権利を保護する世界基準である「海上労働条約」への署名を各国に求めてもいる。この条約は、締約国の港に入港する全船舶と、締約国の国旗を掲げるすべての船舶に適用される。この条約に批准すれば、各国政府は入港時の沿岸警備隊による検査と併せて、その乗組員に対する有給休暇や賃金、医療ケア、安全措置などについてより高い基準を、外国船籍の船舶であっても徹底させることが可能になる。二〇一八年の時点で八五カ国が批准しているが、アメリカはまだだ。同時に、漁船の労働環境の改善を目的とした漁業労働条約(ILO一八八号条約)への批准も各国に求められている。

何度でも言うが、海は広大だ。広大であるがゆえに、違法操業船はやすやすと政府が設定した漁獲割当量をごまかしたり、操業禁止海域に侵入したり、海洋保護区の魚介類を略奪したりすることができる。海の広大さは、アメリカに輸入される天然魚介類のうち違法操業で獲られたものの割合が二〇パーセントを超えるという結果を招いている。この数字は、アメリカ以外の国となればさらに高くなるだろう。船舶監視システム(VMS)や自動船舶識別装置(AIS)といった追跡装置の搭載の義務づけは、法執行機関による海上活動の追跡だけでなく一般の人びとによる監視にも役立つ。

　便宜置籍制度は、違法操業常習船の隠れみのとして往々にして悪用されている。そして旗国の大半は、自国の国旗を掲げる船舶に対する監督権を発揮できずにいる。企業側にもさらなる責任が問われる。自社のサプライチェーンに組み込まれている船舶に対して、厳格な説明責任義務と手続きの透明性を有する旗国での船籍登録を求めるべきだ。

　洋上監視の改善に力を注いでいる組織はいくつか存在する。たとえばグローバル・フィッシング・ウォッチは全世界の漁船の活動を監視し、その情報を公開している。トリグ・マット・トラッキング（ＴＭＴ）とＦＩＳＨ－ｉ ＡｆｒｉｃａとＣ４ＡＤＳとウィンドワードは犯罪への関与が疑われる船舶の調査にあたっている。ヒューマン・ライツ・アット・シーは船員の虐待被害の報告書を出している。有害廃棄物を海に投棄する鉱山企業を追跡しているのはアースワークスだ。ピュー慈善信託は世界中の海で行われている違法操業に関する調査報告を絶え間なく出し続けている。

　公海上で想定され得る商業活動についてのルールの明確化と強化は、四〇以上のＮＧＯと国際自然保護連合による連合体である公海連盟（ＨＳＡ）が核となって推し進めている。具体的には、ＨＳＡは公海上の海洋保護区を設定する正式な手続きの根拠となる、国連の海洋生物多様性条約関連の交渉を主導してきた。陸《おか》とは違い、公海では商業活動を禁じる区域を設定できる法的枠組みは存在しない。また、この条約は環境影響評価（ＥＩＡ）の手続きを定め、漁業や海底資源の採掘や海運、研究調査といった大規模プロジェクトを広く世に知らしめる手段を確立させるものだ。

謝辞

この本の表紙にはわたしの名前しか記されていない。それでも、研究者やコーディネーターや通訳や翻訳者やカメラマンや運転手や編集者や調査員といった、それこそ何百人もの方々のおかげで、この本は日の目を見た。

真っ先に感謝の言葉を捧げるべきは、わたしのことを同胞として受け入れ、信頼を寄せてくれた世界中の船乗りたちだ。いいジャーナリストはいい逸話を数多く抱えているものだ。そうした逸話のベースとなる貴重な体験談を惜し気もなく聞かせてくれた船乗りたちに、わたしは恩義を感じている。陸《おか》に戻るたびに、わたしは海に生きる男たち女たちの物言わぬ快活さと肝の据わった才覚に対する畏敬の念を新たにした。そして自分は、幸運にも生まれた時点で宝くじの一等を引き当てたとも感じた。なぜなら本書の取材の折々で、どれほどの人びとがわたしよりもはるかにひどい環境で生を享け、その後も往々にして過酷な生活と労働を生き抜き、それでも力強く生き、人生を謳歌していることを思い知らされたからだ。

記者という仕事の本拠地として、わたしを一五年も住まわせてくれている『ニューヨーク・タイムズ』にも深く感謝する。この新聞社は、言ってみれば世界最高峰の大学病院だ。右も左もわからない研修医だったわたしにこの業界の技術を根気よく授けてくれたのは、世界に名だたる名医たちだ。院長であるディーン・バケット編集長は、この「無法の大洋《アウトロー・オーシャン》」という複雑でややこしいことこの上ない取材テーマに取り組む時間と自由をわたしに与えてくれた。

『ニューヨーク・タイムズ』の調査報道部の編集者レベッカ・コーベットは、マラソン選手並みの持久力と物語の構造を見抜く眼を持ち合わせている。そんな彼女は、本書のプロジェクトにいきなりゴーサインを出してくれたどころか、長く苦しい取材のうちの二年間を見事な手綱さばきでわたしを導いてくれた。本書がわかりやすく説得力のある物語に仕上がっているのであれば、それはひとえに彼女のおかげだ。ハナ・フェアフィールド、ナンシー・ドナルドソン・ガウス、ベス・フリン、アレクサンドラ・ガルシア、マット・パーディ、スティーヴ・デュエネス、ルーク・ミッチェル、そしてジェイク・シルヴァースタインといった編集者たちも、本書のプロジェクトの舞台裏で信念を持って多大な手腕を発揮してくれた。新聞とオンラインでの連載記事は、稀有な才能を有するフォトグラファーとビデオグラファーの骨身を惜しまない献身がなければ、これほどまでに刺激的な内容にはならなかっただろう。その彼らベン・ソロモン、エド・オウ、アダム・ディーン、ハナ・レイエス、セラス・コヴェ・セイラム、ホスエ・アゾル、ベジル・チルダース、クリスティアン・モヴィラ、ウィリアム・ウィドマー、そしてベンジャミン・ローウィに感謝する。グラフィックデザイナーとソーシャルメディア担当の編集者たちの存在も必要不可欠だった。ジャッキー・ミント、デレク・ワトキンズ、アリ・アイザックマン・ベヴァックァ、そしてアーロン・バードに感謝する。

寛大なるバケット編集長が認めてくれた一五カ月の休職期間のうちに、わたしは新聞の連載をさらに長大な、のちのちまで読み継がれるような物語に仕上げるべく執筆にいそしんだ。この目標を成し遂げることができたのはクリスティ・フレッチャーのおかげだ。出版エージェントである彼女は、二〇年近くにわたってわたしに神託を与え続け、知性面の擁護者であり続けてくれる。そして常に機転が利き、どんなことがあってもわたしの肩を持ってくれる。メリッサ・チンチロ、グラニー・フォックス、アリッサ・テイラー、サラ・フェンテスらクリスティのチームの面々にも感謝している。映画とテレビのエージェントのハウイー・サンダースも忘れてはならない。比類なき粘り強さと外交官もかくやという洞察力を持ち合わせているハウイーは、わたしの物語を細心の注意をもって導き、独創的な一作へと変貌させてくれた。

休職中のわたしにとって、チナ・フライは誰よりもなくてはならない存在だった。ライン編集から物資の調達・配送に至るまで、その他のありとあらゆる業務をこなしてくれたチナは、数多くの取材旅行のこまごまとした調整作業と、その取材内容を時系列を沿って整理するという混沌とした仕事でわたしを導いてくれた。ファクトチェックと取材内容の取捨選択など、あらゆる作業でわたしの詩神《ミューズ》だったモリー・サイモンもなくてはならない存在だった。本書のカメラマンで〝全天候型旅の道連れ〟だったファビオ・ナシメントは、過酷な環境であり得ないほどの長時間にわたって撮影を敢行し、息をのむようなビデオとスチール写真を撮ってくれた。本当の危険が迫っている瞬間であっても、彼のおかげでわたしは安心し、正気を保っていられた。本書の映像コンテンツのすべてを精力的かつ手並み鮮やかに調整してくれたアンネリーゼ・ブラックウッドにも感謝する。

調査作業については何十人もの方々から、それこそ無限とも言えるほどのご協力を賜った。なかでもスーザン・ビーチーとキティ・ベネット、シャーロット・ノースワージー、そしてアレクシス・ブラボーは、わたしがひっきりなしに繰り出す、ややもすると滑稽な調査要請に決してノーとは言わずに応えてくれた。取材映像の編集とソーシャルメディアについて多くのことを教えてくれたキース・ハーンドン、ジョー・スターズ、チャールズ・デイヴィス、キャロリン・キュリエル、そしてジャーナリズムを学ぶ学生たちであるザック・ホフマン、マデリン・マクギー、リザ・ゲルーツ、ホリー・スペック、ブルーク・ケアリー、ラヒモン・ナサ、クラリッサ・ソウシン、ミシェル・バローマン、サラ・ダグラス、サム・ドネンバーグ、マテオ・メンチャカ、ゲラルド・デル・バレ、アンソニー・ニコーテラ、エリック・エルリに感謝する。

　文学と法律とジャーナリズムと医学と経済については、多くの方々からのご指導ご鞭撻を賜った。チャック・フォックス、ディック・ショーンフェルド、ルイーズ・ムーディ、シャロン・ケリー、ピーター・ベイカー、エミリー・ヒースリップ、ドナ・ドニーズ、マーク・レイシー、マイケル・トーマス、ジャクリーン・スミス、そしてジョー・セクストンに感謝の言葉を捧げる。わたしの身の安全を常に守り、現在位置と進むべき方向を教えてくれたガーミン社のチップ・ノーベルたち、そして衛星携帯電話会社、イリジウム・コミュニケーションズのジョーダン・ハッシンにも感謝する。

　このプロジェクトのためには途方もないほどの時間を費やしてソフトウェアをプログラミングし、データベースを構築し、ウェブサイトをデザインしてくれたジェイソン・ウエチにも感謝する。どうしてそんな仕事を買って出てくれたのか、わたしはいまだにわからない。地の果てにいることが多いわたしからのひっきりなしの支援要請に、鷹揚に応えていただいた以下の方々にも感謝する——タニヤ・ラオハンタイ、ダニエル・マーフィー、ミルコ・マリアーノ・シュヴァルツマン、カレン・サック、チャールズ・クローヴァー、スー・ヒャン・リー、レベッカ・スコウスキ、シー・ハン・フアン、トニー・ロング、ポール・グリーンバーグ、ジョン・アモス、デイヴィット・パール、ディミトリス・ブニャス、ニコラス・レオトプリオス、シャノン・サーヴィス、ダンカン・コープランド、アリスター・グラハム、ピーター・ソル・ロジャース、アピニャ・タジ、フィル・ロバートソン、スティーヴ・トレント、シュティマ・シダサティアン、プチャラ・サンドフォード、リカ・ノヴァヤンティ、ブディ・タイヨノ、シェリー・ティオ。

物的支援であるとか講演会の開催、非公開の会議への参加許可、海および海上交通についての社外秘データ・分析結果へのアクセス許可、本プロジェクトのソーシャルメディア上での拡大、機材およびオフィスの提供、そしてとくに重要だった船舶およびその乗組員、研究者たちへの取材許可などといった、さまざまなかたちで取材を支援していただいた、以下の方々および団体にも感謝する——トンプソン・ロイター、スティーヴン・グラス、ミッション・トゥー・シーフェアラー（MTS）、オーシャン・ビヨンド・パイラシー（OBP）、ピュー慈善信託、オーク財団、アメリカ国際開発庁（USAID）、アッデシウム財団、国際刑事警察機構（ICPO）、ヒューマニティユナイテッドおよびフリーダム・ファンド、シンクロニシティ・アース、パーレイ・フォー・オーシャンズ、シャリ・サント・プラマー、キャンベル財団、ナショナルジオグラフィック、「カーペンター、ザッカーマン&ローリー」、グリーンピース、ピーター・ハンター・ペロー、シーシェパード環境保護団体、サフィナ・センター、シリル・ガッチ、ステファン・アシュケナジー、プチ・エルミタージュ・ホテル、船員司牧（AOS）、スカイトゥルース、ウィンドワード、ウェイト財団、ロックフェラー・フィランソロピー・アドバイザーズ、環境正義財団（EJF）、アメリカ国務省人身取引監視対策部、アン・ラスキー、ティファニー財団、シャノン・オレアリー・ジョイ、国際運輸労連（ITF）、シュミット・ファミリー財団、OCEANUSLive、FISH-i Africa、モントレーベイ水族館財団、ヒューマン・ライツ・ウォッチ、トリッグ・マット・トラッキング（TMT）。

本書のタイトルは、ウィリアム・ランゲヴィーシェの二〇〇四年の著書『無法の海（*The Outlaw Sea*）』に敬意を表したものだ。この本は商船と旅客船が見舞われた惨事についての独自の洞察に満ちた書だ。海の世界は法の支配の埒外にあるという点において、わたしとランゲヴィーシェの意見は一致している。そして彼の本はかけがえのないインスピレーションを与えてくれた。

幸いなことに、わたしには才能と洞察力に溢れる友人が大勢いる、その多くはジャーナリストで、本書のさまざまな段階で時間をかけ、各章ごとに批評してくれた。そんな彼らにも感謝する――ルイ・アービナ、キンバリー・ウェタル、ブレット・ダルバーグ、カイル・マッキー、アマンダ・レイン、メアリー・ホルマン、クリスティン・ラリソン、マーシャ・セイラー。テオ・エメリーは独自のやり方で手を貸してくれた。わたしの知る限り最も手厳しい読者であり最も誠実なライターでもあるアマンダ・フッシェは、創作に真摯に取り組むことの本当の意味を教えてくれた。

リカルド・アービナとコーリー・アービナは、日々の暮らしのなかでの奉仕の精神の大切さを示してくれた。二人にわたしの愛と感謝を。一家で最初のジャーナリストのエイドリアン・アービナには、わたしの揺るぎない味方になってくれたことに感謝する。

長年の友人かつ元編集者で、本書執筆の雑務を引き受けてくれて、各章に深く切り込み、文章の引き締めと洗練化と明確化に力を貸してくれたアダム・ブライアントに感謝する。ブライアントのおかげで大いなる目標を決して見失うことはなかった。わたしの知り得る限りにおいては最も謙虚で最も親身な人物であるばかりでなく、彼は言葉に説得力があり、遊び心に富んだ比喩を言葉巧みに操る。彼の快活で才気溢れる話はわたしをしょっちゅう大笑いさせ、脳味噌の眠っている部分をくすぐって起こしてくれる。

本書が世に出たのは、ひとえに出版社のアルフレッド・A・クノッフが向こう見ずな決断をしてくれたおかげだ。同社のロビン・デッサー、ソニー・メサ、ザキヤ・ハリスに感謝する。決してわたしを急き立てず、常に楽観的でいてくれた担当編集者のアンドリュー・ミラーにも感謝する。アンドリューはありとあらゆる真っ当な質問をぶつけてきて、本書を正しい方向へと導いてくれた。そして言葉のメスで慎重にトリミングし、本書の最終仕上げをしてくれた。イギリス文社のウィル・ハモンドとボドリー・ヘッドとともに仕事ができたことも、わたしにとっては胸躍る経験だった。

旅に出たり戻ってきたりの月日を送っていた父親であるわたしを、息子のエイダンは自分を失うこともなく支えてくれた。毎回の取材旅行へと発つたびに、何も訊かず、感謝の言葉も求めず、何も言わずにわたしの代わりを務めてくれた母のジョアン・マッキャロンと義弟のクリス・クラークは、わたしの守護天使だ。二人がいなければ、本書を書き上げることなどかなわなかった。

しかし何と言ってもいちばんの借りがあるのは、終生のよりどころであり続けてくれる妻のシェリーだ。常に模範を示して教えてくれる熟練の教師であるシェリーの教え子であり続けていることは、わたしにとっては無上の歓びだ。彼女並みの職業倫理と知への渇望と揺らぐことのない誠実さを身につけるべく、わたしは日々努力している。こんな危険なプロジェクトにわたしが取り組んでいても一度たりともたじろがず、わたしが不在のあいだにさまざまな苦労や難局に直面しても一度たりとも不平不満を言わなかった妻には、いくら感謝してもし足りない。何度も何度も海に行けたのは、彼女がいればこそだ。わたしの心はシェリーのものだ。

訳者あとがき

『ニューヨーク・タイムズ』紙と『ジ・アトランティック』誌の調査報道記者イアン・アービナの大著 *The Outlaw Ocean: Journeys Across the Last Untamed Frontier* の全訳をお届けした。

題名どおり、著者のアービナは法の力が及ばない、陸《おか》の常識が通用しない外洋に自ら乗り込んでいく。七つの海を駆け巡り、地球の表面積の七割を占める海の暗部に光を当て、〝豊饒の海〟という万人の幻想を打ち砕いていく。たとえばこんなことを――取り締まりがほぼないことをいいことに、悪辣な水産企業は密漁を繰り返す。そうした漁船の乗組員たちは酷使され虐待され、なかには借金のかたとして奴隷として売り飛ばされ、何年も海で過ごす。日本でも多額の借金を抱えた男がマグロ漁船で働かされるという話があるが、本書で描かれているのはそんな都市伝説ではなく胸が悪くなる現実だ。そうした虐げられた人びとと違法操業のおかげで水産加工品を安価に購入できるという事実を、ほぼすべての消費者は見ようともしない。洋上での犯罪は密漁や密輸、そして人身売買だけではない。陸《おか》で起これば新聞やテレビで大ニュースとなり、大がかりな捜査体制が敷かれる大量殺人も、海では簡単に見過ごされてしまう。豪華で快適な海のヴァカンスを提供するクルーズ客船運航企業のなかには、廃油の処理費用をけちるためなら自分たちの飯の種である海を汚しても構わないという連中もいる。野放図な海底資源開発や水産資源の無意味な乱獲を繰り返す国家や巨大企業と、徒手空拳のドン・キホーテたちとの戦いも著者は目撃し、綴っていく。

そうした今そこにある危機に警鐘を鳴らす内容もさることながら、海の旅行記・冒険譚としても本書は読みごたえがある。武力衝突寸前の、インドネシアの海洋水産省とヴェトナム沿岸警備隊の交渉。好ましからざる人物《ペルソナ・ノン・グラータ》どころかＣＩＡの工作員に仕立て上げられてしまった状態での、プントランドからのまさしく〝ちびるほど怖い〟脱出劇。そうした手に汗握る展開にはサスペンス小説さながらの緊迫感があり、ぐいぐいと惹きつけられてしまう。著者が見舞われる小さな危機の数々も、時にはシリアスに、またある時は笑いのネタとして次々と繰り出され、読み手を飽きさせない。登場する海に生きる人びとは、正義の味方はもちろんのこと悪役も、それぞれの理屈を根拠にして海を利用（もしくは悪用）している。そして一部の極悪人を別にして、悪役にしてもどうにも憎めないのだ。ひと頃までは日本で物議を醸していたシーシェパードの面々にしても、この国の人間にはわからない一面を見せてくれた。それもこれも「記事を書くな、物語を語れ」という鉄則を自らに課す著者アービナの筆力の賜物だろう。まだまだ語り足りないアービナは、自身のサイトやＳＮＳで追加情報を発信している。おそらく紙面の都合なのだろう、本文に記せなかった部分は、各巻の巻末にある原注に記してある。その多くは本文に載せてもおかしくないものばかりなので（一部は訳者の判断で本文に盛り込ませていただいた）、どうせ英語で書かれた引用元情報ばかりだろうと思わずに、ぜひとも眼を通していただきたい。

本書の翻訳は二〇二〇年二月から着手し、七月に訳了した。つまり新型コロナウイルス（ＣＯＶＩＤ–19）が世界規模で蔓延し、日本でも徐々に感染が拡大し、ついには一回目の緊急事態宣言が発せられ、解除後も「ステイホーム」が広く国民に求められた時期に、否応なく家に閉じこもって黙々と訳していたということだ（とはいえわたしは普段から仕事中はほぼずっと引きこもり暮らしなのだが）。ほとんど報道されることはないが、海に生きる人びともこのパンデミックで苦境に立たされた。世界各国による渡航制限によって、上陸できずに洋上で足止めされる船員たちが出ていたのだ。国際海運会議所（ＩＣＳ）によると、五月十五日の時点で約一五万人の船員たちが、契約が終了したにもかかわらず船に留め置かれていたという。(*) 悪徳で怠慢な船主や運航会社だけでなく、このウイルスもそれでなくても過酷な環境で働いている船員たちを苦しめているのだ。

日本列島に暮らすわたしたちにとって、海は身近なものだ。それでも日本人にとって海とはあくまで近海のことで、話題に上るのもせいぜい遠くて日本海の竹島あたりか東シナ海の尖閣諸島周辺、そして北方領土があるオホーツク海ぐらいだ。日本の捕鯨船団とシーシェパードの抗争は最近まで年中行事のように報じられてきたが、その舞台である南氷洋のことを気にかけている人間が、はたして日本にどれほどいるだろうか。日本人ほど魚介類が大好きな国民はいない。しかしその大好物の結構な量が違法操業で、その一部は奴隷のように働かされる人々が死ぬ思いで獲ったものだということについてはどうだろうか。みんなが大好きな刺し身と寿司のネタのマグロのことも、ほとんど何も知らないのではないだろうか。水産物に関する問題で日本人が注目しているのはマグロとウナギの資源枯渇、サンマの漁獲量減少ぐらいで、しかもそれによる値上がりのことばかり気にしている。二〇二〇年十二月に施行された改正漁業法と、同月に公布された「特定水産動植物等の国内流通の適正化等に関する法律（水産流通適正化法）」により、日本は水産物の国内流通の適正化や持続可能《サステナブル》な漁業の推進、そしてＩＵＵ（違法・無報告・無規制）漁業によって獲られた水産物の国内流入防止を図ることになった。この二つの法律に大きく期待したいところだ。でなければ大好きなマグロもウナギもサンマも、それ以外の魚介類も、日本の食卓から消えてしまうだろう。しかもそれは遠い未来の話ではない。本書で取り上げている海の奴隷にしても、日本とは無縁ではない。奴隷同然だという声もある外国人技能実習生制度だが、実習生が働いている現場は農業というイメージが強いが、実際には養殖をはじめとした漁業にも彼らは従事しており、過去には悲惨な事件も起こっている。そして今度は、とんでもない不始末のせいで発生してしまった膨大な量の〝処理水〟を海に捨てようとしている。無法の大洋《アウトロー・オーシャン》が抱える諸問題は、日本人一人ひとりと無縁ではないのだ。本書が、海に囲まれその恩恵に与りながらも海に無頓着なわたしたち日本人が、広大で繊細で壊れやすい海の現状を知る一助になればと願うばかりだ。

　本書と海についてはまだまだ語りたいことがあるのだが、「あとがき」に原注はないのでここまでにしておく。

　著者イアン・アービナの略歴については本書で自身が散々語っているので割愛させていただく。ジャーナリストとしての受賞歴は、ニューヨーク州知事の買春疑惑を報じた『ニューヨーク・タイムズ』の取材チームの一員として、二〇〇九年にピュリツァー賞を受賞した。そして二〇一六年には本シリーズでジョージ・ポルク外国報道賞、イギリスのマリタイム・ファウンデーションのデズモンド・ウェッタン・メディア賞、ヒューマン・ライツ・プレス・アワードなどさまざまな賞を受賞している。最近のアービナ氏は本書の取材で得た音声ライブラリーを公開し、その内容にインスピレーションを得た世界各国のさまざまなミュージシャンによるコンピレーション集「アウトロー・オーシャン・ミュージック・プロジェクト」に執心している。電子音楽やアンビエント音楽、クラシック音楽やヒップホップに至るまで、さまざまな音楽が本書のBGM的なものとして用意されている。https://www.theoutlawoceanmusic.com/ もぜひチェックしていただきたい。

　最後になるが、わたしを七つの海を巡る冒険の旅に連れ出してくれた、白水社の阿部唯史氏に感謝する。専門知識を惜しみなく分け与えてくれた、日本医科大学多摩永山病院の山岸絵美医師、友人でダンス仲間の星浩氏、そして英語の拙いわたしの質問に毎回丁寧に答えてくれる、カリフォルニア在住の友人W・ブリュースター氏にも感謝する。

無法の大洋《アウトロー・オーシャン》はわたしたちの目の前に広がっている。

黒木章人

（＊）アレックス・デイヴィス「新型コロナウイルスの影響で上陸できない一五万人もの船員たちが、いまも海を〝漂流〟し続けている」『ＷＩＲＥＤ』（二〇二〇年五月二十日）https://wired.jp/2020/05/20/pandemic-strands-ship-crews-sea-others-shore/

原注

本書は、4年以上にわたる取材と何千時間になんなんとするインタビューに基づいており、わたしが学んだことの大半は、そうした会話から得られたものだ。が、新たな話題を掘り下げたり新たな取材旅行に発つときには、事前にさまざまな新聞や雑誌の記事、学術誌の論文記事など、とにかくあらゆるものを読んで方向性を定めた。そうしたものの一部を、参考までに各巻末に列記する。読者のみなさんの興味を引きそうな箇所については、そのソースと文脈、さらには簡単な説明も付け加えておいた。

9 新たなるフロンティア

(1) 海面下の管轄権はてんでばらばらで、適用される規則は深度によって異なる。海中と海底はすべてつながっているが、部門別に管理されている。1982年に締結された海洋法に関する国際連合条約(UNCLOS)は、国際間の海洋管理に関する包括的な枠組みだ。多国間の地域漁業組織は商業漁業の漁獲量を、国際海事機関(IMO)は海運業を、国際海底機構はどの国の管轄権も及ばない海底とその地下の資源を、それぞれ統括する。しかし海洋投棄や通信ケーブルの海底敷設、新薬創生のための生物資源探索、そして軍事兵器の試験などの海中および海底に影響を及ぼす活動は、単独セクターによる管理か、もしくは実質的に野放し状態にある。異なる規制当局同士が協力して、ある地域における複合的な圧力の全体像を把握することはめったにない。

(2) Executive order 13795 of April 28, 2017, Implementing an America-First Offshore Energy Strategy.

(3) Rodrigo L. Moura et al., "An Extensive Reef System at the Amazon River Mouth," *American Association for the Advancement of Science*, April 22, 2016. 206 Before I left the United States: *The Guardian*, in collaboration

(4) イギリスの『ガーディアン』紙は環境・人権・腐敗などの問題に取り組む国際NGOグローバル・ウィットネスと連携し、環境保護活動家の殺害事件についての有益な情報を提供している。この問題については以下の文献や記事を参照した。Simeon Tegel, "Latin America Most Dangerous Place for Environmentalists," Public Radio International, Sept. 2, 2013; MonicaUlmanu, Alan Evans, and Georgia Brown, "The Defenders," *Guardian;* June 13, 2017; Michael E. Miller, "Why Are Brazil's Environmentalists Being Murdered?," *Morning Mix* (blog), *Washington Post*, Aug. 27, 2015; Oliver Holmes, "Environmental Activist Murders Set Record as 2015 Became Deadliest Year," *Guardian*, June 20, 2016; Andrew O'Reilly, "Brazil Becomes Most Dangerous Country in World for Environmental Activists," Fox News, June 20, 2016; Márcio Astrini, "Brazil: The Most Dangerous Country for Environmental Activists in 2015," Greenpeace, June 27, 2016; "Olympics Host Brazil Is the Most Dangerous Country in the World for Environmental Activism," Global Witness, Aug. 4, 2016.

(5) Miller, "Why Are Brazil's Environmentalists Being Murdered?"

(6) Myrna Domit, "Rancher to Be Charged in 2005 Killing of Nun in Amazon," *New York Times*, Dec. 28, 2008.

(7) アマゾンの熱帯樹林については以下の文献を参考にした。Isabel Allende, "Spirits of the Jungle," *Australian*, April 19, 1997; Simon Barnes, "Good News from the Forest; Reportage," *Times*, Oct. 18, 2007; David Quammen, "A Test of Endurance: A Scientist Studies Conservation and Destruction Deep in the Amazon," *San Francisco Chronicle*, April 17, 1988; Alex Shoumatoff, "The Gasping Forest," *Vanity Fair*, May 2007; Oliver Tickell, "In Peru's Lush Rain Forest," *New York Times*, June 11, 1989; Ken Wiwa, "Saints or Sinners?," *Globe and Mail*, June 29, 2002. 8：Jennifer Frazer, "The Attack of the Giant Water Bug," Scientific American, Aug. 27, 2013.

(8) Jennifer Frazer, "The Attack of the Giant Water Bug," *Scientific American*, Aug. 27, 2013.

(9) 〈エスペランサ〉の乗組員たちはとにかく何でも話してくれた。とくにチアゴ・アルメイダ、ジュリア・ザノリ、トラヴィス・ニコルズの話は大いに役に立った。

(10) Charles Clover, *"The End of the Line: How Overfishing Is Changing the World and What We Eat"* (New York: New Press, 2006).

(11) グリーンピースの巨石投下作戦の詳細については、2017年に行ったグリーンピースの研究者ティロ・マークへの複数の取材から得た。

(12) わたしが海の旅の魅力にとらわれ、その中毒にかかってしまったのはこの取材からだった。北氷洋での航海中は手持ち無沙汰の時間がかなりあり、そんなときは遠くをぼーっと眺めて過ごしていた。どこまでも広い空と、何とはなしに見続けることができる波があるので、どうしても眺めてしまうのだ。陸の生活では、ぼんやりしたり静かに物思いにふけったりすることがいかに少ないのかを思い知らせてくれる、魅惑の時間でもあった。船内をほっつき歩いていると、乗組員たちの多くがわたしと同じように何もしないでいることに気づいた。互いに肩と肩が触れ合うぐらい近くにいながら話もせずにぼーっとしていた。自宅に戻ると、海にいるときと同じように日がな一日ぼーっとできる場所をキッチンに見つけた。キッチンの窓から見える光景は深みがあり、その先の木々は大きく、なまめかしく見えた。しかるべき時間になると陽の光が眼の高さで射し込んできて、わたしは窓敷居に寝そべる猫のようにその陽射しを存分に浴びることができる。もっとも、次のメールが来たり、やらなければならないことを終わらせる時間がなくなりつつあることに気づくまでのことなのだが……しかし船では、インターネットがなくても携帯電話がつながらなくてもやることがほとんどなくても大丈夫だ。甲板に出れば、昼も夜も静謐な眺望が360度展開しているのだから。

(13) グリーンピースの法的戦術については、この組織の顧問弁護士のスーネ・シェラー氏から多くを学んだ。

(14) グリーンピースは以前から同じ手を使っていて、成功とも失敗とも言えない結果を残していた。2014年、〈エスペランサ〉はスタトイル社がバレンツ海で掘削を予定した地点に、同社の石油プラットフォームより先に到着した。同社が立ち入り禁止水域を設定できるのは、石油プラットフォームが投錨したり、スラスターを使った自動船位保持装置を起動させて一カ所にとどまることができた場合のみだった。ある程度静止した時点で、プラットフォームは法的には船舶ではなく固定された施設と見なされる。掘削地点に先に到着して投錨することで、〈エスペランサ〉はプラットフォームに立ち入り禁止水域が設定されるのを阻止したのだ。現場占拠から半日後、ノルウェー沿岸警備隊は〈エスペランサ〉にケーブルを着けて強制的に牽引し、20キロほど離れたところまで曳航した。その隙に石油プラットフォームは採掘地点を奪い返した。

(15) サンゴとサンゴ礁については、以下に挙げる示唆に富んだ文献を参考にした。Tony Bartelme, "Fade to White: From South Carolina to the Florida Keys, Coral Reefs Are the Ocean's Masterworks. Will They Soon Be Gone?," *Charleston* (*S.C.*) *Post and Courier*, Oct. 19, 2016; "Dusk and Dawn Are Rush Hours on the Coral Reef," *Smithsonian*, Oct. 1993; Elizabeth Kolbert, "Unnatural Selection," *New Yorker*, April

18, 2016; "Rejuvenating Reefs," *Economist*, Feb. 13, 2016; William K. Stevens, "Violent World of Corals Is Facing New Dangers," *New York Times*, Feb. 16, 1993; Peter Weber, "Coral Reefs Face the Threat of Extinction," *USA Today Magazine*, May 1993; Karen Weintraub, "Giant Coral Reef in Protected Area Shows New Signs of Life," *New York Times*, Aug. 15, 2016; Julia Whitty, "Shoals of Time," *Harper's Magazine*, Jan. 2001.

10　海の奴隷たち

(1) 海の奴隷についての取材に先立って、わたしは以下の文献や資料を読んでおいた。"Forced Labour on Thai Fishing Boats," *Al Jazeera*, YouTube, posted May 28, 2013; Beate Andrees, "Caught at Sea: Fighting Forced Labour and Trafficking in the Fishing Industry," International Labor Organization, May 31, 2013; *Caught at Sea: Forced Labour and Trafficking in Fisheries* (Geneva: International Labour Office, 2013); "Chance for NZ to Curb Slavery at Sea," *Press*, March 28, 2012; Robyn Dixon, "Africa's Brutal Cycle of Child Slavery," *Los Angeles Times*, July 12, 2009; Environmental Justice Foundation, "Sold to the Sea: Human Trafficking in Thailand's Fishing Industry," YouTube, posted Aug. 14, 2014; Ashley Herendeen, "Sea Slaves in Asia," *Global Post*, Nov. 29, 2009; Kate Hodal, Chris Kelly in Songkhla, and Felicity Lawrence, "Revealed: Asian Slave Labour Producing Prawns for Supermarkets in US, UK," *Guardian*, June 10, 2014; Kate Hodal and Chris Kelly, "Captured, Tortured, and Sometimes Killed–the Brutal Lives of Thailand's Fishing Workers, Exposed by Kate Hodal and Chris Kelly in Songhal," *Guardian*, June 11, 2014; Dean Irvine, "Slaves at Sea: Report into Thai Fishing Industry Finds Abuse of Migrant Workers," CNN, March 6, 2014; Sharon LaFraniere, "Africa's World of Forced Labor, in a 6–Year-Old's Eyes," *New York Times*, Oct. 29, 2006; Amy Sawitta Lefevre and Andrew R. C. Marshall, "Special Reporter: Traffickers Use Abductions, Prison Ships to Feed Asian Slave Trade," Reuters, Oct. 22, 2014; Sarah Marinos, "The Children's Champion," *Herald Sun*, Aug. 7, 2010; "Cambodia-Thailand: Men Trafficked into 'Slavery' at Sea," IRIN, Aug. 29, 2011; Sian Powell, "Prisoners of the Sea," *Australian Magazine*, Oct. 16, 2010; Shannon Service and Becky Palmstrom, "Confined to a Thai Fishing Boat, for Three Years," NPR, June 9, 2012; Benjamin E. Skinner, "The Fishing Industry's Cruelest Catch," *Bloomberg Businessweek*, Feb. 23, 2012; *Slavery at Sea: The Continued Plight of Trafficked Migrants in Thailand's Fishing Industry* (London: Environmental Justice Foundation, 2014); "Southern Police Inspect Fishing Boats in Search of Human Traffickers," *Khaosad English*, June 19, 2014; Cindy Sui, "Exploitation in Taiwan's $2Bn Fishing Industry," BBC, June 10, 2014; George Wehrfritz, Erika Kinetz, and Jonathan Kent, "Lured into Bondage," *Newsweek*, April 21, 2008; Patrick Winn, "Sea Slavery," *Global Post*, May 21, 2012; Tan Hui Yee, "Deadliest Catch: Slave Labour on the Seas," *Straits Times*, Sept. 1, 2013.

(2) 本章で最も憂慮すべき点は、ラン・ロンたち海の奴隷が獲った魚がどこに行き着くのかというところだ。ようやく海から戻ったあとで、ラン・ロンは自分が奴隷として働かされていた漁船が獲った魚の大半はソンクラー・キャニング・パブリック・カンパニーという企業の工場に送られるということを知った。あとで調べてわかったのだが、この企業はタイの水産加工最大手タイ・ユニオン・フローズン（TUF）の子会社だった。2015 年のタイでの取材時に、わたしはラン・ロンが乗っていた漁船の母港から魚を運び出すトラックの後を追ってみた。するとほとんどのトラックはこの工場に運んでいた。アメリカ税関局の資料を調べてみると、TUF 社は 2015 年に約 1 万 3000 トンの魚介系のペットフードをアメリカに輸出し、それがアイムスやミャオミックスやファンシーフィーストといったトップブランドになっていることがわかった。世界規模で見れば、毎年 2500 万トンもの魚が魚粉と魚油に加工されているが――これは「減量産業」と呼ばれている――ペットフードもその範疇に入る。魚粉の大半はサーモンなどの養殖魚の餌となり、魚油はサプリメントとしての需要が高まっている。タイの水産加工品の最大の輸出先はアメリカで、なかでもペットフードの輸出量の増加は著しく、2017 年には 1 億 9000 万ドルに達した。これは 2009 年の 2 倍だ。アメリカでは猫 1 匹当たり年平均で 14 キ

ロ弱の魚を消費しているが、この量は平均的なアメリカ人が食べる量の約2倍だ。近年、欧米諸国の消費者たちは、違法操業で獲られた魚や汚染されたり産地が偽装された魚に対して厳しい眼を向けている。が、自分たちの口に入る魚、ましてやペットフードになる魚を獲る労働者たちについてはまったく見向きもしない。「ペットの飼い主たちがもっぱら気にかけているのは、自分たちのペットの食の好みぐらいなものです」オーストラリアのディーキン大学生活環境学部で漁業の世界市場について研究しているジョヴァンニ・M・トゥルキーニ教授はそう述べる。全世界の年間漁獲量の約3分の1にあたる2800万トンもの魚が、ペットフードや家畜の飼料に加工されている。ヨーロッパ諸国のなかにはペットフードの原材料がどこで獲られてどこで加工されたのかがバーコードでわかるようにしてある国もある。しかし、そうした膨大な量の魚がどのようにして獲られているのかについてはまったくわからない。UTF社のサシナン・アルマンド広報部長は、強制労働と児童労働の防止策として、同社の加工工場や港にいる漁船に定期的に監査を入れていると述べた。監査内容には乗組員との労働契約や給与明細、そして労働条件の検査が含まれている。「弊社は人身売買もいかなる人権侵害も容認しません」アルマンド部長はそう言った。漁船に対する監査は洋上でも実施しているのかどうか尋ねると、広報部長は回答を拒否した。人権団体は監視体制の強化を求め、さまざまな対策案を出している。たとえば、船舶監視システム（VMS）のような追跡装置のすべての商業漁船への搭載の義務づけや、長期操業とそれを可能にする補給船の使用（瀬取り）の禁止などだ。しかしそうした努力は成果を見せていない。水産業界では、その膨大な利益の前では、労働搾取で非難されるリスクなど屁でもない――これは、アメリカ国務省の人身売買監視対策室長兼担当大使だったマーク・P・ラゴン氏の言葉だ。ファンシーフィーストやピュリナといったペットフードブランドを展開するネスレ社の広報担当副社長のリサ・K・ギビー氏は、同社はペットフードの生産過程で強制労働が生じることのないよう真摯に取り組んでいると語った。しかしギビー氏は「しかしその努力は、簡単なものでもなければ早期に達成できるものでもありません」とも言い、その理由はペットフードの原料となる魚は公海上で操業する漁船が獲ったものを、複数の国の港で買い付けているからだと説明した。ペットフード業界では、魚の使用を控える努力をしている企業もある。2012年に世界市場の約4分の1となる16億ドル以上の売上を記録したマース社はすでに魚粉の使用を制限していて、今後もこの方針を続けるという。さらに同社は、2020年までには適法な操業で獲った資源保護が叫ばれている種以外の魚もしくは養殖魚のみを使用し、第三者機関による監査によって強制労働を完全排除すると宣言している。たしかにマース社は競合他社以上に積極的に取り組んではいる。しかし同社の広報担当のアリソン・パーク氏も認めているとおり、水産業界はトレーサビリティに欠陥を抱えていて、適正な労働環境の徹底にも手こずっている。同社は港で直に買い付けているわけではないところも問題をさらに難しくしているとパーク氏は言う。税関局の記録を確認すると、2016年にマース社は、ラン・ロンが奴隷として働かされていた漁船から魚を買っていた缶詰工場から9万箱以上のペットフードを仕入れていた。タイの水産加工品の対米輸出については、アメリカ農務省海外農業局のアリソン・エッカート氏に多くを頼った。税関記録の調査は、アメリカ労働総同盟・産業別組合会議のモリー・マクグラス氏の助力がなければ成し得ることができなかった。国際労働権フォーラムのキャンペーン担当のアビー・マクギル氏、環境正義財団（EJF）のスティーヴ・トレント氏、ILOのジェイソン・ジャッド氏、ヒューマン・ライツ・ウォッチのアジア担当副局長のフィル・ロバートソン氏らにはたいへんお世話になった。なかでもタイ内閣府のタニヤ・ラオハタイ氏と、タイにおける人身売買問題の専門家のダニエル・マーフィー氏からはひとかたならぬ助力を賜った。

(3) 2015年の10月にチリで開催された「アワー・オーシャン・カンファレンス」で、ケリー国務長官は『ニューヨーク・タイムズ』の海の奴隷に関する記事の要約を5分ほど述べたうえ

で、こう語った。「『ニューヨーク・タイムズ』の記事にあるような奴隷制度を廃絶し、二度とよみがえらせないような世界的な枠組みを作るべく、この問題を翌年の会議の主要議題にして、より多くの国々と討議を重ねるつもりだ」この会議で、長官は別の『ニューヨーク・タイムズ』の記事も引用しつつシーシェパードに言及し、本来ならば政府が担うべき取り締まり活動を民間の非営利組織が行っている現状は茶番だと指摘し、こう述べた。「われわれはその責務を彼らから政府に移さなければならない」2015年7月の記者会見で、長官はこう述べた。「150億ドルという市場規模がある人身売買産業の実態とその活動範囲を、広く世に知らしめなければならない」そしてこう続けた。「とあるカンボジアの青年が、タイの建設現場で働かないかと勧誘された。ところが国境を越えてタイにやってくると銃を持った男たちによって囚われの身となり、3年ものあいだ首枷を付けられて漁船で働かされた。そんな記事が今朝の『ニューヨーク・タイムズ』に載っていた」

(4) 2015年には当時の駐米特命全権大使のウィジャワット・イサラパックディー氏にも取材している。

(5) 2017年の夏のタイでの取材では、漁船から脱走して救出された乗組員たちを保護する施設をいくつか訪問した。たとえばタイ中部のパトゥムターニー県にある「バーン・パトゥム」とソンクラーの「タノン・ペットカセム」などだ。両施設とも管理体制は良好だったが、収容されていた男たちはラン・ロン同様に宙ぶらりんの状態に置かれていた。彼らは口々に故郷に戻りたいと言っていたが、捜査のために留め置かれていて、なかには数カ月もとどまっている者もいた。

(6) タイ政府がラン・ロンの帰国を決定した過程については、"Report on Lang Long's Return to Cambodia," Pathumthani Welfare Protection Center for Victims of Trafficking in Personsを読めばよくわかる。

(7) 失業率の比較については"Unemployment, Total (% of Total Labor Force) (Modeled ILO Estimate)," International Labor Organization, ILOSTAT database, Sept. 2018を参照した。

(8) カラオケバーと人身売買の関りについては"Summary Report on Karaoke Bars in Thailand," Stella Maris Seafarers Center Songkhla, Oct. 6–Dec. 2010という詳細なパンフレットで多くのことを学んだ。

(9) こうした人身売買の被害者を故郷に戻す地下ネットワークや「行方不明者」ホットラインは、そもそもは反人身売買活動を展開するミラー財団が2002年に始めた。ホットラインの設立に携わったエッカラック・ルムチョムカエー氏によれば、当初は誘拐された子どもを捜すことを想定していたのだが、いざ蓋を開けてみたら成人した子どもや夫や兄弟たちが漁船での仕事を得たのちに連絡が途絶えたという電話が何十本もかかってきたという。2008年、同財団は帰郷を果たした男性たちに聞き取り調査を行い、漁船での強制労働と人身売買についての詳細な報告書を発表した。

(10) 国境地帯のタクシーの運転手はさまざまな貌《かお》を持つ。まずもって彼らは地元の事情通で、ありとあらゆる人間のことを知っている。格好のカモになりそうな出稼ぎ労働者やよそ者を目ざとく見つける能力にも長けている。そうした若者を見つけたらカラオケバーに案内し、酒とカラオケと女で一晩中愉しませる。そして夜が明けたら、カラオケバーのオーナーは法外な料金を吹っかける。払えない場合は痛い目に遭わせると脅し、漁船で働いて体で返せと迫る。そして運転手は紹介料をせしめる。

(11) この年の再訪までのあいだに、取材開始以降に発表された海の奴隷問題についての記事や文献を片っ端から読んだ。以下にそのいくつかを挙げる。Sarah Hucal, "Thai Junta Asked to Crack Down Harder on Rogue Seafood Industry," *Premium Official News*, Aug. 14, 2015; Peter Alford and Gita Athika, "Fishermen Trapped in Slavery," *Australian*, Aug. 7, 2015; Peter Alford, "Stench of Seafood Slavery," *Austra-*

lian, Dec. 30, 2015; Peter Alford and Gita Athika, "Crews Go Missing in Ambon Bay amid Slavery Probe," *Australian*, Sept. 12, 2015; "Are Slaves Peeling Your Shrimp? Here's What You Need to Know," Associated Press, Dec. 14, 2015; "A Story of Modern Slavery in Thailand," Thai News Service, Sept. 4, 2015; "Bad Smell Hangs over Thai-German Fish Deal; Slave Labor," *Handelsblatt Global Edition*, Feb. 23, 2016; "Burmese Fisherman Goes Home After 22 Years as a Slave," Thai News Service, July 6, 2015; "Cambodian Labor Trafficking Victims Sue U.S.-Based Seafood Suppliers," *Plus Media Solutions*, Aug. 19, 2016; "Cardin Delivers Remarks on Ending Modern Slavery, Highlights Maintaining Integrity of Trafficking in Persons Reports," U.S. Senate Committee on Foreign Relations, Feb. 24, 2016; Sophie Cocke, "Petition, Lawsuit Filed over Isle Fishing Fleet," *Honolulu Star-Advertiser*, Sept. 23, 2016; Audie Cornish and Ian Urbina, "Oceans Called a 'Wild West' Where Lawlessness and Impunity Rule," National Public Radio, July 31, 2015; "Costco Sued over Claims Shrimp Harvested with Slave Labor," *Daily Herald*, Aug. 20, 2015; Thanyarat Doksone and Martha Mendoza, "Thailand Remains Black-listed by US for Human Trafficking," Associated Press, July 28, 2015; "E.U. Urged to Act on Thai Fishing Slavery," *Maritime Executive*, Feb. 21, 2016; "FAO and the Vatican Condemn Illegal Fishing and Forced Labor on the High Seas, Urge Collective Action," States News Service, Nov. 21, 2016; "Fighting Slavery, One Seafood Supplier at a Time," *Denver Post*, Dec. 22, 2015; "Fishermen Who Fled Slavery in San Francisco Sue Boat Owner," Associated Press, Sept. 23, 2016; Tara Fitzpatrick, "6 Things You Need to Know About the Seafood Supply," *Restaurant Hospitality*, Oct. 5, 2016; Fakhrurradzie Gade, Margie Mason, and Robin McDowell, "Captain Arrested on Boat Believed to Contain Slave-Caught Fish," *Asian Reporter*, Oct. 5, 2015; Fakhrurradzie Gade, Margie Mason, and Robin McDowell, "Thai Man Arrested on Boat Believed to Be Carrying Slave Fish," Associated Press, Sept. 26, 2015; Rose George, "Saltwater Slaves," *New Statesman*, Feb. 10, 2016; *Get It Right This Time: A Victims-Centered Trafficking in Persons Report: Testimony Before the Subcommittee on Africa, Global Health, Global Human Rights, and International Organizations, House of Representatives*, 114th Cong., 2nd Sess. (2016) (statement of Matthew Smith, executive director of Fortify Rights); Nirmal Ghosh, "Thais Claim Success in Cleaning Up Fishing Sector," *Strait Times*, Feb. 13, 2016; Amy Goodman, *The War and Peace Report*, Democracy Now!, April 18, 2016; "Greenpeace Shuts Pet Food Factory Connected to Slavery and Destructive Fishing," *New Zealand Herald*, May 19, 2016; Nick Grono, "Perpetrators of Modern Slavery Are Devastating Our Environment Too," *Guardian*, Nov. 17, 2015; Nick Grono, "Traumatized and Vulnerable, Slavery Survivors Live with Mental Health Issues," CNN, Nov. 5, 2015; Matt Hadro, "If You Buy Shrimp You Might Want to Know This," *Eurasia Review*, March 7, 2016; Matt Hadro, "You Should Know This if You Buy Shrimp," *Eurasia Review*, Nov. 9, 2016; "Hagens Berman: Class Action Filed Against Nestlé for Slave Labor, Human Trafficking Used to Produce Top-Selling Pet Food," Business Wire, Aug. 27, 2015; Ruth Halkon, "Fisherman 'Enslaved for Five Years on Thai Fishing Boat Because of an Unpaid Beer Tab,' " *Irish Mirror*, May 19, 2016; Esther Han, "Prawns Linked with Trafficking and Environmental Damage Revealed," *Age* (Melbourne, Australia), Dec. 9, 2015; Kate Hodal, "Slavery and Trafficking Continue in Thai Fishing Industry, Claim Activists," *Guardian*, Feb. 24, 2016; Michael Holtz, Stephanie Hanes, and Whitney Eulich, "How to Free Modern Slaves: Three Tech Solutions That Are Working," *Christian Science Monitor*, Nov. 23, 2015; Esther Htusan and Margie Mason, "More than 2,000 Enslaved Fishermen Rescued in 6 Months," Associated Press, Sept. 17, 2015; David Hughes, "Don't Forget the Seafarers and the Fishermen; For Those at Sea, Work, Together with Its Inherent Risks, Carries On as Usual over the Christmas and New Year Season," *Business Times Singapore*, Dec. 23, 2015; Ralph Jennings, "Taiwan Seeks to Improve Conditions in Fishing Fleet," Associated Press, Oct. 4, 2016; John Kerry, "John Kerry's Remarks at the Chicago Council on Global Affairs," Oct. 26, 2016, transcript; Susan Krashinsky, "Clover Leaf Website Will Let Consumers Track the Source of Their Fish," *Globe and Mail*, Oct. 3, 2016; William Langewiesche, "Slaves Without Chains," *Vanity Fair*, Jan. 2016; Erik Larson, "Lawsuit Aimed at Products Where Forced Labour Used; Lawyers Hope to Push Major Firms to Better Police Their Supply Chains," *Na-*

tional Post's Financial Post & FP Investing, Dec. 14, 2015; Erik Larson, "Slavery Labels Sought for U.S. Goods," *Naples Daily News*, Jan. 2, 2016; Erik Larson, "Slavery on the Label? Lawsuits Aim to Expose Forced Labor in Supply Chain," *Providence Journal*, Dec. 20, 2015; Erik Larson, "Suing to Put Slavery Labels on Goods; Lawyers Want Accountability for Supply Chain," *Vancouver Sun*, Dec. 12, 2015; Felicity Lawrence, Ella McSweeney, and Annie Kelly, "Irish Taskforce to Investigate Treatment of Migrant Workers on Trawlers," *Guardian*, Nov. 4, 2015; Felicity Lawrence et al., "Revealed: Trafficked Migrant Workers Abused in Irish Fishing Industry," *Guardian*, Nov. 2, 2015; Tom Levitt, "Our Love of Cheap Seafood Is Tainted by Slavery: How Can It Be Fixed?," *Guardian*, Oct. 7, 2016; Fault Lines, "A Trafficked Fisherman's Tale: 'My Life Was Destroyed,' " *Al Jazeera*, March 5, 2016; Jenna Lyons, "Fishermen Say They Faced High-Seas Slavery: Indonesian Fishermen Tell of Being Trafficked Before SF Escape," *San Francisco Chronicle*, Sept. 23, 2016; Margie Mason and Martha Mendoza, "AP Investigation Prompts New Round of Slave Rescues," Associated Press, July 31, 2015; Margie Mason, "Indonesia Nabs Ship Believed to Carry Slave-Caught Fish," Associated Press, Aug. 14, 2015; Margie Mason et al., "AP: Global Grocer Supply Chains Tied to Slave-Peeled Shrimp," Associated Press, Dec. 14, 2015; Adam Minter, "How to Fight Asian Slavery, One Supplier at a Time," *Chicago Daily Herald*, Dec. 26, 2015; "Missing Slave Fishing Boats Tracked to Papua New Guinea," PACNEWS, July 28, 2015; Carol Morello, "Changes on Human-Trafficking List," *Washington Post*, July 28, 2015; Sarah Murray, "Casting a Tight Net," *Stanford Social Innovation Review* 13, no. 4 (Fall 2015); "Myanmar (Burma): Trafficking Survivors Struggle to Rebuild Their Lives Back Home," Thai News Service, Dec. 23, 2015; Wassana Nanuam, "CCCIF 'Going All Out' to Revamp Fishing Industry," *Bangkok Post*, Feb. 27, 2016; "Nestle SA: Supports Slave Labor to Produce Fancy Feast, Suit Says," *Class Action Reporter*, Oct. 20, 2015; "Nestle Vows to Fight Slave Labour in Thailand," Agence France-Presse, Nov. 24, 2015; Wassayos Ngamkham and Penchan Charoensuthipan, "Govt Boosts Slave Labour Crackdown," *Bangkok Post*, Dec. 18, 2015; Katie Nguyen and Alisa Tang, "Thai Traffickers Exposed by Campaign Group Fishing Industry," Reuters, Nov. 30, 2015; "Pacific Tuna Fishermen Detail Deplorable Working Conditions, Widespread Abuse in Video Testimonials," Targeted News Service, July 28, 2015; David Pinsky, "There's Slavery in the Seafood Industry. Here's What We Can Do About It," *US Official News*, July 22, 2015; Alecia Quah, "Thai Seafood Products Face Increased Risk of Export Ban in the Next Year over Illegal Fishing Practices," IHS Global Insight, Nov. 27, 2015; "Remarks by Secretary of State John Kerry at the Launch Ceremony for the 2015 Trafficking in Persons Report," *Federal News Service*, July 28, 2015; Cazzie Reyes, "Freedom from Slave Fishing Ships," End Slavery Now, Jan. 4, 2016; Michael Sainsbury, "Thailand's Human Trafficking Industry Is Australia's Problem," *Crikey*, July 5, 2016; "Secretary of State John Kerry Remarks at Our Ocean Town Hall Event in Valparaiso, Chile, as Released by the State Department," Oct. 5, 2015; "Slavery Horror Deepens," *Mizzima Business Weekly*, Aug. 6, 2015; Emanuel Stoakes, Chris Kelly, and Annie Kelly, "Revealed: How the Thai Fishing Industry Trafficks, Imprisons, and Enslaves," *Guardian*, July 20, 2015; Emanuel Stoakes, Chris Kelly, and Annie Kelly, "Sold from a Jungle Camp to Thailand's Fishing Industry: 'I Saw 13 People Die,' " *Guardian*, July 20, 2015; Alisa Tang and Beh Lih Yi, "Thailand's Upgrade in Human Trafficking Report Slammed as 'Premature,' " *Metro* (U.K.), July 1, 2016; "Thai Captains Jailed and Ordered to Compensate Fishing Slaves They Tortured and Worked 24 Hours a Day," *Postmedia*, March 11, 2016; "Thailand: Thai Shrimp Peeled by Slaves Taints Global Markets," Thai News Service, Dec. 17, 2015; "Today's Slaves Often Work for Enterprises That Destroy the Environment," *Fresh Air*, NPR, Jan. 20, 2016; Simon Tomlinson, "Inside the Shrimp Slave Trade: Migrant Workers and Children Forced to Peel Seafood for 16 Hours a Day in Filthy Thai Factories That Supply Retailers and Restaurants in the U.S. and Europe," *Daily Mail*, Dec. 14, 2015; Jewel Topsfield, "Australia to Counter 'Terrible Trade in Human Beings,' " *Sydney Morning Herald*, March 21, 2016; "USAID Bureau for Asia Speaks on Human Trafficking in Seafood Sector," Targeted News Service, Sept. 14, 2016; U.S. Senate, "Blumenthal and Portman Urge Administration to Address Human Trafficking in Fishing Industry,"

Federal Information and News Dispatch Inc., Nov. 18, 2015.

(12)『ニューヨーク・タイムズ』と AP 通信に先立つこと数年の 2012 年に、NPR のシャノン・サービスとベッキー・パームストームが "Confined to a Thai Fishing Boat, for Three Years." という海の奴隷問題についての見事なレポートを世に出している。この報道以外にも "Employment Practices and Working Conditions in Thailand's Fishing Sector," International Labor Organization, 2014; "Exploitation of Cambodian Men at Sea," United Nations Inter-agency Project on Human Trafficking, April 22, 2009; "Trafficking of Fishermen in Thailand," International Organization for Migration, Jan. 14, 2011 などもある。

(13) 通訳の問題一つを取ってみても、検査体制の改革がどれほど必要なのかわかってくる。2017 年の取材中に、タイ政府は従来の規則を改め、外国人通訳を雇うことにしたというニュースが入ってきた。タイ労働省は長年にわたって工場や農場、そして漁船に対する労働監査を行ってきた。しかしそうした現場で働いているのは、大半がタイ語を話せない国外からの出稼ぎ労働者だ。出稼ぎ労働者への聞き取り調査にタイ人の通訳を使うこともあったが、労働省を含めたタイ政府の省庁には、クメール語やビルマ語を話せる人間はほとんどいなかった。いきおい、出稼ぎ労働者からしっかりと話を聞き出すために工場長や甲板長に通訳を頼ることになる。

(14) "Press Release: 14 Year Jail Sentences for Thai Human Traffickers," Environmental Justice Foundation, March 21, 2017.

(15) ミャンマー人の元乗組員たちの証言を、ここでさらに詳細に補足しておく。彼らの多くは匿名を希望したが、トゥン・ゲのように積極的に話してくれる者もいた。34 歳のトゥン・ゲは、カンタンの「漁業カルテル」の一員として 2015 年頃まで十数年働いていた。このカルテルのボスは女性で、「乙女（メ・サウ）」の名で呼ばれていた。トゥン・ゲはリアムの所業だけでなく別件の殺人の現場も目撃していた。〈ジャウニト〉という漁船に乗っていた頃、ある日の食事中にとある甲板員が皿を落として割ってしまった。船長は怒ってその甲板員をナイフで切りつけた。甲板員は海に飛び込んで逃げたが、溺れ死んだという。「ハゲ船長」とあだ名されていたこの漁船の船長は、カンタンの人身売買摘発で唯一有罪判決を下された船長で、14 年の服役を科せられた。トゥン・ゲは別の漁船でも殺人の現場を目撃していた。甲板員が海に飛び込んで逃げようとしたが、結局船に戻ってきた。船長は彼を殴り続け、最後に撃ち殺した。ミン・テゥという、やはりメ・サウのカルテルで合計で 8 年働いていた元乗組員は、リアムの別の犯行を語ってくれた。2012 年の 8 月頃、彼はリアムがボカ埠頭で四人の男たちを殺した様子を目撃した。リアムは、酔っ払って喧嘩をしていた〈フォカサタポーン 12〉という漁船の乗組員たちを撃った。撃たれた男も、喧嘩の相手もトラン川に飛び込んで逃げた。2 人を助けようと、さらに 2 人の出稼ぎ労働者たちが川に飛び込んだ。「リアムはとにかく撃ちまくってた」ミン・テゥはそう言った。そしてリアムは 4 人とも撃ち殺した。昼日中に、しかも 10 人から 13 人が見ているなかでの凶行だった。ミン・ミン・ザウという元乗組員は、インドネシア海域で操業していた〈ジャウニト〉に乗っていた 2015 年に、船長が補給船の 4 人のインドネシア人を射殺するところを目撃した。彼らミャンマー人の元乗組員たちに取材したあとで、彼らの証言を裏づける "Thailand's Seafood Slaves: Human Trafficking, Slavery, and Murder in Kantang's Fishing Industry," という EJF の報告書を見つけた。

11　ごみ箱と化す海

(1) "Caribbean Princess Fact Sheet," Princess Cruises, 2018.

(2)〈カリビアン・プリンセス〉の海洋投棄事件の記述については、主として 2017 年を通じて何度か行った、内部告発者のクリス・キースとリチャード・アデル連邦検事への取材で成り立っている。プリンセス・クルーズ社にも親会社のカーニバル・コーポレーション社にも何度も取

材を申し込んだが、そのたびに断られた。なので公判記録にあたったり、同類の事件を担当したことがある弁護士たちに話を聞いたりして、違法投棄する側の見解をつかむことにした。公判記録については United States of America v. Princess Cruise Lines, Ltd., U.S. District Court Southern District of Florida, April 17, 2017 と United States of America v.Princess Cruise Lines, Ltd., U.S. District Court Southern District of Florida,Dec. 1, 2016 という 2 件の裁判のものが大いに参考になった。"Princess Cruise Lines to Pay Largest-Ever Criminal Penalty for Deliberate Vessel Pollution," Department of Justice, Dec. 1, 2016 も参照した。

(3)〈カリビアン・プリンセス〉の裁判での量刑覚書には、検事と元乗組員たちが同船の環境対策担当者の仕事についてのコメントが載っている。彼らの仕事は環境保護とは名ばかりで、実際には乗客たちのもてなしや船内ツアーの企画、そして船に止まる海鳥の対策で、環境基準の順守なんかは二の次三の次だという。United States of America v. Princess Cruise Lines, Ltd., U.S. District Court Southern District of Florida, April 17, 2017 を参照のこと。

(4) 兵器の海洋投棄については以下の記事を参考にした。Randall Chase and Josh Cornfield, "Clammer Is Injured Dredging Up Old Bomb, Chowder Tossed," Associated Press, Aug. 12, 2016; Andrew Curry, "Chemical Weapons Dumped in the Ocean After World War II Could Threaten Waters Worldwide," *Smithsonian*, Nov. 11, 2016; United Press International, "Boat Snags Torpedo: Delayed World War II Blast Kills 8 Fishermen," *Kingsport Times*, July 25, 1965.

(5) 海洋投棄と犯罪組織の関係については、以下の記事でさらに深く掘り下げてみた。Tom Kington, "From Cocaine to Plutonium: Mafia Clan Accused of Trafficking Nuclear Waste," *Guardian*, Oct. 8, 2007; Chris Milton, "Somalia Used as Toxic Dumping Ground," *Ecologist*, March 1, 2009.

(6)〈エクソン・ヴァルディーズ〉の事故では、4000 万リットル、〈ディープウォーター・ホライズン〉では 6 億 5000 万リットルもの原油が流出した。排水や廃油の不法投棄についての詳細は、2003 年の経済協力開発機構（OECD）の "Cost Savings Stemming from Noncompliance with International Environmental Regulations in the Maritime Sector," Director for Science, Technology, and Industry Maritime Transport Committee, Jan. 30, 2003 を参照のこと。この報告書には「近年の研究による別の見解では、通常業務のなかで違法投棄される廃油の毎年の総量は、〈エクソン・ヴァルディーズ〉の事故の 8 倍以上、1997 年に日本沿岸で起こった〈ナホトカ〉原油流出事故の 48 倍以上に相当する」と記されている。違法投棄される廃油の総量については、デラウェア大学の海洋汚染の専門家であるジェイムズ・M・コーベット教授の協力を得て算出した。

(7) Thomas Fuller and International Herald Tribune, "20 Kidnapped from Malaysian Resort Island," *New York Times*, April 25, 2000.

(8) ジョージが地球工学の実験を不意打ち的に強行したのは、この 2012 年が初めてではない。2007 年にもカーボン・オフセット・クレジット目的で、西太平洋の赤道直下にあるガラパゴス諸島の近海で海洋鉄肥沃化を計画していた。しかし環境保護活動家たちによる（ジョージが言うところの）「虚報活動」により出資者たちが手を引いたために、2008 年に中止になった。

(9) フリス捜査官には 2017 年に数回電話取材した。

(10) クルーズ客船での犯罪行為については以下の記事や文献を参考にした。Curt Anderson, "ICE Dive Unit in Miami Targets Smugglers Using Freighter, Cruise Ship Hulls to Ferry Drugs," Associated Press Newswires, Feb. 28, 2011; Robert Anglen, "Comprehensive Reports of Cruise-Ship Crime Made Public, Led by Phoenix Man," *Arizona Republic*, Oct. 13, 2016; Donna Balancia, "Crew Member Sues Carnival," *Florida Today*, Feb. 13, 2008; "Brazil 'Rescues' Cruise Workers from 'Slave-Like Conditions,' " BBC News, April 4, 2014; Jonathan Brown and Michael Day, "Cruise Ship Limps In–but Costa's Nightmare Goes On," *Independent*, March 2, 2012; Michael Day, "Costa Concordia: Shipment of Mob Drugs Was Hidden Aboard Cruise Liner When It Hit Rocks off Italian Coast, Investigators Say," *Independent Online*, March 30,2015; Richard Foot,

“Gangs Smuggle Passengers on Cruises,” CanWest News Service, Nov. 23, 2005; John Honeywell, “The Truth About Crime on a Cruise Ship,” *Telegraph Online*, June 5, 2017; Vincent Larouche and Daniel Renaud, “Three Quebecers Charged with Smuggling $30M in Cocaine on Cruise Ship in Australia,” *Toronto Star*, Aug. 30, 2016; Jim Mustian, “Feds Arrest Cruise Ship Crewmen in Alleged Plot to Smuggle Cocaine into New Orleans,” *New Orleans Advocate*, Jan. 10, 2016; Natalie Paris, “Cruise Lines Defend Treatment of Staff,” *Telegraph Online*, April 7, 2014; “Ten Individuals Charged with Importing Hundreds of Pounds of Cocaine, Heroin into United States Aboard Cruise Ships,” *Hindustan Times*, June 10, 2005; U.S. Attorney’s Office, Eastern District of Louisiana, “Georgia Man Sentenced in Honduran Cocaine Importation Scheme,” Department of Justice, July 20, 2017.

12　動く国境線

(1) チャールズ・ディケンズ『大いなる遺産（上）』加賀山卓郎訳、新潮文庫、2020年。

(2) 中国は天然ガス資源が豊富なナトゥナ諸島の領有権も主張している。中国漁船がからむ紛争の大半は、安全保障アナリストたちが「九段線」と呼ぶ「境界線」の内側で起こっている。南シナ海の80パーセント以上を占めるこの海域を、中国は1940年代後半から自国の「伝統的な漁場」として主権を主張しているが、国際法では認められていない。

(3) 後日わたしはバタム島の勾留所、もとい「保護施設」を尋ねてみたが、状況はほとんど変わっていなかった。240人ほどが収容されていて、大半がヴェトナム人だった。1年半以上留め置かれている被勾留者もいた。現地で取材したインドネシア出入国管理局の担当者によれば、全体の10パーセントが幹部船員で、したがって違法操業で訴追されるという。残りの乗組員たちは不法移民として収容されていて、刑事訴追されることはない。

(4) 公海上にある船舶同士のあいだに生じた緊迫した事態が言葉の壁のせいで悪化してしまったという例は、本書の取材中に数回遭遇した。

(5) 本書の執筆で苦労したことの一つは、さまざまな体験を視覚的にも感覚的にもとらえ、その記憶を執筆までの長いあいだに（ノートの力を借りて）頭に留めておくことだった。通常、取材から記事を書くまでの時間は、せいぜい数日から数週間というところだ。ところが本書の場合は数カ月もあった。そこでわたしは取材術に磨きをかけ、人物や場所や船舶の名前を頭文字で表記して、より多くの情報をノートに書き留めるようにした。のちのちの描写を可能にするべく、部屋の様子はiPhoneで撮影しておいた。一方、感情の把握とその記憶の維持はもっと厄介だった。適切な感情描写は記憶を反芻し、熟考を重ねないと見つからないからだ。ヴェトナム側を振り切って逃げる〈マチャン〉のブリッジで、わたしは室内の雰囲気をできるだけ正確にノートに記そうとした。しばらくすると、頭の中のプレイリストをスクロールし、その場その場の雰囲気にぴったりと合う音楽を見つけて書き留める習慣をつけるようになった。その場面を描写するときにその曲を聴けば、そのときの気持ちもよみがえってくる。取材時に感じた気持ちを言葉に頼らず思い出す、一種の記憶装置とも言えるメモ術だ。わたしは執筆中は映画のオリジナルサウンドトラックを流して集中力を高めているので、ありがたいことにプレイリストの曲数はごまんとある。緊迫感に満ちたブリッジの状況を書き留めた箇所の余白には、ブラッド・ピット主演の映画『ワールド・ウォーZ』のなかの一曲『ウェールズ』（マルコ・ベルトラミ作曲）と、HBOの犯罪ドラマ『ザ・ナイト・オブ』のテーマ（ジェフ・ルッソ作曲）が記されている。

(6) 主権海域をめぐる紛争で漁師たちを駒として使う行為は南シナ海に限った話ではない。たとえばインドとスリランカのあいだにあるポーク海峡という狭い海域の領有権争いでは、2011年以降インド人漁師が1200人、スリランカ人漁師が450人、それぞれ相手国に拘束された。Joshua Keating, “Fishermen on the Frontlines,” *Slate*, June 10, 2014を参照。

(7) この件についての報道には以下のものがある。Argianto, "Begini Detikdetik petugas patroli KKP diculik Cost Guard Vietnam," *Tribun Batam*, May 23, 2017; Muhammad Firman, "Penyergapan 5 kapal pencuri ikan Vietnam picu masalah diplomatik," *Katadata*, May 23, 2017; Pada Rabu, "Pemerintah selesaikan insiden Natuna Lewat jalur diplomatik," *Media Indonesia*, May 24, 2017; Muhammad Razi Rahman, "Indonesia-Vietnam selesaikan insiden Natuna secara diplomatik," *Antara News*, May 23, 2017; Sarma Haratua Siregar, "Vietnam lepaskan petugas PSDKP," *Sindo Batam*, May 24, 2017; Zulfi Suhendra, "Disergap KKP, kapal asal Vietnam tenggelam de Perairan Natuna," *Liputan 6*, May 24, 2017; Tiara Sutari, "Bentrok dengan Vietnam, Indonesia pilih solusi diplomatik," CNN Indonesia, May 24, 2017; Afut Syafril, "Luhut minta Indonesia tak emosional tanggapi insiden Natuna," *Antara News*, May 23, 2017.

13 荒くれ者たちの海

(1) W・H・オーデン『怒れる海――ロマン主義の海のイメージ(不安の時代)』沢崎順之助訳、1962年、南雲堂。

(2) この本を書いていていちばん悔やまれるのは、時間がなかったせいで追い切れなかったテーマがいくつもあることだ。泣く泣く諦めざるを得なかったテーマのリストのトップは、主に中東と北アフリカから地中海を渡ってヨーロッパに逃げてくる「地中海ボートピープル」に対する人権侵害の数々だ。地中海を中心として世界各国の海で命を落とした難民は、2014年にわかっているだけで4272人もいる。この現状を、国連難民高等弁務官事務所の担当者はこう語った。「『地中海ボートピープル』全体を一つの集団として見なすとすれば、これは過去数十年のなかで最悪の集団虐殺(ジェノサイド)だ」そして2000年から2014年までの15年間で、少なくとも4万人が亡くなったと述べた。このテーマについては以下の文献や記事を読んでいた。Tara Brian and Frank Laczko, *Fatal Journeys: Tracking Lives Lost During Migration* (Geneva: International Organization for Migration, 2014); Alice Ritchie, "UN Rights Chief Slams Indifference over Migrant Deaths at Sea," *Business Insider*, Dec. 10, 2014. For more about crimes tied to boats carrying Mediterranean sea migrants, see Suranga Algewatte et al., *Smuggling of Migrants by Sea* (Vienna: United Nations Office on Drugs and Crime, 2011).

(3) 洋上凶悪犯罪のデータベースを構築できたのは、ひとえに以下の方々のご協力の賜物だ。さらに彼らは、この件についてより深い洞察を与えてくれた――アメリカ海軍情報局(ONI)で世界中の海で起こる洋上襲撃事件を追い続けてきたチャールズ・N・ドラゴネット氏。アメリカ海軍大学校博物館のクロード・ベルーベ館長。アメリカ海軍の元艦長でオーシャン・ビヨンド・パイレシーのジョン・ハギンズ理事長。国際的な海員組合「マスターズ・メイツ&パイロット」のクラウス・ルータ弁護士。国立海洋大気庁(NOAA)の海外問題の専門家のデイヴィッド・パール氏。トリッグ・マット・トラッキング(TMT)のダンカン・コープランド氏とスティーグ・フィエルベルグ氏。アメリカ沿岸警備隊捜査局(CGIS)のマイケル・バーコウ局長。データと文書についてはOCEANUSLive(のグレン・フォーブス理事長)とリスク・インテリジェンス、そしてONIから提供を受けた。ONIの「海賊行為と船舶に対する武装強盗事案」部門と国際海事局海賊情報センターの意見をいただき、世界海洋遭難安全システムが発信した航海警戒情報も閲覧させていただいた。

(4) 洋上犯罪の捜査が困難な理由は山ほどある。まずもって犯行現場までの距離がとてつもなく遠いうえに、そこがどの国の司法権の下にあり、誰が捜査責任を負うべきなのかを割り出すことが至難の業なのだ。ジャーナリストのジョージ・ローズは自著 *Ninety Percent of Everything* でこう述べている。「海にはスリップ痕は残らない」海で事故が起こると、ほんのわずかばかりの正義を求めることすら難しいとローズは言う。「大海原には警察も労働組合の人間もいないのだから……マニラの斡旋業者に雇われて、キプロス人が船長のパナマ船籍のアメリカ人所有の

船に乗って公海上で事故に遭ったら、いったい誰を訴えたらいい？」

(5) Gemma Jones, "Asylum Seekers 'Pirate' Story Disguises Possible Mutiny," *Daily Telegraph*, Oct. 19, 2012; MarEx, "Asylum Seekers or Pirates?," *Maritime Executive*, Nov. 19, 2011.

(6) バングラディシュ沿岸での洋上犯罪についての知見は、以下の文献を読んで得た。Agence France-Presse, "Bangladesh Launches Operation Against Pirates," DefenceTalk.com, Aug. 15, 2012; "Bangladesh out of Piracy-Prone Nations' List," bdnews24.com, Jan. 1, 2012; Bangladesh Sangbad Sangstha, "Four Abducted Fishermen Rescued," *Bangladesh Government News*, Sept. 10, 2013; Bangladesh Sangbad Sangstha, "2 Pirates Held, 4 Fishermen Rescued at Saronkhola," *Bangladesh Government News*, Sept. 10, 2013; Bangladesh Sangbad Sangstha, "8 Fishermen Abducted, 7 Others Received Bullet Injuries by Pirates," *Bangladesh Government News*, Aug. 26, 2014; "Beefing Up Bay Security," *Financial Express*, Feb. 20, 2015; "Coast Guards Conduct Abortive Drives to Rescue 50 Fishermen," United News of Bangladesh, Aug. 16, 2013; "Dhaka Trying to Get Safe Return of 7 Sailors," *New Nation*, July 14, 2013; "Fishermen Demand Steps to Stop Piracy," *New Nation*, Sept. 26, 2014; "Fisherman Killed by Pirates in Bhola," United News of Bangladesh, Oct. 9, 2013; "Foreign Minister Dr. Dipu Moni Chaired an Interministerial Meeting on 11 December 2011 at the Ministry to Discuss About the Reports of the International Maritime Bureau (IMB) and ReCAAP and Other International Organizations as well as Media Depicting Bangladesh as a 'Piracy-Prone' Country and a 'High Risk' Zone for the Shipping Industry," People's Republic of Bangladesh, Ministry of Foreign Affairs, 2011; "Forest Robber Arrested in Satkhira," United News of Bangladesh, Feb. 7, 2015; "From Cowboy to Criminal," *Daily Star*, Oct. 2, 2004; "Give Protection to Coastal Fishermen," *New Nation*, Feb. 24, 2014; "Gov't Protests 'False' Piracy Reports," bdnews24.com, Dec. 26, 2011; "Gunfight with Police," *New Nation*, Dec. 15, 2011; "Hon'ble Foreign Minister Dr. Dipu Moni Called Upon the Relevant Institutions Including Government Agencies, Shipping Industries, and the Media to Work Together to Reduce/Eliminate the Incidence of Robbery at Sea in and Around Bangladeshi Waters," People's Republic of Bangladesh, Ministry of Foreign Affairs, 2011; Iqbal Mahmud, "Drugging Gangs Target Cattle Traders, Markets," *New Age*, Oct. 4, 2014; Krishnendu Mukherjee, "Pirates Loot Sunderbans Fishermen for 10 Hours," *Times of India*, Sept. 20, 2013; "Over 100 Fishermen Kidnapped in Bay," United News of Bangladesh, Sept. 5, 2014; "Pirates Kidnap 14 Fishermen in Patuakhali," United News of Bangladesh, Nov. 4, 2014; "Pirates Kidnap 40 Fishermen," *Financial Express*, July 7, 2014; "RAB-Ten Killed," United News of Bangladesh, Sept. 30, 2004; "Seven Abducted Sailors 'Alive,'" *Bangladesh Business News*, July 13, 2013; "Three Killed in Bagerhat 'Shootout' with Rab," *Financial Express*, Feb. 26, 2015; WorldSources Online Inc., "BNP Activist Slaughtered," *Independent*, Nov. 19, 2003; "4 Kidnapped Fishermen Rescued in Sundarbans," United News of Bangladesh, Feb. 4, 2014; "4 Pirates Held in Laxmipur," United News of Bangladesh, Aug. 31, 2013; "5 Kidnapped Fishermen Rescued in Sundarbans," *Financial Express*, July 7, 2014; "8 Fishermen Injured by Bullets in Bay," *Financial Express*, Feb. 17, 2015; "10 Suspected Terrorists Killed in Bangladesh Gun Battle," Japan Economic Newswire, Sept. 30, 2004; "25 Fishermen Kidnapped in Sundarbans," United News of Bangladesh, May 24, 2014; "40 Fishermen Kidnapped in Sundarbans; 15 Hurt," United News of Bangladesh, Feb. 17, 2014; "50 Fishermen Kidnapped," *Dhaka Herald*, Nov. 3, 2013; "68 Fishermen Kidnapped in Sundarbans, Sea," *Bangladesh Chronicle*, Sept. 15, 2013; "70 Abducted Fishermen Rescued, 26 Boats Seized," *New Nation*, Oct. 4, 2013; "100 Fishermen Abducted," *New Nation*, Aug. 18, 2013.

(7) 海洋法に関する国際連合条約（UNCLOS）にある海賊の定義を以下に挙げる。

> 第 101 条　海賊の定義
> 海賊行為とは、次の行為をいう。
> (a) 私有の船舶又は航空機の乗組員又は旅客が私的目的のために行うすべての不法な暴力行為、抑留又は略奪行為であって次のものに対して行われるもの。

(i) 公海における他の船舶又は当該船舶内にある人若しくは財産。
(ii) いずれの国の管轄権にも服さない場所にある船舶、人又は財産。
(b) いずれかの船舶又は航空機を海賊船舶又は海賊航空機とする事実を知って当該船舶又は航空機の運転に自発的に参加するすべての行為。
(c) (a) 又は (b) に規定する行為を煽動し、又は故意に助長するすべての行為。
(https://www1.doshisha.ac.jp/~karai/intlaw/docs/unclos2.htm より引用)

一方、国際海事機関(IMO)の決議書1025では、船舶に対する「武装強盗行為」を以下のように定義している。(1) 不法な暴力行為、抑留、略奪行為またはこれらの威嚇行為、ならびにこれらの不法行為を煽動し、または故意に助長する行為を含み、(2) UNCLOSが定義する海賊行為とは異なり、(3) 私的目的で行われる、(4) 各国の内水域、群島水域、そして海岸線から12海里(22キロ)以内の各国の領海での行為、とある。Matthew R. Walje et al., "The State of Maritime Piracy 2014: Assessing the Economic and Human Cost," Oceans Beyond Piracy, 2014 を参照。

(8) Swadesh M. Rana, "A Template for Those at Risk: India's Response to Maritime Piracy, 2010–2011," UN Department of Disarmament Affairs, Aug. 14, 2014.

(9) 海上警備産業の市場規模については "Maritime Security Market by Technology and Systems, Category, Service, and Regions–Trends and Forecast to 2020," Research and Markets, Aug. 2015; "Research and Markets: Global Maritime Security Market Outlook 2019–Key Analysis of the $13 Billion Industry," Business Wire, Oct. 14, 2014 を参照した。海上警備の予算には船舶の海賊対策費だけでなく、世界各地にある海上油田の警備費も含まれる。船舶に同乗する武装警備員の人数は減り続け、民間海上警備会社(PMSC)は人員削減を続け、なかには事業維持に四苦八苦している企業もある。海上警備員の削減は海賊による襲撃件数が減っていることが理由だが、それでも一部の運航会社は乗組員のストレス軽減のために4人チームの警備員たちにさらなる見張りを要求している。海上保険会社はサービスの一部として警備要件を変更することがあるが、用船者側は用船者側で独自の警備レベルを求める。オーシャン・ビヨンド・パイレシーが2014年に発表した全世界の海上警備費のうち、12億ドルはインド洋で、3億ドルはギニア湾で使われていた。海賊行為による被害が最も甚大なこの二つの海域でも、世界全体の海上警備費130億ドルの10パーセント程度しか使われていないということだ。

(10) 海上警備産業の取材では、数人の武装警備員たちの助言がとくに役立った。その一部を以下に紹介する——カナダのエリック・ミューラー、ポルトガルのミゲル・ダマス、イギリスのケヴィン・トンプソンだ。彼らには2016年から2018年にかけてメールと電話で取材した。

(11)〈シーマン・ガード・オハイオ〉事件について学ぶべく、わたしは2016年9月から2017年8月にかけて、逮捕された警備員の一人ジョン・アームストロングの妹のジョアン・トムリンソンに取材した。以下の文献や記事も参考にした。"AdvanFort Thanks Indian Officials for Providing Safe Harbor for Its Vessel," AdvanFort International Inc., Oct. 14, 2013; Stephen Askins, "Seaman Guard Ohio –Indian Decision Shocks PMSCs," Tatham Macinnes, Jan. 19, 2016; "Indian Court Rejects Seaman Guard Ohio Appeal," *Seatrade Maritime News*, March 1, 2016; "MV Seaman Guard Ohio Guards & Crew in Chennai Prison for Christmas," *Human Rights at Sea*, Dec. 12, 2016; Petition for British Foreign Secretary, "Free the 6 British Veterans from Indian Jail #CHENNAI6," change.org; Krishnadas Rajagopal, "SC Demands Truth About Mystery Ship," *Hindu*, Aug. 31, 2016; Sandhya Ravishankar, "India Sentences 'Seaman Guard Ohio' Crew to Five Years in Prison in Arms Case," *GCaptain*, Jan. 11, 2016; Kathryn Snowdon, "British Ex-soldiers, the 'Chennai Six,' Spending Another Christmas in 'Hell Hole' Indian Jail," *Huffington Post*, Dec. 25, 2016; World Maritime News Staff, "Seaman Guard Ohio Crew Sentenced to Five Years," *World Maritime News*, Jan. 11, 2016; "Court Revokes Bail for Seaman Guard Ohio 35," Marine Log, Jan. 8, 2014; "British Anti-piracy

Guards Held in India Granted Bail," BBC, March 26, 2014; "Family's Relief as Soldier Is Released from Indian Jail," ITV News, April 7, 2014; *Mariya Anton Vijay v. The State*, Madras High Court, July 10, 2014; A. Subramani, "Madras High Court Quashes Criminal Case Against Crew of US Ship," *Times of India*, July 10, 2014; "India Drops Arms Charges Against British Crew of MV Seaman Guard Ohio," BBC, July 11, 2014; "British Crew of MV Seaman Guard Ohio Face New Setback," BBC, Oct. 3, 2014; "MV Seaman Guard Ohio Crew 'Must Be Allowed Home,' " BBC, March 11, 2015; "Support Groups Call For Cumbrian Man Held in India to Be Allowed Home," ITV News, March 11, 2015; "Unpaid and Unsupported, Seaman Guard Ohio Crew Still Stranded in India," *Maritime First*, March 11, 2015; "SC Sets Aside Madras HC Judgment Quashing Trial of 35 Crew Members of US Ships, Orders Trial to Be Completed Within 6 Months," Live Law, July 4, 2015; Jason Burke, "Britons Offering Protection Against Pirates Facing Five Years in Indian Jail," *Guardian*, Jan. 11, 2016; Reuters, "Seaman Guard Ohio Crew Sentenced to Five Years in Jail," *Maritime Executive*, Jan. 11, 2016; "Seafarers' Mission 'Horrified' at Anti-piracy Convictions," Anglican Communion News Service, Jan. 14, 2016; Stephen Askins, "Seaman Guard Ohio–Indian Decision Shocks PMSCs," Tatham Macinnes, Jan. 19, 2016; "Seaman Guard Ohio: A Travesty of Justice?," Isenberg Institute of Strategic Satire, March 5, 2016; Philipho Yuan, "Seaman Guard Ohio: Who Is Paying?," *Maritime Executive*, March 10, 2016; "HC Reserves Order in Appeal by US Anti-piracy Ship Crew," *Times of India*, Dec. 2, 2016; "Judge Reserves Order on Seaman Guard Ohio Appeal," *Maritime Executive*, Dec. 6, 2016; "MV Seaman Guard Ohio Crew to Stand Trial in India After 625 Days in Detention," *Marine Insight*, Jan. 23, 2017.

(12) 民間による海上警備活動には規制を強化する必要があるという議論についてはインディアナ大学のイヴォンヌ・ダットン教授の "Gunslingers on the High Seas: A Call for Regulation," *Duke Journal of Comparative and International Law* 24, no. 1 (2013) が大いに役立った。海賊に襲撃される危険がきわめて高い海域を航行する船舶は、近年までは沿岸各国の海軍に警備を頼っていたとダットン教授は指摘する。事実、海賊が跋扈する海域で哨戒活動を展開する海軍の艦船に対して、国際社会は過去数年間で毎年 10 億ドル以上を投入してきた。しかし海賊たちは沿岸海域から外洋域へと活動範囲を拡大させ、脅威は増大した。もはや海軍の力だけではすべての船舶の安全を確保することができなくなった。畢竟、海上警備の負担はそうした海域で船舶を運航させる企業が負担せざるを得なくなった。民間の海上警備活動にさらなる規制を課すために打たれてきた対策について知りたければ、イギリスの海事弁護士デイヴィッド・ハモンド氏が作成した国際基準の「民間武装警備員の海上での武力行使に関する規則」を読むとよくわかる。

(13) 民間の海上警備活動に対する政府の監視が欠如していることはたしかに問題だが、逆に政府の監視が厳しい場合のリスクも見ておくべきではないだろうか。政府が介入した場合、その権限の行使次第では事態が悪化する恐れがあるのだ。〈シーマン・ガード・オハイオ〉事件はまさしくそのケースだ。別の例として、洋上犯罪が横行する海域でのナイジェリア政府の対応を見てみよう。この国の海域には無数の武装勢力が存在するので、そうしたグループの「みかじめ料」目的の船と法執行機関の艦船を見分けることはかなり難しい。ナイジェリアの海では、外国人警備員は武装することを許されておらず、通常は危険な海域で船長に「助言」することしかできない。洋上で武装できるのは軍と警察だけだが、海上警備員や専門家たちは、双方とも海賊たちと共謀関係にあると見ている。わたしが話を聞いた船長と外国人警備員たちによれば、もしナイジェリアの海域で怪しい船が接近してきたら、相手が乗り込んでくる前にナイジェリア当局から武器を取り戻すことが暗黙の了解になっていたという。David Osler, "Nigeria 'Ban' on Armed Ship Guards Throws Industry into Confusion," *Lloyd's List*, July 7, 2014 を参照。

(14) 国連ソマリア・エリトリア監視団によれば、2012 年から 2014 年にかけてのソマリア沿岸海域の治安状況は混乱の度合いを深めていて、経験不足のソマリア人警備員が何の規制も受けずに武器を持って商船や漁船に乗り込んでいたという。こうした武装警備員の存在は、当時の

ソマリアに課せられていた武器禁輸措置に違反していた可能性が高い。たとえば2013年には、ソマリア国内の非承認独立国家プントランドの当局は、同国海域で違法操業をしていた5隻のイラン漁船を拿捕し、約80人のイラン人乗組員と12人のソマリア人武装警備員を逮捕した。この拿捕・逮捕が悪党によるものなのか、それとも「れっきとした」国家によるものなのかははっきりしない。もっとも、ソマリア連邦政府は国土のほとんどを実効支配しておらず、とくにプントランドではまったく無力なのだから、この区別には何の意味もない。

(15) この情報提供者とのやり取りは、言葉とその意味、そして説明する目的の関わりについての示唆に富んだ二つのことを思い起こさせるものだった。一つ目は、マイケル・オンダーチェの同名小説を原作とする映画『イングリッシュ・ペイシェント』の2人の主要人物、キャサリン・クリフトンとラズロ・アルマシー伯爵のやりとりだ。

キャサリン　あんな形容詞の少ない論文は初めて。

アルマシー伯爵　どう形容しようと物は物ですからね。大きな車、遅い車、運転手付きの車。車は車です。

キャサリン　愛は？　ロマンティックな愛、プラトニックな愛、全然違うわ。

（戸田奈津子訳）

二つ目はアメリカの人類学者クリフォード・ギアーツの論文『厚い記述——文化の解釈学的理論をめざして』（「文化の解釈学〈1〉」所収、吉田禎吾ほか訳、岩波書店、1987年）の中で引用されている、哲学者で言語学のギルバート・ライルがまばたきとウィンクの違いについて述べた部分だ。2人の少年が右眼をしばたたかせている。一方の少年にとっては、これは無意識のまばたきだが、もう一方の少年は友人をいたずらに誘うサインだ。2人の動作自体は同じものだ。カメラのレンズ越しに「現象のみをとらえた」観察をしても、どちらがまばたきでどちらがウィンクなのか区別がつかない。ここに3人目の少年が加わり、2人の少年たちの様子を真似る。しかしその動作は「かなり難儀して、しかめっ面になってしまう」。眼をしばたたかせる行為がまばたきなのかウィンクなのか、それとも真似なのか見分けて説明するという難問を、人類学者のギアーツは（ジャーナリストであるわたしも）突きつけられる。結局のところ、まばたきであってもウィンクでであっても、さらに言えばその真似であってもどうでもいいことだ。重要なのはその行為で何を伝えているかなのだ。

(16) ランドルフ・ペイエット氏がインド洋マグロ類委員会（IOTC）の委員長だった当時、氏の妻のモーリーンはIOTCにとっての最大の資金支援者だった。さらに夫妻は、〈春億217〉に漁業免許を与えたインターナショナル・フィッシング・エージェンシー&シッピングの取締役でもあった。漁業免許を給付する側と給付される側の代表者を同時に務めることは、当然ながら利益相反にあたる。Jason Smith, "Newspaper: IOTC Head 'Forced to Resign' amid Links to Videotaped Executions," *Undercurrent News*, Dec. 9, 2015 を参照。

(17) 虐殺の犠牲者の身元を特定すべく、ナショナルジオグラフィックのスタッフはイランの漁師たちからも話を聞いた。漁師たちは海に浮かぶ残骸はダウ船で、グラスファイバーが使われているところからインド西部のコナラクで建造されたものではないかと言った。そののちに、自分が建造した2隻が2012年8月に出漁したまま消息を絶ったという造船所主を地元記者が発見した。例の動画を見せると、その造船所主は襲撃された船は自分のところで建造したものだと言い、犠牲者たちの名前を挙げた。

(18) こうした話は、本当の意味での結末がわからないのでまとめが難しい。本章で取り上げた悪辣に過ぎる虐殺事件は、説得力のある証拠が揃っていたにもかかわらず、まったくと言っていいほど報道も報告もされていなかった。とんだ茶番劇だ。『ニューヨーク・タイムズ』に記事が出たあとも、わたしはこの事件の調査を続行し、収集した情報をパンフレットにまとめ、

自分のサイトやツイッターで公開した。内容こそ無味乾燥な読み物だが、この件を追う法執行機関やわたし以外のジャーナリストたちの一助とするべく追加情報も加えておいた。このようなレポートの例は ianurbina.com の “A Document Reader: Murder at Sea” で閲覧できるようにしてある。

14 ソマリ・セブン

(1) ウィリアム・ゴールディング『蝿の王（新訳版）』黒原敏行訳、ハヤカワ文庫、2017 年。

(2) わたしがソマリアに惹かれた主な理由の一つは、違法操業の取り締まりがうまくいっておらず、〈グレコ 1〉と〈グレコ 2〉という札付きの違法操業船の拿捕はレアケースだったというところだ。このギリシアの 2 隻のトロール漁船は、何年にもわたってプントランド近海で大手を振って違法操業を繰り返していた。ソマリアの漁船のみに操業が許されている区域で、使用が禁止されている網を使い、しかも獲った魚の種類とサイズの報告義務も無視していた。2 隻は水揚げをケニアのモンバサで陸揚げすることでソマリアの港湾当局による査察を回避していた。ケニア当局は〈グレコ 1〉と〈グレコ 2〉の漁業免許が有効なものかどうか 2015 年にソマリア側に確認したが、返答はなかったという。無法状態にある海域でよくあることなのだが、ここで FISH-i Africa という NGO が支援に乗り出した。アフリカ沿岸の貧困国同士のコミュニケーションを促し、洋上での法執行活動を改善させるべく 2012 年に設立された FISH-i Africa は〈グレコ 1〉と〈グレコ 2〉の問題に介入し、ナイロビとモガディシュのしかるべき官僚同士を引き合わせ、協力して事にあたるよう後押しした。ケニア側は直ちに 2 隻の入港を禁止した。2 隻はモガディシュに戻らざるを得なくなり、そこで拿捕された。ところが数日も経たないうちに、2 隻とも監視の眼を盗んでモガディシュ港から逃亡した。しかし乗組員が病気になってしまったのでケニアの港に入港せざるを得なくなり、そこでふたたび拿捕された。ソマリア側は、2 隻の登録名義人のスタヴロス・マンダリオスと裁判前に 6 万 5000 ドルの罰金で和解した。しかし 30 万ドルにもなる違法操業による水揚げの売却を許可されたので、この程度の罰金ははした金だと言えた。ここから〈グレコ 1〉と〈グレコ 2〉の物語はややこしくなる。マンダリオスは罰金こそ支払ったものの、実際にはプントランド海域で操業できる、れっきとした漁業免許を購入してあると言い出した。この 2 通の免許をチェックしたプントランドの漁業省は、免許は本物だが未承認の署名が含まれていると判断した。さらに、省内の誰が 2 隻の漁業免許に関わっていたかは不明で、しかも免許料も全額省に入ってきていないことがわかったと付け加えた。つまり誰かが公金をくすねたということだ。わたしはナイロビで FISH-i Africa のペール・エリック・ベルグ理事長に会い、この事件について話を聞いた。〈グレコ 1〉と〈グレコ 2〉関係の書類をさらに調べると、マンダリオスは 2 隻をスクラップにする見返りとして、EU から 140 万ユーロ（約 160 万ドル）を受け取っていることが判明したという。こうした補助金は、老朽化した漁船を廃船にして世界的に肥大化した漁船団を縮小させ、乱獲を防ぐために出されるものだ。「つまり 2 隻の〈グレコ〉が操業を禁じられていたのはソマリアの海だけじゃないんです。そもそも存在することすら許されていないんです」ベルグ理事長はそう語った。その後、ギリシアの検察当局から話を聞かれたマンダリオスはそうした嫌疑を否定し、この問題は結局のところ「取り違え」にすぎず、ケニアで拿捕された 2 隻は姿かたちこそ似ているものの、実際には EU によって廃船にされた漁船ではないとマンダリオスは述べた。眉唾ものの主張としか思えなかった。この 2 隻の〈グレコ〉の一件は、海の債権回収人《レポマン》の取材中にわたしの自宅に匿名で郵送されてきた謎の海事詐欺マニュアル「港での違法行為」を思わせるものだった。どこからどう見ても明らかな犯罪行為の捜査に FISH-i Africa のような NGO が果たした役割にも、わたしは感銘を受けた。タイでは、海軍は人身売買の容疑者の割り出しを人権団体に頼っていたし、大西洋ではシーシェパードが違法操業常習船〈サンダー〉

の追跡にあたっていた。そしてソマリアの海では、やはりNGOのFISH-i Africaが、本来なら政府が行うはずの法執行活動を担っている。適用される法律がほぼ皆無の海で取り締まる活動を展開する組織はごくわずかしか存在しない。海が無法地帯になるのもむべなるかなだ。〈グレコ1〉と〈グレコ2〉の件については、わたしの "The Grekos: A Success Story in the Crackdown on Illegal Fishing," National Geographic, March 24, 2017 を参考にされたい。この取材にはピュー・チャリタブル・トラスツのニコラス・エヴァンジリデス氏とFISH-i Africaのベルグ理事長から多大な支援を賜った。

(3) ソマリアでの取材に先立って、わたしは以下の文献や記事に眼を通しておいた。Jeffrey Gettleman, "Militant Alliance Adds to Somalia's Turmoil," *New York Times*, July 29, 2010; "A Knowledge, Attitudes, and Practices Study on Fish Consumption in Somalia," Food Security and Nutrition Analysis Unit, Nov. 2011; Mohamed Beerdhige, "Roots of Insecurity in Puntland," *Somalia Report*, May 1, 2012; Mark Mazzetti and Eric Schmitt, "Murky Legacy of Army Hired to Fight Piracy," *New York Times*, Oct. 5, 2012; Robert Young Pelton, "Puntland Marine Force in Disarray," *Somalia Report*, Oct. 31, 2012; Yara Bayoumy, "Somalia's Al Shabaab, Squeezed in South, Move to Puntland," Reuters, Nov. 9, 2012; "Somalia Fisheries," Food and Agriculture Organization of the United Nations, Jan. 2013; James Bridger and Jay Bahadur, "The Wild West in East Africa," *Foreign Policy*, May 30, 2013; "Vying with Somali Government for Autonomy," *Deutsche Welle*, July 10, 2013; "Somalia: Puntland Marine Police Forces Mark 3rd Anniversary," *Garowe Online*, Oct. 6, 2013; Martha C. Johnson, "State Building in De Facto States: Soma li land and Puntland Compared," *Africa Today* 60, no. 4 (June 2014): 3–23; Anthony Morland, "The State of State-Building in Somalia," *All Africa*, Oct. 23, 2014; "Somalia: Private Company Granted License to Patrol Puntland Waters," *Garowe Online*, April 23, 2015; "Somalia's Puntland Region Marks 17 Years of Autonomy," BBC, Aug. 3, 2015; "Somalia's Puntland Breaks Off Relations with Central Government," Reuters, Aug. 5, 2013; "Somalia: UN Report Blasts Puntland Leader for Security Failures, Corruption," *Garowe Online*, Oct. 21, 2015; Abdi Sheikh, "Small Group of Somali Al Shabaab Swear Allegiance to Islamic State," Reuters, Oct. 23, 2015; Abdi Sheikh, "At Least 17 Somali Soldiers Killed in Inter-regional Fighting–Officials," Reuters, Sept. 28, 2016; "Puntland President Gaas in Trouble as MPs Set for a Vote of No Confidence Motion," *All Africa*, March 1, 2017; "Puntland President Blames Officials of the Mutiny," *All Africa*, March 14, 2017; "Islamist Gunmen Kill Four Guards in Hotel Attack in Somalia," Reuters, Feb. 8, 2017; "Additional Reports of Recent Violence," *Garowe Online*, March 19, 2017; "Somali Security Forces That Freed Pirated Ship Say NATO Must Do More," Reuters, March 19, 2017; "Action in Countries," *International Rice Commission Newsletter*, vol. 48, accessed Nov. 18, 2018.

(4) 国連の報告によれば、ソマリアの海賊たちは2010年の時点で1000人以上を人質にし、その身代金は少なくとも1億ドルにもなるという。多くの場合、海賊の襲撃と身代金のやり取りと解放というプロセスには数週間かかる。交渉がスムーズに進むかどうかは、海賊の実力と運航会社側の身代金の調達能力と支払いの意欲にかかっている。

(5) アメリカの民間軍事警備企業の大手ブラックウォーターは、ソマリアでの業務展開を模索していた。その点については以下を参照のこと。Sharon Weinberger, "Blackwater Hits the High Seas," *Wired*, Oct. 9, 2007; Mark Mazzetti and Eric Schmitt, "Blackwater Founder Said to Back Mercenaries," *New York Times*, Jan. 20, 2011; Katharine Houreld, "Blackwater Founder Trains Somali Troops," Associated Press, Jan. 20, 2011; Giles Whittell, "Billionaire Mercenary 'Training Anti-piracy Forces,' " *Times* (London), Jan. 22, 2011; Mark Mazzetti and Eric Schmitt, "Private Army Formed to Fight Somali Pirates Leaves Troubled Legacy," *New York Times*, Oct. 4, 2012; Ivor Powell, "On the Slippery Trail of Military Deals," *Sunday Independent* (South Africa), Feb. 26, 2012; Ivor Powell, "Sterling Loses Anti-piracy Deal," *Independent on Saturday* (South Africa), Sept. 29, 2012; Eli Lake, "In 'the Project,' the Stormy Battle to Take on Somali Pirates," *Daily Beast*, April, 22, 2013; Armin Rosen, "Erik Prince Is Right: Private Contractors Will Probably Join the Fight Against

ISIS," *Business Insider*, Oct. 10, 2014; Ian Shapira, "Was the U.N. Targeting Blackwater Founder Erik Prince on Somalia?," *Washington Post*, Jan. 2, 2015.

(6) ソマリア海域での違法操業と民間による警備活動の関わりについては、以下の記事が参考になった。Peter Bauman, "Strategic Review of the Trust Fund to Support Initiatives of States Countering Piracy off the Coast of Somalia," *Bauman Global*（2016）; "First Hijacking of a Merchant Vessel by Somali Pirates in Five Years," Oceans Beyond Piracy, 2017; Sarah M. Glaser et al., "Securing Somali Fisheries," Secure Fisheries, 2015; Saciid Jamac Maxamed, "Maraakiibta Thailand ee sita calanka Jamhuuriyadda Djabuuti," Federal Republic of Somalia, Ministry of Fisheries and Marine Resources, Office of the Deputy Minister, 2017; Said Jama Mohamed, "Thailand Fishing Vessels Carrying Djibouti Flag," Federal Government of Somali Republic, Ministry of Fisheries and Marine Resources, 2017; "The Somali Fisheries Sector: An Export and Domestic Market Assessment," US Aid from the American People: Somalia Growth, Enterprise, Employment & Livelihoods Project, 2016; "Sustainable Seafood and Responsible Investment," Sustainable Fisheries Partnership, Avista Investors, and Principles for Responsible Investment.

(7) サーンスック・イアム一族が抱える漁船団のことをさらに知りたい向きには、"Turn the Tide: Human Rights Abuses and Illegal Fishing in Thailand's Overseas Fishing Industry," Greenpeace Southeast Asia, Dec. 15, 2016 を一読することをお勧めする。洋上犯罪の捜査を難しくしている問題の一つに、船舶や会社名のスペルの間違いがある。たとえばサーンスック・イアム一族の漁船については、FISH-i Africa は Sangsukiam と記していて、船籍登録についてのいくつかのサイトでもそうなっている。ところがグリーンピースと ICPO は Saengsukiam としていて、わたしが入手したタイ政府の文書にはさらに 2 つのバリエーションが記載されていた。サーンスック・イアム家にはウィチャイとウァンチャイとスワンチャイという 3 人の兄弟がいる。この同族企業の中核はシーウィックとチャイナヴィーという 2 つの水産会社で、その経営は三兄弟が交互に行っている。このスペリングの問題は、中国と台湾とタイの船舶を世界規模で追跡する場合に深刻な影響をもたらす。船名を英語表記にした場合にさまざまなバリエーションが生じてしまうからだ。研究者と活動家の多くが全船舶にそれぞれ固有の識別番号を割り振り、廃船となるまではその番号が使われることを求めている理由の一つはそこにある。

(8)〈ソマリ・セブン〉のジブチへの船籍変更についての裏話の一部は、わたしの情報提供者とジブチの船籍登録局で働いているクリス・ウォーレンというアメリカ人とのやり取りの録音記録から起こしたものだ。ウォーレン氏によれば、ジブチの船籍取得の仲介は彼のような外国人エージェントが独占権を有しているという。ところが〈ソマリ・セブン〉をめぐる取引ではウォーレン氏は蚊帳の外にされてしまい、それが氏は不満だった。2017 年 6 月にテキサス州オースティンのシーフードレストランでわたしの情報提供者と夕食をともにしながら、ウォーレン氏は〈ソマリ・セブン〉の乗組員募集には一切関わっていないし、労働搾取と虐待についても許しがたいことだと言った。それでも、船籍登録局は登録する船舶の労働状況などの問題にあれこれ口出しするようなことはしないだろうとも言った。のちにわたしはジブチの船籍登録局の人間から直接話を聞き、ウォーレン氏の証言の裏を取った。

(9)〈ソマリ・セブン〉と、このタイの漁船団が現在もなお人身売買に関与しているとされ、違法操業も労働搾取と虐待も続いているという話に、わたしは執着するようになってしまった。2018 年になると、わたしは『ニューヨーク・タイムズ』で別のテーマの取材に着手したが、〈ソマリ・セブン〉についてはわたしのウェブサイトとツイッターで "ALERT: Leads & Questions Document" というかたちで新たにつかんだ情報を発信し続けていた。その後の話をしよう。モルディブとタイの海域で拿捕された 3 隻以外の〈ソマリ・セブン〉の漁船はすべてソマリア船籍に変更され、船名も〈アル・ウェサム〉に改められた。運航会社は新たな乗組員を集めたが、その大半はまたもやカンボジア人だった。2017 年も終わろうとする頃、ソマリアとタイ

とカンボジアの活動家たちからの支援を求める声が、わたしのもとに寄せられるようなった。その声はどれも同じ漁船についてのものだった。そしてどこかで聞いたことがある話もまた聞かされた——タイの海で漁をするという話だったのに、遠くの海に連れていかれた。数人の乗組員たちは救い出されて帰郷を果たした。本章の取材時のさまざまなエピソードは、わたしのウェブサイトやツイッターの "ALERT: Leads & Questions Document" に掲載しているが、"The Somali 7: Fisheries Crimes Exposed by Open-Source Reporting," Safina Center, Aug. 30, 2018 でも追加情報を発表している。

15 狩るものと狩られるもの

(1) 2010 年、シーシェパードの〈アディ・ギル〉という高速艇が日本の捕鯨船団の目視調査船に衝突し、沈没した。船長はのちに日本側に逮捕されて裁判にかけられた。

(2) 取材中、シーシェパードのメンバーたちからこんなことをしょっちゅう訊かれた——日本の捕鯨の目的が科学的なもので商業的ではないのであれば、どうして多くの鯨肉が日本のレストランに出回っているんだ? 反シーシェパード派も逆にこんな反論を展開している——オーストラリアをはじめとした国々は、シーシェパードの捕鯨船襲撃は犯罪行為だと認めている。なのに、どうして自国の港にやってきた連中を逮捕しない?

(3) "Japan Ordered to Immediately Stop Whaling in Antarctic as International Court of Justice Rules Program Was Not Carried Out for Scientific Purposes," Australian Broadcasting Corporation, March 31, 2014.

(4) マーク・ヴォティエについての詳細は以下を参照のこと。Steve Boggan, "Japanese Sue over Whale-Killing Pictures," *Independent*, Dec. 12, 1995; Andrew Darby, *Harpoon: Into the Heart of Whaling* (Cambridge, Mass.: Da Capo Press, 2008); Alexander Gillespie, *Whaling Diplomacy: Defining Issues in International Environmental Law* (Gloucestershire, U.K.: Edward Elgar, 2005); "Japan: Electrocution of Whales Exposed by Journalist," Associated Press Archive; "Japan to Phase Out Lance," *Irish Times*, Oct. 24, 1997; Mark Votier, "One World: An Environmental Awareness Program for the Pacific," interview by Carolyn Court and Lisa Harris, Whales.org, April 1996.

(5) 捕鯨の歴史については、以下の文献を読んで見識を深めた。"A Brief History of Norwegian Whaling," *Norwegian American*, June 15, 2015; Agence France-Presse in Tokyo, "Whale Meat on the Menu at Japanese Food Festival," *Guardian*, Oct. 9, 2015; Sandra Altherr et al., "Frozen in Time: How Modern Norway Clings to Its Whaling Past," Animal Welfare Institute, OceanCare, and Pro Wildlife, 2016; Australian Antarctic Division, "25 Years of Whale Protection in Australia," Australian Government, Department of the Environment and Heritage, 2006; James Brooke, "Yuk! No More Stomach for Whales," *New York Times*, May 29, 2002; Jóan Pauli Joensen, *Pilot Whaling in the Faroe Islands: History, Ethnography, Symbol* (Tórshavn: Faroe University Press, 2009); Keith D. Suter, "Australia's New Whaling Policy: Formulation and Implementation," *Marine Policy* 6, no. 4 (1982); Johan Nicolay Tonnessen and Arne Odd Johnsen, *The History of Modern Whaling* (Berkeley: University of California Press, 1982); "Whales and Hunting," New Bedford Whaling Museum.

(6) クジラの食害問題については以下の文献を参考にした。To learn about whale and seal depredation, I read Jason Allardyce, "Pretenders Singer Joins Seal Shooting Protest," *Sunday Times*, Aug. 9, 2009; John Arlidge, "Townies' Friend, Fishermen's Foe," *Independent*, Nov. 3, 1995; "ATF Cracks Down on Bombs Used to Scare Seals," Homeland Security Newswire, May 11, 2011; Margaret Bauman, "Changes Coming for Salmon Bycatch, GOA Sablefish Fishery," *Cordova Times*, April 17, 2015; Hal Bernton, "Whales Find Alaska Fishers' Catch Is Easy Pickings," *Seattle Times*, April 9, 2015; Erin Biba, "Alaskan Sperm Whales Have Learned How to Skim Fishers' Daily Catch," *Newsweek*, Nov. 22, 2015; "BIM to Survey Seals After Kerry Fishermen Demand a Cull," *Kerryman*, March 30, 2011; Lise Broadley, "Island Fisherman Makes Seal Repellant; Device Uses Sound of Killer Whales to Chase Mammals Away," *Nanaimo Daily News*, Feb. 25, 2012; Nelson Bryant, "Group Is

Seeking Total Protection for Atlantic Salmon," *New York Times*, May 21, 1998; Ronan Cosgrove et al., "Seal Depredation and Bycatch in Set Net Fisheries in Irish Waters," Irish Sea Fisheries Board, Fisheries Resource Series, vol. 10 (2013); Andrew Darby, "Protected, but Pesky: Tasmania to Kill Its 'Bolshie' Fur Seals," *Sydney Morning Herald*, Oct. 19, 2000; "Evaluating and Assessing the Relative Effectiveness of Acoustic Deterrent Devices and Other Non-lethal Measures on Marine Mammals," Scottish Government, Oct. 28, 2014; "Fisherman Accused of Shooting Pilot Whales with WWII-Era Rifle," Associated Press, Feb. 20, 2015; Par Marie-Sophie Giroux, "Sperm Whales Robbing Fishermen of Their Catch," *Whales Online*, Nov. 12, 2015; Ben Goldfarb, "Sea Lions Feast on Columbia Salmon," *High Country News*, Aug. 17, 2015; Jason G. Goldman, "Killer Whales Are Stealing Fishermen's Catch to Make Extra Calves," *Guardian*, April 24, 2015; Zoe Gough, "Sperm Whales Target Fishing Boats for an Easy Meal," BBC, Feb. 4, 2015; R. N. Harris et al., "The Effectiveness of a Seal Scarer at a Wild Salmon Net Fishery," *ICES Journal of Marine Science* 71, no. 7 (2014): 1913–20; Thomas A. Jefferson and Barbara E. Curry, "Acoustic Methods of Reducing or Eliminating Marine Mammal-Fishery Interactions: Do They Work?," *Ocean and Coastal Management* 31, no. 1 (1996): 41–70; Dan Joling, "Researchers Try Beads to Thwart Thieving Whales," Associated Press, May 15, 2011; Deborah Jones, "Technology May Help Seals, Fishermen Share Same Ocean," *Globe and Mail*, Dec. 30, 1986; Chris Klin, "Seal Bomb Fishing at Southeast Alaska Hatchery, Caught on Video, Nets Fine for Skipper," *Anchorage Daily News*, Jan. 16, 2016; Scott Learn, "Sea Lions' Lives Hang on Disputed Catch Counts," *Oregonian*, May 15, 2012; Jay Lindsay, "Fishermen: Seal Numbers out of Control," Associated Press, Sept. 29, 2006; "Marine Fisheries Research," Center for Coastal Studies; Lindsay McGarvie, "Terror on the Rock as Divers Are Trapped in Seal Killers' Firing Line," *Sunday Mail*, July 18, 1999; Bill Monroe, "Sea Lions' Fishing Prowess Catches Attention," *Oregonian*, Jan. 16, 2006; Doug O'Harra, "As Longlines Rise with Sablefish, Sperm Whales Take a Bite," *Anchorage Daily News*, Feb. 1, 2004; David Perry, "Callaghan Halted Cull," *Aberdeen Press and Journal*, Dec. 30, 2008; Tim Radford, "Wildlife: The Seal of Disapproval," *Guardian*, July 20, 1995; Andrew J. Read, "The Looming Crisis: Interactions Between Marine Mammals and Fisheries," *Journal of Mammalogy* 89, no. 3 (June 5, 2008): 541–48; Paul Rogers, "Change in Rules Protects Sea Lions from Fishing Crews," *San Jose Mercury News*, Dec. 20, 1994; Paul Rogers, "U.S. Biologists and Fishermen Agree the Animals' Population Is out of Hand Kill Sea Lions to Save Salon, Experts Urge," *San Jose Mercury News*, March 29, 1997; Zachary A. Schakner and Daniel T. Blumstein, "Behavioral Biology of Marine Mammal Deterrents: A Review and Prospectus," *Biological Conservation* 167 (2013): 380–89; Julia Scott, "Feds Begin Enforcement of Restrictions on Bombs Used to Scare Birds, Seals," *Contra Costa Times*, May 9, 2011; Lorna Siggins, "BIM Defends Decision to Shoot up to 45 Grey Seals Annually for Research," *Irish Times*, March 6, 1998; Scott Steepleson, "Seals' Fate May Be Sealed," *Los Angeles Times*, May 5, 1997; DJ Summers, "Black Cod Pots Approved, Buildup for Halibut Action in June," *Alaska Journal of Commerce*, April 16, 2015; "URI Grad Student: Minke Whales Are Predominant Prey of Killer Whales in Northwest Atlantic," University of Rhode Island, Feb. 22, 2016; Cecile Vincent et al., "Foraging Behaviour and Prey Consumption by Grey Seals (*Halichoerus grypus*) –Spatial and Trophic Overlaps with Fisheries in a Marine Protected Area," *ICES Journal of Marine Science* 73, no. 10 (2016): 2653–65; Laine Welch, "Looking at Alaska Fishing in 2011," *Seward Phoenix*, Jan. 5, 2012; Natalie Whitling, "Seals Wreak Havoc on SA Fishing Industry, as Trials of Underwater Firecrackers Struggle," ABC News, March 31, 2016; Anna Wietelmann, "Fishermen, Scientists Seek Whale Avoidance," *Daily Sitka Sentinel*, July 26, 2016; "Woman Arrested for Explosives Scare at WA Hospital," Associated Press, Nov. 15, 2013.

(7) ティクシエ博士の研究については以下を参照のこと。Paul Tixier et al., "Interactions of Patagonian Toothfish Fisheries with Killer and Sperm Whales in the Crozet Islands Exclusive Economic Zone: An Assessment of Depredation Levels and Insights on Possible Mitigation Strategies," *CCAMLR Science* 17 (Sept. 2010): 179–95; Paul Tixier et al., "Habituation to an Acoustic Harassment Device (AHD) by Killer Whales

Depredating Demersal Longlines," *ICES Journal of Marine Science* 72, no. 5 (2015): 1673–81; Paul Tixier et al., "Mitigating Killer Whale Depredation on Demersal Longline Fisheries by Changing Fishing Practices," *ICES Journal of Marine Science* 72, no. 5 (2015): 1610–20; Christophe Guinet et al., "Long-Term Studies of Crozet Island Killer Whales Are Fundamental to Understanding the Economic and Demographic Consequences of Their Depredation Behaviour on the Patagonian Toothfish Fishery," *ICES Journal of Marine Science* 72, no. 5 (2015): 1587–97; Nicolas Gasco et al., "Comparison of Two Methods to Assess Fish Losses due to Depredation by Killer Whales and Sperm Whales on Demersal Longlines," *CCAMLR Science* 22 (2015): 1–14; Paul Tixier et al., "Influence of Artificial Food Provisioning from Fisheries on Killer Whale Reproductive Output," *Animal Conservation* 18, no. 2 (2015): 207–18; Paul Tixier et al., "Demographic Consequences of Behavioral Heterogeneity and Interactions with Fisheries Within a Killer Whale (*Orcinus orca*) Population," National Center for Scientific Research, Aug. 21, 2015; Paul Tixier et al., "Depredation of Patagonian Toothfish (*Dissostichus eleginoides*) by Two Sympatrically Occurring Killer Whale (*Orcinus orca*) Ecotypes: Insights on the Behavior of the Rarely Observed Type D Killer Whales," *Marine Mammal Science* 32, no. 3 (2016).

(8) Andrea Thompson, "Krill Are Disappearing from Antarctic Waters," *Scientific American*, Aug. 29, 2016.

(9) クジラの生殖サイクルは遅い。マッコウクジラの雌の場合、5年に1度しか子を産まない。クジラの幼体期の死亡率は高く、5〜20パーセントが生後1年以内に死んでしまう。詳しくは "scientists believe that it takes around 20 years on average for a female whale to replace itself with one mature female offspring." "The Conservation of Whales in the 21st Century," New Zealand Government, 2004を参照のこと。2003年、ハーヴァード大学とスタンフォード大学の研究者たちはクジラの個体数の変遷を推定する方法を、過去の大雑把な記録ではなく遺伝子調査に頼ることにした。その結果、もともとの個体数の推定値はそれまでの10倍だということが判明した。詳しくはJoe Roman and Stephen R. Palumbi, "Whales Before Whaling in the North Atlantic," *Science*, July 25, 2003を参照のこと。クジラ類全体としての個体数はそれほど大きく減っていないが、個々の種によって減少幅は異なる。たとえば、ザトウクジラは全盛期のわずか10パーセントにまで減っている。ミンククジラの場合は過去20年のあいだに南半球だけで20万頭以上減少している。詳しくは "Whale Population Estimates," International Whaling Commissionを参照のこと。ノルウェーとアイスランドと日本は、毎年合計で約1500頭のクジラを捕獲している。詳しくは "Stop Whaling," Whale and Dolphin Conservation, us.whales.orgを参照のこと。20世紀だけで300万頭のクジラが捕獲されたと推測される。コククジラは19世紀中頃から末のあいだに絶滅しかけ、現在では2万2000頭ほどしか生息していないとされている。なので、日本などはミンククジラを捕鯨対象にするようになった。ミンククジラは2012年時点で51万5000頭ほどが生息していたと推定されるが、南半球では10万頭近くが捕獲されている。

(10) クジラの個体数の減少については以下の文献を参考にした。Ian Ith, "Threatened by the Throngs? Tourist Boats Bring Attention (and Maybe Trauma) to Orcas," *Seattle Times*, Sept. 5, 2004; Michael McCarthy, "20 Years On and Whales Are Under Threat Again," *Independent*, Jan. 2, 2006; Philip Hoare, "North Atlantic Right Whales: Hunted to the Edge of Extinction," *Independent*, July 1, 2006; Lynda V. Mapes, "No Easy Fix for Orcas' Recovery," *Seattle Times*, July 23, 2006; Rich Cookson, "The Whale's Tale," *Independent*, July 24, 2006; R. G. Edmonson, "Whale Watching: Ocean Carriers, Fisheries Service Clash over Proposed Rules to Protect an Endangered Species," *Journal of Commerce*, Sept. 18, 2006; Warren Cornwall, "Recovery Plan for Orcas: $50M, 30 Years," *Seattle Times*, Nov. 29, 2006; Norimitsu Onishi, "Whaling: A Japanese Obsession, with American Roots," *New York Times*, March 14, 2007; Scott LaFee, "A Hole in the Water," *San Diego Union-Tribune*, March 22, 2007; Matt Weiser and Bobby Caina Calvan, "Whale Worries Grow," *Sacramento Bee*, May 23, 2007; Kenneth R. Weiss, "A Giant of the Sea Finds Slimmer Pickings," *Los Angeles Times*, July 6, 2007; Caleb Crain, "There She Blew: The History of American Whaling," *New Yorker*, July 23, 2007; Bruce

Barcott, "In the Shadow of Moby-Dick," *New York Times*, July 29, 2007; Kenneth R. Weiss and Karen Kaplan, "Gray Whale Recovery Called Incorrect," *Los Angeles Times*, Sept. 11, 2007; Pat Brennan, "Whales Singing the Blues?," *Orange County Register*, Sept. 24, 2007; Justin Norrie, "Japan Defends Its Whale Slaughter," *Age*, Nov. 24, 2007; Matt Weiser, "Draft Federal Report: Delta System Hazard to Fish; Species' Threat of Extinction May Hurt Orcas," *Sacramento Bee*, Jan. 9, 2009; Juliet Eilperin, "A Crossroads for Whales," *Washington Post*, March 29, 2010; John M. Broder, "U.S. Leads Bid to Phase Out Whale Hunting," *New York Times*, April 15, 2010; Reese Halter, "What Whales Are Telling Us About the Earth," *San Jose Mercury News*, Dec. 3, 2010; Brita Belli, "Defender of the Seas," *E: The Environmental Magazine*, Jan.- Feb. 2012; William J. Broad, "Learning to Cope with Underwater Din," *New York Times*, July 17, 2012; Felicity Barringer, "Opposition as Aquarium Seeks Import of Whales," *New York Times*, Oct. 10, 2012; Kate Galbraith, "Campaigns on Multiple Fronts Against Whale Hunting," *New York Times*, April 4, 2013; Kate Allen, "Why Are These Humpback Whale Conservationists Applauding the Harper Government?," *Toronto Star*, April 26, 2014; Doug Struck, "The Whale Savers," *Christian Science Monitor*, Oct. 12, 2014; Darryl Fears, "Navy War Games Face Suit over Impact on Whales, Dolphins," *Washington Post*, Nov. 10, 2014; Craig Welch, "Ten Years After ESA Listing, Killer Whale Numbers Falling," *Seattle Times*, Dec. 21, 2014; Anthony King, "Are Grey Whales Climate Change's Big Winners?," *Irish Times*, Aug. 20, 2015; Matthew Berger, "The Story of the Arctic Is Written in Whale Earwax," *Newsweek*, July 1, 2016.

（11）この法廷闘争については以下の文献を参照のこと。"Environmental News: Japan Caught with Dead Whale in Australia," *Sun Bay Paper*, Jan. 19–25, 2017; Paul Farrell, "Australian Court Fines Japanese Whaling Company $1M for 'Intentional' Breaches," *Guardian*, Nov. 17, 2015; "Institute of Cetacean Research and Kyodo Senpaku to Receive $2.55 Million from Sea Shepherd for Unlawful Attack," June 9, 2015; Justin McCurry, "Campaigners Try to Halt Japan Whale Hunt in Last-Ditch Legal Fight," *Guardian*, Nov. 17, 2015; "Settlement Agreed in Legal Action Against Sea Shepherd," Institute of Cetacean Research. Aug. 23, 2016.

（12）Ben Doherty, "Sea Shepherd Says It Will Abandon Pursuit of Japanese Whalers," *Guardian*, Aug. 28, 2017; "Japan Passes Controversial Anti-terror Conspiracy Law," BBC News, June 15, 2017; "Japan Anti-terrorism Law –Tourists May Be Unknowingly Arrested–Complete List of 277 Crimes," *Tokyo Zebra*, June 2017; "Japanese Protest over Passes Controversial Anti-terror Law," *National*, June 15, 2017.

（13）Associated Press, "Anti-whaling Group Must Keep 500 Yards from Japanese Ships, Court Rules," *Oregonian*, Dec. 18, 2012.

写真・図版クレジット

11 頁　Fabio Nascimento, *The Outlaw Ocean*
27 頁　Fabio Nascimento, *The Outlaw Ocean*
28 頁　Fabio Nascimento, *The Outlaw Ocean*
37 頁　Fabio Nascimento, *The Outlaw Ocean*
43 頁　Fabio Nascimento, *The Outlaw Ocean*
47 頁　Adam Dean, *The New York Times*
65 頁　(上)Adam Dean, *The New York Times*／(下)Fabio Nascimento, *The Outlaw Ocean*
74 頁　Adam Dean, *The New York Times*
84 頁　Fabio Nascimento, *The Outlaw Ocean*
95 頁　Fabio Nascimento, *The Outlaw Ocean*
101 頁　U.S. Department of Justice
109 頁　AC-CA Architectural Competition
115 頁　Adam Dean, *The New York Times*
131 頁　Fabio Nascimento, *The Outlaw Ocean*
137 頁　Fabio Nascimento, *The Outlaw Ocean*
145 頁　(上・下)Fabio Nascimento, *The Outlaw Ocean*
149 頁　Fabio Nascimento, *The Outlaw Ocean*
154 頁　Fabio Nascimento, *The Outlaw Ocean*
165 頁　(上)Adam Dean, *The New York Times*／(下)U.S. Coast Guard
166 頁　Adam Dean, *The New York Times*
167 頁　Adam Dean, *The New York Times*
168 頁　(上・下)Fabio Nascimento, *The Outlaw Ocean*
169 頁　(上・下)Fabio Nascimento, *The Outlaw Ocean*
170 頁　Fabio Nascimento, *The Outlaw Ocean*
171 頁　(上・下)Fabio Nascimento, *The Outlaw Ocean*
175 頁　撮影者不明
185 頁　Ben Solomon, *The New York Times*
187 頁　Ben Solomon, *The New York Times*
193 頁　Ben Solomon, *The New York Times*
209 頁　Fabio Nascimento, *The Outlaw Ocean*
223 頁　*The Outlaw Ocean*
225 頁　(上)Fabio Nascimento, *The Outlaw Ocean*／(下)*The Outlaw Ocean*
233 頁　Fabio Nascimento, *The Outlaw Ocean*
257 頁　Sea Shepherd
263 頁　(上・下)Sea Shepherd
283 頁　Sea Shepherd
284 頁　Sea Shepherd

著者
イアン・アービナ
Ian Urbina

1972年生まれ。アメリカのジャーナリスト。ジョージタウン大学卒業後、シカゴ大学大学院の博士課程で歴史学・人類学を学ぶ。この間、フルブライト奨学金を得てキューバで研究に従事。その後、ジャーナリストとして『インターナショナル・ヘラルド・トリビューン』『ハーパーズ・マガジン』『ロサンジェルス・タイムズ』などに寄稿。2003年から『ニューヨーク・タイムズ』の記者となり、09年にピュリツァー賞を受賞。16年には、本書のもととなった一連のレポート「無法の大洋《アウトロー・オーシャン》」シリーズで数々の賞を受賞した。

訳者
黒木章人
くろき・ふみひと

翻訳家。訳書に、ケン・マクマナラ『図説 化石の文化史』、イングリット・フォン・フェールハーフェン『わたしはナチスに盗まれた子ども』、ダニエル・カルダー『独裁者はこんな本を書いていた（上下）』、ローラ・J・スナイダー『フェルメールと天才科学者』（以上、原書房）、ウィリアム・ムーゲイヤー『ビジネスブロックチェーン』（日経BP）、ステイシー・パーマン『スーパーコンプリケーション』（共訳、太田出版）などがある。

アウトロー・オーシャン
海の「無法地帯」をゆく（下）

二〇二二年七月一〇日　第一刷発行
二〇二二年一〇月一五日　第二刷発行

著者　イアン・アービナ
訳者©黒木章人
装幀　谷中英之
発行者　及川直志
印刷所　株式会社理想社
発行所　株式会社白水社
東京都千代田区神田小川町三の二四
電話　営業部〇三（三二九一）七八一一
　　　編集部〇三（三二九一）七八二一
振替　〇〇一九〇-五-三三二二八
郵便番号　一〇一-〇〇五二
www.hakusuisha.co.jp
乱丁・落丁本は、送料小社負担にて
お取り替えいたします。

株式会社松岳社

ISBN978-4-560-09838-7
Printed in Japan